Elogios para Gonzalo Torné y

Divorcio en el aire

"Estamos ante una escritura que no sólo piensa y monologa sino que, algo insólito en nuestra literatura, reflexiona, convierte el pensamiento en sentimiento y el sentimiento en acción". —*La Vanguardia*

"Sólo para proponerse semejante argumento, sin precipitarse a la nada o a la obviedad, ya se requiere valor y destreza. Y una penetración en las almas de primera. Ninguno de estos talentos falta en Torné, al que hay que añadir además una precisión del lenguaje capaz de perforar las capas blandas y duras del compuesto humano". —*El Escorpión*

"La narrativa española sólo muy raramente tiene oportunidad de asistir al surgimiento de un escritor de la categoría de Gonzalo Torné". —*El Mercurio*

"Torné ha escrito la epopeya del hombre contemporáneo. Y lo ha hecho con una densidad analítica y una calidad literaria excepcionales. Repitámoslo: excepcionales. El magma de psicología, política e incluso ciencia en el que respiran los personajes es exacto y, además, alcanza la excelencia formal y la emoción que ni la sociología ni la revisión de medios más exhaustiva podrá nunca ofrecer". —*Quimera*

Divorcio en el aire

GONZALO TORNÉ

VINTAGE ESPAÑOL
Una división de Penguin Random House LLC
Nueva York

PRIMERA EDICIÓN VINTAGE ESPAÑOL, AGOSTO 2016

Copyright © 2013 por Gonzalo Torné

Todos los derechos reservados. Publicado en coedición con
Penguin Random House Grupo Editorial, S.A., Barcelona, en
los Estados Unidos de América por Vintage Español, una división
de Penguin Random House LLC, Nueva York, y distribuido en
Canadá por Random House of Canada, una división de Penguin
Random House Limited, Toronto. Esta edición fue originalmente
publicada en español como *Divorcio en el aire* en Barcelona, España,
por Penguin Random House Grupo Editorial, 2013. Copyright
de la presente edición en castellano para todo el mundo © 2013
Penguin Random House Grupo Editorial, S.A. Vintage es una marca
registrada y Vintage Español y su colofón son marcas de Penguin
Random House LLC.

Información de catalogación de publicaciones disponible en la
Biblioteca del Congreso de los Estados Unidos.

Vintage Español ISBN en tapa blanda: 978-1-101-97401-8

Para venta exclusiva en EE.UU., Canadá, Puerto Rico y Filipinas.

www.vintageespanol.com

Impreso en los Estados Unidos de América
10 9 8 7 6 5 4 3 2 1

A Judit, *What could be a finer thing to live with than a high spirit attuned to softness?*

Sé bien
que no eres infalible
tu ojo de potro creció oscureciéndose.

TED HUGHES

Fuimos al balneario para salvar lo que quedaba de nuestro maldito matrimonio.

Sólo con ese propósito me metí en aquel Citroën rojo alquilado, con un cambio de marchas tan duro que podías salirte de la carretera en cualquier desvío, y me puse a negociar curvas bajo la atenta mirada de esos pueblos medievales que en Cataluña brotan de los campos como setas de piedra.

Las montañas se recogieron en lomas suaves y el paisaje árido dio paso a una extensión de barbas de centeno y trigo; avanzábamos por una carretera resbaladiza, cortesía de la tempestad que nos había obligado a refugiarnos unas horas en la estación de servicio donde los padres de Helen se gastaron doscientos euros en souvenirs.

La tarde era calurosa como si se hubiesen barajado unas horas de abril en aquel mes de noviembre que seguía desprendiendo a su ritmo las hojas de los álamos sobre el caudal del río Corb; daba pena ver aquel lecho terroso brincando como el lomo de un bicho vivo sobre quebradas, meandros, recodos y desniveles. Según los mapas estábamos a menos de cinco kilómetros. Durante el trazado de una curva inesperadamente amplia que se abría a la derecha pude ver a Helen por el retrovisor mordisqueando su dedo índice y con su mirada azul clavada en el cigarrillo que sostenía fuera del coche para no molestar a su padre con el humo. El niño que mascaba chicle en el asiento trasero apenas podía disimular (por el diseño de las mejillas, por el corte generoso de los labios) que era una versión más estilizada y vivaz de algunos genes combinados de los padres de Helen, entre los que iba sentado. La carretera se estrechó en un camino que descendía hacia una zona boscosa, empecé a oír los bultos del equipaje dando botes en el maletero.

Cuando el atormentado río volvió a cruzarse en la trayectoria del coche lo sobrepasamos por un puente, y encaramos una cinta de tierra bordeada de árboles altos, decorativos, sin sombra, que conducía al imponente edificio *pairal* que el ayuntamiento había levantado de la ruina para convertirlo en balneario.

Estacioné en una extensión de gravilla, cerca de una piscina cuadrada sin nadadores, y de una terraza con mesas campestres y sillas de plástico. Saqué mi maletita, y mientras los padres de Helen organizaban su colección de bolsas y bolsos, de artículos estadounidenses y adminículos de regalo, desplacé la vista por las oleadas de cereal que amarilleaba las montañas: a cierta distancia se abrían canales de riego rodeados de cobertizos donde igual guardaban animales. Antes de que la voz de Helen, atosigada por la curiosidad del niño, me reclamase para ayudarla con el maletón que se había traído de Montana, me sobresaltaron los movimientos de un batracio que se asomaba y se escondía entre los hierbajos, su cuerpo daba brincos como un viscoso corazón verde. En cada uno de los balcones colgaba un ramo de clavelinas.

Descargamos y dejé que Helen se adelantase con sus padres y el crío, necesitaba estirar las piernas antes de meterme en recepción. Aquí y allí paseaban clientes pálidos. Me fijé en una figura viva que se abanicaba dentro de su albornoz; me saludó con el gesto de quitarse el sombrero, se había afeitado la cabeza pero un brote de pelusilla perseveraba en el cráneo, igual que si lo hubiesen espolvoreado con moka. Lo más emocionante de la terraza era ver cómo las copas de los árboles iban absorbiendo la claridad, así que entré a curiosear.

Helen y familia hacían cola al otro extremo de un salón amplio, decorado con lámparas de araña y estanterías donde se exhibían frascos de porcelana: poleo, verbena, zarzaparrilla, hierbas así. Me saludó una mujer obesa, la malla de varices que mantenía en su sitio la carne de las piernotas parecía a punto de ceder. Retiré la mirada cuando me dedicó una sonrisa andrógina, y a medida que barría la sala con la vista noté cómo el alma me bajaba a los pies al descubrir la pared acristalada que permitía ver la sala de actividades: un grupo de viejos nadaba al estilo rana, otro intentaba agitar los brazos al ritmo que marcaba un instructor.

Me fijé en una con la piel tan llena de motas amarillas que parecía invadida por la herrumbre, y en un tipo a quien el esfuerzo parecía hincharlo de helio, de un momento a otro se le podía desgarrar el rostro. Costaba imaginar por qué se sometían a esos ejercicios sádicos, qué clase de promesa les habían hecho, si esperaban fortalecer el corazón, que se les despergaminase la piel, desatascar los intestinos. Después de setenta años de desgaste ya era mucho que siguiesen en pie.

Había conducido más de dos horas desde el hotel Claris, sobre un asiento en el que apenas tenía espacio para embragar, me dolían las rodillas y empezaba a entrarme hambre, vigilé las mesas por si servían galletitas con las bebidas y fue entonces cuando vi cruzar como una ráfaga de aire limpio a un chico negro de unos doce años, zigzagueando entre las sillas, con los brazos desplegados. Supuse que se había dejado algo en la habitación y que acudía a buscarlo transformado en una criatura voladora. Me alegré por él, los chicos imaginativos nunca están solos. Lo que más me entristece del crío de Helen es que tiene la cabeza seca para la fantasía, se queda clavado en las habitaciones, mirándome como un idiota. Sé que no era una situación sencilla, pero seguro que en Montana su padre le había presentado un par de mamás sustitutas, y para un crío espabilado tres días son suficientes para adaptarse a un nuevo entorno y evitar sufrir una parálisis cada vez que se cruzaba conmigo; además, mi aspecto es más WASP que el de cualquiera de esos granjeros del Medio Oeste.

Busqué un negro adulto entre los bañistas que salían del agua con el pelo agrupado en mechones, igualito que si se hubiesen acoplado a una estrella de mar, lo busqué entre las momias narcotizadas que vacilaban entre pedir un té o el aliciente de esperar un infarto, y fue sobre una de las mesas donde encontré su dedo, largo, oscuro como terciopelo húmedo. Dentro de la camisa amarilla parecía una mancha de tinta china en forma antropoide. Estaba concentrado en verter leche en su té, lo hacía tan despacio que se formó un cerebro lechoso que él mismo disolvió con dos golpes de cucharilla. Me gustan los negros, aunque no he tratado personalmente a ninguno, les tengo una simpatía anticipada, me encanta la elasticidad de sus cuerpos, creo que por culpa de su esqueleto no sacan buenos nadadores, demasiada sustancia cartilaginosa. El del balneario era un ejemplar impresionante, del tronco le crecían extremidades tan largas que daba la impresión de ser capaz de patear o coger cualquier objeto de la sala sin levantarse. Debí de quedarme admirándolo, porque cuando cruzamos las miradas me recibió con unos iris duros que flotaban en el suero de la cápsula ocular.

Giré el cuello y vi a *Daddy* encarar el pasillo, arrastrando las maletas y los pies; sólo en algún gesto aislado intuías al león que se habían olvidado dentro de aquel cuerpo en retroceso. La mamá de Helen le seguía a medio metro envuelta en un halo de cosméticos, no puede decirse que fuéramos a intimar, las dos veces que nos quedamos a solas se dedicó a masticar las palabras inglesas en una papilla fónica que sonaba a gaélico, y al día siguiente se subirían al avión de vuelta para esfumarse de mi vida.

Cuando me volví Helen estaba sola en el mostrador, cargué con su maleta y la dejé adelantarse con la llave.

Tengo una altísima consideración por el papel que las habitaciones de hotel, las pensiones y los hotelitos en el extranjero desempeñan en la maduración de una pareja, adoro esos prolegómenos y contrapuntos al sexo doméstico, su inyección de cualidades furtivas; pero se me había ido el viaje imaginando con desgana el momento de quedarnos a solas en el dormitorio, no sabía cómo iba a reaccionar mi libido después de cinco meses de separación; parece cosa de magia pero las chicas se hinchan y se abomban siguiendo el modelo de las madres. Pasar el día con la versión fofa, desdibujada en protuberancias sebosas, del cuerpo rosado y vivo, con pliegues húmedos y suaves, de Helen, no había sido el mejor estímulo.

La tontería se me pasó en cuanto vi cómo su silueta (tan colmada de vitalidad que siempre me ha parecido propensa a sufrir un derrame de vida) se las apañaba para subir las escaleras con la maletita sin dejar de transmitir el movimiento de las dorsales a la cadera, que desde que nos casamos es todo el estímulo que necesito para que las distintas voces de mi cabeza renuncien a la absurda tendencia de parlotear cada una por su lado y se agrupen en el reclamo único de lo que iba a pasar entre nosotros la media hora siguiente.

Helen no se las arregló con la cerradura, abrí la puerta buscando con el rabillo del ojo la cama crujiente. Dejamos las maletas en el suelo. Un escritorio de broma, un espejo de cuerpo entero, una ventana que proyectaba vistas a los abetos y un baño con plato de ducha. Helen se puso a hacer una serie de estiramientos al estilo Jovanotti, y la visión del vello transparente que le crecía en la axila puso mis pies al borde del trampolín. Tomé impulso para saltar, pero cuando el niño irrumpió en el dormitorio haciendo ruidos con la boca, lo que hice fue dejarme caer en la silla; el chaval debía estar entretenido en el pasillo, una mano de indignación me trepó desde el vientre.

—¿Te sientas? ¿No me ayudas con la maleta?

Pese al acento cortante de su castellano de pacotilla, sé que lo dijo con buena intención, sin una pizca de premura, debía sentirse aturdida por el viaje de dos horas encerrada con *Daddy*. Incluso se las arregló para levantar con la voz un poso de ternura, intentaba hacerlo bien, por nuestro bien.

—Ya empiezas con exigencias. Pues empezamos mal.

Helen se volvió despacio y se quedó suspendida (medio segundo) en la postura y el ángulo que permiten una visión simultánea del pecho y el glúteo, me sorprendió paladeándola, la conozco demasiado bien para no reconocer el flujo de indignación que arañó sus ojos claros. Tuvo que dejar pasar algo espeso garganta abajo antes de pulsar la cuerda vocal más dulce que encontró.

—No te preocupes, John, me lavo las manos y las deshago.

Me dio la espalda y se metió en el baño.

—Debes de estar agotado.

El niño terminó su vuelo hacia el extremo de la habitación (no era un pájaro, imitaba con la boca el ruido de un motor) y me miró un par de segundos antes de encaramarse de puntillas en la tarima de la ventana. En el espejo de cuerpo entero podía verme las piernas, oí el sonido de la ducha, Helen esperaba quitarse mi inesperado aguijón verbal antes de salir, igual iba para largo; el mueble bar me quedaba a mano, saqué dos bolsitas de frutos secos.

Tampoco voy a negar que ya había oído cómo Helen cerraba el grifo de la ducha y descorría el pestillo cuando bramé:

—¿Es que no vas a salir nunca?

Las últimas sílabas coincidieron con la aparición de Helen envuelta en una toalla anudada sobre el pecho, vi como se desplazaban por su cara una secuencia de muecas rabiosas antes de desembocar en una expresión infantil; intenté calmarme, se suponía que antes de los besos y los mordiscos debíamos emplearnos a fondo en cicatrizar las heridas del último año de convivencia; incluso una mujer como Helen, consciente hasta la indecencia de la baza de sus formas, era capaz de olvidar durante dos horas la dimensión erótica de su cuerpo para concentrarse en remediar su insatisfacción anímica.

Se limitó a sonreír, se limitó a frotarse las manos, empezó a canturrear y a sacar sus adminículos femeninos de la bolsa, como si tuviese a dos niños a su cargo. Me contuve de reprocharle que estaba poniendo el suelo perdido de agua, la clase de gesto benévolo que no suma porque nadie lo advierte; el niño se añadió a la canción, era un truco demasiado viejo para que funcionase, pero era amable, cordial, un masaje a mi vanidad, opté por hablarle sin segundas.

—¿No crees que es hora de que el niño se vaya con sus abuelos? Necesitamos algo de intimidad.

El sol estaba cayendo como una moneda roja y si entrecerrabas los ojos todo aquel trigo maduro recordaba a miles de filamentos de anémona agitándose en su medio submarino.

—No tardarán en llamarnos para cenar. No hay tiempo. Y se llama Jackson.

Helen también podía interpretar las intenciones en el blanco de mis ojos, en los veloces cambios de expresión, para eso sirve el toma y daca de la convivencia: te enseña a leer en el rostro del otro como en un libro abierto. Me puse a sacar prendas de la maleta y a esparcirlas para marcar mi territorio, pero reconocí el tono goloso en la voz de Helen, sabía perfectamente la clase de turbulencia emocional que estaba desatando en mí.

—Además, hemos venido aquí para sentirnos como una familia, no como amantes.

Supongo que no pudo frenarse, hay algo demasiado divertido en echarlo todo a rodar y ver qué pasa después. Estiré las piernas, me dolían los pies, una cosa era que me diese apuro descalzarme con aquel fragmento proveniente de otro pasaje de la existencia de Helen delante, pero te confío que ella no pensó más que un segundo en que la presencia del crío fuese a taparme la boca, eso seguro.

—No me vengas con hostias, no quieres que nos dé tiempo.

En la terraza habían encendido las luces, la hierba me recordó el pelaje de un animal asustado, los puntos rojos de las amapolas pesaban como sangre, era verdad que anochecía.

No recuerdo que Helen respondiese nada, fue el chico quien dio ese chillido de rata cuando su madre lo sacó de la habitación tirándole del brazo. Se había vestido deprisa, no me fijé con qué, cuando me quedé solo me quité hasta los calcetines y vacié un botellín de ginebra. Las mesas de la terraza habían quedado vacías, apenas se oía el esfuerzo de un motor, estaba todo tan quieto que parecía posible retirar la oscuridad de un soplo. Los viejos debían de haberse escondido dentro cuando empezó a chispear, y el fresco los mantenía ahora retenidos en sus habitaciones.

La noche era de un azul lo bastante nítido como para ver palmotear las ramas de los árboles. La ginebra ardía al entrar en contacto con las paredes de la garganta pero enseguida deslizaba una calidez benéfica por las venas, reblandeciendo los contornos del plan absurdo en el que me había metido. Empezó a recorrerme por la espalda y las manos el hormigueo de una impaciencia dócil; como sensación no estaba mal.

—Lo he dejado con sus abuelos, estarás contento.

Fue al ver cómo aquella cabellera húmeda recobraba el tono dorado, casi pelo a pelo, al verla girar y desparramar (más) sus cosas con el pantalón de chándal y un top vulgar hasta el mareo que se había puesto a toda mecha, cuando los pliegues del corazón que había llevado secos y prietos durante todo aquel viaje de la puñeta se humedecieron y dejaron paso a un torrente de sensaciones placenteras relacionadas con estar casados y vivir juntos que me empapó de un humor excelente. Quería abrazarla y picotearla allí mismo desde la frente hasta la pulpa de la nalgas, tirarle del pelo y hacerle cosquillas, más o menos todo a la vez.

Helen se quedó de perfil masticando los restos de rabieta antes de tragar un sentimiento del tamaño de una canica.

—A veces yo tampoco sé qué hacer con Jackson, todo cambiará cuando vivamos los tres juntos.

—Eso será si antes arreglamos lo nuestro.

Intenté agarrar las palabras cuando ya salían de la boca. Es una lástima que las ondas sónicas no tengan una cola por donde asirlas antes de que crucen el espacio y empiecen a recomponerse en instrucciones lingüísticas dentro del prodigioso laberinto auditivo que se desarrollaba en el interior del oído de Helen.

Los meses que habíamos pasado separados se habían hecho largos, no es que empezásemos de cero, pero un buen puñado de reacciones habituales se habían acartonado. No niego que existan personas cuyo ánimo puedas modificar con la frase adecuada, sólo digo que Helen no era una de ellas, se deja arrastrar por las emociones, así que me dejó boquiabierto su réplica sumisa, el paso que dio fuera de los márgenes del agravio.

—Claro que primero arreglaremos lo nuestro, perdona, a eso hemos venido.

El espejo del baño respondió a nuestro silencio con un resplandor de fluorescente, parecía un aplauso. Me sonrió antes de recogerse el pelo en una cola y estrujarla, cayeron unas gotas al suelo. Hay algo cómico en discutir con los mismos labios, con la mandíbula, con los brazos y las caderas que has tocado y se han movido encima de ti en distintas camas; que el cuerpo quede a mano cuando rasgas el velo de la discusión es una de las comodidades del matrimonio. La agarré de los hombros, simuló que se le caían unas medias para zafarse, al incorporarse volvió a sonreírme, pero no fue una expresión limpia (y me conmovió ser el único mamífero vivo capaz de interpretar con precisión aquel enfriamiento de la mirada), su ánimo no estaba tranquilo, quedaba un residuo tétrico deslizándose en su interior. Dio un paso atrás para inspeccionarme.

—Comes demasiado, John, estás grueso.

Helen se dejó caer sobre el colchón, empleó la destreza femenina para cambiar de posición en el aire y terminar con la pierna cruzada debajo del muslo. Diré a mi favor que nunca la confundí con un gatito, con un bicho nacido para estar encerrado en una jaula. Pisábamos los prolegómenos de algo, es un aliciente medio siniestro cuando ninguno de los dos intuye cómo acabará.

—¿Cómo dices?

—Estás engordando, deberías cuidarte. La gente alta pone mal los kilos. Además, no tienes cara para que te salga bolsa en el cuello.

—Papada. ¿Por qué no tengo cara para papada?

—Por los ojos, no son ojos de listo. Sin el perfil bien acabado de la cara parecerías un *baloon*, algo que se hincha, una cosa vieja…

—Por eso me casé contigo, para que me cuides de viejo.

Empecé a desvestirme con parsimonia, un desnudo funcional, el aire de la calefacción era sofocante. No añadí nada más, al meter la tripa corté el camino del aire por la laringe, me dio por toser.

—Metes tripa. Conmigo no tienes un cheque en blanco, olvídate de que limpie tu porquería si te pones como un cerdo. Las mujeres españolas lo aguantan todo: gruesos, calvos, peludos, malolientes… Yo no soy española.

—No me jodas, Pecas, a ver a quién le *encolomes* entonces el niño ese.

Se levantó de un salto de la cama, la prueba de que no había conseguido darle el suficiente barniz bromista al final de la frase (probablemente el dubitativo sonsonete había empeorado el efecto) y aunque no creo que entendiese del todo lo de *encolomar*, estoy seguro de que percibió el sentido de la frase, su carácter arrojadizo. Los ojos se le oscurecieron, dos agujeros abiertos en la carne rosada, y empezó a moverlos por la habitación buscando un escondrijo o un arma entre el mobiliario; después proyectó un chorro de palabras, aunque de lo que se trataba era de situar la puerta.

Intenté detenerla con un grito, pero se abalanzó hacia la salida tapándose los oídos con las manos, un gesto que siempre me ha parecido pueril hasta lo insoportable. Me bastaron dos zancadas para interponerme entre ella y la puerta. Se frenó en seco, no llegó a tocarme, dio dos pasos atrás, con los gemelos tensos; después me miró sin ninguna prevención, lo que se había encendido en su interior ya no iba a apagarse hablando, duraría la noche entera, ya podía ir olvidándome de tocarla con intención alegre. Por algún prodigio de asimetría mi cabeza se sosegaba cuando Helen traspasaba el punto de no retorno, cuando se montaba sobre una furia que ya no podía apagar razonando, ni siquiera pidiendo disculpas (una expresión de buena voluntad que tampoco se avenía bien con las últimas brasas de mi enfado),

Helen sólo se sentiría satisfecha si me suministraba antes una buena dosis de dolor.

—Apártate.

—No puedes salir ahora…

—Apártate.

—No voy a dejarte salir.

—¿Por qué?

—Por que vas a echar lo nuestro a perder, vas a jodernos la noche. ¡Quieres hacer el favor de mirarme, de escucharme!

—No quiero nada contigo. Déjame salir o gritaré. ¡Apártate!

—¿Y cómo vas a pasar estos cuatro días? ¿Metida en la habitación de tus padres?

—Mañana me largo. Puedo cambiar el billete de avión con *Daddy*.

—No lo dirás en serio, sólo dices idioteces, intenta pensar, no seas idiota, no puedes salir por esa puerta.

—¿Qué haces desnudo?

La lucecita que por fuerte que baje la corriente de la discusión mantiene iluminado un punto de cordura recuperó el control, el nivel de rabia empezó a descender, la miradita que le asomaba ahora por los ojos era, digamos, cariñosa; empezó a retorcerse de risa, me sumé, íbamos bien, estábamos saliendo del enredo, dando pasos por el desfiladero, de la mano, como novios.

—Ibas a salir desnudo a perseguirme, desnudo por el pasillo, como un globo idiota, no me cogerías, nunca me dejaría atrapar por una bolsa de *nuts*.

Lo dijo con un tono bastante afectuoso. Ahora tenía que asimilar el veneno de su réplica, nada que no pudiese soportar con la cabeza fría, y seguir adelante confiando en el arnés del humor, cuando desprendiéramos una sonrisa fresca estaríamos a salvo; podía recordarle que siempre confundía los cacahuetes con los *nuts*, podía besarla, amasarle una teta, me sabía al dedillo la teoría, fue la combinación de «bolsa» con «globo», le evidente desfachatez mentirosa de su ataque chapucero lo que reavivó la rabieta verbal.

—Has vuelto a conseguirlo, Helen, te has vuelto a transformar en un ser incomprensible. Lo sé porque me llega la energía fétida que desprendes cuando te sumerges en la vulgaridad.

Pese a ir en bóxers me empezaron a manar de la frente unas finísimas gotas de sudor. Estaba eufórico, Helen era un milagro de fortaleza humana, le habían bastado unos meses para recuperar las ganas de pelear y reconciliarse con su vida conmigo, adiós pastillas, adiós indulgencia: rebosaba de codicia, de cálculos astutos, de ganas de pasarlo bien, los componentes indispensables del ánimo humano. Me convencí que tenía la discusión bajo control, sabía lo que debía decirle para desprenderle una sonrisa y saltar juntos fuera de la atmósfera agresiva. Pero es tarea de santos escuchar tu voz apaciguadora cuando la mente rueda en un desorden de emociones tan intenso; además, le estaba dando un lección, me estaba gustando.

—No me extrañaría que tanta rabia pasada te haya reventado una vena cerebral, que cuando el forense te abra el cráneo descubra que tus pensamientos fermentaban en un cerebro empapado de sangre. ¡Y no me vengas con que grito! No grito por gritar, tengo un buen motivo, tengo que oírme bien para aclarar las ideas cuando discuto contigo.

Oí el «clap», vi los trozos en el suelo, tardé en recomponer una imagen mental de lo que había roto. No es que se me fuese de las manos, le convenía seguir amándome, tarde o temprano la aterradora suma de su falta de empuje más Jackson la volverían a poner de mi lado, pero cuando la vi retorcerse como un bicho metido en un cepo, se me erizó el pelo de la columna.

—Imbécil, cabrón.

—Quieres callarte.

—Cabrón, cabrón, imbécil. Déjame salir.

—Al menos baja la voz, van a oírnos.

—¡A mí qué me importa!

Se abalanzó sobre mí, me golpeó el pecho, el borde de una uña me atravesó la piel, no sé bien cómo me la saqué de encima, debí de agarrarla por la camiseta, Helen se echó hacia atrás y desgarró la tela: se tapó las tetas con las manos y la cara se le puso roja como si en sus vasos capilares fluyese sangre de toro. Se quedó allí con los carnosos labios abiertos delimitando el hueco por donde masticaba y exhalaba; lo intenté pero no me salió ningún gesto cariñoso, al contrario, me puse a reír; espero que lo de señalarla con el dedo no sea más que un falso recuerdo.

—Te odio.

Tiró la bolsa contra la ventana, se salvó por medio metro de caer al patio; reventó una almohada antes de meterse en el baño y cerrar de un golpe la puerta; oí el pestillo, abrió el grifo de la ducha, también el del lavamanos, me dejé caer sobre las sábanas, me temblaban las piernas.

—¡Sal de ahí! ¡Te estás comportando como una loca! ¡Eres una criatura racional, intenta usar el cerebro, te sorprenderás!

Giré el cuello y me encontré con mi cara en el espejo, con el flequillo aplastado y una vena abultada y blanda que me desfiguraba la frente, pero me gustó el corte de mi mandíbula afeitada, aproveché para peinarme.

—¡Tu comportamiento es infantil! ¡Eres madre!

Estaba sudando con los poros abiertos, empecé a rascarme la espalda y las axilas. Me incorporé para inspeccionarme en el espejo, no aprecié nada fofo en mi estómago, lo decía por fastidiar, me estaba entrando hambre, es una suerte que los frutos secos no se enfríen. *Daddy* y señora ya estarían vistiéndose para la cena en el hotel Monster, eché de menos a Jackson, nos hubiese apaciguado, los críos te obligan a comportarte con sensatez adulta; a su edad hubiese tomado por un listo a quien me insinuase que al borde de la treintena alguien podía comportarse como Helen y yo en aquel dormitorio. Claro que tampoco era sencillo encontrar la combinación de palabras adecuadas para pedirle a Helen que, después de todo aquel lío, trajese al crío de vuelta.

—Sal de una vez, todavía podemos arreglar la noche. Te recuerdo que hemos venido aquí para reconciliarnos.

La clave pasaba por controlar mi impaciencia, no podía quedarse allí indefinidamente, le entraría hambre en cualquier momento; sí la creía capaz de seguir allí metida hasta que la cena empezase, de provocar que el niño o la abuela subieran a buscarnos; reprimí el sensato impulso de vestirme, estaba cómodo sobre la cama. La bronca empezó a disiparse, me daba palo seguir anclado en la discusión, argumentando, esquivando, prefería pasar a otro asunto.

—Hemos venido aquí porque tú quieres reconciliarte, porque me lo pediste de rodillas, fue idea tuya, así que no puedes quedarte metida aquí dentro.

La muy boba abría el grifo cuando me oía hablar, al menos su ánimo estaba juguetón.

«¡No tiene ninguna lógica que te quedes aquí metida!»

«Ninguna lógica a menos que quieras batir una marca de esas raras.»

«Y te aseguro que no es el mejor día para jugar a las marcas.»

Abrió la puerta, se las había arreglado para localizar un vestido verde, demasiado pegado a la piel para confundirla con una inofensiva figura maternal. Seguía con esa mirada oscura pero ahora los destellos se parecían a los que emiten las estrellas colgadas a tanta profundidad que nadie se aclara si se han consumido o siguen ardiendo. La misma mirada que durante casi un año me recibía cuando al despertarme le retiraba de la cara los frondosos mechones rubios, los mismos globos blandos como pantallas donde se movía su festival de emociones resbaladizas a la espera de condensarse en un sentimiento concreto, grumoso, sin reservas, que no solía favorecerme. Helen estaba confusa. Cuando empezamos a vivir juntos, antes de que el efecto combinado del presente compartido y los recuerdos de su juventud con *Daddy* la maleasen por dentro, siempre podías esperar que le diese por llorar, entonces me incomodaba verla romperse por dentro, pero el llanto tenía sus ventajas, la dejaba vacía y limpia como una pared donde podíamos volver a escribir.

—Eres despreciable, estoy poniendo mi parte buena, mi mejor energía.

Y después empezó a usar esa mirada que se parece a un cuchillo curvo, te abre la piel sin esfuerzo para evaluar la madurez de la pulpa, y no he descubierto un antídoto contra esa ansia de descubrir aspectos cada vez peores sobre mí; me dio un ataque de pudor, arranqué la sábana para protegerme de su mirada escrutadora, ni pensé que estaba infringiendo una norma de convivencia capaz de desbaratar el orden doméstico con independencia del espacio que nos alojase.

—¡Has deshecho la cama!

—¿Y qué importancia tiene la cama ahora?

—Eres un desastre, este plan es estúpido, me equivoqué… He perdido el tiempo contigo, no sabría volver a vivir juntos sin repugnancia.

Si tenemos en cuenta que había querido largarme desde el mismo momento en que puse en marcha el motor, podíamos hacer las paces y separarnos, pero la discusión había alterado los objetivos, progresaba por los raíles de una lógica distinta, quería evitar un escándalo, quería besarla, quería que me pidiese perdón, no estaba dispuesto a ceder, de ninguna manera, quería ganar en todas las direcciones.

—¡Cállate! Te diré lo que vas a hacer, vas a sentarte y dejar que se te pase y cuando termines de vestirte volverás a ser una persona normal; entonces hablaremos.

—Sigues desnudo.

Esta vez no fue una pulla, comprendió un segundo antes que yo que tumbado en la cama no me daba tiempo a interponerme, que no sería capaz de seguirla por el pasillo en gayumbos, y salió de la habitación.

—¡No te atreverás!

Igual entonces me dejé sorprender por el hecho de que un cerebro incapaz de asimilar un pensamiento sencillo sin masticarlo quince minutos fuese capaz de calcular en unos pocos segundos tantos planos de imaginación; ahora sé que cuando la situación lo exige el cerebro envía órdenes nerviosas a los músculos sin desplegar los razonamientos ante la conciencia, que ésta ya se las arregla para pedir explicaciones cuando la carne y sus preciosas funciones quedan a salvo. Después del viajecito por carretera quedarme solo no era la peor opción, pero estaba dominado por la idea fija de traerla de vuelta, el resto de las frases las dejaba revolotear alrededor de mi centro de rabia hasta que ardían, lo único imprescindible era conseguir unos pantalones y una camisa.

Salí sin cerrar la puerta, sin coger la llave, salí sin mirar la hora: la noche había caído sobre el balneario, y desde las ventanas del pasillo sólo brillaban las luces del paseo y el rectángulo azulado de la piscina.

Bajé las escaleras a tientas, me temblaban las piernas, Helen podía estar en cualquier parte. Desde el pasillo pude ver a los camareros afanándose con la cubertería y los manteles para la cena, me horrorizó el escenario con tres micros, listos para una horita de tormento auditivo, prefería no imaginar la comida adecuada para esos cuerpos aprovechados al límite, sin próstatas, con un pulmón seco: patatas hervidas, pescado al vapor… Me pareció ver el trasero expansivo de mi suegra, pero no me quedé a comprobarlo: era inimaginable que Helen prefiriese un escándalo doméstico a mortificarme con una desaparición espectacular. Me jugaría tres años de convivencia a que había salido del balneario, sólo me quedaba adivinar la dirección. Metí la mano en el bolsillo para comprobar que me había llevado provisiones: la otra bolsa de cacahuetes, y esos frutos más grandes, anacardos, creo.

Salí a la terraza y dudé entre ir en dirección al bosquecillo o hacia los huertos que quedaban a la derecha, me quedé vacilando mientras las pupilas se adaptaban a la oscuridad y la nariz se sacudía aquel olor a trigo tierno, al menos me veía las manos.

—Se fue hacia el bosquecillo.

La voz venía de las mesitas, reconocí enseguida el rostro andrógino de mi obesa y la sonrisa que me dedicaba con un residuo de coquetería. En el mundo civil esos círculos de grasa debieron de actuar como aislantes del deseo, las décadas (los veinte, los treinta, los cuarenta) en que las mujeres gordas no están socialmente vivas del todo, debieron de hacérsele largas, me dio pena, aunque parecía encantada de que la edad estuviese asfixiando a sus coetáneos en el mismo saco. Además, me gustó que su oráculo me condujese lejos de las granjas, donde al llegar había oído el inconfundible gruñido de los cerdos, unos animales que me dan grima desde la infancia, y a cuya buena fama no ayuda que los tejidos de sus ventrículos sean compatibles con nuestros corazones.

—Parecía muy enfadada.

Me gustaba menos que se hubiese fijado en Helen, que la relacionase conmigo, claro que no podía tenérselo en cuenta, el mejor lugar para disfrutar de algo de intimidad no es un balneario poblado de momias; Helen y yo parecíamos recién salidos de una máquina del tiempo.

—Camine hasta el pub, luego siga las luces, si no ha cruzado el río tampoco puede perderse.

Apreté el paso, aunque no estaba descartado estrangularla en cuanto diese con ella, no se me había ocurrido el peligro que suponía aquel caudal cenagoso para una mujer con la cabeza excitada.

Di dos pasos y me llevé un par de cacahuetes a la boca, me llegó una ráfaga de aroma de las clavellinas que colgaban de los balcones, fue como si durante unos segundos me saliera del círculo de aborrecibles insignificancias donde estaba atrapado. ¿Qué intentaba demostrarme? Nuestro matrimonio era un desastre indiscutible, y en el caso de que consiguiésemos cierto equilibrio para nuestro comportamiento excéntrico, ¿qué futuro me esperaba al lado de una Helen desesperada por mantener sus formas ante el ataque de las fuerzas gravitatorias? Todo ese montón de humanidad siliconada (¿pagada por quién?) envolviendo la voz histérica y paranoide de Helen, y dominando mi paisaje de pastillas, calcetines comidos, siestas, bufandas y afeitados temblorosos. Si ahora que podía asustarla de verdad con las manos estaba buscándola temblando de frío y nervios y miedo, ¿qué resistencia podría oponer a su impulso tiránico cuando mi vigor se arrastrase por el suelo? ¿Cuando en el supuesto que me librara de los adminículos ortopédicos, me pasaría el día negociando entre audífonos, visitas rutinarias al médico, cereales blandos y cirugía vascular?

Dos murciélagos aletearon mientras pensaba que merecía una mujer con mejor carácter, pero me sacudí la indulgencia, al fin y al cabo, la vejez es ese sitio hacia el que avanzamos a la velocidad del tiempo, y Helen era la tipa que me gustaba y, para qué negarlo, una amplia sección de mis moléculas estaban disfrutando con las inesperadas descargas de adrenalina que había deparado la noche.

Por la pared acristalada vi al negro en el bar del hotel, supuse que era un gin-tonic lo que sostenía en la mano, el cristal estaba tan oscuro que costaba distinguir la piel, parecía como si la camisa amarilla y el vaso flotasen en el espacio. No sabría decir por qué me transmitió ánimo que el negro me mirase desde su pecera tenebrosa, como si así me atase con un hilo invisible a la esfera de las apreciaciones reales, a resguardo del encono donde Helen y yo chillábamos como dos locos. Me pareció que me indicaba con la mano derecha la dirección correcta, hice un gesto de agradecimiento bastante elocuente, pero con los negros cualquiera sabe, y salí al trote hacia el bosque como un soldado con una misión, los cacahuetes se hicieron sentir, biliosos, en mi estómago.

Tuve que cruzar un canal estrecho en una tierra de nadie entre la piscina y el bosquecillo, sólo brillaban el fragmento de metal crudo colgado del cielo y una estrella de color amatista. Me llegó una ráfaga de viento, en los pueblos siempre se las arregla para soplar frío. Empecé a caminar entre los hierbajos, aquí y allí encontraba latas y botellas y papeles sucios, los viejos eran unos guarros. No tardé en dar con el río Corb que fluía bajo una vaharada de olor a vegetación en mal estado, la luz artificial apenas alcanzaba a iluminar la otra orilla, las corrientes se movían brillantes sobre una masa de sombra, allí donde el bosque se liberaba de la mano humana se intuían borbotones de vegetación; no tardaría en encontrarla, no era propio de Helen corretear a oscuras y descalza por un vertedero así. Estaba prometiéndome que antes de permitirle cruzar el río le aplastaría la cabeza cuando se me echó encima otro puto murciélago, tardé medio minuto en librarme de aquella rata, pero el susto todavía me duraba cuando llegué a un tramo donde el río corría reluciente, reflejando los focos que la dirección del balneario había colgado de los árboles para evitar que si a un vejestorio le daba por dar un paseíto nocturno terminase ahogado en el fondo: parecía como si una ciudad en miniatura se hubiese hundido allí mismo, y el alumbrado siguiese emitiendo bajo el agua. Reconocí la silueta de Helen, tensa, con la cabeza gacha, al borde de la orilla, pisando mechones de hierbajos, un fantasma de carne. Di dos zancadas largas para alcanzarla antes de que resbalase (parecía mareada), sé que la había perdonado porque si ahora pienso que debí empujarla es sólo porque recuerdo la última jugarreta que se guardaba en la manga.

Sé bien lo que digo, créeme, no estoy especulando con el futuro, no voy de pitonisa. Hace dos semanas me desperté a las tres de la madrugada con la cabeza ida, sobresaltado por uno de esos sentimientos crudos que de noche nos sorprenden con las defensas psíquicas bajas. No llegué a abrir los ojos, pero agité el brazo con brusquedad; mientras dormía debí de moverme de mi zona habitual porque toqué el frío lado izquierdo de la sábana, donde tú nunca te acuestas, donde Helen solía acostarse. Fue la sensación de desconcierto la que me hizo retroceder más de diez años atrás, los quince o veinte que llevo sin ver a Helen. De manera que ésta no es una crónica del presente, esto es sólo una historia: mi historia con Helen, mi historia sin ti.

Hace sólo un par de semanas, al convencerme de que tu huida iba en serio, que no ibas a volver, que quizá ni leías mis correos y dejabas que los mensajes de voz se perdiesen en el limbo del contestador, me fastidió comprobar que en los últimos cinco años las amistades que emprendimos por iniciativa mía cabían en medio folio. No llegaba a los doscientos contactos en el Facebook, y de la mayoría apenas estaba seguro de si vivían en el país. Sabes que le daba al aceptar a cualquier solicitud que recibiese, la gente a veces se pone nombres raros (Subal Quinina, Souza Sozinho, Ibrahb), tengo mala memoria, no me gusta contrariar a nadie, y tampoco sabes cuándo te puede venir algo bueno, son tantos los que se han ido deslizando imperceptiblemente fuera del foco cotidiano como pelos viejos; aunque si dispusiera de más tiempo buscaría una comparación mejor: los cabellos se barren y esos tipos se quedan allí protagonizando su vida, con buenos y malos recuerdos de ti, un par de números de teléfono donde ya no se te puede localizar, la impresión medio borrosa de tu rostro y un saldo de aprecio, expedientes que nadie tiene previsto reabrir.

Me di de alta en la red social pensando que iba a revolucionar mi actividad independiente (no podía verme con nadie que estuviese contaminado de «nosotros») y lo único que recibía (además de solicitudes de coches, bebidas y seguros) eran inyecciones de pasado: gente de La Salle, de ESADE, amigos de mi hermana. Era un regreso que me incomodaba, todos tuvimos un buen año, ese partido en el que te salió todo, una novia inolvidable, cenas para enmarcar, fiestas cuyo final te dolió cuando lo presentiste, pero la vida se juega en el presente, una provincia demasiado amplia e intensa como para distraerse. ¿Qué hacemos muchachotes de cuarenta y tantos años, maduros, sanos y fértiles, hurgando en el pasado (¡tan reciente!) en busca de camaradas que si dejamos atrás digo yo que sería por algo?

Apenas pasaba del saludo con los amigos renovados, no comentaba sus fotos, no tenía estado, mi única imagen pública era esa en que sales sonriendo de escorzo en una calle napolitana con tu cabellera oscura y la expresión que no parece de este mundo y que nunca (tan vergonzosa de tu encanto) me dejabas enseñar. Y si crucé tres o cuatro correos con Pedro-María no fue por la emoción ni porque al aceptarle la solicitud de amistad colgase en su muro que al fin había recuperado a su mejor amigo (esa frase me abochornó), sino como un primer paso premeditado para suministrarle a mis sentidos una dosis de experiencia limpia de ti. Escogí a Pedro-María porque pese a su entusiasmo me pareció una carga inofensiva. El impacto emocional de verle de nuevo tendía a cero.

Nuestra amistad había crecido en un suelo de casualidades. Era mi primer año en Barcelona y en la cola que se formaba para distribuir a los alumnos del mismo curso por aulas mi madre le dijo a la suya que íbamos a ser buenos amigos. Mamá intentaba ayudar, suministrarme una primera amistad a bajo coste, pero sólo me senté en el mismo pupitre que él porque el profesor que nos tocó prefería distribuirnos por estatura antes que alfabéticamente. Menudo tío el padre Manteca, sabía cuándo te estabas riendo por dentro, como si pudiese atravesar con la mirada la pared craneal y contemplar el desplazamiento de las palabras en la mente. Solía decirme que nunca llegaría a nada y hubo un periodo de mi juventud que me hubiese gustado buscarle y arrojarle un informe sobre mis logros sentimentales a la cara, pero el hombre estará criando malvas, hay que ver cómo les ha dado por morirse a todos los que tenían cincuenta años cuando éramos niños, y ya me dirás de qué iba a vacilarle ahora. También por la altura nos reclutaron para el equipo de baloncesto, y tres días a la semana, después de entrenar y ducharnos, volvíamos juntos a casa mientras nuestras madres parloteaban de los inimaginables asuntos femeninos, y si había suerte nos compraban barcas recubiertas de crema coronada con una cereza glasé. Y como le ayudaba con los ejercicios de matemáticas, y él dejaba en un estado pasable las láminas de dibujo técnico, los compañeros y los profesores se figuraban que éramos más amigos de lo que éramos. En realidad me alejaba de él a la primera oportunidad. Yo era un muchacho vigoroso, un nervio, la clase de adolescente dorado que sólo sabe caer de pie, mientras que él era, bueno, él era demasiado flaco y esquinado, no estoy seguro de que disfrutase de un motor propio, parecía alimentarse de la energía sobrante de otro corazón que había ingresado en el mundo rebosante de jugos vitales. Era de locos que las jerarquías celestes le hubiesen entregado una vida entera a un ánimo así. Si lo piensas bien la casa de nuestra amistad estaba edificada con los materiales suministrados por la cabezonería de mi madre, los escrúpulos visuales de Manteca y un deporte que privilegia los centímetros: una choza de paja y cañas. No sé cómo puede extrañarle a nadie que el viento de los años se la llevase por delante.

Y aquí tienes mi segundo motivo: cuando le di mi teléfono móvil estaba tan decaído que me hubiese arrojado a una fosa si los sepultureros me llegan a garantizar por escrito algo de intercambio humano; pero no te relamas, a tu vergonzosa huida se le había añadido otro lastre, mi estupenda salud empezaba a desfondarse.

Al clima de Barcelona se le había colado un día medio siberiano, bajaba andando la calle Muntaner, demasiado enfurecido para encerrarme en un taxi; venía de visitar a mamá, y si pedir dinero prestado cumplidos los cuarenta ya es más denigrante que a los veinte (es más difícil convencerte de que se trata de una situación provisional, que irá a mejor), te aseguro que es todavía peor si te dan largas. Encontré a mi madre más animada de lo normal, los motivos que deslizó para justificar su repentina euforia (aquel grupo de amigos septuagenarios), que debieron alegrarme, me sorprendieron, pero no les dediqué un solo segundo, ocupado como estaba en rumiar sobre su negativa a avanzarme la cantidad que necesitaba para no descender un escalón (otro) en la escala adquisitiva.

–Lo hablamos dentro de dos semanas, seguro que tendré noticias.

Llamé a mi hermana, saltaba un buzón que no me permitió dejar un solo mensaje, telefoneé seis veces, me cobró cada intento. No llevaba guantes ni bufanda y entré en uno de esos colmados paquistaníes o brahmanes que no pagan impuestos y que serán la única clase de comercio que se sostendrá cuando la crisis anunciada devore las tiendas de filatelia, las librerías, los sastres y las buenas licorerías. Tú igual te fugas con un sirio pero a mí me tocará ver cómo el variado paisaje comercial del Eixample se simplifica en una batería de dispensarios de yuca, hoteles, outlets, chinos vendiendo al por mayor y locutorios con su olor a pies. Compré una bolsa grande de patatas fritas, *casolanes*, 2,35 euros, mi coartada es que me convenía una descarga de dosis energética, rebusqué en los bolsillos, no quería cambiar mi billete de 50.

La fabulosa capacidad de impregnación del aceite me animó a llegar a casa, que, como bien supondrás, ya no es el coqueto piso de Diagonal Mar que sin ti no puedo permitirme, sino una caja de cerillas con el techo bajo incrustado en una finca sin ascensor, sin calefacción, al que me trasladé porque el casero (un amigo que Bicente conoció en rehabilitación) me concedió tres meses para ir ingresando un depósito (1.200 euros) que vence la semana que viene, porque me quedé prendado como un idiota de las resonancias que desprende la palabra ático, pese a que está orientado al interior y las ventanas del salón ofrecen vistas a una callejuela donde destacan dos contenedores y las fosforescencias de la sauna Adán, cuya temática básica te dejaré imaginar a ti sola.

Rocafort queda a media hora del corazón acelerado del Gayxample, la especie predominante por aquí es la vieja con perro asqueroso que si no te cambias de acera te lame las perneras y los zapatos, pero el Adán está cada viernes hasta la bandera, no puede aspirar a las luminarias bujarronas que desembocan del norte del Europa a la caza de promiscuidad o de unas calles donde pasear sin disimulo de la mano con su amor, pero capta sin competencia a los plumas reprimidos de Sants, de la Bordeta, de la dramática Creu Coberta, y del barrio ese rarísimo que se abre a medida que a la Gran Via le da por separarse del Paral·lel (una calle que en cualquier ciudad menos notas se llamaría la Perpendicular), así que la gerencia tiene garantizado el lleno todos los fines de semana.

Y mientras yo me dedico a los malabares para cumplir con el IVA, el IBI, el canon del agua, el impuesto que te cobran por aparcar, por recoger la basura, por recortar los hierbajos de esos parques de barrio que te deprimen en cuanto planeas un paseo; con los cargos indirectos que gravan el tabaco, el alcohol y la gasolina; con toda esa diálisis municipal inversa que va extrayendo de la cuenta corriente sangre limpia para sustituirla por un bombeo de deudas e impagos y requerimientos, mientras yo me las arreglo para que no me corten la luz, el suministro del agua (donde flotan partículas de plomo, y otros metales cancerígenos), seguro que los del Adán no apoquinan ni la mitad. Estos mariquitas funcionan como una cofradía de apoyo mutuo, ríete de la red de capilares del corazón, aquí todos los iniciados se irrigan mutuamente. Y cuidado, no estoy en contra de las tortilleras y menos todavía de los homosexuales, pero si además de fomentar las adopciones de parejas con dos maridos, los alivian de pagar impuestos, ya me dirás qué recompensa nos queda a las personas normales. Yo sólo digo que alguna recompensa tendrá ser normal.

Me armé de valor para subir las escaleras, si no me diera vergüenza comer delante de las mirillas me hubiese guardado unas patatas para avituallarme en los rellanos. Por suerte, sólo me había elevado dos pisos cuando me alcanzó el dolor, fue como si unos dedos se enredasen en las terminaciones nerviosas y las arrastrasen hacia el costado donde sientes latir el corazón. Me quedé quieto como un roedor nocturno sorprendido por una luz humana, me repetía «ya pasó», «ya pasó». Algunas tardes he ido a nadar a la piscina municipal; si fuerzo un poco el cuerpo, al descansar sobre la boya me viene una náusea; no le di importancia, mi vida mental está lo bastante liada como para reprocharle al organismo un eco físico. Enseguida me di cuenta de que el achaque de la escalera era más agresivo, ya no era el dolor que se enroscaba en el brazo, en las costillas y en la garganta, dejando una estela de ardor: lo que me asustó de verdad fue la impresión nítida, como si lo susurrase mi propio miocardio, de que el corazón se estaba asfixiando.

Paré como pude un taxi, y tres calles antes de llegar a la Quirón el dolor empezó a remitir, descarté volver a casa, sé que te había prometido poner cerco a la hipocondría, y nadie me negará que ya no confundía los dolores de cabeza con tumores ni consideraba cada mancha rojiza un fermento de ebus, pero esta vez había algo maligno cambiando las venas de sitio. Se trataba de mi salud, iba en serio, el sudor me olía a situaciones adultas.

Si el universo fuese un montaje justo nuestra separación podría beneficiarme, ya se agitaba bastante materia asquerosa en mi ánimo, con un susto bastaba, podían dejar en paz mi salud, sería un punto a favor de la racionalidad de la vida que hubiese un cupo de sufrimiento. Claro que entonces Bicente no hubiese perdido el oído derecho de un segundo a otro. Estaba dando un paseo y sintió como si el oído interno aspirase los sonidos y los sustituyese por un pitido que no se apagaba de noche. El otorrino le animó: en cualquier momento podía recuperar un buen porcentaje de audición, claro que entretanto tuvo que habituarse a convivir con un acúfeno que le desvelaba una de cada tres noches. Le dijeron que la interrupción del fluido auditivo podía deberse a una alergia, a un virus, al estrés que les sirve para todo, a un antibiótico cualquiera. Así que Bicente vivió como un sordo hasta que le atacó una ráfaga de cefaleas que casi le derrumban en la calle. En urgencias lo drogaron y lo metieron en el despacho de un especialista que manipuló con rayos y placas los órganos internos de la cabeza hasta diagnosticarle un tumor benigno que se ensanchaba entre el oído interno y el cerebro de Bicente. Se lo extirparon, claro, porque en toda su benignidad el bulto amenazaba con dañar el lóbulo temporal. Durante la operación, con medio cráneo abierto, y el cerebro apoyado entre algodones y gasas ensangrentadas, el cirujano tuvo un descuido y le rozó el nervio que rige los músculos faciales del lado izquierdo de la cara. Recuperó un setenta por ciento del oído, quizás haya mejorado, no nos vemos demasiado, ronda por ahí lo que me hizo con Helen, y te aseguro que apura bastante hablar con un tío que no es capaz de mover la mitad de la cara. Deja que los médicos se llenen la boca hablando de porcentajes, ve a decírselo a los que padecen enfermedades raras, cuando te toca puede empapar la superficie entera del presente, a efectos prácticos es como si te lo hubieras jugado todo a una carta.

El doctor me llamó por mi nombre y con un mando que parecía de juguete bajó la luz y empezó a pasar diapositivas con gráficos y dibujos del corazón. Valoré el sentido general de la puesta en escena, un punto a favor de la sanidad mutualicia, pero seguía demasiado asustado para captar los pormenores, las palabras revoloteaban disfrazadas de tecnicismos, y no pude ordenarlas en una disposición comprensible hasta que no di con el foco secreto de su perorata: aquel tipo me estaba regañando. Me explicó que el corazón es un órgano incapaz de acumular oxígeno, lo que supone, además de una vergüenza para quien lo diseñó, que lo demanda continuamente para repartir la sangre por los enrevesados conductos de las venas en dirección a los órganos hambrientos. La complejidad de la red capilar me reconcilió con la herencia genética, el trabajo del ADN es para quitarse el sombrero.

El flujo se había interrumpido medio minuto, tiempo suficiente para sacudir las percepciones corrientes de mi organismo; unos minutos más y la pared contraída de mi corazón se hubiese secado en tejido muerto, por fortuna (por fortuna, por fortuna) la corriente de plasma se había estabilizado. Me costó aceptar que estaba viendo el interior de la vena, entender qué significaba que sólo dejaba pasar el treinta por ciento de la luz, que el resto estaba obstruido por un placa formada de lípidos y grasas, suciedad celular o molecular, no estoy seguro de la escala en la que hablábamos, que estuviese pasando en mi interior, por debajo de la piel que me formaba las manos y los muslos, que me recubría las costillas.

—Es como la mezcla de pelos, jabón y pieles muertas que emboza el desagüe de la ducha.

Éste fue el ejemplo que puso el muy asqueroso, y yo le sonreí como si tuviese alguna familiaridad con esa guarrada. Si la pared de la arteria no hubiese resistido el empuje del torrente sanguíneo, uno como él me hubiese seccionado las capas pilosas y la grasa del pecho, me hubiese partido el esternón con una sierra quirúrgica para operar a vida o muerte mi corazón maduro.

—Puede decirse que ha tenido suerte.

Ya me conoces, mis apetitos son básicos y precisos: pedí algo de comer.

—Ésa es parte de la solución.

Me comporté como el niño que ve en el dado la combinación que lo derrota jugando al parchís pero deja pasar unos segundos para darle a la realidad la oportunidad de desmentirse. Terminé por asimilarlo; además, la explicación era formidable: desde el miocardio hasta las venas pulmonares y los nervios ópticos, todo el sistema nervioso estaba sucio y desestabilizado por los residuos tóxicos de cuarenta años de digestiones opíparas.

—Somos lo que comemos. Debe tener cuidado, le conviene ponerse a dieta.

Si te digo la verdad el médico me transmitía confianza, un tío de mi edad, de los que ya se han despreocupado del aspecto, con un cráneo desforestado y la piel sin tensión para sostener la carne de las mejillas; concentraba el atractivo en los destellos de inteligencia que emitía con la expresión. Pero otra cosa bien distinta es que fuese a permitir que me llamase «diabético» y se quedase tan ancho, que él fuese médico y yo no tuviese ni pajolera idea no era un argumento concluyente, la sociedad se ha vuelto democrática, no se puede ir por el mundo imponiendo tu punto de vista. Me decidí a investigar, Wikipedia y Discovery Channel. Era un diagnóstico sin pies ni cabeza, en clase siempre teníamos a uno o dos diabéticos: blancos como el mármol, chutándose insulina como protoyonkis, negados para el deporte y castigados a comer guisantes y coliflores. Nunca fui uno de ellos, saltaba a la vista, nadie iba a discutirme mi propia historia.

«Es una enfermedad de adulto, su páncreas se está deteriorando.»

«Es posible que se canse más de la cuenta, que sufra náuseas, vómitos, polifagia, polidipsia, poliuria, y picazón.»

«Le costará cicatrizar si se corta, ése es otro inconveniente.»

«Va a tener que cuidarse, señor Miró-Puig.»

«Cuidarse» significaba renunciar de entrada (la capacidad empática del médico alcanzaba para dosificarme las noticias) a las patatas fritas, los frutos secos (¡los inocentes frutos secos!), los dulces, el alcohol (el médico da por hecho que aquí abriremos un buen expediente de excepciones), el tabaco (no fumo), los atracones de carne y de marisco, y los atracones en general (incluso las lechugas tienen demasiados carbohidratos): el desfile completo de cosas que le proporcionan una cuota de satisfacción al ánimo corporal. El sexo no me lo dosificó, pero tu huida, aunque en el tramo final nuestro dormitorio no fuese precisamente una fiesta continua, me había dejado sin cómplice, y tampoco estaba con ánimo de buscarme una novia.

—No tienes plazo, Joan-Marc, vas a tener que *fer bondat* siempre.

Sabía que tenía que estar contento (y no sólo porque el médico se hubiese pasado al tuteo, un trato con el que las enfermedades parecen menos dañinas), mi tejido muscular había sobrevivido, y todavía circulaba un treinta por ciento de luz en el interior de la vena. Llegamos a tiempo, problema detectado, seguía vivo y ni siquiera iban a abrirme como a un pollo, continuaría respirando, me quedaban al menos treinta y dos años.

—No es una situación reversible, vas a tener que decir adiós a ciertos hábitos, reemplazarlos por otros más saludables.

Claro que era injusto que con tantos carnívoros sueltos por la calle que ni siquiera han dedicado cinco minutos a pensar en las condiciones de tormento industrial en las que ceban a los animales de cuyos cadáveres filetean sus porciones de proteína sucia, le tuviese que caer aquella rémora a un tío concienciado, casi vegetariano, al que sólo podías acusar de tener la mano demasiado larga para los tubérculos fritos y los frutos secos azucarados. También era mucho pedirme que matase las horas entre una menestra y una ensalada de alga kombu picando dados de tomate.

—Algunos hábitos no deben volver jamás.

Claro que era malo, malísimo, que te hubieras largado, que las preocupaciones económicas se pasasen la tarde golpeando las ventanas, pero fue la visita del médico lo que me dejó desesperado. Claro que me rebelaba contra la perspectiva de pasar el resto de mi vida viendo desfilar platos humeantes de deliciosas grasas detrás de un cristal grueso. Pero necesito algo más para explicar el desplome: dejé de escribirte, de aparejar calcetines, de plancharme la ropa; salía de casa con unas barbas desarregladas, despeinado, pasé una semana con la misma camisa, me olvidé de cepillarme los dientes. Me sorprendía en el WC sentado como una niña, lloriqueando, incapaz de afrontar los problemas. Me despertaba a media noche, cerraba los ojos e imaginaba al corazón latiendo tras las costillas como una legumbre seca: encogido, tímido, arrugado. Me dieron ataques de rabia tumbado en el sofá. Había perdido la confianza en mi cuerpo. Las defensas contra la hipocondría estaban saltando como listones de parquet húmedo. ¿Qué sería lo próximo? Me sudaban las manos sólo de pensar que en cualquier minuto anodino podía disgregarse la conciencia donde me sentía tan cómodo, el único punto del profundísimo universo donde era capaz de vivir. Cada vez que pensaba en esos amasijos de músculos, embadurnados de sangre, que empezaron a palpitar antes de que abandonase el útero de mamá, al ritmo de las instrucciones serigrafiadas en la hélice del ADN, me venía abajo. No se trata sólo de que mi flujo sanguíneo estuviese embarrado, de acuerdo que me había convertido en un enfermo crónico para los médicos occidentales, pero si me evalúas con ojos más delicados, estaba sano. Mi diabetes no era como la de los niños del colegio: podía hacer deporte, discutir, tocar a una mujer, podía volver a masticar carne. Lo que me atravesaba el cerebro como una flecha envenenada era la palabra: «irremediable».

–Nunca más.

Me di cuenta de que había tratado a mi cuerpo como un estado que no podía alterarse, trataba los leves malfuncionamientos y los retrocesos como situaciones reversibles, confiaba en negociarlos al alza con ayuda de mi encanto personal. El drama no era que el vigor juvenil se hubiese disipado, igual no estaba para salir a correr una hora bajo los cielos contaminados, pero no tardaría en volver a jugar al tenis (en cuanto encuentre un rival que pague la pista), ni pueden impedirme que me compre unas mancuernas para transformar los grumos (escasos) de grasilla en músculo de calidad. El drama es que he empezado a fijarme en una serie de fenómenos corporales a los que nunca había prestado atención: vigilo las aberturas capilares, la textura de la piel que parece ceder en pliegues laxos por zonas que no pueden ejercitarse (mejillas, nuca), las arrugas que se acumulan en las comisuras más castigadas por la expresión, las motitas blancas que deterioran mi bronceado espontáneo, como si la lozanía fuese una fiebre de la materia.

Empecé a pensar seriamente en asuntos que creí dejar atrás con la adolescencia: me pasaba las noches buscando un sitio al que trasvasar la mente (mis impresiones cambiantes, tan personales, acumuladas durante cuarenta y tantos años de observaciones, y movimientos hormonales) cuando mi organismo se desorganizase. Me quemé durante horas las pestañas en la red, es una vergüenza que no sean capaces todavía de conectar la conciencia a una máquina (les presto el nombre: «receptor cerebral») y preservarla (algún valor debería tener mi punto de vista específico y particular por mucho que la humanidad desborde, año tras año, las perspectivas de natalidad) hasta que esos tipos sin escrúpulos que investigan con células madre aprendan a cultivar cuerpos huéspedes. La conciencia está pegada a la grasa cerebral, no puedes separarla, se apaga cuando el cerebro se vuelve fosfatina. Tanto adelanto de mierda y que uno siga teniendo que decaer y renunciar y morirse.

–Nunca más.

Así que no actualicé mi perfil de Facebook para comunicarme con los supervivientes de un pasado común que me importaba un pimiento. Fue lo primero que se me ocurrió para distraerme de mi futuro menguante. Y como encontrar un amigote desgasta menos que buscarse una novia, me puse a husmear entre mis «amigos» y los «amigos» de mis «amigos». Me abochornaba colgar algo en el muro, a menos que dirijas una sala de fiestas o trabajes de espía ya me dirás la clase de noticias que podemos generar tipos como nosotros. La mayoría tenía expuestas fotografías donde imperaban las protopapadas, esos implantes que terminan actuando como un anuncio luminoso de la calva que pretendían disimular, motitas y deformaciones adiposas, hubiese sido más elegante que se desvanecieran al acabar COU. Novias, hijos, esposas: era descorazonador que todos mis compañeros (por el amor de Dios, unos pobres niños) se hubiesen sumergido en las aguas sexuales.

Pedro-María estaba divorciado, vivía en la ciudad, autónomo, tenía tiempo, sonaba bien. Tardamos tres correos en ponernos de acuerdo, me dio coraje proponerle un vegano, hay personas que no remontan la visión de unas espinacas escaldadas sobre el plato, me propuso una brasería en el Poble Nou, no rechisté, mi cortesía social estaba más desarrollada que la responsabilidad de enfermo, me iba a permitir un extra.

Pasé dos días ensayando discursos en los que me presentaba como un hombre de éxito que atravesaba una mala racha (eso no me sentía con el coraje de disimularlo), pero el retrato se emborronaba cuando a mi «mal trago» le empezaban a salir patas inesperadas: económicas, anímicas, de salud. Si pretendía ser leal a las circunstancias auténticas era sencillo confundirme con el divorciado todavía fresco que emplea las redes sociales para desahogarse. Pedro-María se daría cuenta de que estaba en las últimas, la clase de individuo que evitas como la peste: ahí me tienes. No podía permitir que ese ganso me humillase, si pensaba ofrecerme su condescendencia se había equivocado de persona.

El día no era demasiado frío pero desestimé ir andando. El 54 me dejó en Gran Via y desde allí fui abandonando la regularidad del Eixample para internarme en el despropósito de Poble Nou: con sus cuestas, sus pasos subterráneos, sus casitas de pueblo, sarpullidos de fincas modernas, escaleras y pasos ciegos, kilómetros de hangares con los cristales rotos; me perdí dos veces, suerte que había salido con tiempo.

Mientras intentaba orientarme recordé lo solo que me había sentido el primer día de escuela en Barcelona. No sabía que podías cambiar de ciudad, que podías instalarte en otra casa. Los muebles todavía no habían llegado y mi hermana y yo dormíamos en sacos, las paredes y el techo de la habitación recordaban la lona de un tienda de campaña, el mismo miedo a la oscuridad, a los sonidos salvajes (la caldera, la nevera, la cisterna). En la escuela me hice amigo de los chicos que me quedaban a mano, a mi hermana le costó más, se ponía a llorar cada vez que mamá se despedía, nos avergonzaba; tantas madres, tantos padres, tantas historias a medio desarrollar que ahora ya deben de estar jugadas, una generación entera al borde de la residencia, y yo les miraba tras el cristal empañado de la preadolescencia, sin ninguna sutileza sentimental. Esos chicos (Jacobo, Eloy, Antolín) me salvaron del aislamiento, pero se fueron desprendiendo de mí, eran amistades que juzgadas con un rasero adulto no debían de valer gran cosa.

La calle se quebraba dos veces hasta precipitarse en dirección al mar, antes de ver el cartel de la brasería, reconocí la figura espigada de Pedro-María arrastrando una moto; y se levantó de la memoria su mote escolar: le llamábamos Serrucho porque era alto y blando, y andaba como si fuese a desarticularse, un crío fácil de doblar. Me saludó agitando todo el brazo, se quitó el casco, sacudió la cabeza y se atusó una mata formidable de pelo canoso. No estaba preparado para el abrazo que me dio, tampoco recordaba esos ojos azules, neblinosos y fríos, me halagó que dijese que yo tenía buen aspecto.

—Verás qué vistas.

La Brasa imitaba un emparrado, y en la decoración predominaban los barriles de mentira; había reservado una mesa con vistas a una huerta, el conjunto olía a ceniza.

—Aquí se come de puta madre, Johan.

Podía imaginarme la comida pero el efecto de aquel «Johan» me desbarató. ¿Quién podía creerse que yo era el mejor amigo de Serrucho? ¿De verdad podía convertir a ese hombre en el confidente de mi segundo matrimonio? ¿De qué iría nuestro rollo: de contar secretitos? Esperé una ayuda del pasado, pero la realidad no empezó a temblar como paso previo a que nos succionase un *flashback*, tampoco nos rescató un fundido en negro, y como no me atreví a salir corriendo lo que hicimos fue sentarnos a la misma mesa.

Dos cervezas y un plato de encurtidos acudieron al rescate. Hablamos sobre la temperatura, sobre si me había costado llegar, no era tan vergonzoso emprender un rescate así; a menos que seas un campeón de la amistad, uno de esos sujetos que lleva dos décadas reuniéndose con la misma gente para diseccionar el partido del Barça, sorber caracoles o salir de excursión en bicicleta; si los negocios no te han salido ni demasiado bien ni demasiado mal, lo propio es que los años te distancien de los viejos conocidos, en el día a día se te mete toda clase de gente: compañeros de trabajo, nuevos familiares, vecinos que pretenden enseñarte su piso, no hay horas para todos; aunque no los pierdas de vista, aunque te lleguen ecos de las zonas donde se mueven, con quién se ven, una aproximación de a lo que se dedican y cuánto gastan, vas desplazándolos. Sólo digo que los conocidos añejos son una reserva de trato social, que puedes echar mano de ellos cuando te convenga un oyente dispuesto a concederte media hora de conversación con reverberaciones íntimas (desarreglos del cuerpo, rincones excitados del corazón), sin atravesar el bosque de malentendidos, suspicacias y presunciones que rodea las nuevas relaciones. Con personas así no tienes ninguna necesidad de disimular que en un futuro relativamente próximo empezaremos a decepcionarnos, porque con estos amigos amortizados que los motores de búsqueda de la red te ponen al alcance de la mano, no hemos venido a comprar ni a vender motos, ya nos jodimos bastante.

Pedro-María pidió ensalada y dos chuletones, no dije ni pío, un día demasiado tristón para seguir siendo vegetariano; el vino sí que me prometí no tocarlo, hacía como tú cuando no te daba la gana de beber: mojarme los labios.

Como adultos recién presentados nos hubiese costado romper el hielo: desde que el Barça empezó a desdecirse de su tradicional papel de comparsa sólo veo el fútbol de manera discontinua, lo más amable que puedo decir de la casta política es que son unos golfos, no creo que Pedro-María se interesase por los documentales científicos de la BBC, y era demasiado pronto para abordar mi nuevo campo de interés: el estudio de las neuronas neuróticas de mis compañeras sucesivas. Por supuesto no tardamos ni cinco minutos en calentarnos con las vivencias comunes. Apenas habíamos coincidido ocho años pero el tiempo pasaba tan despacio de camino al colegio, y las horas de aburrimiento en el aula eran tan abundantes que parecíamos avanzar sumergidos en un líquido pesado capaz de serigrafiar aquellas vivencias discretas en un estrato tan profundo como accesible del ánimo.

Mientras subía de dos en dos los escalones para suplicar en nombre de la clase que nos aplazasen el examen de geografía, cuando me abrochaba las zapatillas en la cancha mientras mis compañeros se distribuían en los carriles de contraataque, me entristecía anticipar que todos esos cuerpos dorados de energía juvenil iban a matricularse en universidades distintas, a casarse con chicas extrañas, a comprar pisos alejados. Todos los chicos de nuestra promoción entramos en el mundo y consumimos tal cantidad de energía para que nos madurasen los huesos que a los veinte no me hubieses convencido de lo rápido que era traspasar la treintena, que bastaba con volcar un mes en el siguiente. Como si el fenómeno escandalosamente original de disponer de un par de manos para mí solo fuese un truco demasiado corriente y extendido para preocuparse por preservar las manifestaciones individuales. A Pedro-María le anudaron una corbata para la foto de orla en 1979 y si quieres puedes imaginar esa fotografía como la masa crítica de la que íbamos a salir todos despedidos en direcciones discordes, aunque no tardaríamos en estar los feos, los idiotas, los galanes, las almas bellas, los sanos, los atentos, los pringados, los remisos, los intrigantes, los capitanes araña, los aprensivos, los pusilánimes, los que se vienen abajo al primer contratiempo, los tiranos, los medrosos, los altos, los desprendidos, los marcados con el fuego de la buena estrella, los precoces y los que arrancaron despacio, los tímidos, los asquerosos, los desaforados, los alérgicos, los pálidos, los que parecían amasados para no crecer nunca, para crecer enseguida, para no enfermar, para no morir, desperdigados en los balnearios del IMSERSO, saboreando distintas fases de resignación, unidos por la misma canción sorda de la despedida, vinculados por los filamentos secretos de una vergüenza parecida.

La conversación se internó entre los viejos compañeros, Pedro pronunciaba sus nombres (con un tono de indignación personal contra los años que les habían separado de él), yo deslizaba en silencio el apodo: Tapia (el Judío), Maureso (Cara Queso), Aurelio (Minor), Jiménez (la Haba)... Pedro-María (Serrucho) se había entretenido buscando a esos tíos allí donde la inercia de la vida los había arrastrado para disolver los acentuados rasgos juveniles en la música común: se casan, tienen hijos, les ponen nombres, se divorcian, consiguen trabajos, los pierden. Una clase de existencia previsible y agradable de protagonizar, pero necesitarás una fantasía de novelista para extraer algo de agitación de esos surcos.

Jacobo era el único que me interesaba, éramos amigos de verdad cuando a su padre se lo comió un cáncer de los rápidos. Tuvo que renunciar a las *colonias* y a las clases de inglés, y si siguió en el equipo y en la escuela fue gracias a las becas que sufragaban las familias completas y que le obligaban a sacar las mejores notas. A mí me parecía normal que una asistenta me calentase la leche del desayuno, no podía imaginar lo que suponía crecer con pocos medios, esforzándose por ser agradecido, el desgaste que supone. Jacobo era un poco *soca*, lo compensó con tenacidad, empezó a aprobarlo todo, en los ejercicios que sólo requerían tesón era imbatible. En la pista nos entendíamos, era bajito, lobuno, muy desarrollado para su edad, corría la pista como un diablo, cada vez que yo agarraba un rebote sabía que iba a estar fastidiando el balance defensivo de los rivales. Uno de esos tipos a quienes el infortunio no consigue partir por la mitad, lo deja medio torcido, más resistente.

Al llegar a casa encontré el Facebook de Jacobo, se me había escapado porque aparecía con la inicial y el espléndido apellido de su padre. Había colgado una foto donde se le veía trajeado, exhibiendo su reloj. Tres semanas después nos encontramos fortuitamente, Jacobo salía del dentista: tenía la cara tan adormecida por la anestesia que la voz le salía acolchada. Me estrechó la mano con afecto. Conservaba la línea, los tíos bajitos son carne de gimnasio. Calculé catorce pagas de 4.500 euros, coche de empresa y una línea de crédito para almuerzos y cenas de negocios: transpiraba esa clase de seguridad. Algo masculino me impulsó a ponerme a su nivel y le hablé de mi pasado como emprendedor en el ramo de los quesos, me vine arriba y tuve que escucharme recitar fragmentos seleccionados de la ruina de mi último matrimonio; lo recuerdo bien porque ilustré el relato con una foto tuya tamaño carnet que nunca recuerdo desalojar de la cartera, creo que lo aburrí un poco, si por mí fuera hubiéramos seguido viéndonos, se lo propuse, no mostró demasiado interés.

Pedro-María también me habló de Veiga, de Lacayo, de Portusach… aquel Serrucho loco había buscado información sentimental y laboral de todos los compañeros que me vinieron a la mente. No recuerdo bien qué mentira le solté cuando me preguntó cómo me ganaba la vida.

—No sabes cómo me alegra comprobar que sigues fiel a nuestro espíritu.

Le di un buen meneo al vino, sin precaución. Claro que habíamos sido compañeros de colegio, nos subimos juntos al podio para que nos colgasen la medalla de finalistas (aunque si le dabas un balón en el poste bajo se giraba con el estilo de un profesional y a la velocidad de un paralítico, le quitaban la bola de las manos, le taponaban, una muñeca de seda que apenas servía para lanzar), aprendimos juntos el nombre de la paleta de posibilidades sexuales (él me contó de qué iba eso del preservativo, yo le expliqué por qué era adulto sonreír cuando el profesor decía sesenta y nueve), y seguíamos allí, sentados y tensos, la primera hora que compartimos el aula con chicas: las facciones suaves, lo dulce que olían; fuimos a comprar juntos las primeras americanas, sentimos los desplazamientos iniciales de la embriaguez, comentábamos las noticias internacionales de *El País*, simulando un interés viril por el mundo. Sólo digo que no era un extraterrestre, que pertenecíamos al mismo racimo de chicos, tampoco había pasado tanto tiempo ni la vida iba a prolongarse lo suficiente para desgastar aquella memoria común.

—Me abrí una cuenta de Facebook para encontrar gente interesante, Johan, y contigo se puede hablar.

Serrucho se quedó mirándome con una sonrisa que parecía un adhesivo, esperé una de esas descargas automáticas con las que la lengua es capaz de salvar la situación, pero no conseguí cuajar una frase consistente, creo que a esto se le llama quedarse en blanco, es una sensación curiosa.

¿Cómo se pierde la gente?

No es deliberado, no sabes si quieres saber de ellos, no sabes si querrán saber de ti.

Te vas de viaje, te cambias de barrio, tienes una novia que no quiere saber nada, que te da demasiadas alegrías, demasiados problemas, el trabajo te absorbe las horas extra, tus padres enferman y se comen a dentelladas la energía sobrante, tienes hijos que crecen como aspiradoras, te preocupa la fragilidad económica, te avergüenza haberte convertido en uno de esos ciudadanos civilizados que se cepillan los dientes tres veces al día, te molesta tu origen, te atemoriza, les envidias, nadie sabe qué te encontrarás, en qué se habrán convertido, te da risa sospechar que siguen siendo lo que eran, conjeturar en lo que se han convertido.

Dejas pasar los meses porque confías en que seguirán allí cuando reacciones, y cuando quieres darte cuenta se han alejado o siguen siendo demasiado parecidos, y esperan gestos tuyos que has olvidado, y recuerdan aspectos que ya no concuerdan con quien me he convencido que soy y ellos ya no reconocen.

Van demasiado deprisa o demasiado despacio y un día encuentras fotos antiguas, correo atrasado, planes por cumplir, el asunto se vuelve demasiado espeso, para que fluya, ya no sabes qué hacer con la distancia, cómo abrazarla. La amistad crece arraigada a una actividad común, se nutre de los retos diarios. Mantenerse al día, notificarse los cambios, empujar proyectos que impidan el drenaje de la sustancia compartida. Y seguir cerca de las mismas personas tantos años, no apartarse, es un pelín asqueroso, la idea nos hechiza, pero nos cansamos de las mismas caras.

¿Qué le importaba yo a Serrucho, qué interés podía tener en un divorciado sin hijos, en un enfermo crónico, en las capas que el tiempo había derramado sobre mi aspecto? La lección que había aprendido del amago de infarto es que nunca seremos tan jóvenes como ahora, pero Pedro-María no estaba interesado en que un cuarentón le recordase la caridad de los días sanos, quería que le ayudase a sumergirse en el pasado, el tiempo de las promesas: su recuerdo del pasado, su pasado soñado.

No podía salir nada bueno de aquel encuentro, me había equivocado, las raíces estaban podridas de humedad.

—Voy a mear.

Me venía bien, pero no estaba fingiendo, uno de los efectos secundarios de las pastillas que tomaba para fluidificar la sangre eran diuréticos: me licuaba la grasa y enviaba chorros de líquido tóxico a la vejiga, viví años sin saber que las paredes de esa calabaza se destensan con el uso; nada de ir al baño antes de salir de fiesta y resistir hasta la madrugada, cada media hora sentía la molestia, no terminaba de vaciar: me tocaba vencer la aprensión e internarme en los WC de los bares, los restaurantes, los cines, las cadenas de comida rápida donde me esperaban sorpresas instaladas con premeditación o descuido por precursores repugnantes; los viejos somos unos exploradores.

El lavabo de La Brasa estaba limpio al coste de derramar por el suelo un galón de ácido Mostaza; me lloraban los ojos, abrí el grifo y de tanto como me había adentrado en mi papel senescente me sobresaltó ver reflejada la piel de una cara todavía tensa, los labios sanos, mi flexible onda trigueña. Me froté las manos con agua, los tíos que sólo se lavan después no saben apreciar la parte más delicada de su anatomía. Me bajé la bragueta y constaté la desproporción entre el apremio que sentía la vejiga y la parsimonia de la micción. Ir a mear es un suplicio, todo ese tiempo perdido, esperando que se decida a salir.

Volví al comedor y la vista seguía siendo una porquería, pero la luz resbalaba dorada y fría sobre la mesa, el vaso estaba reluciente de grasientas huellas dactilares; se había pimplado lo que quedaba de vino, me miró con unos ojos cristalinos, no usaba lentillas.

—¿Pedimos otra botella?

Dejé pasar la oportunidad de contarle que mi cuerpo se había olvidado de cómo suprimir el colesterol, que los residuos de aquel vino, de aquel pedazo de carne roja con sus ribetes carbonizados, se acumularían en lascas que amenazaban con destruir mis tejidos coronarios, con derramar un vaso capilar en los sesos y dejarme turulato.

—Por mí que no quede.

Me dijo que estaba cansado de trabajar para otros, harto de transferir tiempo a cambio de un sueldo de subsistencia, también estaba quemado de la programación, de diseñar páginas para tíos incapaces de aprender a manejarse con el FrontPage. Me dijo que quería reservarse tiempo para él, que cuando salía a la calle con la Nikon se sentía mejor, mejor de salud, mejor persona. Me dijo que desde que firmó el primer contrato laboral esperaba el momento idóneo para dedicarse a la fotografía: tenía sensibilidad para la luz, se sentía en deuda con su talento. Intentó robarle horas al trabajo, pero salía del despacho demasiado cansado, incapaz de remontar, vencido por la compra y la colada y el resto de las tareas que se van acumulando, una a una, con total indiferencia hacia la chispa artística que a ratos prendía en su interior.

—Ya no me engaño. El momento adecuado no va a llegar. Hay que forzar las cosas, atreverse a saltar del tren en marcha.

Me dio su Instagram.

—Eso es lo que hago. Con lo que estoy comprometido.

Me dijo que no me perdiera los comentarios, lo que sus fotografías suscitaban en otros aficionados, esas palabras eran inyecciones de energía para no caer rendido en la vida zombie, la vida de las oficinas, la vida que llevamos los demás.

—Estoy cansado de soñar con una sombra de vida, quiero asaltarla, meterme dentro, protagonizarla.

Me dijo que pensaba pedir una reducción de empleo y de sueldo, que al menos le liberasen de las reuniones de personal, de división, de ventas, de compras, de técnicas empáticas y sinérgicas. Me dijo que en las corporaciones te contabilizan los minutos que tardas en desayunar, en subir las escaleras para fumar un pitillo, en ir al baño.

—Es un asco.

Me dijo que había algo vivo agitándose en las personas, que podías estimularlo, que los cuarenta eran una década creativa, que se sentía con fuerza y capacidad para reinventarse, no dejaría que nadie rebajase su techo. No iba a quedarse metido en el agujero que habían escarbado para los que eran cómo él, personas que habían estudiado, que hacían los deberes, que se dejaban engatusar. Me dijo que era un buen momento para los emprendedores, que la atmósfera estaba cargada de energía, que los bancos regalaban dinero a crédito.

—No sé tú, pero yo no puedo perder más tiempo.

Me dijo que estaba harto de que lo pusiesen a prueba, le exigían un rendimiento que no podía dar, tenía los nervios sensibles como cables pelados (y extendió los brazos para acompañar la frase, como si yo pudiera examinarlos a través de la piel). Aquella envidia que le reducía y le dejaba rumiando su propia insignificancia no manaba de un carácter mezquino, la dejaría en paz cuando se esquejase en una vida acorde con sus ambiciones. Estaba dispuesto a pasar el mes con lo mínimo, le compensaba porque una buena fotografía introducía en el mundo un objeto de belleza. Iba a regresar a lo básico: dinero en el bolsillo, la aventura cotidiana, por eso había buscado a los viejos amigos, solteros y divorciados, muchachos sin domesticar, que no iban a bajar los brazos, que no se darían por vencidos hasta que sonase el pitido final. Ahí tienes por qué no preguntaba nada sobre mí: ya lo había averiguado todo.

—Nadie puede entenderme mejor que tú.

¿Por qué iba a comprenderle mejor, sólo por haber compartido ocho años de clase, cien entrenamientos, mil esfuerzos físicos? Habíamos pasado por experiencias parecidas, pero habían atravesado por cabezas distintas que las impregnaron con un carácter distinto, antes de integrarlas a constelaciones de sucesos, miedos y expectativas que no podían compartirse.

—Claro que te entiendo, Pedro, te entiendo perfectamente.

Me invitó a otro café, me invitó a un chupito, me invitó a un paseo, me invitó a una copa, conocía un bar de ginebras estupendo en la falda de la montaña, podía acercarme en moto, si llego a proponerle ir al canódromo hubiese aceptado, cualquier plan le parecía mejor que retirarse; pese a que Pedro me parecía un cretino, había empezado a circular por la conversación ese flujo agradable, la peligrosísima amabilidad suavizando los desacuerdos, un paso más y ya no podré sacar el pie del afecto. Me salvó de alargar la cita que encuentro vagamente gay ir de paquete en una moto y el depósito de miedo que me había legado el accidente bascular, iba a portarme bien. Nos despedimos intercambiando ánimos para que nuestra amistad no volviera a espaciarse. Le dije que había perdido el móvil y cambié un número de mi dirección.

Le vi subirse encima de la moto, igualito que si cuelgas un salchichón de un gancho. Me giré rampa arriba para evitar el saludito. Cuando me quedé solo anduve con mis líquidos gástricos bregando contra el bolo digestivo entre vertederos espaciosos como hangares, por cuestas inesperadas, puentes, escaleras ciegas, y esas calles espaciosas y desiertas como si acabasen de padecer una estampida vírica. El vaho de la agitación alcohólica fue disipándose y dejó al descubierto un remordimiento por haberme inyectado ese cubo de grasa cárnica, los pólipos lípidos debían de estar jugando al tetris asesino en las venas. Joan-Marc y Pedro-María, Pedro-María y Joan-Marc: los nombres compuestos son para morirse de risa. No le daría una segunda oportunidad, aquel estrafalario asunto se terminaba allí mismo. La amistad está sobrevalorada, te empuja a sobreestimar el pasado y la nostalgia es una sanguijuela que te chupa la sangre del cerebro; en cuanto me hubiese liberado de la pesadez de estómago, esa misma tarde, me pondría con lo de la novia.

Cuando terminé de subir las escaleras de Rocafort imaginé a mi corazón tan agotado en el centro del pecho que me pasé el resto de la tarde en el sofá, cambiando los canales del televisor, uno tras otro, los cincuenta y dos, y vuelta a empezar. Me cansé de ver programas de cocina, partidos de tenis, adolescentes magras sacudiendo el culo, tertulias, películas empezadas, series de esas que te dejan a medias, y los carruseles de noticias, repitiendo una y otra vez la programación por orden de la CIA. El vecino se había ido de viaje y esta vez no se le olvidó apagar el router, y los DVD me los sabía de memoria. Tampoco podía dormir con el estruendo de taxis y autobuses que subía desde la Gran Via, así que me levanté y me serví un sucedáneo: un tubo de agua helada con limón. En algún sitio he leído que el sabor es una construcción mental, que los yoguis esos que viven cabeza abajo dominan tanto las enzimas y las papilas que pueden convocar la impresión gustativa de una aletas crujientes de pollo, de un curry o de lo que coman en el Tíbet. No niego que un buen placebo no pueda curar un resfriado, una apendicitis o el sida, no voy a ser yo quien niegue los poderes del pensamiento bien encauzado, sólo digo que mi cerebro me dejó en la estacada cuando le pedí que entre el arranque insípido y su regusto a cloro el agua del grifo me ofreciese una sombra gustativa de Tanqueray.

Pensar en Helen me ayudaba a salir de mi estado de postración autoindulgente, sólo a una ilusa de su tamaño se le podía ocurrir como marco para escenificar una reconciliación aquel taller para vejestorios humanos lastrados por la artritis, la paresia, los audífonos y las cicatrices metálicas que el marcapasos imprime en la carne del corazón. Las primeras esposas no son el mejor tema de conversación conyugal, y cuando te conocí eras algo pánfila, así que hablamos poco de Helen, aunque te confieso que era delicioso sentir a mis dos costillas juntas en la misma escena, uno de los trucos por los que merece la pena tener imaginación.

Y a primera vista tampoco pienses que había mucho secreto en Helen: una rubia estupenda, previsible como un chiste inocente, intuías sus desproporcionadas ambiciones en cada calada… las personas son tan rasas al principio, se adaptan tan bien a nuestros estereotipos… claro que si escoges a la más gris que encuentras y la empiezas a remover con la palabra como si fuese un dedito, no tardarán en ascender de sus profundidades mentales toda clase de ideas y sentimientos que manan de un surtido propio de intereses. Hay un mundo particular en cada uno de esos vasitos de carne que ocupan su pequeño espacio en las aceras, en las sillas, en los autobuses. Billones de cerebros bombeando toda clase de materiales mentales, a la naturaleza se le fue la mano, un auténtico desperdicio de recursos.

Una de estas cabecitas se paseaba sobre mis hombros hace veinte años en Madrid, era primavera y entré en una frutería con el antojo de clavar los dientes en la pulpa dulce de un melocotón. Ahí tienes al chico que solía ser yo. Me habían enviado por correo el diploma de un máster que añadir a mi título de dirección y administración de empresas, y acababa de comprarme un Tag Heuer de esfera negra. Aunque mi perfil no era ambicioso tampoco es falso que estuviese en Madrid por trabajo, sólo que no era la clase de empleo que va de despertador, metro y nóminas, de volver a casa con la cabeza crujida, había oído hablar de aquel mundo fantástico, y decidimos que no era para mí. Se trataba de reunirme con clientes veteranos de papá, ponía cara de escuchar en los almuerzos, si me preguntaban les respondía que prefería conocer bien los entresijos del negocio antes de tomar decisiones, era una frase que les gustaba, me presentaron a sus hijos, cada noche conocía gente nueva, podíamos gastarnos el equivalente de doscientos euros en una cena, en una botella de vino, me dejaba llevar, no tenía ninguna intención de que las «empresas» de papá me amargasen, estaba en Madrid, a finales de mayo, mi ciudad favorita en la época más bonita del año.

Me incorporaron a un circuito de fiestas caseras, salíamos cada noche, simulaba entender las bromas consolidadas, las alusiones oscuras, en cada grupito circulaba un juego de nombres propios a los que nos sentaba bien criticar, motejar, clavar puyitas. Las personas caeríamos secas de aburrimiento si no pudiéramos cuchichear sobre los ausentes.

Nos quedábamos sentados hasta el postre, el café y las copas las tomábamos de pie, en mangas de camisa, mezclados libremente en el espacio que se abría entre el balcón y la terraza. Las noches empezaban a ser cálidas, y las fiestas se daban con las ventanas abiertas sobre el ruido de las calles: fragmentos de conversación, vaharadas de risas, canciones improvisadas que empapaban el salón con un aire de alegría apresurada. Los corrillos se contagiaban los unos a los otros, y era curioso asistir a esos momentos en que los grupitos se fundían en una oleada risueña que recorría la sala entera antes de apagarse.

El piso de Bicente no estaba a la altura del de Rétiz o del de Álvarez del Valle, pero como el viudo de su padre viajaba todo el tiempo nos convencimos de que las relativas restricciones de espacio nos empujarían a ser más selectos. Además, Bicente era de los que se lo trabajaban, aquella tarde había recubierto el suelo con una tela parecida a la felpa, en cada esquina te esperaba un candelabro del que emanaba un aroma picante, a incienso o sándalo, que apenas servía para disimular las impregnaciones de nicotina. Supuse que era otra fiesta *vintage*, se habían puesto de moda, parecíamos una generación desnortada, que extrañaba su propio tiempo; incapaces de desplegarlo en una iconografía reconocible, coqueteábamos con décadas pasadas. Pero me desubicaron los almohadones gigantes y las estatuitas de Buda, Bicente me lo aclaró con una de sus frases untuosas.

—Es una fiesta étnica.

Todas las noches, cuando las chicas y los invitados ocasionales se retiraban a descansar, celebrábamos un epílogo de la fiesta: recogíamos platos y vasos, enderezábamos las lámparas, nos conjurábamos contra la resaca con agua helada y anfetaminas que bajábamos a comprar a la calle por aventura, pero también jugábamos a los *conspirative fellows*. Un sofá confortable, el tacto de la ropa bien cortada, y no puedes creer en la seriedad de la vida, quedaba demasiado lejos, no era un sitio donde tuviese pensado ir, no estaba ideado ni para Bicente ni para mí, alguien tenía que disfrutar de los esfuerzos de los padres. En cierto sentido eran fiestas medio universitarias (a Bicente le quedaba una asignatura), y se barajaban nombres de estudiantes a las que podíamos invitar. Así que supongo que oí hablar de Helen antes de verla, algo sobre cómo agitaba la masa de pelo amarillo al reír, su peculiar pronunciación y la manera escandalosa de mirarte, sin arrastrar el ojo sobre la tela y la piel como lo haría una arañita inglesa, abriendo una pupila que sorbía el mundo a tragos. Había llegado a España con una beca por buen comportamiento deportivo, vallas, tripe salto, algo así. Añadiríamos la clase de detalles que se sueltan cuando le añades alcohol a la embriaguez: te dejas ir, encierras a las personas en un perfil cómico, improvisas, nadie parece bastante respetable para no poder disminuirlo y dominarlo con la palabra.

Así que supongo que la invitamos porque nos divertía su manera de disfrutar con las palabras castellanas y el baile de pecas pálidas que provocaban sus aspavientos faciales, porque les había interesado y ahora querían tratarla lejos de la cafetería y de las aulas, en un terreno extraño para Helen y familiar para ellos. Me perdí (por un molesto tirón en la espalda al salir de una reunión espesa con los Passgard) la primera tarde que Helen se paseó entre nosotros, incapaz de respetar, según me contó Bicente, la distancia personal, pero nadie me preparó para la relación desinhibida que mantenía con su anatomía becada cuando pretendía capturar un canapé o alcanzar otra copa, y que en un país lleno de chicos y chicas tallados por patrones de contención expresiva (estábamos deseosos de desnudarnos pero no sabíamos cómo empezar) sólo podía deslumbrarnos.

Cuando imagino esa serie de fiestas cuyo mobiliario va fundiéndose, me veo de pie entre personas que intercambian sus nombres y facciones, horas enteras se han desprendido del conjunto, qué pereza si tuviéramos que revivir el pasado con su duración completa. Pero Helen estaba segura de que me echó el ojo mientras me dejaba atender, sentado como un emperador chino (una asociación peculiar), por dos chicas finas (ella se veía basta esos días), sorbiendo mi ginebra con suficiencia y los lentes oscuros puestos (se puso de moda no quitárselos bajo techo). Ni siquiera se fijó en el pañuelo planchado que conseguí encajar en la ranura de la americana (en imitación y homenaje a papá), ni en los tonos tostados de la chaqueta ni en las aguas que un hilo finísimo dibujaba en la tela de mi camisa blanca, detalles de indumentaria que había calculado con el mismo esmero con el que los ruiseñores escogen las ramas, hojas y hierbas de sus nidos: como reclamos sexuales.

Así que supongo que ya pensaba en mí cuando se apoyó sobre el piano de pared como si fuese el brazo de un sofá, que fue a mí a quien le dedicó esa sonrisa desafiante. La pillé varias veces doblando el cuello, parecía fascinada por la imagen que le devolvía el espejo, tenía una de esas tardes (aprendí a reconocerlas por la vibración del aire a su alrededor) en las que se sentía confortablemente instalada en su cuerpo, los contornos de su silueta se correspondían con las intenciones del ánimo. Daba la impresión de custodiar una furia paciente, de ser una joven cuya materia mental hierve a pleno rendimiento. Si parecía tan relajada es porque se había concedido un tiempo para calcular el valor de sus ambiciones, y la dirección hacia donde encauza la energía generada con esos muslos sanos y jóvenes. La chica rubia buscaba a alguien que le ayudase a darle un empujoncito a su vida; y por la manera de mirar los efectos de la bombilla sobre los pliegues de mi chaqueta parecía a punto de alcanzar una conclusión. Por eso soltaba el humo tan despacio (basta con que ella creyese que lo soltaba despacio), por eso se le agitaban aquellos corpúsculos oscuros en el azul del iris; era algo más sutil y menos intuitivo que tasar mi atractivo, intentaba verse a través de mi cuerpo, intuir cómo iba a ser su futuro si se mezclaba conmigo.

Emitía en una frecuencia más nítida que el resto de los amigos madrileños convocados por Bicente; entre todos componían un entorno desdibujado y fantasioso: monas, hadas y elfos, figuras de ornato para un marco en cuyo interior Helen se balanceaba al ritmo de una música dulzona con esa suficiencia norteamericana que parecía de otro mundo. Todavía la veo desplazarse entre los figurantes como quien sugiere los movimientos de una ardilla entre las ramas, la veo sujetar el vaso de tubo con un vestido de aguas marinas que probablemente apenas sea verde, la veo sostenerse con esa torsión de cadera tan suya, como si apoyase la nalga sobre el muslo, vestida ahora de color bellota, color azafrán, color cera, pero ese vestido todavía no se lo he comprado, todavía no nos han presentado.

Tuvimos una conversación, pero las frases no se tasaban por su valor semántico, sino por la posición que ocupaban en la estrategia de acercamiento decidida antes de mover los labios, quería irme con esa chica. Fui a buscar su abrigo (una combinación imposible de cuadros y rayas) y me despedí de Bicente, el anfitrión, el sempiterno estudiante de geografía que tenía la pared del comedor forrada con un enorme mapa al detalle de la sierra madrileña, con indicaciones de altura que recordaban las formas ondulantes de las isobaras en los gráficos meteorológicos. Al ver recortada la figura de Helen sobre ese fondo mi imaginación, víctima de la euforia y de la anfibología de la imagen, recordará siempre ese modesto mapa como una pintura hiperrealista de las circunvalaciones cerebrales. Con el vaso en la mano Helen parecía una idea formada por los estímulos nerviosos de aquellas neuronas, alta como nunca (el único día que la miré sin una medida táctil de las dimensiones de su cuerpo), y era tan joven, seguro que si extendía el brazo podía tocar sin esfuerzo el final de su adolescencia; y por qué no reconocerlo, allí plantado, cargando con los abrigos de los dos, sentí una mano de miedo envolviéndome la garganta, temí no estar lo bastante vivo para ella.

Descarté llevarla a mi piso, así que la escena descendió un par de escalones en dirección a rellanos más sórdidos. Para compensarlo le ahorré el transporte público en el que solía moverse, nos subimos a un taxi y arrancamos en dirección a una casita en Delicias, donde alquilaban habitaciones por horas. Eran las dos de la madrugada y la Castellana seguía animada. Los amortiguadores estaban tan gastados que el vehículo raspaba contra el alquitrán húmedo, y Madrid tiene todas esas rejas rodeando jardines, casas, oficinas, servicios bancarios, y la vegetación de una ciudad secreta, y me dio vergüenza meterla en un cuartucho donde llevarían diez años de funciones ininterrumpidas de la misma obra con distintos actores, desvié el taxi hacia un hotel correcto.

¡La misma representación! No tenía ni idea de la variedad de las apetencias sexuales, del bien que pueden hacerte, de lo violento que puede ser. No era más que un crío, aunque me las diese de experto no estaba al nivel de los compañeros para quienes los cuerpos de las putas eran como folios en blanco donde garabatear los primeros párrafos lascivos; me bastaba con imaginar los roces mecánicos de la fricción íntima, a la profesional sacando cuentas sobre el progreso del tiempo en la esfera del reloj, para convencerme de que los burdeles no eran para mí. Mi expediente sexual estaba dominado por los nervios mutuos y las novias de ocasión, me iba a enfrentar a mi primera chica americana con unos trucos elementales (contaba con la sensibilidad del cuello, de las orejas, no estaba seguro si lo de aquella chica con las axilas era una afición personal); no hacía ni tres años que había descubierto los beneficios de acariciar las ingles y la vulva, de convocar con el dedo corazón entre sus labios la humedad imprescindible para desplegar su órgano retráctil, mi gran aliado en aquel laberinto de pliegues; si Helen me daba acceso, por distinta que fuese su actitud a la de las muchachas con cuyo recato había que negociar cada elástico, estaba bastante seguro de que el truco podía funcionar, era un resorte físico, como cerrar los ojos cuando amenazan con arrojarte algo a la cara, aunque, si lo imaginaba con detenimiento, el lubricado natural todavía me provocaba incomodidad, respeto y algo de aprensión. Cuando le abrí la puerta del taxi Helen se las arregló para pisar el borde de la acera recubierta de un halo de inocencia, igual esa noche nos bastaba con abrazarnos.

La luna parecía un líquido que acabase de cristalizar, Helen estaba animada por el vino y el baile y el aire fresco, no se estuvo quieta un segundo mientras formalizaba el ingreso. Bajo la luz del ascensor pensé que la cruz que formaban el tabique nasal y los pómulos eran el esqueleto de un carácter del que colgaba un alma sin cuajar. En el interior de Helen corrían emociones diversas, contradictorias, intensas; pero su agitación amorfa no me repugnó lo más mínimo, fue un punto en el que no me engañé, desde que me dio el primer beso (ávido, feroz, americano) supe que la prefería a una mujer formada, con las ideas claras y estables. Es bueno encontrar a una persona más simple, cuya historia puedes contener entera en un relato, experimentar por una vez el dominio del narrador.

Helen no se quejó del lavabo oscuro ni del techo desportillado, si le molestó el olor a desinfectante se lo guardó para ella; igual que esos animalitos que concentran el foco de la visión en un objeto luminoso parecía fascinada por el rectángulo de la cama, me transmitió la impresión de que las sábanas desprendían un aire prometedor. Parecía sentirse tan segura dentro de su cuerpo, pegado a la tela del tejano (no sé adónde había ido a parar su vestido) que no podías confundirla con un walabí o un gato montés, ningún bicho pequeño.

Se dejó caer boca arriba sobre el colchón, el crujido de los muelles me tensó los nervios de la espalda. Se reía, se estaba riendo y esa risa maravillosa ocupaba todo el cuartucho, así que me dejó desnudarla y nos echamos uno encima del otro fascinados con el diseño juguetón de la carne, las insinuaciones sabiamente colocadas, sus aberturas cálidas. Fue como desplegar unas alas enormes que barrieron los hábitos corrientes del pensamiento, sus recelos, la frialdad. No recuerdo el orden ni los detalles, pero sé que en un momento me envalentoné y fue como si mi glande buscase algo en la boca de Helen, me separó con las palmas abiertas y caímos muertos de risa sobre las sábanas. Las pupilas de la chica que sería mi primera mujer se movían bajo una película acuosa, la abracé temblando porque intuí que estábamos a las puertas de algo, sólo que no sabíamos de qué se trataba, el perfil del camino quedaba oculto por una orografía caprichosa, y reíamos porque nos sentíamos lo bastante cómplices para recorrerlo juntos.

Algo debí de hacer bien para que Helen improvisase su nuevo proyecto vital sobre aquellos dos cuerpos satisfechos. Nunca me puso un impedimento cuando la citaba, a veces con menos de una hora de margen, en la otra punta de Madrid; mis asuntos se estaban enconando, las reuniones se multiplicaban, pero Helen subía al metro, al autobús, paraba un taxi (que pagaría yo) y me esperaba con un bolso acharolado y los brazos pegados al tronco. Me regalaba el placer de dejarla entrar antes en las habitaciones, la cara de sorpresa al calcular los metros cuadrados, mientras deshacía el cisne que formaban anudando y doblando toallas; le chiflaban los visillos y las bañeras, el televisor y los mandos a distancia, con los que era tan exigente. Una de las cosas buenas de aquel periodo es que todavía no estaba familiarizado con el juego completo de expresiones que Helen era capaz de modular con sus rasgos. Era emocionante no saber qué configuración facial me esperaba al extremo de un beso, al darse la vuelta medio dormida, cuando en un movimiento de aquel juego de cuerpos que nos cuajaba como pareja su nariz quedaba a pocos centímetros de mis ojos. Le gustaba pedir comida y bebida para que sobrase, si tenía que irme enseguida la dejaba quedarse sobre las pieles de los cisnes deshechos y los aromas corporales y el vaho del baño, mojando en salsas químicas muslos rebozados de algo parecido al pollo. Y también volvimos al primer hotel, visitamos incluso el *meublé* al que me arrepentí de llevarla, estaba preciosa con la camisa blanca que compramos en el mercadillo, con las medias de hilo granate que desgarró para añadirles un toque turbio, las chicas enamoradas también pueden ser folios en blanco donde pintar.

Me cuesta visualizar a Helen sin superponer filtros que pertenecen al futuro de la pareja que se cita bajo los cielos amables de Madrid, estoy aprendiendo a graduar el objetivo de la lente para que sólo deje pasar la luz que preciso para iluminar a la Helen que me conviene en este punto de la narración, y descubrir de nuevo, entre masas de frases intrascendentes y de bobadas de amantes, que vivía en un cuartucho mal ventilado con otros tres estudiantes (Peter, Mark y el asombroso Alí), que le habían revocado la beca, que debía volver en un mes a Montana, pero que no tenía fuerzas para escribir a sus padres ni para comprar el pasaje (y nunca averigüé cómo se las arregló para mantenerse a flote en Madrid sin dinero); que si alimentó durante unas semanas el sueño de una vida temeraria en el paraíso español de las tapas y las corridas de toros ya podía irse despidiendo. Así que nuestra primera noche debió de ser como la resaca lúcida de su ensoñación: un tío a mano para morder, un ejemplar sureño, no demasiado moreno, que apreciaba el tacto de su esplendor físico, lo único que Helen podía ofrecer; dos chicos desnudos y confundidos (porque tampoco mi vida iba bien: bonos, acciones, letras, beneficios, preferentes, bienes inmuebles, letras y créditos… orbitando alrededor de la llama que los iba abrasando) que se encuentran al extremo de sus cansancios juveniles estampados de planes echados a perder, y descubren cómo la codicia que sienten el uno por el otro puede ocuparles durante horas la mente por completo. Que juntos consiguen reducir sus preocupaciones a una masa oblonga que pueden abarcar con el puño.

Así que Helen se metió en mi piso con un vestido de lana verde, arrastrando una maleta con etiquetas de aeropuertos sospechosos y unas botas de lluvia. Pensé en echarla, ya estaba bien, el impulso se aupó sobre la mente igual que sabes cuando un cuchillo se te ha metido en la yema del dedo sin necesidad de ver el tajo ni el rojo de la sangre. Helen se quedó quieta con los pies muy juntos y el estómago metido, zalamera, con aquel labio inferior demasiado grueso para confundirlo con una señal de inteligencia. No dijo nada, tragaba saliva, solícita, me indicaba que algo hermoso dependía de mí, descubrí que hubiese sido un dios magnánimo: la envié a buscar pan y jamón y medio litro de vino. Entré en el baño y me mojé la cara, comprendía bien, comprendía perfectamente qué significaba aquel «quédate», pero se me *enterbolia* la vista cuando buscaba las implicaciones futuras; mis órganos nunca han sido buenos calculando a medio plazo, y con «futuras» me refería al miércoles siguiente.

No fue complicado forzar el candadito y abrir la maleta, costó algo más convencerla de que lo trajo roto de casa; una semana me había bastado para conocer tres cuartas partes de su universo textil: ahí estaban la falda de terno, las camisetas rayadas, la americana femenina que le iba grande, la blusa roja con hombreras, la mini de tubo, la mini de charol, una prenda con lunares. Las bragas y las medias y unos sujetadores (de los que ya hablaremos) que había metido en la maleta eran la prueba de que no tenía ninguna intención de irse. Mi padre me transmitió este aspecto del alma femenina mientras se fumaba un purito apestoso en el sofá, así que debía de ser domingo y yo debía de estar loco por salir a la calle, una de esas transmisiones de información viril que dejan a las dos partes medio aturdidas, ni que fuese su legado intelectual, qué tontería que nos impregnemos de ideas apenas escuchadas. Pero era un buen apunte, cuando descubrí tu nota cruel lo que me convenció de que esa vez ibas en serio fue que te llevaste la parte de nuestra ropa interior que te ponías tú, que sólo dejaste una media verde revuelta, la encontré hecha un nudo al fondo del cajón, donde el brazo no te alcanzaba.

Helen se metió en mi piso de soltero en Salamanca con la decisión de quedarse conmigo (iba a decir «bajo mi ala»), y no sólo le abrí una a una todas las habitaciones, hice algo más alocado, porque me pareció un gesto natural: le pedí que se casase conmigo, una boda *express*, a la espera que sus padres y los míos (y ninguno reparó en el respingo de horror que contrajo la piel del otro) se conocieran y formalizásemos el enlace a lo grande, como sólo saben prepararlo los curas.

Te concederé que en cierto sentido sólo habíamos estado jodiendo, claro que el ardor sexual había formado canales de agua freática que irrigaban nuestras actuaciones conjuntas en la vía pública: ibas al cine o a comprar la cena, salías de una reunión, dabas un paseo corto hasta la parada de taxis y los nervios te recordaban el placer concreto de agarrarle un pecho, de quitarle el bañador, de besarle los labios del coño: la clase de relación donde lo que persigues no es cierta distancia para valorar con ecuanimidad a tu pareja, sino meterla cuanto antes en una casa y posarla lo más cerca posible de tu apetito: la clase de relación que exige vivir juntos o dejar que la combustión sexual te devore el pensamiento hasta la raíz del cerebro: imagínalo como el fuego de un matrimonio bíblico: un amor imposible de parar.

Casarse por el juzgado era igual de triste que ahora, pero el acto quedó erotizado gracias a su intempestividad furtiva. Me presenté de chaqué, con una corbata negra que desde mi llegada a Madrid llevaba una penosa vida itinerante por despachos de contables, funcionarios y abogados especialistas en rescates financieros; y aunque nos prometimos dejar a los familiares al margen no pude resistirme a lucir los gemelos de papá. Vicente, a quien Helen se las arreglaba para pronunciar como si escribiese Bicente, se vino de testigo y lo emparejamos con una italiana regordeta que mi novia presentaba como «su amiga del alma» y que mi esposa no tardó ni media mañana en precipitar al abismo de las amigas traidoras (y ahora que lo pienso, nunca averigüé el motivo). El cielo estaba alto, azul, terso, prometedor. Me temblaron las extremidades del lado izquierdo mientras Bicente y los otros quince que invitamos para hacer bulto nos arrojaban arroz, y alguien tocó una bocina de fabricación alemana que durante años pensé que era una tradición de la tierra de Helen (los Thrush se habían trasladado desde el valle del Nackar hasta la trepidante América profunda); nos besamos por primera vez con la lenguas retraídas bajo el domo del paladar, y al entrar en contacto con la masilla fría de sus labios sentí cómo los nervios se internaban en profundidades lujuriosas; no me pareció del todo mal que los católicos se impusiesen la castidad prematrimonial, con los ojos cerrados el novio podía seguir el viaje de la sangre desde el corazón hasta los órganos periféricos, lamiendo las paredes de las venas, y anticipar el desnudo al que, después de abrirse paso entre masas de pavor y de emoción, podría picotear la noche entera iluminados por una luna empapada de miel.

Nos fuimos a cenar a un restaurante que disponía las mesas bajo dos robles, nos dimos un banquete de ensalada y un sabroso pescado con escamas de guerrero, y aborde por donde aborde la escena suelo tropezar con la misma ramita de *farigola* chamuscada sobre el blanco del plato, menos blanco que el pastel «Sorpresa» que encargó Bicente, y que cumplía con todos y cada uno de los requisitos que podías esperar de una cabeza simple y optimista y satisfecha y buena, como la de aquel amigo madrileño: nata, nuestros nombres, el contorno de un corazón. Después subimos en el ascensor sin apenas mirarnos, presas de un inesperado pudor, y Helen se dio cuenta de que los dedos de mi mano derecha hacían girar el anillo de casados como si me apretase demasiado el anular. Ni siquiera con el concurso de sus medias blancas conseguimos una erección. La noche estaba tan pautada que me parecía oír el aliento del público y las expectativas de la especie en la nuca, y yo, como ya sabes, si alguna vez atraigo la atención de los transeúntes es porque me sorprenden en un brote espontáneo de histrionismo, nunca me ha gustado exhibirme.

—Nos saldrá mejor si salimos de fiesta.

Y así fue como en lugar de obsesionarme con lamer las heridas frescas de mi masculinidad, de emprenderla a cabezazos contra la luna del armario, cogimos un taxi hasta Chueca y estuvimos bebiendo gin-tonics, de bar en bar, encantados de existir. La fabulosa pareja de recién casados más sociable que la ciudad ha conocido, rechazando proposiciones de hombres, mujeres, parejas de casados, de ni fu ni fa, y de centauros urbanitas: hembras de cintura hacia arriba, varones entre las piernas. Y volvimos a la cama de esa casa que no sentíamos como nuestra pero de la que teníamos la llave, lo que no es poco. Y medio vestidos y con mi anillo rondando hacia el escondite donde tardamos cinco días en encontrarlo ejercitamos la primera variante marital del vigoroso y emocionante encaje del amor. No entraré en detalles, pero me sentía bien porque me había casado con una mujer que se expresaba con franqueza, que afrontaba los problemas sin internarse en remilgos laberínticos, una mujer a la que podías abrazar por sorpresa con el cuerpo entero sin que te hiciese sentir como un salvaje, con la que no tenía que diluir mis raptos de temperamento en dosis de timidez para aclimatarme a la temperatura social que flota en el ambiente: sabía cómo romper a reír, sabía cómo gritar, no se arrugaba, sabía apurar una discusión hasta dejarnos limpios por dentro: era una bestia inocente.

Tenía que devolver las llaves del piso en una semana pero lo arreglaría para quedarnos en Madrid, con el apoyo de Bicente y del resto de los ciudadanos simpáticos que picotean en la calle y te invitan todo el tiempo; sabía demasiado bien lo que me esperaba en Barcelona y me había casado demasiado pronto para contárselo, por no hablar de cómo manejarlo. Además, Helen no servía para Barcelona, no era como tú ni el resto del Eixample Superstar, convencidos todos de ocupar con vuestro aire insípido de contrición y las nalgas bien apretadas el cajón más alto del podio desde donde contemplar desdeñosos el retraso del resto del mundo (ese conglomerado de aldeas). Aquella noche me adormecí convencido de que Helen se rendiría a mis conocimientos superiores sobre el entorno, alegre de dejarse arrastrar entre las figuras y los pasos de un baile viril. Me dormí satisfecho, un varón persuadido de disfrutar de un matrimonio apuntalado en la razonabilidad.

Pero se opuso. Me dijo que no podía soportar el olor a ajo, la peste de las fritangas, los tíos chaparros, sus perfiles africanos, las horas de sol crudo, sin sombras, que quemaba las calles y los edificios. Una ristra de palabras untadas en porquería mental americana, Helen llevaba aquí dos o tres meses (no presté atención al cómputo) y seguía mirándonos a través del monóculo de los tópicos del desprecio WASP (sería bueno ver qué decía un WASP de sus caderas, de la mandíbula que se las arreglaba para susurrar «teutón»), desde cualquier punto de la ciudad se imaginaba a un toro agonizando, su chillido de sierra, veía resbalar la sangre por las paredes (eso estuvo bien), no soportaba los culos bajos de las mujeres, las sombras de vello en los brazos, el estruendo callejero, las corbatas rosas, la impuntualidad, tanta ordinariez, los mondadientes, ¡los mondadientes!

—Quiero vivir en Barcelona.

Como si todavía anduviéramos sobre suelos racionales me pregunté qué esperaba encontrar en Barcelona: el mismo olor, una luz parecida, personas más taimadas, gallos de salón, círculos y circuitos exclusivos, niñatas teñidas de rubio, chándales suburbiales, chismorreo, catetos importados de Alicante con gafas de pasta, tíos que se emocionan cuando ven a un grupito bailar el corro de la patata: dos banderas, dos idiomas, una política de broma, bares de plástico, y esa vida nocturna que se parece tanto a una aspiradora sucia y malévola que te consume y te enseña a ser peor.

—No puedo vivir lejos del mar.

Me lo hubiese tomado mejor si llega a decir Montjuïc, si me hubiese hablado de Gaudí, de los Juegos Olímpicos o del zoológico de animales tarados que había diseñado Mariscal, pero la loba de mar de Montana, región célebre por sus piélagos y perspectivas marinas, me desarmó. Hay algo tan atractivo en la zona más irreductible del absurdo ajeno que me deja paralizado, temblando de fascinación. ¿De qué mar se podía disfrutar en Barcelona? Una extensión de aceite aguado, ribeteado con arena de mentirijillas. No le dije nada, pero la calé, la mayoría de las personas que anhelan vivir cerca del mar en realidad sólo quieren instalarse en una ciudad con muelle, ahí tienes una buena explicación. Helen quería pasarse las tardes en la aduana, entretenida con el deslizarse pesado de los barcos, barajando ideas de partida: un mundo por delante en cuyo centro se anticipaba feliz (esa palabra).

Mientras movía con energía la espátula para impedir que la salsa de tomate se pegase a mi porquería de sartén de soltero decidí que si en algún sitio no íbamos a vivir era en Barcelona. Prefería enderezar mis asuntos en Bilbao, desde una pensión sevillana, o un pueblo que Helen pudiese encontrar «coqueto». Si quería ver el rompeolas y la mugre de la Barceloneta iríamos de visita. Claro que no se trataba sólo de evitar que me venciese doblándome el brazo, podría recurrir a media docena de argumentos incontestables, y en cuanto Helen dejase de chillar y de meter y sacar prendas de la maleta se los introduciría por el oído hasta someterla al sentido común.

Pero cuando intentaba razonar Helen se recluía en una esquina, mis argumentos le repelían como si le echase encima un cubo de agua hirviendo. Pensé que se le pasaría, ya ves, pero no se le pasó. Las imperceptibles moléculas de machismo que surcaban la atmósfera me habían convencido de que por lo menos dos de cada tres chicas (a ojo de buen cubero) pasaban por encima de los asuntos como una niebla, humedeciendo el material sin palparlo, sin hacerse cargo; estaba seguro de que no recurrían a frases arraigadas a ninguna creencia estable, que se nutrían del ánimo cambiante del momento. No estaba preparado para que una mujer con la que iba a compartir piso se negase a consensuar las decisiones importantes, porque no se trataba de qué color íbamos a pintar las paredes o de si montamos el somier en este cuarto o en el puto pasillo, sino de dónde íbamos a instalarnos para quedarnos allí, entre qué calles: si nos quedaríamos en esta capital bobalicona donde podía recabar apoyos y dar largas hasta que escampase o nos trasladábamos a una ciudad donde la palabra «problemas» iba a hidratarse hasta recuperar todos los matices de su asqueroso sabor. Apenas tenía experiencia con personas que nos importan de verdad, a las que por economía, ¡por higiene!, para no arrojarnos por la ventana, estamos obligados a ofrecerles una presunción de cordura. Lo único que digo es que se trataba de un asunto decisivo, y que aunque Helen no sabía de lo que hablaba, claudiqué, cedí, me bajé los pantalones. Y lo peor de todo es que ni siquiera me engañé, yo sabía que por ese camino no íbamos a prosperar, tenía que imponerme, y no fui capaz, eso es todo; aquel cuello que hubiese podido enderezar con las manos sostenía una cabeza llena de impresiones equivocadas sobre el subcontinente europeo, e íbamos a vivir según sus pautas, ésa sí fue una buena señal de alarma.

Nos subimos al avión y mis preocupaciones se enjuagaron ante aquel cielo empapado de nubes. Nunca me ha dado apuro la altura, me chifla ver desde la ventana esas carreteras que se abren paso entre el terreno mientras la distancia reordena la lejanía. Conocía bien el paisaje del puente aéreo: los graderíos cubiertos de césped de una pista de baloncesto al aire libre, las crestas de barro sonrosado y el bosque de encinas con las copas repletas de pájaros que salían volando asustados por el ruido seco de un motor. Ese viaje reparé en los hornos de hormigón de una central eléctrica y en un secarral donde las excavadoras desmenuzaban el suelo en terrones con sus tenedores de hierro; Helen iba colgada del brazo y me llegaba el aroma mentolado del caramelo que desplazaba en la boca empapada de saliva dulce, que fuese la misma saliva que solía besar me embriagaba hasta el extremo de sentirme capaz de apreciar en los surcos abiertos del suelo los movimientos de las hormigas. Después sobrevolamos un río cenagoso, formado tras la colisión de varios arroyos, y era emocionante ver cómo el caudal se ensanchaba invadiendo la llanura que reposaba como una extensión verde, salpicada de flores, azules, amarillas, ocres.

El sol de la tarde empezaba a encogerse cuando alcanzamos el mar, simpaticé con la emoción de Helen, me señaló los barcos deportivos que flotaban sobre aquella monotonía azul, sobrepasamos calas medio salvajes, alejadas de los apartamentos, los muelles grises y las playas artificiales. El perfil de la costa recuperaba su antiguo poder fronterizo: el final del viaje para los hombres de secano. Antes de descubrir la latitud, durante todos esos siglos amontonados, los caminos del mar fueron invisibles, inciertos. ¿Cuál de nuestros tatarabuelos podía imaginar que nos abriríamos paso entre los aires? Me apena perderme el turismo sideral. Tomarse una copa a la distancia donde la imagen de la Tierra se concentra en una poderosa bola azul, suspendida en la negrura profunda, con toda esa vida protegida por una finísima película de atmósfera.

Como el día era despejado pude enseñarle a Helen las protuberancias de la *serralada* de Montserrat, que se sucedían como un sueño calcáreo. Dejamos atrás poblaciones pequeñas, resguardadas bajo una loma, amplios cinturones industriales, polígonos medio desiertos, ciudades dormitorio extendidas como manchas grises, y a las siete le pude señalar la Torre Mapfre que se levantaba limpia como la porcelana sobre la extensión ocre de la arena; le expliqué la configuración reticulada del Eixample, sus bloques cúbicos, le puse nombre al surco grueso por donde el tráfico fluía tan despacio que cada auto retenía un destello de luz solar, a Helen le recordaron las escamas de una serpiente de agua; iba tan pegada a la ventanita que no me habría dejado perplejo si el cristal se hubiese adaptado a su rostro: tenía la piel caliente, los labios húmedos, el amor que irradiábamos bañaba el relieve de la ciudad con una luz amable. Unos días antes había estado leyendo sobre el laberinto de cloacas y canales de agua *llardosa* que se extendía bajo los pasos de peatones y los cimientos, como una ciudad inversa diseñada para las ratas, claro que no le dije ni una palabra a Helen de mis descubrimientos, al fin y al cabo, íbamos a vivir en la superficie.

Íbamos a instalarnos en Muntaner, entre Via Augusta y Mitre, la zona que los recién llegados a la ciudad consideran los barrios altos, un sitio donde siempre huele a flores, algo así. Nosotros vivíamos en una calle cuesta arriba de cuatro carriles sucia como una autopista sucia. Ni siquiera era un piso, aunque tuviese su gracia, una especie de garita de setenta metros cuadrados que el aparejador se hizo construir en el tejado mientras revestía la estructura y se empleaba con los acabados, y que se olvidaron de echar abajo. Dos cuartos, una cocina y un baño que no cierra bien, parquet, techos bajos y una moldura esférica dejada a medias que luce en el centro del dormitorio igual que una moneda corroída por ácido. Mi padre se la quedó en la transacción de algo y se las arregló para prohibir al resto de los vecinos el uso de la llave del tejado en cuyo centro se levantaba la Torreta que Helen y yo aprendíamos a considerar nuestra posesión más querida.

La Torreta hechizó a Helen, se pasó la primera semana fregando las losas del tejado, empleó masilla para rellenar los zócalos que la humedad había despegado de la pared, se las ingenió para limpiar los intersticios con un cepillo de dientes húmedo, raspaba la pintura sucia, en pantalones deportivos blancos y un pañuelo en la frente que diez años después me enseñaste que se llama bandana.

La electricidad se nos iba con cierta frecuencia y nos divertía encender fósforos por el olor a madera con matices de hierbas que dejaban y que no éramos capaces de nombrar en el idioma del otro: yo conocía buena parte del suyo y ella algunas palabras del mío que situaba sin cuidado en las retículas de una sintaxis estrafalaria, en medio se abría una masa oscura de objetos que no disfrutaban de un nombre compartido por los dos. Todas las noches vaciábamos una o dos botellas de vino blanco, nos sentábamos en el suelo con los pies desnudos. Ella subía chocolatinas, queso, frutos secos. Poníamos música suave, recopilaciones de canciones románticas, vocalistas italianos de moda, no he retenido los nombres. Dejábamos que la conversación se precipitase a su capricho, sin cuidado, me preguntaba por la humedad, por si en febrero haría frío de verdad, por los monumentos que la llevaría a ver; me hablaba de la soledad hechicera del foso de salto cuando se escurría la luz natural y se concentraba en un mano a mano entre su tren inferior y la arena, entre el salto y el aire. Cuando la conversación se espesaba, en lugar de escucharla vigilaba los hoyuelos del muslo, los gestos sin gracia de las manos, la membrana más chata de su oreja izquierda, las imperceptibles deficiencias del cuerpo sobre los que precipitaba los ojos para experimentar un estremecimiento de ternura. De las ventanas llegaban ráfagas de aire salado, el olor aséptico a casa cerrada y pintura por airear se había visto superado por las huellas olfativas de nuestra ropa, del cuero de los zapatos, y del membrillo que después de cortarlo en dos mitades dejé madurando en el armario. Si llevaba el vestido verde, su preciosa sudoración dibujaba círculos oscuros bajo las axilas y cerca de las ingles, parecían marcas abiertas en el camino para orientarse. Cuando hacía demasiado calor salíamos a la terraza, nos divertía ver a los autobuses maniobrar para internarse en la penumbra de una callejuela estrecha como un canal cegado. Helen se mordía el labio y le brillaba la piel debajo del farol industrial que mi padre o el aparejador dejó atado a un poste; me paseaba en mangas de camisa, uno de esos cortes estupendos que ya no sobrevivieron a nuestro último traslado, me acariciaba la piel de los brazos, el sedoso vello de entonces, no tenía ningún reproche para mi cuerpo, estaba demasiado satisfecho del de Helen.

Desde aquella plataforma la ciudad se desparramaba en todas direcciones, me concedió que no tenía el encanto majestuoso de París (que Helen no había pisado) pero todas las noches se entusiasmaba descubriendo un rincón misterioso: viejos depósitos de agua, manadas de gatos, fiestas improvisadas, y las piscinas de hotel que a esa hora parecen sábanas tendidas de luz azul. La dejaba canturreando algo acorde con las notas que se escapan del equipo musical y entraba a llenar las copas, desde aquella altura la Diagonal se extendía como un río irreal de alquitrán. El aire nocturno, la música bobalicona, los reflejos del hielo y el efecto dulce del alcohol se fundían en una sensación casi uniforme de bienestar. A nuestro alrededor las ventanas ofrecían porciones de vida íntima: comedores, habitaciones, bibliotecas, dormitorios, atrezos complicados de encasillar. Era hermoso verlas encenderse y apagarse como si siguiesen una pauta secreta, una exposición de cuadros flotando en la solución oscura del aire. Era emocionante estar allí con todos aquellos seres vivos, pensar que estábamos hechos para darnos la mano, fantasear con que podíamos salir volando por encima de los tejados.

Y cuando entrábamos en la Torreta y cerrábamos la puerta, yo jodía el cuerpo achispado de Helen con la mezcla de agresividad, ternura y firmeza de nuestros primeros meses juntos; y ella me retaba con los ojos, con posturas inesperadas, con las precisas instrucciones que se le ocurrían, en frases articuladas en un idioma que era una aleación de castellano e inglés, derramadas en el momento apropiado. Cuando teníamos que parar porque nos entraba la risa, cuando sentía crecer en su mano mi polla rellena de sangre, intuía hasta qué punto es maravilloso tener una persona para jugar con ella, para escucharla, para abrir entre los dos un espacio íntimo donde conversar sin temor, sin prisa, hasta que nuestro carácter despliegue toda su envergadura. No era sólo la deshinibición con la que Helen disfrutaba de exhibir unos labios de piel granate y vuelta del revés, de tener un coño joven con toda la vida por delante, también estaba la manera de desenvolverse por la cocina y el comedor, el gusto con el que se lanzaba a arreglar con sus dedos gruesos los desperfectos domésticos; creí intuir que a cambio de aquellos estímulos vitales que yo sorbía con la boca abierta para alimentar la confianza en mis posibilidades sociales podía ofrecerle un mundo del que agarrarse.

—Quiero verlo todo, llévame a verlo.

La llevé a pasear por la Rambla Catalunya, la llevé a ver la ciudad desde la avioneta del Tibidabo, paseamos por los miradores de Vallvidrera, nos perseguimos en el Parc del Laberint, la interné en las humedades del Gòtic, y si me resistí a las Golondrinas lo compensé de sobra con un tour guiado por los edificios modernistas del Eixample, haciéndole fotos delante del templo griego de Bailén, las chimeneas industriales que se conservaban rodeadas por plazas la mataban de risa. ¡Europa! Tan recogida y elegante, tantos espacios pensados al detalle, durante siglos, veinte por lo menos.

–Llévame a ver todo lo importante, John, estudié arte un curso completo en el instituto, sólo faltaba a clase para ir a entrenar.

Dedicaba tiempo a los peores cuadros, los comentaba a gritos (cómo le hubiese costado a papá aclimatarse a una nuera que hablaba tan alto), le dieron pena los gitanos de Nonell, y de toda la Fundació Miró sólo le interesó el jardín de las estatuas; allí pasamos una tarde preciosa mientras sorbía una lata de Pepsi, envuelta de una luz tenue y flexible. Me dijo que de niña jugaba a imaginar el olor de sus novios, porque quería más de uno, y que nunca soñó con un aroma tan suave como el mío, que rezaba de rodillas para evitar la maldición de un pecho plano. Helen se había puesto una falda blanca y sus palabras sonaban como la melodía de la parte de la vida que se pierde al trasplantarla a un nuevo clima, en un parterre del que me sentía responsable. Nos alejamos del jardín y bajamos una amplia escalera que parecía una fantasía mozárabe, entre flores rojas y espesas. Helen se adelantó para detenerse ante una Diana de piedra sucia, tallada sin gracia, y se puso a escrutarla como si hubiese descubierto una joya perdida durante siglos. La contaminada humedad del puerto le había rizado las puntas del pelo, Helen no iba a extraer nada de valor estético de aquellos esfuerzos contemplativos, pero la envolvía una gracia tan amable cuando empleaba en algo toda su concentración que no apreté el paso.

No te negaré que discutíamos, que teníamos algunos problemas, pero dime qué pareja joven no pasa por situaciones turbulentas; cuando me lié contigo ya era caballo viejo (la inocencia te la quitan enseguida), pero el chico que fue a vivir con Helen era un potro, y pelearse es una manera sana y barata de liberarse de la energía excedente. Topábamos a menudo con el asunto de los preservativos, durante semanas se ponía a favor de las pastillas anticonceptivas, como si estuviese deseosa de probar suerte untándose su estancia íntima con mi esperma. Helen había leído en una revista femenina que me estaba comportando como un macho egoísta incapaz de planificar nuestra actividad sexual, incontinente cada vez que la tensión muscular me subía a los testículos. ¡Claro que no me contenía, claro que me la comía entera

cada vez que la apetencia se desbordaba! Es lo que Helen esperaba, por eso se había unido a mí, pobres de nosotros si dejaba
de responder. No es cabezonería, no se trata sólo del tacto, ni de
la forma ni siquiera del olor que desprende ese material repul-
sivo; después de décadas ejerciendo como copulador adulto puedo declarar que la técnica de colocación es demasiado compleja
para mí, pertenece a otro ramal evolutivo, estoy convencido de
que los tíos que se manejan con esas gomas tienen, qué se yo, un
sexto dedo retráctil o un índice evolucionado para asumir las
habilidades de un segundo pulgar. No tenía intención de desarrollar esas destrezas, me sentía cómodo en mi nicho evolutivo.

Ahora veo claro que debí ser más comprensivo, Helen tenía
miedo de que esas pastillas la avejentasen, le echasen a perder la
piel, temía que le creciesen bolsas en los ojos y bultos porosos
en el estómago; era extremadamente sensible al envejecimiento,
descubrir una cana podía estropearle el día. Verla cumplir años
era todo un espectáculo: Helen daba vueltas alrededor de la tar-
ta como si en lugar de inofensivas velas derramando cera sobre
la crema quemada se tratase de una grosería, un insulto personal.
Asfixiaba las llamas de un soplo, había que emplear las palabras
y las manos como fórceps para extirparla de la cama y devolverla a la celebración. No servía de nada que le dijese que me seguiría gustando con todo el pelo gris, con la cara apergaminada,
con las uñas echadas a perder: el amor por su juventud era más
poderoso que el que sentía por mí, o quizás estaba decidida a no
creerse una frase salida de mi boca mientras estuviese bajo el
influjo de un cuerpo enraizado en la frescura juvenil. No era
raro que me la encontrase examinándose las piernas en busca
del reflejo de una célula muerta o un capilar derramado, ras-
treando en el espejo el hilo dental de una cana o sopesando la
turgencia del pecho (cuya inevitable caída desde aquel esplendor carnal iba a ser un espectáculo que sólo un idiota se perde-
ría). Y si me descubría mirándola de reojo, me cubría de insultos
anglo-suabos como si no la hubiese visto mucho más desnuda
en acrobacias comprometedoras, como si aquellas exploraciones
sanitarias fuesen lo bastante íntimas para regenerar la barrera del
pudor que llevaba meses caída entre nosotros. Era una chica sensible a su aspecto, la asaltaban fantasmas del futuro para transmi-

tirle pormenores sobre su deterioro físico. Ahora que paranoias peores han empezado a fabricar su nido en mi mente al ritmo que la placa de aterona va ocluyendo el paso de la luz arterial, me solidarizo con su disgusto: había hecho los deberes, envejecer (¡envejecer!) era algo que les pasaba a los otros, algo habrán hecho mal los viejos para verse en ese estado. Nunca se le pasó por la cabeza que celebrásemos que estaba viva, su juventud.

Es muy importante que entiendas que lo pasábamos bien, ni siquiera éramos una pareja con problemas, los días estaban atravesados de horas alegres. En el trabajo que había aceptado mientras solucionaba el embrollo patrimonial me trataban como a una provisión de fondos que en caso de apuro podía transferirles capital sano para superar cuatro o cinco meses de turbulencias, no pisaba la oficina antes de las once. Nos dio por salir cada noche a probar ginebras raras, dejábamos a nuestro paso un rastro de beodos, durante tres meses Barcelona se confabuló para demostrarnos lo que es capaz de hacer por una pareja de recién casados bien predispuestos a comportarse como dos animales nocturnos. Supongo que ya barruntaba que en un futuro más o menos inmediato a Helen le vendría bien calzarse un empleo, que una mujer activa y sana debe tener ocupaciones diurnas más absorbentes que superar resacas. Empecé a ver bajo una luz amable el plan de contenernos, de reservarnos: la clase de espermatofitas que esperan la llegada de la noche para desplegar unos estupendos pétalos carnosos, grandes como barcas, capaces de polinizar de suave excitación las tareas más triviales. Tampoco es que me diera prisa.

—Quiero conocer gente. Toda la gente que puedas presentarme.

Mientras me pegaba la gran vida de recién casado la mente de Helen había fermentado nuevas ambiciones, se había convencido de que existían círculos selectos de artistas, burgueses, personas interesantes, glamurosas, qué sé yo, y que si aprendía a manejarme como a una llave podría acceder a esos espacios secretos, satisfacer la fantasía de que estaba formada para hechizar con los ojos y los oídos de la sociedad más exquisita, cuyos rasgos particulares apenas se había detenido a considerar. Me daba la murga con un tono inflexible y lo acompañaba de mohínes que ya había aprendido a reconocer como la advertencia facial de que no iba a dejarlo pasar. Teníamos tanto sin salir del círculo de nuestro matrimonio, ¿por qué matarse por salir de casa y exponer esas cosas queridas que germinan en la intimidad a la atmósfera corrosiva del chismorreo? Es una de las zonas ciegas que compartís las mujeres de las que me he enamorado. ¿No os habéis llevado al mejor hombre de la fiesta? ¿No lo pasamos bien juntos? ¿No os corréis sin más complicaciones que las impuestas por acuerdo lúdico? ¿No es confortable el piso que decorasteis? ¿No vivimos en la ciudad que se os antojó?

Así que empezamos a visitar todos esos sitios que se pronuncian con los ojos en blanco. En Barcelona no se llevaban tanto como en Madrid los viajes en el tiempo, aquí el sitio era el motivo, un exotismo del *topos*: terrazas de hoteles, barcos, museos abiertos de noche, torres, invernaderos. Tuve que retomar el contacto con personas de las que me había alejado cuatro años antes porque rezumaba de ellos una sustancia *llefiscosa*: falsos primos, colegas de negocios de papá, compañeros de ESADE, amigas de besar, confidentes… No me recibieron mal, en cuanto nos vieron asomar descolgaron entre nosotros y ellos una cortina de enhorabuenas. Era el tipo que se había quedado al margen de los buenos beneficios, unos decían que por ambición, otros hablaban de un lío familiar de mil demonios, y que ahora regresaba del brazo de un monumento americano, ¿por qué iban a cerrarme las puertas? Ningún escrúpulo, tanto la erótica del regreso como el desgarro que provoca el primogénito al separarse del núcleo cotidiano eran temas para los dramas de consumo masivo, y nosotros jugábamos al gran mundo, nos envanecíamos de tener una mentalidad abierta y cosmopolita, de no ser españoles, y, además, Helen les hizo gracia.

Helen se volvió loca de emoción, comparaba favorablemente a mis conocidos con los ricos estadounidenses que veía en televisión, cuyas bodas y divorcios y recepciones y joyas seguía por las revistas; se sabía al dedillo las ramificaciones amorosas de esos individuos que parecen existir para consumir (no se puede decir que lo suyo sea beber) Martinis helados en cubierta, sabía quién se acostaba con quién, quién se sentaba al lado de quién, en cada celebración, en cada carrera, quién se deslizaba fuera de la escena, quién caía en desgracia; de no haber estado demasiado a menudo demasiado borracha para sostener un bolígrafo podría haber escrito unos anales.

En casa, mientras intentaba meterse dentro de unas medias que le hubiesen ido estrechas a una niña, o en el taxi, donde seguía acomodándose el pelo, traté de ponerla en antecedentes, prepararla, pero su ánimo estaba demasiado efervescente para aceptar en crudo lo que tenía que decirle, y yo nunca he tenido paciencia para cocinar noticias digestivas: que aquél ya no era mi ambiente, que estábamos fuera de lugar, que a una como ella no iban a hacerle sitio. Así que prefería llegar tarde y atravesar la sala sorteando las miradas fatigosas de los asistentes, con los temas de conversación ya repartidos, que presentarme al principio, cuando los grupos estaban todavía sueltos y en suspenso como gas estelar.

Helen entró en aquellos comedores, deambuló entre las mesas y cruzó miraditas y masticó lonchas de jamón convencida de que había algo dorado agitándose en su interior, un motor que generaba atractivo humano. Se paseaba con su mentón altivo como si fuese un pedazo de América, un fragmento de krotita recién aterrizado del espacio exterior para que admirásemos su brillo. Se estaba esforzando para revelar al exterior un talento social que ninguno de los dos sabía bien en qué consistía.

Cuando Helen se abrazaba a mí para proclamarme su amor, me limitaba a sonreír; al internarse entre los corrillos, yo evitaba las conversaciones, me retiraba hacia una esquina y observaba los contoneos de aquel cuerpo donde iba vaciando el segundo, el tercer, el quinto gin-tonic. A esta distancia podía desembarazarme de las emociones que imponen el trato íntimo y los intereses compartidos, era capaz de sintonizar a mi esposa civil en la misma onda en que la percibían los tipos que nos rodeaban y con los que compartía las mismas moléculas culturales; sin la protección de mi amor veían una cabellera rubia, una lechuguina de Montana con un cuerpo sinuoso crecida entre los amontonamientos de tontorronas que brotan anualmente en las ciudades del Medio Oeste (por ahí debe de caer Montana), con un título de mecanógrafa en el bolsillo, y media licenciatura de una filológica románica que ni siquiera le había servido para desarrollar cierto pudor a la hora de esculpir torsos de frases en francés que sonaban como si estuviese mascando chicle (ella creía que el acento parisino era así), la chica experta en bebidas con soda a la que le habían crecido un par de tetas imposibles de pasar por alto, y que venían a demostrar cómo el único aliento democrático que sopla sobre la Tierra es el reparto del atractivo sexual; claro que no le iba a servir de nada si no les permitía jugar con el festival de fluidos que Helen reservaba para mí.

En cuanto a ellas, bueno, a este respecto nunca intenté engañarme, desde el minuto uno supe que iba a ser mucho peor. Todas esas chicas que sabían distribuir sus cúmulos de carne bajo ropas bien cortadas, cuya destreza con el colorete hacía un trabajo excelente atenuando las mandíbulas bífidas que recibían como herencia torcida de una sangre poco aireada, eran unas rivales de cuidado. El dinero de los padres las había mantenido lejos de la verdadera acción, pero gestionaban una magnífica experiencia acumulada en salirse con la suya. No les costaba envolver a Helen de un aire familiar, pero no le permitieron adentrarse en el murmullo de las conversaciones importantes, no le hicieron sitio. Si estaban barajando un punto delicado, un tema de los que puede crear algo de complicidad, encogían la voz. Era triste verla en aquellos salones espaciosos saltar de grupito en grupito, recibiendo el alpiste de un puñado de frases. Un par de veces sorprendí a la chica que Helen había elegido como borrador de «amiga del alma» emprender la fuga hacia una zona remota de la sala para impedir que Helen se le acercase.

A veces nos quedábamos hasta el final, el grupo estaba perjudicado por el alcohol, despeinados, empujando a trancas y barrancas restos de conversaciones cargadas de frases repetidas, con los vasos en la mano, componiendo figuras precarias con la ayuda de las sillas y las mesas. Si abrían las ventanas podíamos sentir una brisa agradable recorriendo los espacios libres entre el vello de los brazos, antes de que nos acomodásemos de nuevo en una amigable lasitud. Era precioso buscarla entonces con la mirada y verla fumar despacio en aquel espacio casi despoblado, segregando sin esfuerzo las notas principales del atractivo femenino; cuando me dejaba envolver por aquel estado apacible las fibras de mis ojos volvían a imbricarse en una mirada de enamorado capaz de advertir cómo el ánimo de Helen se desportillaba. Cuando llegábamos a la Torreta, en lugar de poner un disco o una peli, de relajarnos, me aseguraba que quería estar sola, aunque terminaba sentándose sobre sus gemelos en el suelo del comedor; me jodía la posibilidad de ver algo en televisión, pasaban buenos westerns a esas horas, héroes con una estructura moral firme e ideas claras sobre cómo aplicarlas. ¿Nunca sientes nostalgia de un mundo más sencillo, sin borrones? No costaba creer que con esa tensión en la mandíbula Helen podía pasarse la noche en vela aplastando con los molares el desprecio acumulado hasta transformarlo en polvo de resentimiento.

–No quiero verles, John, no quiero ver más a esa gente.

Si Helen hubiese tenido los oídos abiertos y un cerebro receptivo le hubiese contado cuál es el secreto del intercambio urbano (en Madrid y aquí, en Montana y entre los tuaregs que no se distinguen precisamente por lo animado de su temporada social): dejar que las frases te resbalen por encima de la ropa. Digan lo que digan, las palabras no son cuchillos, sólo pueden atravesar la carne si vas con el pecho descubierto, si te descuidas, si lo permites. Hay que despersonalizar, igual que los hongos se pasan su contemplativa existencia soltando esporas o los caballitos de mar se dedican a desplazarse en vertical, en cuanto juntas a cuatro personas en una casa, en un restorán, en un bar, empiezan a soltar su veneno verbal, sin mala intención, ni siquiera se dan cuenta, marcan su territorio, no pueden evitarlo, seguro que tú y tu hermano sabríais recomendarnos un autor que haya tratado el tema, pero todo lo encuentras en las casas, en las fiestas, si sabes mirar: la gente resitúa y asienta sus inseguridades, a la vista de todos. No hay que tenérselo en cuenta, esos mismos tipos odiosos, cuando dejen de medirse contigo, cuando aclaren su posición, cuando confirmen si están lo bastante por encima o lo bastante por debajo para no tener que competir, saltarán a la comba, se arrancarán una oreja, se pondrán en ridículo para favorecerte y contemplarse bajo una luz más amable. Mientras tanto vas a encontrar decenas de voluntarios dispuestos a reducirte hasta que encajes en una casilla donde poder manejarte mentalmente, donde tu ambición, tu empuje, tus ganas, tu juventud, el fuego que te anima a pasarlo bien, su mata dorada de pelo sano, su acento, la voracidad con la que deseaba repartir su amor entre las personas que sí se dejan querer, queden diluidas en un suero neutro, para que no les haga sombra, para que no las incordie, para no tener que explicarse (¡otra vez!) qué coño hacen al mando de unas vidas como las suyas. Buscan una razón miserable para cada sentimiento afectuoso, no descansan hasta que encuentran la raíz inmoral del logro más modesto, por una vez apenas necesito exagerar. Sencillamente, no iban a tolerar que una chica de caderas gruesas (yo solía verlas poderosas) sintiese que el lío de la vida podía resolverse si hacía feliz a su hombre horneando pasteles antes de meterse en la cama combinando zonas de piel desnuda con los placeres táctiles del satén; esa clase de inocencia picante era lo más parecido a tolerar que un desconocido les escupiese un salivazo enriquecido con mucosidades intestinales, y no iban a dejarlo pasar, y no lo dejaron pasar.

Pero Helen no quería escuchar ni aprender. Tú eres demasiado inteligente y exquisita para entregarte al toma y daca social, te divierte jugar a ser la sombra misteriosa, un hálito verbal; Helen era demasiado directa y sencilla para impedir que le restrieguen por la cara la bosta y el barro con una sonrisa en los labios, su interpretación no admitía matices.

Le proporcioné una versión resumida:

—Estamos demasiado vivos para ellos, nos culpan de eso.

—Y quiero conocer a tu familia. Ya te lo dije. Les conocerés.

Y ese «les conocerés» (que pronunció al tiempo que se paseaba por la Torreta con una especie de poncho) no es un despiste sintáctico, sino el efecto de desconectar el traductor simultáneo con el que voy transformando en castellano normativo las peculiaridades fonéticas y gramaticales del habla de Helen.

Mi táctica consistió en dejar pasar los días, como si la cosa no fuese conmigo, como si oyese llover. La vida contemplativa (que los temperamentos bastos confunden con el pasotismo) ha sido desde siempre mi estrategia basal para afrontar las dificultades, para qué pelear si puedes aburrir al adversario. Donde tú hubieras reaccionado con un decaimiento discreto, Helen se inclinó por el menú habitual: celos, gritos, desmayos.

—¿Cómo vamos a disfrutar un amor verdadero si me privas de lo familiar? ¡Estás lleno de elementos faltantes!

La historia de mi vida: ninguna de vosotras es capaz de apreciar mis méritos evidentes. No valoraba que no llevase la cuenta de santos y cumpleaños, que no me reservase los jueves para intercambiar consejos viriles sobre gestión matrimonial con papá, que no la indujese a hacerle compañía a mi hermana cuando bajaba al Eixample a comprarse zapatos. ¿Crees que me felicitó por ahorrarle una suegra pegajosa, al cuñado sabelotodo, un puñado de hermanas mamahuevo? Pues no, incluso le molestaba que no fuese un poco más controlador con ella, que no preguntase adónde iba con esos pantalones entallados, que no inspeccionase la factura desglosada que enviaba Telefónica, que no se la liase parda cuando se retrasaba de una incursión urbana con aquel collar que parecía diseñado para resaltar la curva de su pecho. Ha de ser una lata tener un marido pelusero, pero eso es lo que se supone que rumian los esposos auténticos, y Helen no estaba dispuesta a renunciar al pack completo.

—¿Es que yo no soy una perra celosa para ti?

Claro que si hubiese disfrutado de una familia bien o mal avenida para enseñarle no me hubiese resistido tanto, el problema es que sólo podía exhibir unas ruinas chamuscadas. Intenté contárselo, no me salieron frases lo bastante buenas, decidimos empezar por mamá, una excursión hasta la Bonanova. Me pasé la vigilia del encuentro sumergido en un sueño de esos que no te restituyen, me puse a dar vueltas en la cama hasta que tropecé con el cuerpo de Helen. Le besé el cuello para activarla, incluso medio dormida no tardaría en estar a punto, casi la prefería así que cuando estaba caliente de verdad y abría sin pudor los muslos desnudos y los labios que protegen la carne púrpura, el estuche dónde renovaba su reserva de aromas únicos.

La mañana no fue demasiado distinta de cualquier otro día que empezábamos haciendo el amor (pese a que me esperaba esa hora envolviendo como papel de carnicero la palabra «mamá»): Helen saltaba de la cama desnuda, se duchaba, se cepillaba los dientes, escogía en ropa interior la falda y la blusa, y se vestía mientras borboteaba el agua para mi té (nunca se dio por enterada de que debía retirarla antes de que hirviese) y una de nuestras formidables máquinas eléctricas transformaba el pan blanco en tostadas. Se sentaba a desayunar con el televor encendido, sacaba crema de cacahuete de un tubo dentífrico (el toque repugnante) y hojeaba las páginas salmón de *La Vanguardia* del día anterior, añadía algún comentario sobre la política catalana que nunca alcanzó a comprender, mientras esperaba a que yo saliese del baño, de mear y lavarme, para volver a meterse dentro y abordar las tareas ingratas del atractivo: perfilarse los labios, pintarse la línea de los ojos.

Me vestí con unos tejanos y un jersey de punto azul, no iba a ponerme de veintiún botones para ir a ver a mamá. A Helen el vestido verde se le ajustaba a la piel con una modesta satisfacción, al estilo del primero de la clase que no necesita esforzarse para sobresalir; se había recogido el pelo en un moño doble inasequible a mis recursos narrativos, cuyas blandas volutas recogía con unos clips transparentes.

−¿No te pones corbata?

Y allí nos tienes, dos jóvenes recién casados que dejan los anillos escondidos (pero uno encima del otro) en un cajón de la mesita de noche, para no asustar a mamá, y se suben a un taxi con una estupenda botella de vino espumoso y un brazo de gitano relleno de crema porque el paladar americano de Helen se aburre con el *pa de pessic*; en dirección a la casa de mi adolescencia, a la que nos trasladamos desde Madrid porque el mierda de Franco iba a morirse y la nariz de mi padre olfateó oportunidades de negocio entre la energía que iba a desatarse. Remontamos Balmes, atravesamos el barullo del cruce con Mitre que está allí para recordarte cómo el horror amenaza las ciudades; dejamos atrás el imponente arranque de la Avinguda Tibidabo, y tras adelantar a un autobús que descargaba a su ritmo paquidérmico docenas de pasajeros abrigados para soportar los dos o tres días que el invierno se decide a recordarle a Barcelona que es una capital europea, encaramos el Passeig de la Bonanova y los portales profundos como porches donde la variada combinación de tiendas de barrio (bombonerías, *betes i fils*, farmacias modernistas) que componían el paisaje *botiguer* de mi juventud habían cedido al empuje de concesionarios, sucursales bancarias y clínicas privadas. Helen mascaba un chicle de menta y en el dial de la radio sonaba un murmullo de flamenquito; al pasar por delante de una hilera de plátanos de cuyo tronco crecían tentáculos podados, me palpé los bolsillos temeroso (y anhelante) de haberme dejado las llaves en casa, mi madre era capaz de no abrirnos.

A Helen le fascinó el truco del ascensor, que el cubículo de metal subiese hasta el recibidor del sobreático donde vivíamos siempre impresionaba a los niños que traía de visita, y también a esos proyectos de chicas pijas que eran amigas de mi hermana, y que al crecer pasan por ser las más bonitas de Barcelona, pese a su deje rumiante, algo ovino, como si donde deberían guardar la pieza que ayuda a que las chispas salten, el metrónomo de la ambición, sólo se les abriese un hueco, destensadas por la seguridad de que iría bien, de que este asunto de vivir sólo va en serio para otros menos favorecidos, que si te dejabas llevar iba a ser sencillo, que podías atravesar el tiempo sin mancharte demasiado. La verdad es que al contrastarlas una década después bajo la misma luz cadavérica del ascensor prefería las facciones de Helen, sus reverberaciones rapaces, esos pliegues de cálculo que se le arrugaban al extremo de los ojos: la cara de las personas se las arregla para recordarte por qué estás con ellas, está bien pensado.

—¿Demasiado *weird* para tu madre?

Debí de mirarla demasiado fijamente. Pensó que la censuraba por pintarse los ojos con esas tonalidades vinosas que debían de estar de moda en algún punto del planeta. El cromatismo gótico quería decir algo en el código de Helen sobre lo conveniente y lo inconveniente, estaba siendo audaz. Bueno, mi madre era capaz de ser más *weird* de lo que Helen podía esperar, y lo hacía sin cálculo, le salía natural.

Al fin y al cabo mamá tuvo la cara de recibirnos en el salón con aquella bata que era su uniforme oficial desde hacía un lustro y con el cabello apelmazado en greñas grasientas: un efecto parecido a calarse un sombrero inspirado en un mocho, algo así. Supongo que bajo las sábanas de aturdimiento que le procuraban las pastillas que tomaba para distanciarse del reino del dolor ni se acordó de que íbamos. Jugaba con el pastillero y se había comido y arrancado la piel que envolvía las uñas. Las presenté y nos sentamos, me daba aprensión verla así y a los cinco minutos me levanté con la excusa de ir al baño. A Helen no le iba a importar quedarse a solas con mamá, las mujeres cuando no estáis pensando en sacaros los ojos os dedicáis a lameros, y un departamento neuronal había soltado sobre su cerebro una carga de fraternidad femenina. Avancé por el pasillo admirando vuestra tolerancia hacia la enfermedad y la degradación. Ya sé que tenéis que desarrollar un cuajo allí dentro y después expulsar ese órgano tan logrado cuando sea capaz de chupar y alimentarse de vuestras secreciones. Pero eso no explica el valor de las chicas que con veinte años se enfrentan en los hospitales a cuencas de ojo en carne viva, a heridas que van del mentón a la ingle, a mandíbulas devoradas por el cáncer.

La primera habitación que se intuía a la izquierda era el «cuarto de los nietos», me sorprendió que la luz estuviese encendida y metí la cabeza para asegurarme que seguía sin amueblar: sólo la máquina de coser, la cornucopia, y el diminuto Miró que papá compró para mí y que me daba apuro llevarme para colgarlo en la Torreta. Ni siquiera una sombra misteriosa, apagué el interruptor. Oí la voz de Helen emitiendo en la versión más melodiosa de su idiolecto, y en lugar de avanzar hasta el baño me metí con una sensación furtiva en el dormitorio de mis padres. Allí seguían su mesita de noche, la lámpara damasquinada y aquella aparatosa percha que se trajo de Sidney, todo dispuesto como si en cualquier momento pudiese volver a entrar, doblar las patillas de las gafas y descolgar el batín. Mamá tampoco había retirado el cuadro con la escena de caza, el óleo había perdido brillo, incluso bajo el efecto de la luz eléctrica predominaba un tono embarrado como de fondo marino. Aspiré con fuerza pero apenas capté trazas del olor picante, a canela caliente, de papá. Abrí el armario y me sobresaltó ver una hilera de americanas viejas asomando detrás de dos mitades de membrillo que maduraban soltando su aroma: las hombreras y las solapas anchas daban la impresión de estar pensadas para satisfacer posibilidades anatómicas barridas por la brega evolutiva. También encontré dos corbatas de punto verde con un suave rayado Siena, ni él se las había llevado ni ella se las tiró, lo que no encontré fue su vieja bata. Cuando mis padres estaban aquí dentro apenas me llamaban si no era para regañarme. De crío me gustaba pasearme por su cuarto cuando me quedaba a solas, andaba muy erguido, hablando en voz alta, anticipando mi ingreso en el mundo adulto, del que apenas sabía lo poco que podía intuir con mi estatura; y durante la adolescencia me acosté encima de ese colchón con media docena de novias de fin de semana, nos besamos como luchadores de *catch*, después de un forcejeo casi nos vamos de bruces contra el suelo, el somier chirriaba como uno de esos cerrojos campestres, oxidados y corroídos, ya no se sabe si por el uso o por el desuso; apenas puedo creer que sea el mismo espacio, que de verdad se cumplan los veinte, que te vayas de casa y te impongas normas nuevas, que pasen otros diez años y otros diez y sobrepases los cuarenta.

Si me concentraba podía convocar el sabor de aquel pezón grueso que nacía de una vena tan azul que daba miedo pensar que podía derramarla con los dientes, pero el nombre de la chica no vino en mi auxilio. Si las viese ahora podría reconocer sus estupendas caderas, que sólo daban para unas nalgas planas y moteadas de granitos con la punta rojiza, decepcionantes para lo que tú y Helen me habéis acostumbrado a esperar de una mujer, pero que ese día fueron tan estimulantes como los ojitos que se morían por agradar, como las axilas donde la pobre tonta vergonzosa se había olvidado de afeitar la mata suave de vello. Estoy casi seguro de que su cara llena de pecas y yo forcejeamos con algo, debió de ser con el cierre del sujetador, porque ni en el mejor de mis sueños podía esperar que esa tarde llegásemos hasta el final, el punto de dulzura y presión donde la belleza puede penetrarse.

Me abalancé sobre ella al estilo alborotado de la época, dispuesto a devorar aquel momento rebosante de vida y salud. Las manos se me iban a los volúmenes y a los cierres, y por una vez no fue mi lengua sino la de la chica la que empezó a escarbar en mi boca, como si quisiera aplastar algo. La saliva ganó un punto de acidez, la separé de mí porque no había manera de concentrarse y sonó un ruido de ventosa. Se puso a reír y se quitó la ropa como si desenvolviese el regalo de su propia carne. Se quedó en bragas, no me atreví a mirar por debajo de la cintura, no fuese a asustarse, entretuve la vista entre los pechos, dos volúmenes mal repartidos, atravesados por una redecilla de venas. En los

ojos y en la entrada de los labios se insinuaban humedades cálidas, un oleaje interno la dilataba como a un balón de agua, aunque no estaba conforme con el conjunto, el aroma denso que se
desprendía de sus ranuras y pliegues me sujetaba a ella, con el
apoyo de esa turbación clavé la mirada entre las ingles: un borde
de carne presionando la tela, untado de una acuosidad espesa.
Me abalancé sobre la muchacha, volteándola, encontré el pecho
y empecé a succionarlo con fuerza por la punta, oí sus risas, sus
quejas y otra clase de ruidos pero no aflojé la succión, y acepto
que no fue una maniobra sutil pero tampoco creo que merecie-
se los espasmos que precedieron las primeras gotas del líquido
que empezó a escaparse de su interior a chorros, un géiser de
sustancia aguada y pegajosa.

Durante los dos minutos que duró la lluvia que manaba de
sus profundidades como una bestia viva la incertidumbre me
desbocó el corazón, el tejido sensorial empezó a vibrar y agitarse, los receptores me enviaban datos a velocidades distintas: veía
el sonido escarolado del pelo, sentía crujir el color nevado de su
trasero plano, no podía soportar el inconexo aroma blando de
sus axilas, hubiese querido cegar el tacto, ahogar los oídos, sellar
la nariz. Entre las ideas que se amontonaban en el cuello de la
mente estaba que se moría, que la tía estaba mutando, que iba a
ponerse a parir. Cuando dejó de retorcerse resultó que sólo quería que la abrazase, que le envolviese la piel con mis brazos rígi-
dos como pescados recién sacados del congelador. La estreché
medio tembloroso, un corpachón al borde de la lipotimia, podía
sentir cómo la hipotermia se comía mis pies. La chica sintió la
desesperación de mi abrazo, pero lo interpretó mal.

–No es pis, es algo que me pasa, es natural.

Levanté la cabeza y comprobé que una vez más las leyes de
la física, los ángeles custodios que nos observan desde las dimensiones eviternas no iban a mover un dedo por mí. Las sábanas estaban empapadas de secreción jugosa, una constelación de
manchurrones. A mis padres no les costaría desplazarse desde
esos indicios hasta la sospecha de que su hijo aprovechaba las
ausencias para apropiarse de su cama y ejecutar las primeras
brazadas eróticas. Cerré los ojos y vi cómo se desmoronaba mi
prometedora carrera de galán de fin de semana, adiós a los avan-

ces sexuales con ejemplares femeninos más apetitosos, frustrado por la fuente vaginal de una chica que ni siquiera me convencía (y me doy el mérito de no aplastarle la cabeza mientras me besuqueaba el cuello). Diré en mi defensa que aunque se hubiese presentado la clase de belleza a lo Helen que te zarandea entre el deseo de conservarla en caricias y de llenarle la piel de mordiscos, las relaciones y los sentimientos profundos estaban descartados. ¿Era así entre los chicos y las chicas de clase media? Aquí arriba cambiábamos de novia como de camisa, bastaba con una ducha para librarte de los poros, de los pelillos y del olor. Cuando se vestían y se iban, aunque la acompañases a la calle, al autobús o a casa, ninguna de esas chicas a medio formar dejaban un nervio o una vena para que enraizase en tu corazón, bastaba con archivar un nombre y una carita que al madurar se integraría en el registro de tu borrosa prehistoria erótica. Y es divertido que nada te prepare para el primer amor, para el que crees haber estado entrenando las manos, las palabras y la polla.

—¿Dónde guardan las sábanas tus padres?

Se levantó de un salto y se puso unas bragas que le cubrían la nalga entera (demasiado magra para relacionarla con la ridícula fonética de «pompis» cuya tradición concupiscente me hacía desfallecer) y que desde entonces asocio con la bandera de un país pobre. No sabía dónde guardaba mi madre las sábanas, no estoy seguro de poder reconocer un «cubrecama», desconocía la técnica de envolver colchones, y como la respuesta más madura que podía ofrecer a la visión anticipada del índice curioso de papá recorriendo las humedades de «mi chica» era ponerme a patalear, le agradecí hasta las lágrimas que se decidiese a ignorarme y a abrir y cerrar cajones en busca de un juego del mismo color. Cuando lo encontró me abracé al perchero australiano para que pudiese retirar las sábanas sucias y encajar las frescas con la misma naturalidad con la que algunas personas acarician perros desconocidos, y aunque me comportaba como un idiota con desperfectos en zonas importantes del cerebro, tuvo la cortesía de volverse y dedicarme una sonrisa. Me temblaban demasiado las manos para ayudar en los doblados de precisión, así que contribuí prensando en una bola los trapos sucios, los metí en su mochila, me prometió que me los devolvería limpios al cabo de dos días, y cumplió, tan bien planchados y fragantes que tuve que revolverlos un poco para que pasasen por la clase de trabajo descuidado que hacía nuestro servicio.

—Mi madre me tiene mucha confianza.

La escaramuza tejió entre nosotros un clima de camaradería y tengo que reconocer que quince años de experiencia le daban mucha soltura moviendo aquel corpachón simpático, la sonrisa que me dedicó después de darme su último beso invasivo anunciaba posibilidades que comido por los prejuicios adolescentes sobre la elegancia lamento reconocer que desatendí. No deben de ser recuerdos demasiado valiosos si he perdido el nombre de la chica. Apagué la luz y me despedí del cuadro que estaría colgado allí hasta que los materiales se echasen a perder.

Ni Helen ni mamá me reclamaron y entré en el baño para refrescarme, me aflojé el nudo de la corbata, dejé caer el agua del grifo y me froté las manos. Había algo increíble en que nos den una vida para ocupar su centro y que haya sido incapaz de retener la fecha en que papá abandonó nuestra casa con nuestra madre dentro. Claro que apenas era ya mi hogar, mi padre me había confiado un dinero y me decanté por abrir un bar de copas, iba a Barcelona sólo los martes y los miércoles para asistir al máster, me movía por la capital como un buen alumno de catequesis repitiendo las cuatro verdades aprendidas que constituían todo lo que sabía y esperaba de la sociedad y sus habitantes.

Claro que tampoco me convocaron para anunciarme que se iba de casa, fue un proceso suave, las marcas exteriores eran leves, como cuando separas una cinta de esparadrapo de la piel pilosa; ya me entiendes. El estilo de mis padres no contemplaba armar un escándalo, resistían los impactos y se las arreglaban para encajarlos en silencio, sabían gestionar las ondas expansivas de las emociones. Si se pelearon, si organizaron su pequeña guerra, se quedó dentro del dormitorio. Y papá retrasó la separación al dejar en el piso de Bonanova los libros que eran tanto de mamá como de él, su colección de discos, la mayoría de sus trajes, los mejores pares de zapatos y el abrecartas con un fauno tallado en el mango de marfil; mamá no había abierto una carta en su vida, y aunque no me atreví a llevármelo a Madrid, fantaseé con orgullo en que lo había dejado en el cajón para que yo lo encontrase.

Nunca nos dijo (nunca me dijo) adónde había ido ni con quién, suerte que mi hermana, que me telefoneaba casi a diario a cobro revertido desde Boston (la ciudad a la que fue y de la que volvió tropezando con el inglés, decidida a estudiar algo relacionado con la colocación de muebles), había clarificado el asunto:

—Papá es un cerdo egoísta. Y si no lo ves es porque no eres más que su perrito faldero, acudiendo a la primera palmada. Se supone que los hijos se enfrentan a los padres, que les gritan, que niegan su mundo para afirmarse, se van de casa dando un portazo. Y tú todavía lloriqueas cuando te hace un regalo, aunque sea por tu cumpleaños, aunque sea el mismo que el año pasado. Eres un apéndice, un apéndice enorme, y sólo lograrás independizarte si un día lo matas por error a mimos.

Tiendo a situar aquellos monólogos de mi hermana (el chorro de impertinencias que soltaba por su bocaza apenas me dejaba intercalar respiraciones enfáticas) en la Torreta, pero por esas fechas yo debía de vivir en Madrid, alejarme de casa me hacía sentirme rebelde, se parecía a quedarse a solas en el comedor y chupar a fondo la cabeza de una gamba cargada con los jugos de la vida adulta. Mi ánimo estaba demasiado excitado para reclamarle nada a papá. Meses después, cuando iba de un extremo al otro del puente aéreo, sobrevolando estratonimbos bajo los que se transparentaba el azul denso del mar, me hubiese beneficiado juguetear con el marfil del abrecartas en lugar de agarrar con unos dedos sudorosos el cuero de la maleta donde guardaba informes de apariencia inofensiva que desvelaban los beneficios menguantes de mi primera industria, algo completamente disparatado, me habían educado para que nos fuese relativamente bien. Atravesaba una zona de turbulencias humanas y aquel divorcio entre adultos contribuía a que me sintiese menos denso, como si los átomos que se las apañan para formar moléculas y células y tejidos sin llegar a tocarse se distanciasen unos grados en el vacío: me desmaterializaba. La aprensión había empezado a desplegarse en una serie de impertinencias fisiológicas: motitas rojas, escozor en el cuello, una verruga burlona en el omoplato. El amor de mis padres, la energía que nos había engendrado, no era lo bastante buena para aguantar una vida entera. Tampoco estaba previsto que me tomase como una cuestión personal la separación paterna, se supone que me estaba alejando de ellos, qué más me daba si vivían separados o juntos. La robusta estructura de metal seguía avanzando en el cielo sobre zonas cada vez menos voluminosas de mar, empezó a recortarse el perfil de la costa catalana, conquistada por bidones, dársenas, contenedores, y esas pasarelas de roca y argamasa que se internan en el agua y se doblan como patitas de insecto; el avión progresaba en el interior de su ruta hacia la pista, como si nada fuese lo bastante importante para no poder dejarlo atrás.

Papá sólo me convocó para «hacerse perdonar» cuando la separación ya no pudo disimularse, pero después empezó a dosificarse tanto que tuve que ser yo quien le persiguiese con una cascada de telefonazos. Dejó de vernos en Navidad y en Semana Santa (que solíamos celebrar por todo lo alto influidos por la rama mallorquina de mamá), pero sólo me defraudó cuando se le pasó llamarme el día de mi cumpleaños, la efeméride que más de veinte años atrás había sido uno de los días de su vida, cargado de nervios, de intensidad y expectativas, de un Joan-Marc que era suyo y de mamá casi por completo.

A papá se le veía peor en cada encuentro, incluso coqueteé con que el motivo de aquel deterioro fuese la nostalgia que sentía hacia nosotros (hacia mí). Ni siquiera tuvo que hacerse el esquivo, estaba protegido por los modales, durante los años que convivimos, que estuve a su cargo, papá y yo nos habíamos procurado un lenguaje válido para comunicar instrucciones elementales, comentar la actualidad política y animar al Español, pero esas destrezas sintácticas no nos permitían hurgar en la «configuración sentimental» (esto se lo he robado a tu hermano) del otro, las palabras enseguida se empapaban de pudor.

Una y otra vez regresábamos al territorio histórico de nuestras conversaciones, y siempre con una mesa interpuesta me informaba de sus desarreglos y ritmos intestinales, de los cólicos que le tensaban la piel del estómago y dejaban estelas de dolor que él imaginaba húmedas como la de los gorgojos. A ratos conseguía olvidarme de que después de conversar y comer y pagar (después de interrogar al camarero sobre los efectos laxantes o restringentes de los frutos azules que asomaban entre las láminas de hojaldre) papá no volvería andando al piso de la Bonanova, sino a una dirección desconocida, en compañía de otras personas, que conocían mi nombre y sabían de mí, pero no podían quererme: si yo no ponía toda la carne en el asador papá podía irse distanciando hasta desaparecer. El ejercicio de la paternidad que aquel hombre ejercía sobre mí no podía darse por descontado, si no me esforzaba en entretenerle, en avivar su interés por mí, acabaría convertido en un huérfano tácito.

Algunos indicios me hacían sospechar que ahora vivía con una persona joven, pero con el tiempo he desarrollado serias dudas sobre mi desempeño como aprendiz de Sherlock: la fina pulsera de hilo podía ser un regalo de las hijas crecidas de su novia (mis hermanastras, ah, qué perspectivas de repugnancia abría el desorden familiar), tampoco podía calcular hasta qué punto el tópico de la jovencita voraz se inmiscuía en mi mirada y hacía todo el trabajo por mí. Al fin y al cabo, papá había sido durante dos décadas un joven que no sabía nada de mí ni de mi hermana, y ahora que había entrado en la fase donde los varones a los que no les dejan creer en nada sobrehumano empiezan a olisquear su propia muerte, quizá prefería olvidarse un poco de sus retoños, injertarse en una persona distinta, darse un chapuzón de novedad, adrenalina y sentimientos reanimados.

La perspectiva de papá era lo bastante amplia para intuir las contraindicaciones de reinventar una vida a los cincuenta, pero diga lo que diga mi hermana dejar esas prendas como un salvoconducto que le facilitase un eventual regreso no era su estilo. Me gusta pensar que papá renunció a llevarse sus zapatillas, la percha australiana, y sus corbatas más queridas porque nunca consiguió irse por entero, porque dada la «situación de mamá» se le hubiesen retorcido los ventrículos si la llega a dejar sola.

–John.

La voz de Helen llegó sorteando con suficiencia la esquina del corredor, transportaba un reproche dulce. Había dejado correr demasiado tiempo el agua, se estaba estancando el lavamanos. Abrí las tres puertas acristaladas del baño, desde niño me gustaba enfocarlas de manera que el juego óptico reflejase mi imagen en una serie que simulaba el infinito. Mi cara no había cambiado demasiado desde que me independicé, todavía no se me hubiese ocurrido mover las pantallas acristaladas para escrutar si alguna zona del cráneo se estaba desentendiendo de mi pelo. Llevaba casi medio año casado (los meses que me las arreglé para mantener a mi familia oculta de la voracidad social de Helen), los cambios eran interiores, la convivencia arraigaba en mí, se estaba formando un sistema nervioso común que me nutría de una clase distinta de energía, una que barría los últimos residuos de inseguridad, que me fortalecía; pero si de noche me desvelaba pensando en que perjudicaban a Helen, que podían hacerle daño, no volvía a conciliar el sueño, me implicaba en su futuro, no estaba seguro de si llegado el momento sería capaz de arrancarme la maraña de capilares que nacían en uno y se derramaban en el otro.

—Ya vengo, he visto una cosa rara en el baño.

—¿Cucarachas?

—Ahora te lo explico.

Helen estaba obsesionada con las cucarachas, se apoyaba en una serie de estadísticas de procedencia dudosa para advertirme de que el subsuelo de Barcelona estaba a rebosar de esos bichos, desplazándose en grupo, como sábanas crujientes en busca de grietas en las tuberías y en las paredes de las cocinas donde pueden ejercitar sus asombrosas facultades reproductivas. Nunca vi una en casa de mis padres ni en el colegio ni en casa de ninguno de mis amigos. Vivía convencido de que se habían extinguido en Europa, pero el ojo de Helen se desplazaba alerta y aterrorizado ante la posibilidad de entrar en contacto con su primer ejemplar vivo.

Solté otra descarga de agua.

Lo que en la jerga familiar se conocía como la «situación de mamá» no creo ni que estuviese debidamente diagnosticado. Mamá se levantó con decisión del sofá y cayó a peso arrastrada por un dolor violento en el oído. No se le pasó al tumbarse, ni sentada, ni de pie, ni si se tapaba las orejas, por no insistir en el escuálido beneficio que consiguió mi padre con sus remedios caseros (el del limón, el de la manzanilla con aceite de oliva, lo que intentó con el ajo laminado y el espliego). Durante media semana fue incapaz de dormir, sollozaba de cansancio. Los especialistas que consultamos fueron descartando el drenaje insuficiente de las trompas, las infecciones en los senos paranasales, los dolores reflejos (que podían originarse en los dientes, en la garganta o en la lengua), para terminar convenciéndose de que algo iba mal en el oído interno. Salíamos de los exámenes sin un indicio claro de lo que pasaba dentro de la cabeza de mamá, pero entre las masas de incertidumbre prendió en mí la convicción que el diseño del oído interior, un laberinto membranoso oculto por un laberinto óseo y preparado para transformar con ayuda del líquido cefalorraquídeo las ondas sonoras en estímulos nerviosos, era de una delicadeza asombrosa. Algo se había deteriorado en esa profundidad cartilaginosa para bañar de dolor la vida de mi madre.

Mi padre consiguió desviar unas horas de su congreso a un especialista de Chicago, un hombre de cuarenta años, con unas elegantes manos vellosas, encantado de haber escogido la actividad profesional adecuada para deslizarse con éxito por el mundo. Los ojos de color melaza emitían una fría osadía, la clase de anglosajón del que sólo puedes esperar verdades. Me gustó, incluso, su manera de quedarse en mangas de camisa.

—El órgano no está dañado, sospecho que se trata de un dolor imaginario.

—¿Cuándo se le pasará?

—No sabemos por qué el cerebro imagina el dolor detrás de la oreja, ni cuándo dejará de hacerlo. No comprendemos esta conducta y no podemos corregirla. No podemos arreglar cosas imaginarias, ¿entiende? Pero pueden beneficiarse de lo que hemos aprendido sobre geografía cerebral para dormir el área que está emitiendo la orden.

—¿Dejará de dolerle?

—Dejará de creer que siente el dolor.

—¿Entonces?

—Para eso no me necesita, señor Miró-Puig, puede consultar a cualquiera.

El resultado de esas coartadas y palabrotas médicas fueron unas pastillas: blanca, azul y roja, la bandera de Francia; tres grageas pensadas para compensar sus respectivos efectos dañinos y contener a la paciente (¡mi mamá!) dentro de los márgenes bien poco ambiciosos que esta gente considera «saludables». No sé bien cómo fue porque tenía partido de fases (treinta y seis puntos para doblegar a los Maristas en su propio campo, con tres calcetines conteniendo la hinchazón del tobillo izquierdo que me había torcido durante el primer periodo) y porque me había pasado una semana sudando miedo, convencido de que era el siguiente al que le iba a estallar un recoveco del organismo.

«Apenas se queja, sonríe, pero recuerda a una sonrisa pintada.»

«Dice el médico que los nervios que alimentan el cerebro están sometidos a presión.»

«Se quedó bajo las sábanas como si estuviese esperando algo.»

Pese a recuperarse del dolor en el oído (al menos no volvió a quejarse), la medicación le fue aletargando la voluntad, le daba igual una cosa que otra y quedó tan mermada que parecía incapaz de cuidar de sí misma. Y así fue cómo una versión diluida de mi madre se instaló sin avisar en el paisaje de nuestra vida familiar; esa persona equidistante de la salud y la enfermedad, del afecto y de la indiferencia de sus hijos, de la independencia y de la dependencia, fue la mujer cuya casa común su marido abandonó y no abandonó.

Lo primero que pensamos cuando papá se largó es que con un hijo en la capital y una hija en Boston iba a dejarse morir de hambre; lo que nadie esperaba es que mi padre se desplazase de dondequiera que estuviese el nuevo centro de su actividad para subirle comida y cigarrillos (de los que mamá no había aprendido todavía a prescindir), para limpiar la casa (ahora viene una mujer, bastante peruana) y prepararle bandejas de comida listas para recalentarlas en el microondas. Era él quien recorría las farmacias buscando la solución química tricolor; porque cuando nos olvidábamos de reponer las pastillas a mamá le daba por canturrear, se retorcía como un gato metido en una bolsa, se rascaba (un martes me quedé impresionado por los surcos rosados que le atravesaban la nuca), pero no creíamos que fuese algo demasiado urgente hasta que una tarde le dio un yuyu y empezó a hablar con una voz prestada por la niña del exorcista sobre el beneficio que supondría para el resto de los Miró-Puig que la palmase. Según el Dr. Strangelove (he perdido la cuenta de los médicos que visitamos) el centro rector de su conciencia (como si esos hijos de puta supiesen dónde está y de qué hablaban) se desconectó a causa de la demanda insatisfecha de litio, los labios habían empezado a moverse para transmitir sin atenuantes afectivos la viscosa ponzoña que mi madre (una mujer que dos años antes podía justificar un día entero cosiendo con dulzura un botón) removía en silencio dentro de su cerebro íntimo. No estuvo mal la solución que propuso el Dr. Muerte: cronificar la dependencia; y teníamos tanto miedo, y fuimos tan inocentes que recibimos la propuesta como una buena noticia, de un pelo no organizamos una cena de bienvenida al estilo zombi que se prolongó quince años. El caso es que mi padre también empezó a encargarse de ordenar las cápsulas en un pastillero que distribuía las tomas por días. Después la ayudaba a peinarse y se iba.

—Supongo que ya no podía permitirse una persona a tiempo completo.

Ahí tienes la complejísima versión que mi hermana elaboró sentada en el sofá de la casita que papá le había alquilado con vistas al río Charles; se interponía entre nosotros un número de doce dígitos, pero qué fácil era imaginarla moviendo la bocota sobre la papada de batracio que se le forma cuando intenta pasar por una persona racional.

—Explícame si no por qué se iba a arrastrar de esa manera.

Pero a mí no me parecía que papá se arrastrase, imaginaba que sentía por mamá un amor intermedio: ni lo bastante amplio para privarse de la transfusión de vida que se estaba dando (o eso sospechábamos), ni lo suficiente agotado para arrojar la vieja vida por la borda. Sea como sea, si un día Dios se decide a rehacer la Tierra con más cabeza y tomándose algo más de tiempo, nos iría bien a todos que se decidiese a considerar la delicada paciencia de papá como modelo.

¿Cómo iba a quejarme, cómo iba a pedirle explicaciones? Prefería agradecerle que se abstuviese de enviarnos a los tres con nuestras bien desarrolladas ventosas de parásito, incapaces de ganar una peseta con nuestros esfuerzos (es un decir) a freír espárragos. Visité a un abogado de extranjis para preguntarle si en caso de apuro podía exigirle la legítima por burofax. Yo quería (yo quiero) a mamá, pero lo mío era la fiesta y la línea de 6,25, si no me sobreexigían tenía pensado aprovechar la inercia familiar para abrir un negociete, mis manos no eran buenas para la enfermería. Claro que la «situación de mamá» apenas arrastraba notas angustiosas, se parecía a un apagón, si se quejaba de algo era de que el cuerpo de papá ocupaba demasiado espacio en casa, de que ya no podía soportar la cháchara de los negocios, de que se había cansado de su voz y de su conversación. Si un día se descubre que fue ella quien le echó tampoco iba a llevarme la sorpresa de mi vida.

Salí del baño y me resistí a echar un vistazo al cuarto que aunque un día me encontrara a un océano de distancia con sus tres billones de peces seguiría siendo mi habitación. Por la puerta del pasillo pude ver la preciosa cara de mi madre intentando una sonrisa y su par de manos abrazadas por los dedos jóvenes de Helen. La luz que la vidriera atenuaba en tonalidades verdes se las arreglaba para iluminar partículas y bacterias, el microuniverso del aire orbitaba en lentas elipses alrededor de aquellas dos mujeres.

—Será mejor que nos vayamos.

Ahí tienes mi gran aportación a la velada, no me concedí ni siquiera cinco minutos para estar los tres juntos. No me servía que circulase algo agradable entre la mirada vidriosa de mamá y el compasivo matiz azul que destellaba en los globos oculares de Helen. Estaba al corriente de la tendencia terapéutica de animar al paciente con carantoñas, pero el toqueteo planificado me parecía una marranada insincera. Era sólo que nunca fuimos una familia efusiva, era sólo que la crema pastelera se derramaba fuera del brazo de gitano formando crestas repugnantes, era sólo que mi madre debía de estar cansada, que la ración de pasado que se había levantado desde las fosas mentales era suficiente, me exigí volver a mi vida de adulto independiente. Helen bajó en el ascensor con la cabeza gacha, rumiando algo que no me favorecía, me limité a estrechar la corbata, a insinuarle con el lenguaje corporal la magnitud de mi disgusto, a intimidarla. No iba a tolerar una leccioncita moral, si Helen quería jugar al magisterio moral podía empezar con los alces de Montana, me preparé para la pelea, una de órdago.

Le abrí el portal y la dejé salir primero, y por cómo desplazaba el culo en el interior de aquel vestido (el abrigo doblado sobre el brazo: otro indicio), entendí que no buscaba pelea; me agarró del brazo, se estrechó contra mi cuerpo, me besó en el cuello.

—Siento lo de tu padre.

Se separó, y con los pies montados sobre esos tacones que había conseguido dominar a los catorce años, extendió el brazo para parar un taxi. Arqueó el cuerpo hasta que la flexible tela del vestido manifestó lo que las chicas educadas llaman formas, las voluptuosas inocencias de la curva; me recordó su plenitud generosa de mujer enamorada para compensarme de todo lo malo que nos habían hecho a mí y a las personas que quería, y le salió con una pureza y una astucia que me separó sin esfuerzo las membranas del ánimo.

También iba en un taxi con los asientos forrados de cuero cuando me dirigía a mi primera y última visita a la madriguera de papá. Llevaba cuatro meses desaparecido y tuve que contener las lágrimas cuando me telefoneó a Madrid. Hice un esfuerzo para dejar en mi interior que el bar se había ido a la puñeta, que en el suelo había una grieta abierta por donde se escurría el capital, ya no bastaba con un apaño, había dejado pasar demasiados días, los impagados se acumulaban, necesitaba un millón de pesetas para contener la hemorragia.

—Hijo, ¿cómo estás? Me gustaría verte.

—Qué bueno oírte, contigo quería hablar, no sé si…

—Quiero contarte algo, con relativa urgencia, ¿te importaría venir a verme?

—¿Al despacho?

—No. Te daré una dirección. ¿Tienes papel?

—Lo que iba a decirte es que he tenido algunos problemas, si pudiéramos…

—Lo hablamos el… ¿Qué tal el viernes?

—¿No puede ser antes? Es un problema considerable, con el bar…

Me las había arreglado para anticiparle mi bluff empresarial sin pronunciar una palabra sobre mamá. Ahí tienes mi verdadero talento: el escaqueo, ése era yo, tampoco me sorprende que le diera palo verme; para compensar papá era un fiera conduciendo la conversación justo a donde había planeado.

—No te preocupes ahora por eso. Habrán grandes cambios. El jueves no estaré preparado. Mejor el viernes, a las siete y cuarto. ¿Apuntas?

—Dime.

No conocía la calle.

—¿La tienes?

—Sí.

—Repite.

Me estrujé las neuronas, las calles de una ciudad se difuminan cuando llevas unos meses viviendo fuera, pero no, en la vida había oído ese nombre.

—Yo prepararé la cena, trae tú el vino.

Tinto, terroso, con taninos maduros, no necesitaba preguntarle.

—Vístete bien. A las siete y cuarto. Sabes que me gusta verte con corbata. Hasta el viernes, Joan-Marc. Compra el billete hoy mismo.

—Hasta el viernes, papá, un abrazo.

Cuando colgué me temblaba el brazo; veinte años, un cuerpo formado, mi barba de cinco días, a punto de terminar un máster en algo relacionado con el rendimiento laboral de terceros, mis dos trajes comprados en Bel, todo sostenido por un sistema nervioso que se dejaba intimidar por la voz de aquel hombre seco pero amable, que nunca me había levantado la mano, que encajaba mis tropiezos con el *savoir faire* que en el resto del planeta sólo vas a encontrar en las películas de Capra. Supongo que me entregué a esa serie de actividades que parecen tan banales cuando las pones por escrito: me preparé un té, me dejé caer en el sofá, cambié de habitación, me puse a mirar por la ventana: hacia las antenas, los bidones de butano, las aspas de los aires acondicionados, los toldos sucios (blancos, verdes, granates) de las cafeterías y anticipé el espacioso piso de mi padre: muebles blancos, cojines esponjosos, difusores de lavanda, las personas que vivirían con él.

Supongo que yo amaba a ese hombre y me gustaba el roce viril de su amor cuando circulaba entre nosotros, limpio y noble, y me volvía loco de alegría cuando me llevaba a ver el fútbol en el viejo Sarrià, cuando me contaba historias de Marañón, el delantero con las piernas recorridas de venas, cuando se estudiaba manuales de arte para impresionarme al día siguiente en el museo, cuando me enseñó a montar a caballo, cuando fracasó al transmitirme su pasión por el polo; echaba de menos que me acompañase al patio de La Salle y repitiese como un abuelo prematuro su teoría sobre los beneficios de una tonificación profunda para la buena salud del vientre; echaba de menos esas notas de vestuario: la punta del pañuelo asomando del bolsillo de la americana, los guantes de cuero blanco que se ponía para conducir, el corbatín al que recurría para hacer reír a mi hermana (pero me jugaría cualquier cosa de valor que anhelaba una buena oportunidad para lucirlo en serio); echo de menos su manera de quitar hierro a los problemas, de mirar a mamá, de templar mis brotes de inseguridad, de dormirse con un libro en las manos sobre el sofá del comedor adoptando posturas que le habrían horrorizado si se hubiese sorprendido con los ojos despiertos; echaba de menos los profundos ronquidos a los que mamá se refería como «el ataque de la morsa», los dedos sucios de tinta del *ABC*, el disciplinado asco con el que se entregaba a su dieta de verduras, el gesto de fastidio que acompañaba su salida del baño después de volver a fracasar, vencido por el restreñimiento y por el efecto de la palabra «restreñimiento» sobre su ánimo; echaba de menos el olor químico, a residuo profundo, que dejaba en la letrina como la huella olfativa de un triunfo parcial en su prolongado mano a mano con las vísceras. Mi única vergüenza emanaba de haber crecido, de hacer dos como él, me abochornaba del tamaño de mis manos, de mis músculos bien definidos, me habían crecido los pies y los huesos, mi cara había ido compensando las crecidas a tirones de la adolescencia hasta estabilizarse en unos rasgos armoniosos. Si lo que se aventura de un hijo es el encontronazo, la colisión y la ruptura podéis esperar sentados, yo adoraba a ese hombre, le echaba de menos, ¡ojalá volviese a ejercer sus derechos sobre mí!

Supongo que corrí las cortinas, que di un trago al té, que dejé la taza sobre la mesa, de lo que estoy seguro es de que el entusiasmo de volver a ver a papá se cortó por el temor de que todos esos secretitos fuesen la avanzadilla de una noticia funesta: que dejaba de hacerse cargo de mamá, que mamá y sus pastillas y sus cigarrillos pasaban a ser responsabilidad mía (los dedos fríos que recorrían mi mano eran los de Helen y pertenecían a la secuencia temporal donde un taxi conducido por un loco de atar nos transportaba desde la casa de Bonanova hasta nuestra Torreta).

Compré un vino australiano, de una uva fermentada en los viñedos retorcidos de Adelaida, nutrida por un campo tan antiguo que ya le daba el sol cuando el resto de las actuales tierras emergidas eran lecho marino, rico en taninos y *obagues* y reverberaciones de regaliz. No creas, también me daba apuro imaginar que me invitaba para disculparse antes de volver a casa. Escogí un traje de color beige con unas finísimas líneas verdes que iban a divertirle. Claro que la sospecha de que todo ese rollo de la botella y el vestuario formal fuesen la vaselina para decirme que iba a casarse, a darme un hermano, a presentarme a otra mamá, me producía una repugnancia que no podía atajar estrechando más el nudo de la corbata. No era un rechazo fundado en motivos racionales, también me pasa con el pimiento, con el olor a materia putrefacta que desprenden las coliflores. Sólo de pensarlo sentía un repelús anticipado ante la proliferación de los vínculos sanguíneos, la profusión de las especies con todo su exceso, con su desprecio altivo hacia los ejemplares individuales, como cuando levantas una piedra de una patada y ves cientos de bichos frotándose, incapaces de unirse en un solo tejido, todo ese desperdicio.

Ya estaba vestido cuando busqué la dirección entre las hojas de papel biblia de un callejero. Una calle rara, cortada detrás de Lesseps, te hablo de la época en que la plaza era una especie de negligencia arquitectónica que separaba Gràcia de Vallcarca como si entre las dos aceras fluyese el río Mississippi. Me hice un mapa. Ya me había despedido de mamá (que de espaldas parecía una muñeca olvidada en una silla, con mechones de pelo blancuzco serpenteando entre el cabello tostado) cuando volví a la cocina a por el abrecartas con apoyadura de marfil, no estaba seguro si para quedármelo o devolvérselo a papá. Google Maps no estaba para echar una ojeada y evitar que me alarmarse cuando el taxi atravesó una zona de casas bajas y huertos (me pareció ver las formas fantasmagóricas de unas gallinas) antes de descubrir que mi padre se había mudado (o había decidido citarme) a una casita unifamiliar con garaje.

Llegué con veinte minutos de adelanto, entré en un bar plagado de parroquianos con caras redondas y secas, pedí un café bien cargado; la mano se fue a buscar el reloj y se encontró con la muñeca desnuda, me sentí menos vestido, informal, lo curioso es que desde ese día no he vuelto a abrocharme uno, como si una porción del tiempo se resistiese a correr. El resto del *atrezzo*: las aspas del ventilador, la máquina tragaperras, los pósters de equipos extremeños, las fotografías familiares, la cartulina plastificada con un menú dominado por las fritangas, el olor a formol de los licores baratos, podían ser esa clase de elementos que añadimos a la textura de los recuerdos prolongados, que llevan años acompañándonos.

Salí a la calle y del cielo caía una sensación vaga, sólo tenía que cruzar la calzada y saludar a mi padre, a la mitad de la masa familiar por la que me había abierto paso en el mundo. Estuve diez minutos tocando el timbre hasta que me dio por apoyarme en la puerta y cedió. Entré sin miedo, lo atribuyo a que los filamentos de mi olfato se anticiparon a los ojos para capturar los matices a leña, canela y vino rancio que al embarullarse formaban la huella fragante de mi padre.

Entre las fibras de las cortinas corridas se filtraba una luz opalina que iba aclarando una penumbra suficiente para definir el perfil de los muebles; y así fue como vi dos sillones de cuero viejo, y sobre una mesa de pino americano la misma lámpara de pantalla damasquinada, la misma percha australiana. Papá había reconstruido al detalle la esquina de su dormitorio, allí mismo encontré sus gafas de pantalla gruesa con las patillas doradas, y el mismo almanaque con los resultados de las cincuenta últimas ediciones del Derby de Ascott que consultaba como un devocionario. El espacio era distinto, sólo por eso tardé unos minutos en comprender que la habitación estaba dispuesta como un altar a su antigua vida.

Había una puerta que daba a una sala dominada por un gran sofá de cuatro plazas y allí me lo encontré balanceándose del techo como cualquier cosa muerta que se balancee, con los pies, desnudos y callosos, a la altura de mi garganta.

¿Has oído hablar del *Time Lapse*? Se trata de tomar fotografías a intervalos desde un punto fijo durante un periodo de tiempo prolongado, después se pegan las imágenes a un tempo más rápido, sirve para contemplar en unos pocos segundos procesos que pueden durar horas; seguro que has visto cómo unas nubes tímidas se encabritan hasta formar una borrasca, sólo así puedo imaginarme el recorrido en taxi con Helen, una sucesión de imágenes emitidas en un metraje acelerado.

«Me gusta tu madre.»

«Pobre, pobrecito, John.»

«Soy lo que necesita tu familia.»

«Estás guapo. No nos metamos en casa. Quiero verte beber, bailar, brillar.»

Eixample, Raval, el Paral·lel encendido con carteles luminosos, esas calles estrechas que remontan en dirección a Montjuïc con nombres que cualquiera se aprende, la estatua de Colón, la placita de arena de Medinaceli, el Moll del Rellotge, la Estació de França antes de que la restaurasen, la verja de la Ciutadella rodeando masas de vegetación oscurecida… Muestras de geografía urbana que ya estaban allí para las personas que respiraban cuando aquella leva de niños nuevos apareció en el tiempo, en una formación que yo (tan protegido, con un futuro esplendoroso) confundí con una configuración estable. Atravesamos la Barceloneta, las fachadas de esas fincas que parecen exiliadas del Eixample, el olor a sofrito, a jugo de gambas asadas, el ajo que a Helen en Barcelona ya no le molestaba; pedimos otra copa en un chiringuito desde el que vimos el borde del mar lamiéndose a sí mismo, una brisa fresca parecía caer de los pozos espaciales, infestados de estrellas ocultas por sábanas de gases tejidos para protegernos; nuestra velocidad, nuestras vidas temerarias; me entretenía dando sorbos al gin-tonic que entraba helado, a tragos como cuchilladas dulces, antes de arder en el vientre; se nos acercó un perro de playa y Helen se agachó para acariciarle el pelaje de la nuca y el cuello con una familiaridad que me sobresaltó, y cuando se dio la vuelta para mirarme reparé que el luminoso azul de sus ojos estaba formado por estratos y hebras de distintas tonalidades y me sentí responsable de su alegría, de su serenidad, como si el contacto entre Helen y mi madre hubiese ensanchado el círculo de mis vínculos afectivos, el territorio de lo familiar; me llevé a la boca un fruto seco que bailoteaba en el plato, supongo que una parte de mí nunca se había tomado en serio aquel matrimonio, que hasta entonces me las había arreglado para convencerme de que bromeábamos, que podía dar marcha atrás en cualquier momento.

No estaba amarillo, no apestaba, era sólo que se empecinó en girar sobre sí mismo como un péndulo de carne humana. La masa de músculo y líquidos poseía una gravedad oscura en cuya órbita su hijo empezó a trazar parábolas obsesivas, preso, mordiéndose las uñas, llevándome las manos al rostro cada vez que me tocaba verle de cara para evitar así un nuevo contacto con su cara hinchada, como si la piel de la frente y las mejillas transparentasen una pulpa de carne picada. De espaldas también podía reconocerle: el organismo estaba quebrado, pero en su interior se le pudría la sangre, se le secaban las escamas pulmonares, no podía soportarlo, no podía detenerlo. Debí de rodearle veinte veces, palmoteando como un enajenado, las emociones primarias me sacudían la cabeza y arrastraban cadenas de pensamiento antes de que alcanzasen un desenlace práctico. Sólo pude interrumpir aquel circuito obsesivo quitándome la ropa, pieza a pieza, sin detener el paso, hasta que me quedé desnudo (menos el slip que me dejé puesto por respeto a mamá, todos los míos podían verme, un desastre de esta magnitud no podían ignorarlo).

Supongo que lo conveniente era tomarse un respiro, interesarme por qué había en la carpeta verde de la que sobresalían las puntas de varios dossiers de plástico y sobre la que papá había pegado una etiqueta con mi nombre: «Juan», la caligrafía de un muerto, la última palabra con todas sus reverberaciones mágicas; pero me limité a buscar en mi abrigo el abrecartas, regalárselo estaba descartado, tampoco podía devolvérselo a mamá, sucio como estaba de aquella atmósfera de acabamiento, todavía podía clavarlo en la botella de vino y destrozar el corcho, no cedí hasta que el líquido pudo manar en abundancia, y entonces di un trago a morro. Me tumbé en el sofá, adopté una posición fetal, me dediqué a escupir partículas de corcho, calculo que estuve así dos horas, creo que no llegué a dormirme. La luz se asfixiaba al ritmo que el alcohol (con sabor a manadas de canguros rojos atravesando el desierto, a floraciones de hibisco y a caprichosas masas coralinas rebosantes de criaturas que no sienten nostalgia de las conciencias maduras y sus complicados juegos de suposiciones) iba puliendo las emociones bastas en suave autoindulgencia, le acaricié el lomo como a un bicho feo, de caninos amarillos, la compañía de nuestros peores momentos. Supongo que sabía que se lo llevarían y que lo incinerarían, que me lo quitarían de las manos y que no volvería a verle, qué corto era todo; a ratos levantaba una mirada sentimental para acoger sus restos, la fibra de carácter que solía asociar a papá se había roto, pero eran sus brazos, sus manos, sus cartílagos: aquel pellejo era la huella material que la muerte no sabe cómo arrancar, que resistía su leve toque inanimado. Yo era su hijo varón, ¿por qué os cuesta tanto entender que buscase un poco de intimidad con él?

Debí de adormecerme porque abrí los ojos en una oscuridad sofocante, el sofá desprendía el mismo peculiar olor a cuero que sus cazadoras, me acomodé en una duermevela plácida, llegaba el susurro del tráfico rodado, una cadencia mansa de la que me despertó el estruendo de un motor que fue aminorando sin terminar de ahogarse, parecía circular sobre una calle interminable, levanté la cabeza y las esponjosas callosidades de sus pies me recordaron que papá seguía colgado del techo.

Me levanté, palpé la pared y di con la ruedecita que regulaba los ojos de buey, empezó a caer un polvo luminoso. No sé en que pensaba ni qué hora creía que era, pero al descorrer la cortina el aire ya era oscuro y me cegó un destello blanco como un flash que venía de la calle; cuando me recuperé me estremecí pensando que los vecinos insomnes y los últimos parroquianos del bar podían ver desde la otra acera a un hombre en calzoncillos y a un ahorcado recortándose contra la penumbra violeta.

Corrí la cortina pero seguí mirando por una ranura que fui regulando con los dedos. Nunca me había fijado que la luz de las farolas al caer al suelo esparce sobre el alquitrán una capa de escamas doradas. El flujo del tráfico iba atenuándose, cuando un coche pasaba deprisa intentaba entornar los ojos a tiempo para que los focos dejasen un filamento eléctrico suspendido en el aire; a papá le gustaba coleccionar teléfonos viejos, tarjetas postales, narguiles, cacharros de hierro colado, debían de estar allí, no los busqué, a cambio el alquitrán brillaba untado de una capa grasienta de humedad. La temperatura era tibia; sé que bebía aguardiente de cereza, pero nunca averigüé si esa clase de personas, los bebedores de aguardiente de cereza, guardaban una botella en casa por si necesitaban recurrir a ella un domingo, un día de puente, si las tiendas cierran, cuando se ven incapaces de salir de casa. Me volví para preguntárselo y oí el brío de un motor, me abalancé corriendo hacia la ventana pero sólo me dio tiempo a ver las luces alejándose. En compensación una moto pasó tan despacio que sus ruedas imprimieron sobre el alquitrán una marca de agua. Le gustaban la franela y las camisas de color verde oscuro, y cuando me puse a inspeccionar encontré junto a su cama un pijama afranelado. También me di cuenta que cuando los vehículos llegaban al final de la calle rodaban más calmados, como si más allá del aura de la calle la ciudad se adormilase, lo tomé como una señal de respeto. La habitación estaba impregnada del olor a resina recalentada en lugar de su perfume de Chipre, un punto afectado, del tabaco puro que fumaba expulsando redondeles tan impecables como el fular de seda anudado alrededor del cuello abierto de la camisa: la amplia gama de sus gustos, tan elegante excepto cuando alguna impertinencia le alteraba el gesto y le encendía la piel en esa tonalidad a rojo cerdo; ya era bastante inquietante la manera en que los ojos de buey batían el estucado, pero cuando vi ese Seat avanzar con los focos apagados no tuve otro remedio que abalanzarme sobre el cuerpo de papá: le vacié los bolsillos de los pantalones, de la camisa y de la chaqueta (subido a un taburete), y saqué dos pañuelos, tarjetas viejas, un puñado de monedas pringosas. Las reuní en un montoncito, y después lo separé todo y las devolví una por una a sus acogedoras ranuras de tela, no es que fuera a echarlos de menos, pero me dio la impresión de que mi padre todavía estaba adaptándose a la paz, que no había ninguna razón para privarle de los objetos que había escogido para que cruzasen con él.

Encendí todas las lámparas para buscar el teléfono, marqué el número de Boston, y mientras dejaba sonar varias veces la serie completa de pitidos, cogí la carpeta verde para distraerme del peso amado que se endurecía en el centro del salón, en llamar a mamá no podía ni pensarse.

–¿Papá?

Qué mi hermana reconociese el número de aquel piso del que yo no sabía nada me mosqueó, pero el suceso se imponía, aplastó mis escrúpulos, tenía que soltarlo, me sorprendió la facilidad con que mi dolor privado salía de mí y se adaptaba a las palabras corrientes para circular en el espacio compartido.

Tuve que contener a mi hermana por teléfono, o para ser más preciso le cedí mi oído para que desencauzara los sentimientos sobrantes hasta que (quince minutos después) se quedó vacía. Sus borbotones de exabruptos no estaban pensados para escucharse, bastaba con que los soportase, así que me entretuve imaginando las motitas cremosas de sus mejillas bailando entre muecas de muñeca ofendida. Me conmovió cuando después de insinuar que papá era un egoísta pasó a quejarse abiertamente de que «aquello» se lo había hecho a ella, que se la tenía jurada de tiempo atrás, que nunca superó el disgusto de engendrar a una hija con un criterio independiente. Era justo lo mismo que hubiese soltado de preadolescente si una torcedura de tobillo le hubiese impedido a papá conducir hasta la casa de veraneo. Me asombra conjeturar cómo se las arreglaba para dejar pasar la experiencia sin aprovechar nada, cómo la dejaba deteriorarse en cuanto empezaba a emitir nociones morales adultas; a efectos mentales mi hermana seguía cómodamente instalada en sus ladinos quince años.

Igual pude ayudarla más cuando empezó a chillar que el suicidio de papá salpicaba de oprobio (el sustantivo es mío, pero etiqueta bien el bulto de sus emociones) a los Miró-Puig. Era un prurito de otro tiempo, a Michael Jackson todavía no le habían declarado hombre del año por quedarse en su casa y morirse, pero los indicios ya se agitaban en esa dirección. No la tranquilicé, me la quité de encima, ya tenía bastante. Tardé dos meses en comprobar que la herencia de papá era una estrella moribunda; una situación que podía estar o no vinculada con la decisión de quitarse de en medio, de privarnos de su presencia, de sustraernos de su consejo, y casi un año en sospechar que aquellos saldos negativos habían acumulado materia suficiente para implosionar en un agujero negro. Claro que en medio de aquel desorden leer mi nombre en la pegatina, que papá me hubiese escogido para insuflar energía al horno financiero de la familia me servía de ancla, me estabilizaba, ni siquiera reparé en que el hombre no tenía otra opción. Dicen que cuando un progenitor muere se abre uno de los párpados imperceptibles que te protegen de ver la cara tenebrosa de la nada. No tenía tiempo para estas suposiciones asquerosas, la sangre de mi padre iba coloreando sus restos a medida que se derramaban capilares para transformar en un payaso siniestro al hombre que acababa de darme la patada hacia el escenario de la vida adulta.

Intenté llegar a un acuerdo con papá, decidí pensar, sin adscribirme a un credo concreto, que en lugar de desintegrarse su conciencia seguiría vagando por la Tierra con la mente casi intacta, sensible a las ondas sonoras, capaz de escucharme cuando le hablase. No me convenía tanto que pudiera observarme a su antojo, no es que me preocupasen mis momentos íntimos (mucho tenía que alterarle la muerte para que no apartase la mirada ante la escena de su hijo y Helen medio desnudos), lo que me inquietaba es que le diese por curiosear en las conversaciones con mamá, en las peleas domésticas, durante mis pifias entre los Passgard. Su pervivencia cercana era un asunto complejo, cruzado de sombras, decidí creer que sólo sería capaz de entablar contacto con mi esfera real cuando le convocase, claro que era un acuerdo demasiado caprichoso para tomárselo en serio.

Antes de irme y de cerrar la puerta, mientras escupía esporas de corcho empapadas de vino, me puse a abrir y cerrar cajones hasta que encontré el batín en el que no le había visto desde que mi madre le dijo que ya estaba bien de ir por casa con aquel trapo, y con una decisión animal metí el hocico entre los pliegues de la lana. Olía a tabaco y a ropa usada, a fibras poco aireadas, sólo al fondo se abría un matiz más personal, imposible de reportar con otro nombre que no sea el suyo, de pila, y que a medida que se propagaba desde las fosas nasales a la corona cerebral fue reviviendo la suavidad de sus modales, incapaces de ofender, el ritmo con el que sus ojos se iban apagando después de expresar una nota de beligerancia, como si quisieran desprenderse de una emoción demasiado terrosa, basta, y que durante años confundí con una fría compasión. Ahora sé que era el resultado de mantener los sentimientos a una buena distancia de sí mismo: técnicas de gestión emocional que ni heredé ni aprendí, ni heredé ni aprenderé, rasgos de carácter que eran tan suyos como el trazo de los labios, la forma de sus rodillas, como los dibujos dactilares.

Me llevé el batín conmigo.

—¿De verdad no pensaste en descolgarlo?

Incluso Helen, con los pies hundidos hasta el empeine en la arena, pasándonos la botella de vino turbio que nos habían prestado en el bar a cambio de un billete azul, se envalentonó con los reproches; claro que no fue ella quien tuvo que ponerse al frente de nuestro páramo financiero. Al principio el desenlace catastrófico de papá no estuvo tan mal en la esfera práctica: saldé las deudas del bar, me persuadí de que contábamos con suficientes bienes inmuebles para no preocuparme demasiado en serio, mamá no se quedaría en la calle y mi hermana podría encontrar lo que hubiese ido a buscar a Boston, era un papel con más texto si quieres, pero seguía siendo una interpretación. La única sociedad que no se cocía en capital tóxico me puso un sueldo: me compré trajes, camisas, corbatas y unos zapatos tan suaves que todavía echo de menos.

Fueron días emocionantes. Me hice el duro con mamá y organicé la despedida fúnebre, visité al notario, firmé papeles y cheques. Tuve dos conversaciones con el director provincial del BBVA, compré una caja para papá y le acompañé a la incineradora, y mientras ardía su carcasa corporal me concentré para transmitirle ondas mentales animosas; no tengo claro que esas cenizas magnéticas fuesen capaces de oír mis pensamientos, pero no se perdía nada por intentarlo. Por qué no decirlo, estuve sobrio, contenido, elegantísimo dentro del traje de tres piezas, era tan agradable el tacto de la corbata negra. Por dentro se agitaban toda clase de emociones turbulentas, ya estaba bien de aquella broma, el único desenlace humanitario de aquel despliegue solemne era que papá se levantase del féretro, y si aquel alzamiento le parecía a los cielos rectores demasiado teatral me bastaba con encontrármelo en el salón de casa, con las piernas cruzadas y la vista perdida en su almanaque.

Entre la turbamulta sentimental fluía una caudalosa corriente paranoica que empezó a manar cuando vi las callosidades en el pie de papá, no pude apartar la vista del amarillo triste que le comía el esmalte hasta la lúnula. Papá tenía muchos defectos (aunque a mí apenas se me ocurre ninguno) pero nadie puede discutirme que iba siempre como un pincel. Fue él quien me enseñó la diferencia entre una prenda de moda y una prenda elegante, a no ponerme camisas abotonadas con la corbata, a no desabrocharme los puños, a escoger un buen Spencer, a combinar la gama de los beiges, y los tonos arena, a perderle el respeto al amarillo, a valorar el diseño de un Ferragamo y a quitarme el sombrero con la mano derecha para saludar (una destreza cuyo equivalente en el plano filológico sería el estudio de una lengua muerta). Así que durante semanas el estado de sus uñas inferiores, aquella desvergonzada exposición aérea, me empujó a sospechar que le habían asesinado. Para mi padre la idea de una conversación ética incluía el examen bucal y un recordatorio sobre la conveniencia de lavarse las manos antes (y no sólo después) de mear. Porque mi padre no era de los que se arredrase ante los remilgos corrientes, a mamá y a mi hermana les avergonzaba que no considerase a nadie lo bastante ajeno a la familia para no asediarles con informes sobre sus desarreglos circulatorios e intestinales. Las entiendo, claro que entiendo el bochorno que pasaban cuando él no podía resistirse a compartir con un individuo al que no le unía nada (un cajero, el mecánico, una de esas personas que trabajan acompañando los coches a su plaza) la frecuencia y la profundidad de los retortijones; las entendí por completo cuando me llevé sin decírselo a nadie, con el cuerpo caliente, como suele decirse, un cuaderno personal donde papá había ido anotando la frecuencia de sus idas al baño, acompañadas de una precisa impresión moral del acto arrojadizo; pero a cambio ellas deberían aceptar que si hubiésemos compartido sus problemas de salud de manera natural no nos hubiese dado tanto apuro el interrogatorio al que sometía a vecinos y amigos en busca de desahogo y complicidad. No fuimos capaces de entender que esa locuacidad fisiológica (venas, cólicos, gases, intestinos) era el reverso de su atildamiento: la preocupación básica de una vida.

Si dejé pasar la trama del asesinato, si no llegó a coagular en una conjetura sórdida fue gracias a mi incapacidad para imaginar un contexto donde no fuese demasiado extravagante que un criminal se tomase la molestia de ahorcar a mi padre y quitarle después los calcetines que unos días después encontré al lado de la cama. Cuando me fui serenando (es decir, cuando arreció el alud de preocupaciones financieras que redujo a la mínima expresión los embrollos que no apestaban a dinero) comprendí que lo más insólito de aquella escena que se me imprimió como algo incandescente en el corazón, y que si soy sincero no creo que vaya a enfriarse nunca, era pensar en cómo papá se había descuidado y desentendido de sus uñas durante el tiempo suficiente para que se transformasen en una suerte de pliegue calloso de color limón; algo le había martilleado bien fuerte la cabeza durante casi un año para desentenderse de lo que más le importó en la vida; que no calculase que al quedar colgado del techo las uñas iban a flotar a la altura de mis ojos (dado que sí planeó que fuese yo quien le encontraría) era algo más comprensible, al fin y al cabo cuando uno piensa en matarse debe de tener pocas cosas en la cabeza pero han de ser muy absorbentes.

—Voy a ser la mejor amiga de tu hermana, John. Tu hermana necesita una mejor amiga, eso no se puede discutir.

Mi hermana había decidido que tenía su gracia anotar un catálogo puntilloso de mis defectos y errores, en algún momento decidió que yo era completamente idiota, sin remedio, y pese a la condescendencia que se impuso demostrarme desde entonces, la sentencia fue una liberación para los dos. Si lo piensas bien era extraño, éramos hijos de una madre medio loca y un padre suicida (¡que además eran los mismos!), y nos habíamos quedado sin capital a una velocidad asombrosa, deberíamos llevarnos bien. Que después de todo yo quedase como un incompetente y ella como una criatura juiciosa fue una jugada del reparto genérico de papeles. Fue a mí (y no vi ningún mástil ondeando banderas feministas en mi apoyo) a quien enviaron en representación de la familia a dar la cara ante el consejo de especialistas para que nos drenasen con los honorarios establecidos por ejercer su incompetencia. «Coyuntura», decían, «atados de pies y manos», decían, ¡y se llaman profesionales! Seamos serios, a mí me habían educado para arreglármelas en un estado de cosas razonablemente amable, no me prepararon para sobrevivir a la intemperie, yo estaba formado (y lo digo atragantado de orgullo) para ser un personaje cómico. Ni siquiera capté las ondas fúnebres cuando me recomendaron invertir en quesos.

Pero sobre este asunto no oirás otra palabra de mi boca, que los perros del chismorreo vayan a morder otra tumba, el trasfondo de cómo los Miró-Puig nos hundimos en las aguas pestilentes de la modestia económica es la parte del relato que he decidido omitir mientras Helen y yo bailamos en primer plano, mi equilibrio mental depende de que consiga reducir la humillación a unos límites tolerables, y no voy…

¡Abogados, administradores, gestores, notarios (palabras cuya raíz común es «sinvergüenza») se alimentan de no solventar tus asuntos! Un «buen» dentista, uno que puede costearse una clínica en Via Augusta, es el que tiene la *barra* de ocultarle a su «paciente» (qué astucias las del idioma) que se le han podrido las raíces molares antes que perderlo como «cliente». Acudes a los especialistas pensando que te ayudarán en calidad de conocedores de su materia, y te reciben amañadores, tahúres, ilusionistas, vendedores de crecepelo, ventajistas, capitanes araña, fuleros disfrazados de americana y corbata (¡y qué corbatas!): lo único que te suministran esos sujetos son filtros de esperanza, y amamos tanto nuestra esperanza que alimentamos sus cuentas con transfusiones de cifras enriquecidas de ceros para que certifiquen que nuestros asuntos crecen sanos y hermosos. Yo les pedía: «Profesionales, aconséjenme cómo recuperar la buena dirección de los negocios, y si les queda tiempo resuciten a mi papá», y ellos me oían gritar: «¡Maestros de la ilusión, acortad mi agonía, ayudadme a desembarazarme cuanto antes de mi dinero!». Tantos años en la escuela, en el instituto, en la universidad, en esos másters de pacotilla, y lo que de verdad me hubiese favorecido es alguien que me enseñase a manejarme en el fluido turbulento de deseos, malestares fisiológicos, ideas latosas y oleadas de impresiones sensoriales que me ahogarán un día de estos: un profesor de realismo, eso sí que no tendría precio.

Y mientras a mí me retorcían en nombre de la supuesta capacidad de resistencia masculina, mi hermana tardó tres meses en encontrar al hombre de su vida. Mauro, atención, Mauro Sanz Popovych, de madre ucraniana o algo peor, de profesión joyero y con un aspecto que justificaba la reinserción social de la palabra «alfeñique». Te prometo que no hice (apenas) ningún comentario, me esforcé por no sacudir las cejas, si se notó algo fue por culpa de los movimientos espontáneos de músculos raros tipo el obricular o el transverso, y también es cierto que Popo se comentaba solo.

—Escoges las novias siguiendo criterios insensatos. Buscas cualidades físicas, intelectuales, aunque con la última no sea el caso, y no me vengas con que mi marido es peor, porque te vas a pillar los dedos, ya sé que no tiene ninguna cualidad remarcable, y eso contribuye a que le considere un compañero excelente. No puedes organizar un matrimonio en torno a una persona interesante y esperar que no se escacharre, las personas que has amado de verdad se vuelven un fastidio cuando cambias de ambición. Mi lema es: deja lo más interesante para fuera de casa. No corro ningún peligro con Mauro, te lo aseguro, su talento es ser insípido. Y para que veas que no tengo ninguna envidia de su «frescura», te animo que te arrimes a una auténtica adolescente, a Helen ya se le nota la edad en esos caderones de contrabajo. Y claro que te quiero, Juan, pero ya sabes cómo es mi vida, nunca encuentro una pausa para decírtelo con tacto.

Había saltado en marcha del naufragio familiar para convertirse en la señora de aquel joyero furulo, y empezó a dedicarse a lo que se dedica ahora, algo entre el diseño de pendientes y la crítica de repostería, el asunto nunca se ha aclarado. Como soléis hacer cuando los asuntos se ponen peludos y les salen garras, se dejó caer gozosa sobre los almohadones machistas: cultiva tu feminidad, vuélvete digna de ser amada, el planeta está repleto de varones que no le hacen ascos al sobrepeso, al mal humor, a tus caprichos de niñata, así que déjate seducir por un caballero apuesto (risas) que no te redimirá con un beso, sino con la brisa de su aleteo curricular. Si tu dormitorio no es tan excitante como el de la chica favorita de un mecánico que vuelve hambriento del taller, podemos arreglarlo: es más sensato mudarse de cuerpo que de casa, por no hablar de lo que sale más barato.

Claro que una cosa es que el hocico táctico de mi hermana le diese para conquistar una posición donde no tener que renunciar a las torres, los coches, las vacaciones y a los charcuteros de la clínica Planas… y otra que se le escapase la distancia entre la vidorra que se hubiese pegado con el dinero que le suponíamos a papá y, bueno… la vida con Mauro. Ahí tienes una razón plausible del porqué nunca ha dado un paso atrás en su odio caníbal contra nuestro mutuo progenitor. Y como papá se había tirado por la borda del mundo sensorial, le dio por canalizar hacia mí todo ese desprecio, al fin y al cabo enseguida debió de pillar que el héroe destinado a *desentortolligar* el legado de papá no era yo: me perdió el respeto, no le importaba desautorizarme en público.

—Debiste aprender a cerrar la boca, Juan, pero, al menos, podrías no interrumpir las frases de las personas serias.

Y lo cierto es que a mi hermana se lo consentía todo, no me rebelaba, nunca pensé en responderle, porque entre ella y yo se interponía una mandorla penosa, y nunca me he sentido cómodo en el papel de abusón.

En corto: mi hermana sufría un malfuncionamiento interno que le impedía ser madre. Había heredado una versión de la pestilencia intestinal de papá (como las manchas blancas de nacimiento que los padres transmiten a los hijos por el corredor de los genes para depositarse en zonas anatómicas distintas) y que para su desgracia se ubicó en los órganos genitales internos: salpingitis, blenorragias, nunca lo aprendí bien, era una de esas historias que no terminan de contarse, medio escondidas, medio disimuladas por supuestos, equívocos, figuraciones, verdades a medias. Sé que la llevaron a la Dexeus para arrancarle los óvulos o las trompas; lo recuerdo bien porque me avergonzaba el contraste con mi salud viril: el espléndido sistema inmunológico que expulsaba los virus sin escándalos febriles, de mi estupendo estómago ocupado en segregar litros de jugos gástricos a los que no se les resistía ningún bolo digestivo; me enorgullecía estar equipado con unos genitales externos tan receptivos a los estímulos visuales y acústicos, tan sencillos de poner a punto, que no necesitaba ocultar dentro de los labios de ninguna herida pélvica, en el laberinto de complicaciones y humedades femeninas: la impureza, el vaho, la viscosidad, y quise matar al medicastro a quien escuche decir por lo bajini:

—Castración femenina.

La última vez que mi hermana me abrazó y lloró sobre mi hombro (con un camisón de hospital tan ligero que apenas disimulaba el tacto regordete de sus antebrazos) fue porque había soñado con un parto fantasma: el feto no se deslizaba por el conducto seco, lo que le salía de entre las piernas no era un organismo vivo, sino una masa apelmazada de sangre negruzca.

Diez días después de presentarle a Helen volví a la Bonanova con un ramo de dalias para rastrear la impresión que mi novia americana le había causado a mamá. Me la encontré sentada en su sillita, parecía una figura transparente, como si la hubiesen tejido con un hilo incoloro, la expresión de su cara era serena y suave. Pensé por primera vez que la máscara de los medicamentos podía caerse un día. No le saqué una palabra sobre Helen.

—Juan, si vas al baño no vuelvas a apagar la luz de la habitación de mis nietos.

Lo que me recorrió la médula estaba frío, siempre di por hecho que los estimulantes químicos le ralentizaban el pensamiento, no se me había ocurrido que el cerebro estuviese dañado.

—No pongas esa cara, hijo, no seas bobo. Ya sé que no tengo nietos, es sólo que si dejo encendida la luz de la habitación donde siempre imaginé que dormirían es como si me hiciesen compañía. Qué raro.

—Todavía puedo darte nietos, mamá.

—¿Con esa chica? ¿Con la chica que subiste? Supongo que todavía no has podido arreglar los números que dejó tu padre.

—Estoy en ello, mamá.

—¿Sabes lo que más me gusta de la primavera ahora que apenas salgo de casa? Me gusta cuando se encienden los farolillos de papel que han colgado para dar ambiente en el restaurante de la esquina. Venden mejillones y patatas fritas con salsas blancas y rosadas, un poco aprensivo, pero los hombres van trajeados y las mujeres visten esas blusas tan suaves. Parejas preciosas. Me gusta ver a las personas pasarlo bien, no les guardo ningún rencor. ¿Cómo podría si todos están viajando despacio hacia aquí? Aprovecha estos años, Joan-Marc, son años bien pensados.

Cogió una gragea y la dispuso sobre la lengua: la perla encima de su almohada. La empujó garganta abajo con un trago de la infusión de tila y hierbabuena que le había preparado. El líquido quedó recuperándose del temblor de su pulso en oleajes amarillos y verdosos.

–Qué familia más triste. Un suicida, una enferma, una chica estéril. Quién iba a decirlo cuando empezamos, ¿verdad? Pero es así como ha sido, y está bien, está bien.

¿A quién le estabas hablando, mamá? Las personas que te conocen desde hace tiempo abusan de esa facultad: cuando te tienen delante ven a través del hombre que se está agarrotando de tanto toquetear la servilleta, pueden ponerse a conversar con el chico que hacía chirriar el columpio, que daba puntapiés a un balón granate, con el mocoso al que una tarde enviaron a vivir a otra ciudad. Y si te soy sincero no me dejé mellar por la crudeza de mi madre. ¿Qué crees que encuentras si rascas en esa gente que para cubrir el expediente dice que es abogado, médico, perito, vendedor, profesor o enfermero? Todas ocultan alguna fractura, arrastran su minusvalía emocional. El tiempo que te asignan es demasiado corto para renunciar a los viajes, a los coches, a los besos y a las gastronomías del mundo, así que a primera vista parecen absorbidos por el presente, pero déjalos hablar durante veinte minutos y enseguida se aprecian las cicatrices bajo el flujo verbal. Asusta pensar en las dimensiones de la leprosería afectiva que disimula nuestra autosuficiente sociedad tecnológica, que, bajo la colcha de fotografías que certifican lo bien que lo pasamos tantos de nosotros, andamos disimulando, ojos avizores, en busca de una ración de calor.

Algunos lo llevamos con más dignidad que otros, y mi querida hermana era de las que sangran cuando las rozas, y para evitarlo se anticipaba a sacarte los ojos. Y era esa tipa a la que Helen, con los labios húmedos de saliva y vino turbio, estaba decidida a revelar su vida íntima, a proponerle el apoyo de su brazo, a «salvarla».

–Tu hermana tiene mi edad, nos llevaremos bien, quedarías en una posición incómoda si no me la presentas.

Escarxofada en el salón de su casa mi hermana la vio venir antes de que Helen abriese la boca anticipando el papel condescendiente que pensaba atribuirse en el paripé de la incipiente amistad entre cuñadas. Y decidió seguirle el juego. Nos dejó a

Mauro y a mí en el salón para que interpretásemos bien anchos la obra que mejor nos salía: el encuentro en las profundidades marinas de una anémona y el caballito de mar: él entregado a la agitación filamentosa y yo asintiendo impasible. Se la llevó del brazo a la cocina para contemplar el espectáculo del agua hirviendo, tan propicio para que corran libres las confidencias, y no se le escapó, qué se le iba a escapar, el fondo de insatisfacción que se retorcía dentro de Helen.

–No quiero seguir viviendo en el buhardillo.

Había preparado a Helen por si mi hermana le arrojaba la caballería en mi contra: por si le contaba que yo era un fraude, que estaba perdiendo patrimonio minuto a minuto, que mi suficiencia se ahogaba en un vaso de miedo, por no hablar de cómo desatendía a mi madre…

–Una familia necesita una casa propia. Lo otro es empezar mal. Demasiado provisional. Demasiado demasiado.

Pero a lo que mi hermana se había dedicado en la cocina (mientras Mauro desplegaba su campo de intereses: balances bancarios, clases de nudos, derivados de la regaliz… una monodia que me empujaba a pensar en tías peleándose, no en posturitas sexys, sino a hostia limpia) era a quebrar suavemente la confianza de Helen, a minar nuestra complicidad como pareja, a buscarnos problemas.

–La familia ha de querer siempre lo mejor para ti, es cuestión de que lo veas.

Se dejaba aconsejar por una criatura dominada hasta tal punto por los estratos reptilianos del cerebro que desprendía malicia por un proceso inconsciente, igual que los poros se abren para que mane la sudoración. Bajo determinada luz podías confundirla con una persona, te lo concedo, pero se trataba de un efecto óptico, un trampantojo. También te parecerá una viajera genuina si la vista se te pierde en las fotografías donde ella y Mauro Polo aparecen en arrozales, templos asiáticos, selvas tropicales, sabanas australianas y sitios donde nieva, hasta que descubres que el único provecho que ha extraído de sus desplazamientos es el análisis comparado de las ubicaciones y servicios de la cadena Hilton. Se lo dije a Helen, claro que se lo advertí, pero ese día me dio por ahorrar y en lugar de coger un taxi para ir desde Vallvidrera a la Torreta, bajamos en ferrocarril. Sentí que mis frases se retorcían en el aire, se abrasaban y caían al suelo, pesadas como patatas, sin impactar en su sensibilidad auditiva. Los hombres pierden autoridad sobre las chicas cuando les sermoneamos en transporte público, esto es así.

A mi hermana le habían bastado dos medias conversaciones para hechizar a Helen y cargarla de un pack de exigencias y responsabilidades que me tocaba satisfacer a mí. El trato franco que le dispensaba debió de parecerle a Helen en contraste con el desprecio burlón que había recibido de nuestros «amigos» el arranque de una relación casi doméstica, donde flotaban embriones de afecto. La cabeza de Helen estaba amasada hasta tal punto con la harina que le suministraban las teleseries y las revistas femeninas que apenas tuvo que hacer un esfuerzo para convencerla de que ella y mamá me perdonaban mis correrías de soltero gracias a su encanto. Qué otra historia iba a parecerle más natural, si era la clase de efecto benéfico que se pasó la adolescencia convencida que iba a provocar en cuanto irrumpiese en el escenario social.

—Tu hermana tiene razón.

En la tensión ocular, en la suficiencia con que movía el cuello, en el rastro repugnante que dejaban las palabras sembradas por mi hermana cuando salían de su preciosa boca reconocí que estaba dispuesta a entablar una batalla de largo alcance. Cada semana que pasábamos en la Torreta donde vivíamos razonablemente felices empezó a pincharla como una ofensa, eran la confirmación de que mi hermana no se mamaba el dedo, que no se equivocaba cuando profetizó que yo estaba incapacitado para satisfacer las necesidades elementales de una chica unida a su hombre por amor.

—¿Por qué no vamos a vivir con tu madre? El piso es *large*, las familias están para ayudarse, ¿no?

Aquel equívoco era demasiado grande para enderezarlo con mis fuerzas, ni siquiera me quedaba empuje para señalarle la contradicción absurda de exigirme que abandonásemos la Torreta (degradada por mi hermana en «buhardillo») para instalarnos en un piso propio (alquilado); y la perturbadora ocurrencia repentina de que mi madre compartiera techo con aquel acelerador de testosterona, con su kit de maquillaje (que pesaba como las obras completas de Galaxia que exhibías presumida en el comedor), con los culos de Evan Williams que me asaltaban en zonas inesperadas del mobiliario (mi último descubrimiento que nos ponía el sistema linfático como una moto). Así que la astucia de proponer la cohabitación con mamá transformó la repugnante perspectiva de abandonar la Torreta desde donde contemplábamos la progresión de tejados y azoteas y el matiz resplandeciente del mar en un plan razonable. Dejé de marear la perdiz y mientras atravesaba una tormenta de desastres financieros (debían de estar a punto de aconsejarme invertir en quesos, una idea original de los Passgard, el par de tahúres que se dedicaban a «reflotar») me puse a buscar piso en serio. Visité una veintena de inmobiliarias, me enteré de que los hijos de la vieja clase obrera se estaban tragando hipotecas a sesenta años, con intereses sometidos a los vaivenes de varios índices tétricos, firmando cláusulas de deshaucio. La maravillosa clase media, su reluciente codicia, los coches de gama alta, las segundas residencias, vacaciones a Oriente pagadas a plazos, hijos maravillosos de la España sideral ese invierno os amé como nunca. Los pisos de alquiler parecían ejemplos sobrevivientes de un bombardeo kosovar. Cocinas *esberlades*, cisternas que amenazaban con partirte el cráneo, pasillos empotrados. Ninguno de los que alcanzaba con mi presupuesto (y cuando digo «ninguno» hablo de dos meses recorriendo el Eixample y Sarrià y las partes higienizadas de Gràcia como una manada de elefantes persiguiendo una vena de agua) contentó el rasero de Helen, alimentado por revistas de decoración interior, editadas para ciudadanos que cumplen con las haciendas de países encharcados de petróleo; y que mi hermana empezó a enviarle para comentarlas después bien sentadas las dos en la cafetería Mauri.

«No entra suficiente sol.»

«No viviré en un entresuelo.»

«Huele. Barcelona huele a humedad.»

«Las ventanas dan a una pared.»

«El techo se cae.»

«¿No querrás que suba escaleras cuando esté embarazada?»

«No puedo vivir en este barrio.»

«La cocina está vieja.»

«El baño necesita una reforma.»

«En este comedor no podemos invitar a amigos.»

Ya fue bastante duro de adolescente descubrir que las personas no escogen las casas donde cocinan, duermen, y engañan, que no se entregaban gratis, que el espacio y el hacinamiento, los salones luminosos y los comedores estrechos no eran una cuestión de gusto; así que esta vez tuve que apoyarme contra la pared y dejar que pasasen algunos vagones cargados de carbón fúnebre para reponerme del informe Passgard: nos quedaba el piso de Bonanova, la Torreta, capitales enfermos y el as de los quesos (metido en la manga). Apenas me beneficié medio minuto del pensamiento mezquino de que los que vienen de abajo, sin redes familiares, sin contactos, todavía tienen menos. Me puse tan nervioso que me salió un sarpullido de granos diminutos en las manos, el vello del pecho y el púbico se puso entrecano en el lado izquierdo, el de los problemas arteriales, y creo que fue mi aspecto desfigurado lo que conmovió a Helen; prefería vivir en un piso pequeño (¡sólo que no era tan pequeño!) antes que dejarse ver con un anciano prematuro.

—Yo nunca dije que ahora. Podemos esperar. Te pones histérico cuando se trata de dinero.

Y yo fui tan cándido, tan irrespetuoso con mi inteligencia que le envié una copia del informe de Passgard a mi hermana; ya estaba bien de comportarnos como críos, iba a convencerla de la conveniencia de «aunar esfuerzos», de «remar juntos», esa clase de ideas.

Mi hermana me pidió una cita, se presentó con un testaferro con la preceptiva corbata rosa y un peinado que era un logradísimo ejemplo capilar del «principio de negación». Puso sobre la mesa una maleta que olía a cuero nuevo, el informe Passgard subrayado en rojo, y una calculadora; aquel payaso que estrenaba americana para intimidarme era el sicario que mi hermana había reclutado para introducirme un hierro incandescente por el ano.

—Debemos vender la buhardilla.

Pretendía sacrificar mi casa para arreglar algo que nos perjudicaba a los dos, me exigía que ingresase en el pelotón de ciudadanos que dedican los primeros euros que ingresan en pagarse una vivienda; si no frenábamos el avance del capital tóxico transformándolo en euros sanos mi precioso hogar en lo alto del Eixample no tardaría en amenazar el piso de Bonanova, la seguridad de mamá. Le di un trago al café, supongo que traté de rebatirles en el inconfundible estilo de la improvisación.

—Debiste aprender a cerrar la boca, pero, al menos, podrías no interrumpir las frases de las personas serias.

Se me quedó mirando con fiereza, retándome, habíamos compartido la infancia, a mí no me la pegaba, se había pasado la noche en vela ensayando, exponiendo su inseguridad cárnica ante el espejo. Mi hermanita esperaba que tirase los cafés, que resoplase, que perdiese los papeles; pero sólo recibió la mirada misericorde de hermano mayor, mi suave indulgencia que la prendía de rabia por dentro. Ni siquiera lo hice exclusivamente para devolverle algo de incomodidad, mi relación con ella ha sido el único vislumbre de santidad que he podido experimentar en todos estos años, hubiese donado de buen grado un órgano si sus fibras y células y moléculas fuesen capaces de vivificar las secciones secas de su panza.

Estaba dispuesto a ponerme en evidencia para pacificar nuestra relación, no llegué al extremo de convencerme de que aquel proyecto descansaba sobre un impulso fraterno de aliviar mi carga: para que no me sintiera culpable, porque estaba cansada de verme sufrir, por mi bien. Pero me persuadí de que el informe Passgard la había asustado. Era su lenguaje facial, era el olor agrio que desprendía desde su silla; el dinero igual no huele, pero sí apesta el miedo a ir corto, a no tener suficiente, a que se abra la red bajo los pies, a terminar en uno de esos trabajos donde se asfixia la dignidad. La protección de Mauro era circunstancial, podía cansarse de ella, podía echarla; le daba miedo hacerse cargo de mamá, quedarse atrapada en su matrimonio con Popo, depender de su caridad.

—Sería mejor para todos que en una semana estuvierais fuera.

Y me dejó un prospecto con pisos de obra nueva, sesenta metros cuadrados, en L'Hospitalet.

—Estarás a siete paradas del centro, y la luz y el agua son mucho más baratas. Y la hipoteca es bajísima.

El piso que encontré, el piso que me las arreglé para no pagar ni entrada ni fianza, quedaba por debajo de la Diagonal, en una cuesta incómoda, con un cuarto sin balcón al que llegaban los efluvios del taller de reparaciones, con un comedor que parecía bastante amplio hasta que Helen lo decoró con dos sofás de cuatro piezas, el preceptivo mueble de pared y una mesa desplegable donde hubiéramos podido sacrificar un búfalo. Compramos flores, macetas y un televisor. Me llevé el diminuto Miró de papá que en mis peores momento se las arreglaba para insinuar una relación burlona entre las manchas. La habitación de la plancha, la cocina y nuestra cama daban a un patio estrecho que las palomas había escogido como depósito de su inmundicia. El baño (con plato de ducha) y el comedor se inundaban a mediodía de sol, me gustaba el efecto de la luz dorando despacio los marcos de las ventanas, iluminando el aire como si prendiese el vacío entre los átomos. Compramos tres estufas eléctricas, las rotábamos, siempre quedaba una habitación fría, los radiadores le daban a Helen dolor de cabeza. Ésa era la casa que sorbía mi sueldo, que me obligaba a recurrir a mis ahorros, que nos dejó sin vacaciones, la casa que nos racionó las cenas y las salidas, la que me obligó a calcular el coste de las copas. La casa que nos ató de manos, y que tampoco era bastante buena para Helen. De hecho, se las arreglaba bastante bien para insinuar (o recordarme) un par de veces a la semana que era una porquería.

Los reproches de Helen en la Torreta apuntaban a direcciones tan divergentes que rara vez nos enganchábamos, era una manera de relacionarse conmigo, de soltar corrientes de ideas miserables antes de que se estancasen, los oía, pero no me costaba convencerme de que se los dedicaba a otra persona.

«Si se va tanto la luz tendrías que hablar con el casero o con el ayuntamiento, eso es lo que haría un hombre.»

«Esas bromas que te gastas con la religión no tienen ninguna gracia. Soy una persona creyente, no voy a misa porque me falta tiempo, pero pienso invertir en ello, es un plan para la segunda mitad de mi vida, si no me asfixias antes. Desde niña he sentido un vínculo estrecho con Jesús.»

«Hay que provocar a los hombres para no casarse con un marica. Simulan bien el descaro con el que tienen que mirar, lo aprenden de sus amigos solteros, de adolescentes. Como son todos unos viciosos pueden interpretar un primer trimestre aceptable. El drama viene después, por eso voy a tener que vigilarte.»

«Eres un niño, John, no estás preparado para un mujer que te quiera con toda el alma.»

Debí responder que ni siquiera estaba seguro de creer en el alma. Había leído en el *Muy Interesante* que la mente era una función del cerebro, una especie de vaho parlanchín y obsesivo, pero los científicos no lograban convencerme. ¿Cómo se demuestra que algo no existe? ¿Cómo lo demuestras si ni siquiera lo has visto? No es que por principio esté a favor de la existencia de lo invisible, pero los científicos deberán dar muchas explicaciones, y buenas, para negar que existe algo en el organismo que va más allá de la carne, de las espinas vertebrales, de la red venosa. Lo descubrí durante el velatorio, cuando me quedé a solas con el cuerpo rígido de papá, su piel amarilla bajo el maquillaje; era papá, era todo cuanto quedaba de él, pero faltaba la vibración que le agitaba los músculos, la suave electricidad que le encendía la expresión, el oleaje de los pensamientos, la voz. Los científicos disponen de fabulosas prótesis para ver más lejos y más profundo, pero están mal enfocadas, por mucha potencia química que puedan moler esos cilindros de materia gris, me parece una jugada sucia arrancar el alma del corazón para situar una mente en el cerebro, yo podía identificar a mi padre y a Helen sin esfuerzo con ese bombeo obstinado. Mientras Helen cortaba verdura, miraba la televisión, se probaba ropa o se untaba crema, sus ojos y el juego de músculos faciales siempre estaban latiendo de rabia, de deseo, de miedo, igual que la víscera del pecho.

—Eres demasiado intelectual.

Pero lo que empezó a incubarse en nuestro nuevo piso fue algo más inquietante que la inclinación de Helen a rociarme con sentimientos de baja calidad, las discusiones se ensombrecían ahora con un matiz personal. Mi hermana, camuflada en el papel de cuñada mimosa, empezó a sacarla de paseo. Menuda pareja debían de formar la esfera perfumada de mi hermanita y Helen vestida de blanco, Helen vestida de verde, Helen en tejanos, Helen en chándal, Helen vestida con túnica y burka, tanto daba. Cómo debía de joderle aquel contraste. Y la verdad es que el ADN de nuestros padres había demostrado la variedad de su poder combinatorio al formar partiendo de los mismos elementos un varón con hechuras de deportista y la versión femenina de la Fiera Corrupia. En una ciudad con el excedente de atractivo femenino de Barcelona, para mi hermana cada paseo por el centro debía de suponerle una ración de cuchilladas; cuando Mauro la llevaba de tiendas al Passeig de Gràcia debía de ser como rociarse con ácido las manos. No te digo que los Hermès y compañía no tuviesen un efecto balsámico, pero el drama es que las personas terminan desnudándose. El azar genético había sido un hijo de puta con mi hermana. Para atenuar sus celos le hubiese beneficiado trasladarse a un sitio con una temperatura física más tibia. Amberes, por ejemplo, allí tallan joyas, llueve todos los días, y la gente es tan fea que tuve que entrar a comprar una revista para descansar la vista en un rostro agradable.

Y no creas que tú quedaste a salvo. Cuando llegó el momento su lenguota también segregó buenas babas para ti.

—Todo lo haces al revés, Juan. No te das cuenta hasta qué punto eres previsible. Sólo a ti se te ocurre casarte primero con la salvaje y la sensual, y romper ese amor para meterte en casa con una mujer doméstica y estirada que, a mí no me la da, si se dedica a leer es para compensar su deslucido tono social. Y no me vengas ahora con que es escritora, otro rollo para hacerse la interesante. No vas a discutirme que los escritores escriben, y que si esa chica con la edad que tiene estuviese destinada a la literatura ya hubiese publicado algo, al menos un par de cuentos.

No servía de nada recordarle que yo no había dejado a Helen por ti, mi hermana era inmune al rigor cronológico, la clase de persona que no tolera que la observación escrupulosa de la realidad le arruine una reprimenda moral.

Lo sencillo, y no creas que no lo barajé durante años, era suponer que el desprecio que sentía por ti, por Helen, por las chicas intermedias que me condujeron hacia nuestro matrimonio, estaba avivado, además de por su cara de berza, por una mano de celos incestuosos, que estaba secretamente enamorada de mí. Ahora tengo bastante claro que os estaba elogiando de manera indirecta, que me la poníais cachonda, que era una tortillera del tamaño de un Hummer. Dime si no cómo una mujer a la que le gustasen los hombres podía arrimarse a uno como Popovych.

El caso es que mi hermana se llevó a Helen a dar el *Grand Tour* de las cosas que no podíamos permitirnos, y le dio el toque metalizado del «no puedes permitirte con él», con el acabado cínico del «una mujer como tú»: fueron a Biosca & Botey, al concesionario de Jaguar en Roger de Llúria (ninguna de las dos conduce), se relamieron ante los escaparates del Passeig de Gràcia y la paseó por Cartier, y si no reservó mesa en el restaurante submarino que hay en el mar Rojo es sólo porque todavía no lo habían inaugurado. No creas que sólo reconozco el lado chapucero de mi hermana, estoy casi orgulloso de que fuese capaz de diseñar un escenario fantástico donde Helen tenía más motivos para avergonzarse por estar casada conmigo que ella con Mauro. Y si no le di un abrazo allí mismo, si no me levanté de un salto del butacón para aplaudirla fue porque no tenía la cabeza despejada, me habían diagnosticado una terrible enfermedad social: trabajar; no como un adorno o un camino exótico para realizarme, sino como una imposición para mantener a flote la actividad biológica; estaba tan tenso que casi se me pasa por alto el nuevo motorcito de quejas al que Helen empezó a dar cuerda en su sofá de los reproches, piernas cruzadas, que me exigiese entrar allí donde yo estaba loco por salir.

—Si quiero ser una mujer liberada necesito un trabajo, y soy una mujer liberada.

El problema no era que Helen confundiese cierta desenvoltura en la cama con una auténtica amplitud de pensamiento; el problema no era que la instigadora de su anhelo laboral no hubiese pegado un palo al agua en su vida, el verdadero escollo era que para encontrar un trabajo debíamos superar nuestro «estilo de vida», incompatible con cualquier desempeño laboral, incompatible, incluso, con la versión menos estricta de una conducta saludable.

Claro que éramos jóvenes (jóvenes, ay, de verdad) con espléndidos ejemplares de hígado y unos riñones de concurso, y cada noche la arrastraba a beber, se nos hacían las tantas en los bares de copas, en los pubs, en las whiskerías que se habían puesto de moda. Respirábamos fascinados por la variada oferta nocturna, por el clima suave de las noches invernales, por las calles reticuladas donde ni los invidentes se pierden, por los miles de barceloneses, de paso o estables, que cada jornada nocturna ofrecen inesperadas cristalizaciones de amistad, listas para disolverse como azúcar en la solución de la mañana. Nos dejábamos absorber por la misma marea de fiestas y chismorreo y copas caras y gente atractiva y estúpida que se ha tragado y ha chupado hasta los huesos tantas vocaciones de estudiantes provincianos, de madrileños ingenuos, de Erasmus que aterrizan con una noción moderadamente condescendiente sobre la superioridad de costumbres del norte y terminan rendidos a los estímulos de la noche barcelonesa.

Ya sabes que a mí nunca me ha afectado el alcohol, sé dosificarme, sé cuándo darme una pausa, no mezclo, nunca tomo tequila ni matarratas. Lástima que Helen militase en el conjunto de la gente que no sabe atenerse a las normas elementales del bebedor. Alcanzado cierto punto en el que el alcohol despliega las «habilidades sociales», Helen se amodorraba, ya podía llevarla a dormir sin otra responsabilidad que respirar hasta bien entrada la mañana.

Mis días eran sencillos: a las once y media entraba en la oficina oliendo a perfume varonil porque todavía no había descubierto que esos líquidos apestosos se obtienen mezclando materia excrementicia y padecimiento animal. Si quedaban rastros de alcohol dando tumbos en las sienes, igual que esas focas zumbadas que no se cansan nunca de saltar a por su sardina, resistía tragando café y agua, mis socios me suministraban informes y cuando me cansaba de pasar folios contaba personas en la cristalera abierta sobre el tráfico de Via Augusta. Me gustaba la pastelería de la que veía entrar y salir a nietos consentidos, mordisqueando hojaldres. Así se iban las mañanas, arruinarse es estresante, pero no exige demasiada concentración.

Dispuse algunos círculos de seguridad: los martes y los jueves apenas bebíamos, nos quedábamos a ver algo que Helen alquilaba en el videoclub, cenábamos en casa, calóricos platos de inspiración Tex-Mex, cualquier variedad de chile mezclada con ternera, con cerdo, recubierta con frondas de queso cheddar. Nos peleábamos por el sitio del sofá (el reposabrazos izquierdo bailaba), por quién abrazaba a quién, por el control del mando a distancia (la ponían nerviosa las escenas donde el incremento de la masa sonora anunciaba un susto), me hacía cosquillas y no podía sacármela de encima como contigo: mides metro setenta pero siempre has sido manejable; no sé si Helen pasaba del metro sesenta, pero con esos muslos tan colmados de carne que podías agrietar la piel aplicando la uña, y sus enérgicos brazos de deportista becada me obligaba a emplearme a fondo, y no era raro que terminásemos los dos en el suelo formando presas que a mí me parecían bastante eróticas y a ella le hacían reír, con un estremecimiento de la entrada húmeda que bordeaban sus labios, y de las que salía mirándome con ojos desconcertados, empapados de un agradecimiento líquido, como si aquella alegría espontánea no estuviese prevista en el guión con que había salido de Montana.

De acuerdo que era un síntoma pésimo que Helen se pasase la mañana mirando de reojo el reloj para animarlo a que traspasase de una vez la hora pactada en la que empezar a beber no parece tan ignominioso, pero te aseguro que sigue siendo preferible a calentar el gaznate de buena mañana y pasar el día sumergido en una cuba de alcohol: me la encontraba a mediodía con los ojos entornados, le sudaba el labio, empecé a sentir vergüenza ajena. Durante unos meses me mintió con su lengua roja de taninos, hinchada como una ciruela; pillar a los demás amasando una mentira suele otorgarte cierto poder momentáneo sobre la relación, así que supongo que nos adentramos en una fase nueva cuando dejó de tomarse la molestia de disimular sus curdas. Me esperaba en la cama o en el sofá con la carne de gallina, y si me las arreglaba para hacer un ruido lo bastante horrible para que las ondas estridentes se adentrasen en las raíces sensitivas de su cerebro, Helen se giraba con un movimiento mecánico, muy elocuente sobre su incapacidad de ponerse en pie, y me traspasaba con mirada de planta. Es terrible cuando las mujeres empiezan a beber de verdad, mucho peor que cuando se entrompa un varón, no se por qué pero es así.

Supongo que un marido adulto hubiese agarrado el problema por los cuernos, pero a mí se me daba pésimo eso de enfrentarme cara a cara a las dificultades, no se puede ser bueno en todo.

Ni siquiera conseguí disminuir nuestro ritmo nocturno, estaba muy tenso, esas salidas eran mi distracción principal, mi único suministro de satisfacción cotidiana, no podía resistirme a la visión de sus nalgas dominadas por un sistema nervioso ebrio, no estaba dispuesto a pasar de beneficiario a perjudicado sólo porque a Helen nadie le hubiese enseñado a beber civilizadamente.

Así que para qué mentirte: me la seguí llevando de fiesta, sumergiéndola en tinajas de diversión barata y etílica que le iban ganando terreno a las zonas secas de nuestra vida en común. Además, ¿qué crees que quedaría de interesante en Helen si le arrancaba su disposición masculina a pasarlo bien, a comerse la pista y la barra, a vacilar a nuestros amigos eventuales, itinerantes, inolvidables como prototipos, a participar sin dudarlo en las competiciones de eructos a los que nunca dejé de asistir con repelús? Lo que me volvía loco de Helen era su feminidad agresiva, que dejase la fragilidad bien disimulada en un rincón de casa, en la caja donde guardaba los recuerdos familiares. No quería una niñata, lo que quería era un compinche de correrías nocturnas que me encendiese a diario el árbol de la sangre. Si Helen se hubiese vuelto abstemia, si me oliese que ahora quería comportarse como una señorita, si contrajese sus pupilas ambiciosas y retadoras en la demanda insípida de que cuidase de ella no sabría cómo comportarme, íbamos a tener problemas serios.

Por desgracia, la clase de vida que me favorecía en el plano privado dejaba la posibilidad de conseguir un trabajo para Helen a merced de unas circunstancias que podías considerar, sin exageraciones, de insólitas. Claro que basta con pensar que algo es imposible para que se abra la oportunidad, para que asome las orejas por el rincón donde ya no esperabas que pudiese llegar nada amable. Los Popovych nos invitaron a su casa, y resultó ser una reunión populosa, efervescente de oportunidades laborales, sin necesidad de exprimirnos el limón. Claro que desde el fiasco con el que se saldó el intento de integrarnos a la vida social barcelonesa, nuestra política fuera de casa se basaba en esquivar las reuniones concurridas, los grupos enquistados, todas esas expectativas de comunidad.

—No seas tonto, Juan, será una fiesta estupenda, ¡es mi casa! Además, estará llena de personas que pueden generar un puesto de trabajo chasqueando los dedos. Si Helen anda lista, incluso si se queda quieta, conseguirá ese empleo que tanto deseo que consiga. Si consigues que ahorre volverán las vacaciones, estoy harta de verte mohíno, no sé por quién me tomas, soy tu hermana. ¿O es que no quieres que trabaje?

Así que ascendimos hasta Vallvidrera, yo de americana de terno y Helen con un vestido azul que dejaba a la vista la piel de los hombros y los contornos de un atractivo que manaba de su voluptuosidad franca, aunque a ella le parecía acabada con tosquedad: el diámetro de sus tobillos, las muñecas gruesas, el vello casi caoba que le invadía los brazos se interponían entre su organismo y la esbeltez más fina que era la meta que perseguía aquella noche mientras se probaba vestidos delante del espejo. Es divertido descubrir las dudas y resistencias de las personas que te convencen plenamente, lo poco que puedes hacer por ellas cuando se debaten con modelos espectrales de exigencia a los que nunca darán alcance.

Me las arreglé para no decir una palabra venenosa sobre las columnas corintias que mi hermana había instalado en el comedor. Me las arreglé para no mover ni la ceja cuando me reveló que se trataba de una fiesta en honor al Mediterráneo, incluso transformé el hastío que sentía en una indiferencia civilizada cuando Popovych me enseñó reproducciones de la *Pinta*, la *Niña* y la otra carabela que aquel puto loco huido de un gag de Martes y Trece se las había arreglado para encajar dentro de una botella de cristal. Claro que los protagonistas de la fiesta no eran el mar ni los barcos prestigiosos sino los armadores que estaban convirtiéndose en la sensación de la temporada, después de que uno de ellos trocase la acumulación discreta de capital por la dirección interina de un club de fútbol de una ciudad media, Zaragoza o Pamplona, qué sé yo. Sus colegas de gremio no iban a quedarse en alta mar, querían su porción de gran mundo, y acudían a los expertos y a los suministradores con los bolsillos llenos, y el refinamiento de un cuadrúpedo cebado en una piara. Y eso que a mí me gustan los blazers, y apenas tengo nada contra los bombachos. En cualquier caso no eran más aburridos ni tenían una imaginación menos desarrollada que los promotores inmobiliarios que estaban a punto de irrumpir en el espacio público. Inversores con patas para Mauro y sus joyas. Sus mujeres tampoco tenían desperdicio, daba gusto ver a mi hermana, que se había decantado por unos pantalones marfil entallando su culazo; me di cuenta de que trataba a Helen como a una compañera y no una rival, ni una sola palabra contra mí, así que me relajé, me aflojé el nudo de la corbata y me serví varias copas de aquel indescriptible whisky de Mauro que te metía pituitaria arriba prefiguraciones picantes de un paraíso menos adusto que el cristiano.

Y antes de irnos mi hermana le dio un beso a Helen en la mejilla y le anunció al oído que la llamaría para comentarle la oferta que se estaba cociendo entre Mauro y un armador cuyo domicilio fiscal estaba en Castellón, una ciudad de la que nadie me ha convencido que tenga una existencia independiente a la mancha que viene en los mapas. La tarde había sido un éxito, me despedí de Mauro con una broma cómplice, estaba algo achispado y me emocionó ver cómo una Helen serena movía sobre el suelo del taxi los dedos que apenas cabían en el estrecho zapatito que se había impuesto. Le perdoné que actuase medio distraída en la cama, que le diese por reír cuando intentaba besarle entre los muslos para activarla, que esa noche considerase tan sexy pasarme los dedos inferiores entre las facciones de la cara (me moriré sin encontrarle una función erótica a lo que os queda por debajo de la rodilla), no iba a encenderse nada, hay noches así: reconfiguraciones hormonales, súbitos cambios de temperatura emocional, demasiada alegría para entregarse a la brega de los cuerpos. Lo dejé pasar. Me compensó verla levantarse y pasear por el comedor con la combinación granate que había accedido a ponerse sin dejar de interpretar aquel papel bufo donde se disolvían mis intenciones sexuales. Helen abrió las dos hojas del armario y se puso a evaluar sus prendas, hizo listas en voz alta de los complementos que iba a tener que comprarse; salió correteando y volvió con un hilo entre los dientes, para afianzar los botones de la blusa que nunca se ponía porque (según ella) la vestía demasiado, y el viejo atlas de papá, con el lomo cruzado de tiras de celo que daban pena y asco y ternura, para estudiar el perfil de la costa levantina, porque quería llegar el primer día de trabajo bien vestida, y pronunciando con suavidad las traicioneras zetas que su bocota no era capaz de dominar. Me quedé mirándola, tumbado en la cama, con la camisa abierta mientras la sangre se despresurizaba en las cavidades esponjosas del órgano rector de nuestra intimidad para fluir en los cauces venosos y redistribuirse hacia las zonas más sofisticadas del cerebro, donde se dirimen las funciones superiores de la ternura y el apego y la simpatía, y pensé que le sentaba bien ganar, que a todos nos mejora un roce favorable de las circunstancias.

Esa semana ni siquiera tuve que comprar botellas nuevas. Me costaba imaginar cómo iba a encajar su temperamento en un trabajo, pero mientras sumergía las manos en el agua caliente para lavar los platos, me dije que las personas pueden ser muy inteligentes cuando lo necesitan, que se modifican al entrar en contacto con el nuevo ambiente, que no era algo que me tocase solucionar a mí.

—Amador ha pensado en sacar un rendimiento económico a los barcos viejos. Le propusimos que organizase fiestas en cubierta, al atardecer. Va a necesitar chicas para servir las bebidas y animar. Invitará a muchos solteros. Además, y no vas a creer la suerte que tienes, Amador nos a invitado a mí y a Mauro a la inauguración, así no te sentirás sola.

No rompió nada, no gritó, se limitó a colgar el teléfono, a explicármelo en un inglés frío; después se metió en el baño, oí el crujido del pestillo. Ni siquiera me pidió que la defendiese, que aclarase la situación.

—No quiero verla más.

Si descolgué el teléfono, si me encaré con mi hermana, dispuesto a que se tragase su arrogancia y su bajeza, fue ardiendo de vergüenza por la lentitud de mis reflejos, azuzado por la mezquindad de que mi primera reacción cuando me lo contó fuese alegrarme por los ingresos adicionales.

—Atiéndeme bien, Joan-Marc, te has casado con una pseudopersona, así que no me eches las culpas, papá a duras penas nos enseñó a comportarnos con la clase de personas que compran en El Corte Inglés, así que dime cómo esperas que me aclare con un ente que tiene el setenta por ciento de su cerebro embarrado por el alcohol, y el resto es un conglomerado de lascivia, ordinariez y malicia. Además, un trabajo es un trabajo.

Helen se mantuvo firme, expulsamos a mi hermana de nuestra vida, pero en su cabeza seguía sonando la misma música.

«Lo que necesito es un trabajo.»

«Encontrar un trabajo.»

«Tienes que encontrarme un trabajo.»

Y lo decía arrastrando una voz derrotada, y con los pies y los brazos y el pecho tensos me recordaba a un nubarrón recabando electricidad. Lo inverosímil de una mujer como Helen que lo dejaba todo a medias y embrollado de cualquier manera para bajarse a beber conmigo, que prefería asaltar un mercadillo de bisutería antes que sacar la colada de la lavadora, que olvidaba reponer el papel higiénico y reducía el estropajo ese que se usa en la cocina a pulpa antes de comprar uno nuevo, que parecía diseñada para adaptarse a un campamento tuareg, era la constancia de su exigencia. Helen no salía a la calle a buscar el búfalo que necesitábamos para la cena, ese trabajo me lo exigía a mí, como si al casarme me hubiese hecho cargo de la manutención; para ella se reservaba tormentos mentales que no flaqueaban, era como si se hubiese atado el cuerpo a una barra de hierro para mantenerse tensa, alerta, en posiciones incómodas, sobre los deditos de los pies.

¿Y qué trabajo le iba yo a buscar? ¿Qué podía yo encontrar para una licenciada en alguna literatura por una universidad cuyos títulos no estoy seguro que sean compatibles con el humanismo europeo? El único dinero que había ganado era el cheque de la beca como promesa del tripe salto, y que los brincos cotizasen tan poco en el mercado capitalista no era algo que pudiese arreglar yo. Helen no quería poner copas, se negaba a cuidar niños, se mareaba sólo de pensar en mejorar su castellano, en defenderse con el Office, ni siquiera contemplaba probar como guía turística. ¿De dónde bombeaban sus aspiraciones, en base a qué talento secreto, qué destrezas había pasado por alto? En el mundo de Helen (el de sus diarios, de las conversaciones íntimas) todas las princesas son rubias y nacieron en los ESTADOS UNIDOS (la muy bruta escribía las dos palabras con mayúsculas), ¡y todas se llaman Helen! Visto así tiene sentido que en el primer empleo que consiguió en Montana después de una lesión de cadera (que resultó ser el embarazo de Jackson) se las arreglase para llegar tres minutos tarde cada día hasta que cometieron la injusticia de echarla a la calle; qué quieres que te diga, entiendo a la encargada, la única cualificación que esperas en una dependienta de ropa para bebés es que respete el conjunto de cortesías sociales básicas que incluyen la higiene y la puntualidad. Y todo porque ni el primer día ni el segundo le preguntaron el motivo del retraso. Helen estaba luchando contra la indiferencia, lo que intentaba provocar con aquella insumisión era que se interesasen por qué pensaba, por qué sentía, por las tonalidades y las fibras de su paisaje interior. Ahí tienes una de esas fallas que provocan tantos deslizamientos en la amargura: cuando el cerebro compra demasiado baratos los materiales con los que pretende edificar sus proyectos; y por contraste podrías reconocer y admirar la base de mi estupendo equilibrio emocional: sé lo que valgo y me las apaño para jerarquizar mis objetivos con arreglo al capital del que dispongo. Claro que a esta fuente de solidez emocional solías llamarla mi «falta de expectativas», ¡solías echármela en cara!

Helen se había acostumbrado a quedarse sentada con el morro torcido, ésa fue su estrategia ganadora para quedarse a vivir conmigo, mudarse de ciudad y alquilar un piso más grande. Y como Helen combinaba una imaginación fantasiosa con un desconocimiento exhaustivamente preciso de los pasos concretos que debían darse en la dimensión mundana, se convenció de que si no le «salía» un trabajo era por mi culpa, porque no le dedicaba la atención adecuada, porque para mí aquel vacío que la corroía era otra complicación pasajera, de tía, que bastaba con barrerla debajo del sofá y esperar al día que un sirviente pasase la aspiradora, sólo que nosotros no teníamos sirvientes. Así que como ella no pensaba ceder y yo era incapaz de resolverlo, empezamos a pelearnos en serio, implicando todos los plexos nerviosos.

Algo se le había pegado a Helen de mi hermana, intentaba combinar las proporciones exactas de soberbia e ignorancia para mantenerse por encima de la discusión. Aprovechaba mis pausas estratégicas para recordarme que yo era incapaz de reflotar los negocios de papá, de emprender algo por iniciativa propia. Tenía la cara dura de reprocharme que estaba mentalmente rezagado sólo porque ella se refugiaba en las modalidades vigentes de distracción femenina que estaban en auge: el patchwork y la gimnasia sueca; sólo porque acudía a un gurú que a cambio de un dinero (mío) le atribuía nombres de estaciones místicas a sus comportamientos absurdos. No le sirvió de nada, Helen no tenía un útero podrido, no me daba nada de pena, de hecho se me daba bien bajarla al suelo y arrastrarla hasta que su máscara de ataraxia se descomponía en facciones más pringosas.

Cuando la ponía en evidencia Helen corría a refugiarse en nuestro dormitorio para bombear la pelotita antiestrés o retorcerse en una postura de pilates. Se mantenía en silencio mientras mi rabia coagulaba en estelas de desperdicio verbal. Le cedía todo el protagonismo, yo quedaba como un parlanchín colérico y ella, torcida al estilo faquir, creía conectarse a una sabiduría prelingüística. Pero lo único que conseguía así era afianzar una colección de frases que transportaban información desfavorecedora y precisa sobre mi valor como marido. Me hubiese gustado decirle que se imponía una tarea titánica al intentar encontrar un equilibrio íntimo, porque daba miedo leer lo que escribía con caligrafía de borracha en los papelitos minutos antes y después de internarnos en una turbulencia:

«Cualquier acción motivada por la furia es una acción condenada al fracaso.»

«Nada es tan serio que no pueda decirse con una sonrisa.»

«Deja pasar los deseos.»

«¡Soy una mujer lastimada!»

«Los problemas resueltos son de una sencillez aterradora.»

«En el rocío de las cosas pequeñas, el corazón encuentra su alborada y se refresca.»

«Dadme un punto de apoyo y moveré el mundo.»

No sé cómo serán las cosas en el Himalaya, pero entre nosotros, occidentales codiciosos de coches, casas, restaurantes (a los que, por cierto, Helen no estaba dispuesta a renunciar) y viajes, esa clase de armonía, de serenidad pluscuamperfecta, es inalcanzable. La misma Helen que se pintaba una peca en la frente para repetir con voz aflautada cosas como: «No hay alivio más grande que comenzar a ser el que uno es» o «Un filósofo que no podía caminar porque se pisaba la barba se cortó los pies» era la que pasaba la semana complicando el sistema de muecas con el que reprocharme una casa más grande, desplazamientos lejanos, un trabajo más glamuroso.

—No tienes una visión adecuada de la vida, John.

Lo que sí veía claro ahora era que Helen había escapado de su familia como si saliese de una piscina de agua hirviendo para formar una colección de parejas equivocadas; que la mayoría de nosotros todavía estamos aturdidos de contemplar el aborrecible estilo con el que maduran nuestros amigos cuando nos despertamos envueltos de las delicias de la vida responsable. Si nos va bien cumplimos los cuarenta consolidados como criaturas suspicaces, capciosas, irascibles y perezosas, medio locas por fotografiarnos, por darnos a conocer. Ya nos va bastante mal, no hay ninguna necesidad de añadir la losa de un ideal de serenidad mística que no vamos ni a rozar; hubiese preferido que Helen aceptase que el aliento fétido que nos transmiten los padres y el resto de los asuntos enervantes que forman parte del compuesto vital, de su radiación de fondo, no son un motivo para amargarte, que si lo combinas con raciones de alimento picante puedes arreglártelas para que merezca la pena, por algo será que cuando llegan a viejos la mayoría no quieren irse ni a tiros. Yo puedo entender que las mujeres se arrojen a la vía esotérica en cuanto las caderas dejan de darles juego en el dormitorio (a muchas les cuesta desarrollar aficiones intelectuales y tienen esos problemas con el estrógeno, los *fogots* y la sequedad de la vagina), pero Helen era demasiado joven para escurrirse fuera del lado bueno de la vida.

Si las cosas estaban así, ¿por qué seguía con ella? ¿Se trataba sólo de sexo? Qué insinuación más pobre, qué indigna de tu inteligencia, la clase de reproche que puedo refutar en medio minuto. No es culpa mía que las células retinales tarden dos segundos en extraerle a la silueta femenina todas sus posibilidades, que mi ojo esté genéticamente adiestrado para calcular el punto de maduración erótica. Te diré una cosa, no importa lo listas que os creáis, lo inteligentes, cultas, sensibles y guapas que seáis, la mayoría os volvéis turulatas cuando se trata de pensar en el efecto que vuestras hermanas de género provocan en los hombres que os gustan. Os ciega una niebla perceptiva que ni el más envidioso de nosotros se permite.

Lo que no quita que el vínculo del sexo seguía vivo entre nosotros, tendrías que ser un hombre para entender lo que cuesta renunciar a una mujer que en asuntos de excitación piensa como un hombre, que no siente ningún remilgo cuando se trata de empezar la jornada con la clase de fricción corporal que renueva los nervios, que te deja en el ánimo la imbatible sensación de estar anteponiendo algo verdaderamente irrepetible entre la vida y la maldita muerte. Como si ver a diario a Helen, entretenida en alguna estratagema menor, no fuese un aliciente para atarme al mástil de un barco que naufraga. El asunto entre Helen y yo no iba de antifaces y plumas, prendió la clase de entendimiento que exige algo más que la complicidad de la carne: un cerebro completo encendido por la excitación. Y aquellas broncas diarias se confabularon para redimensionarlo, merece la pena vivir para experimentar la sensación de estar devorando a la chica a la que media hora antes estuviste a punto de partirle la cerviz. No fue una mala época, cuando los índices de ternura se mantienen a niveles altos se necesita mucha mano izquierda para sodomizar a la mujer de tu vida.

Helen me hacía sentir vivo y yo no sabría vivir sin sentirme vivo, compartiste conmigo el tiempo suficiente (y fueron mis mejores años) para aprender que la escala de grises no es para mí. ¿O es que ya no te acuerdas cuando me defendías elogiando mi habilidad para colmar de luz el interior de tus días? Qué triste es la dignidad ofendida de las chicas cuando la carne no es vuestra, cuando es otra la sensual; qué hipócritas sois, porque si no recuerdo mal tú tampoco te casaste con un momia ni con un timorato aplicado en tu orgasmo, nunca te quejabas cuando revolvía nuestras sábanas, y sabías perfectamente cómo modular a tu favor esa fuente de energía.

Además, y por cerrar de una vez por todas este lamentable diálogo, no fue sólo cosa mía, puedes preguntárselo a quien quieras, en el sexo estaba la clave, con el sexo bastaba, el sexo era la papa. Qué sencillo debía de parecernos vivir convencidos de que bastaba con satisfacer todas aquellas urgencias eróticas para que las aristas del mundo se suavizasen en un escenario plácido. Sé que ese tiempo existió, debió de ser algo digno de vivirse. Nos desarrollábamos anatómicamente durante una época en la que no costaba ingresar, olvídate de mito de los sesenta: fue con el auge de las segundas residencias, con esos padres que nos dejaban atrás los fines de semana para que estudiásemos, cuando empezó la auténtica revolución sexual. Igual costaba unos meses encontrar a la compañera idónea, pero ahí aparecía la rellenita atrevida, la preciosidad tímida, la asilvestrada, la voraz, podías agarrarlas de la mano y arrojarte al vacío, calmando como podías los tirones de la excitación: pasabas frío, pasabas miedo, pero compensaba, porque de lo que nadie puede redimirte es del pavor, la frustración y el servilismo que te acompañan si no maduras sexualmente a tiempo. No creas, pero para mí también fue un golpe que el coito no se pareciese a un flotar algodonoso, que durante la fricción golpeáramos hueso contra hueso, que la pareja crezca aspirando ese compuesto de aromas superficiales y profundos: que el tajo que separa el placer del dolor no sea limpio. Me costó acostumbrarme a la calidez de un sexo concreto, lo último que podía esperar es que bajo el vellón púbico esa textura viscosa desprendiese un aroma tan suave. Las primeras que me tocaron no sabían cómo ponerse, ni qué hacer con las manos, cómo moverse, nunca sé por qué hablo como si fueran cientos, y no esos tres o cuatro cuerpecitos con los que llegué a sentir el toque, el tirón; incluso en los mejores momentos sabía que podía alejarlas de mí como quien se cambia de camisa, aunque estaba bien quedarse allí unas horas disfrutando de un ejemplar casi maduro de ser vivo, beneficiándome de la bendición cósmica, completamente absurda si la piensas bien, de que a las chicas les gusten los cuerpos secos de los chicos. Ni siquiera sabía que existía algo así, que me estaba esperando, cómo se oculta la vida, qué distinta es a todo lo que barruntamos. Y además sé que tuve suerte, me tocaron habitaciones frescas, buenas personas y camas amplias. ¿Te he contado la del pobre Porras? Calculó mal la distancia entre su cabeza y la pared y cuando ya estaba dentro de su chica empezó a darse un golpe por envite; la textura de la escena era de una precariedad tan irreal que prefirió exponerse a una fractura de cráneo al riesgo de deshacer la deliciosa bestia de las dos espaldas y que su amiga se desdijese de volver a formarla. Ahora creo que durante estos ejercicios preliminares, más tácticos que placenteros, me porté bien con ellas a la manera esquiva de un crío que no ha cumplido los dieciocho años y rebaña para él la mayor cantidad posible de sustancia vital.

Helen era la chica que me gustaba, a la que abría y jodía en las horas gloriosas de nuestros cuerpos mientras las dos mentes giraban alocadas en el interior de sus cráneos; pero también era la primera vez que me dejaban encerrado con otro cuerpo al que era tan sencillo acceder y con el que nos bastaba con quedarnos a solas en una habitación cerrada para que su motorcito enamorado la animase a desvestirse. Tuvimos que alterar el código de símbolos e insinuaciones, cuándo se podía y cuándo no, cuándo me estaba vacilando, cuándo era importante que me impusiera, y cuándo era mejor dejarla vencer, cuándo era preferible atajar hacia un final plácido, cuándo nos convenía transgredir un límite arbitrario, cuándo era innegociable para Helen detenernos allí, al borde si quieres, pero sin dar un paso más allá. Porque no hay normas, nunca las hubo, ¿cómo iba nadie a imponerlas tratándose de dos que se quedan a solas?, ¿crees que papá nos observaba, que Rupert *Daddy* podía vernos, que Dios envía ángeles con ojos táctiles para registrar lo que los seres perecederos se dan el uno al otro con el cuerpo? Esas amenazas nunca han impedido que los adolescentes se la casquen en los baños, y menos todavía van a frenar la entrega de los humanos al rumor freático de las cópulas privadas que se desarrollan bajo la polifonía social. Éramos demasiado jóvenes, colmados de energía celular, rebosantes de sangre sana y un envidiable sistema linfático que se entreveraba con los tejidos de las axilas, de las ingles, el cuello y los huecos polípteos para drenar las toxinas. Nunca como aquel año y medio creí con tanta firmeza que bastaba con verla pasarse con el cabello húmedo para que se mitigara el resto de las dificultades que han sido tan injustas conmigo, para que la materia galáctica en su rodar indiferente se las arreglara para susurrarme que lo estaba haciendo bien, realmente bien, para sentirme, para ser, un triunfador. Los hoteles de Madrid, la Torreta, aquel piso copado por muebles elefánticos me enseñaron la energía vigorizante del sexo, su auténtica profundidad, que no puede abaratarse, y me pareció la cima de lo que un tío como yo podía alcanzar. Qué ideas tan distintas se encendían en esa versión joven de mi mente: es inaudito haber pasado por ahí, haber protagonizado, una por una, esa secuencia populosa de horas.

Lo que quiero decirte es que de Helen ya no hubiese podido desprenderme para cambiarla por otra parecida. Era como si entre nosotros hubiese crecido una cuerda de carne intangible que nos mantenía unidos. Así que la seguía hasta el baño y abría la puerta cuando se creía a salvo de mis miradas para ver cómo apoyaba el trasero en el lavamanos; a veces se le formaban lágrimas y las dejaba correr abajo y me pedía que le preparase yogur con cereales y frutas que yo cortaba con la versión más delicada de la misma energía viril con que la movía y la pellizcaba sobre las sábanas indefensas ante la luz de Barcelona; de fondo se oían el calentador y las descargas de la ducha, sonreía como un bobo anticipando a Helen distribuyendo huellas húmedas por el comedor (empezaban a evaporarse por la silueta del talón), en busca de una toalla que combinase con la que llevaba anudada como un turbante; y sé que este detalle no te gustará, pero los pliegues de mis dedos retenían, incluso después de aclararlos con agua, los aromas superficiales e íntimos, densos, de Helen, que eran como el fantasma de un orgasmo, una suave ligadura olfativa. No me cansaba de ver el pecho lleno de Helen por el hueco que trazaba con el brazo cuando se sentaba para arrancarse pieles de los deditos recién lavados del pie; eran otras secciones de nuestra convivencia las que saltaban como capas de pintura desportillada durante las discusiones, siempre me pareció que en la cama, que contenía como un pozo las aguas de aquel estado mental distinto, estábamos a salvo del deterioro general.

Así que mientras Helen se desesperaba tuve que hacer de tripas corazón para rechazar en su nombre varias proposiciones laborales. No había terminado la carrera, conforme, pero dominaba el inglés y el alemán, nadie tenía que convencerme de su buena presencia; las ofertas procedían de amigos de papá, colegas de ESADE mejor posicionados, supongo que sólo eran personas dispuestas a echarme una mano, pero me disgustaba su tonito de condescendencia, a Helen le proponían sueldos demasiado elevados. El dinero nos hubiese venido bien, pero la primera responsabilidad de un marido debería ser localizar y proteger el lado vulnerable de su esposa: la independencia económica hubiese expuesto a Helen a la voracidad de la calle, para la que no estaba preparada. Además, la mía era una «situación transitoria», el plan de los quesos desprendía esos días un aroma estupendo, no podía ir mal, le pagaba demasiado a Passgard; el dinero volvería a manar por el grifo mágico del capital heredado de papá, estábamos cebando embriones de beneficios, las pequeñas plusvalías desarrollaban sus órganos a la sombra: Helen no tenía por qué vestirse elegante y exponerse a las responsabilidades laborales, no casaba con su temperamento.

Me empleé a fondo en ocultárselo y no me fue mal. Sólo estuvo a punto de enterarse de que el currículo más desatendido en las ETT llevaba una doble vida de triunfos en el reino de los negocios familiares con expectativas de crecimiento en Bonn o en la fabulosa Hamburgo una tarde que volvió de repente a casa porque se había dejado la crema de manos; yo estaba en la otra punta del piso, aclarándome la garganta con la misma loción bucal que a mi padre le proporcionaba un disfraz mentolado a las vaharadas pútridas que humeaban desde sus malas digestiones. Oí la puerta y la voz de Helen envuelta en un saludo me clavó en el entrecejo la imagen de la carta abierta (el sobre roto) donde el imbécil de Recassens me recordaba (oficialmente) el vivo interés de su padre en entrevistar a mi chica. Salí medio aturdido al pasillo y la sorprendí, con el mismo verde entallado que se puso para irse de Madrid y arrancarse de la vida que nunca llegamos a conocer, la tela ya no se le tensaba a la altura de los muslos, estaba más flaca, y al ver el alborozo de mi insólita carrera por el pasillo, me sonrió mientras la carta se le desprendía de los dedos: mejillas magras, labios gruesos.

—Mi crema de manos. Día seco.

Entró en la cocina, oí el chorro de licor acomodándose en el cuerpo del vaso, el toque mágico. Doblé la carta y la escondí en el bolsillo de la bata; puede decirse que la escondí. Se metió en el baño y aproveché para romperla en pedazos, y cuando Helen volvió a la calle con el estómago caliente de licor les apliqué la llama del mechero; esa misma tarde telefoneé a Recassens para agradecerle el gesto. Me oí decir por primera vez la panoplia que iba a repetir durante semanas, viniese o no a cuento.

—Helen está contentísima con su nuevo trabajo. No os pondré los dientes largos, pero te costaría imaginar lo que pagan estos armadores.

Sé que si le hubiese leído la carta hasta el final me hubiese arrancado los ojos, que su castellano iba a encontrar buenos escollos en el *catañol* de Recassens, pero antes de irse me besó en la boca sin ninguna alegría, y tampoco se llevó la crema de manos, se quedó sobre la encimera, precintada.

Al fin y al cabo, qué es un trabajo, una porquería impuesta, una maleta llena de horas perdidas que hay que custodiar con celo para que te den un cheque con el aprobado (nunca notable sin negociar con el superior de tu jefe, el comité de empresa, cualquier subalterno de personal), ese olor a moqueta, desinfectante y calefacción, que se pega a ti e invade una parcela de tu espacio mental. Ahí tienes al bueno de Pedro-María, qué gracia os haría Pedro-María, puedo anticipar vuestras risas, ¡un informático!, el campeón de la escala de lo gris. Pero dime por qué tiene que ser peor conducir un taxi o ser una de esas mujeres (*pobretes*) que se pasan el día limpiando enfermos, que asfixiar la jornada metido en un cuarto leyendo y escribiendo; sólo digo que un informático puede disfrutar de experiencias fascinantes en la dimensión de los algoritmos, mientras un juntaletras acumula horas penosas intentando que se eleve el globo de la imaginación verbal; sólo digo que hay algo muy ambiguo en esto del gris, y no pienses que estoy preparando un ataque contra tu hermano, qué va, la ventaja de sus novelones es que al menos puedes reutilizarlos como callejeros.

Y no creas que cito a Pedro-María espontáneamente (aquí lo único indeliberado es la fiebre de tu despecho que sigue y sigue), si lo saco a relucir es porque entretanto habíamos retomado nuestra amistad, y a lo grande, nos veíamos casi a diario.

—No vas a creértelo, Johan, me diste mal tu dirección.

Le respondí, le abrí la puerta, le dejé subir, le permití que me abrazase. Supongo que me iba bien que me sacasen de casa, que me llevasen a locales donde se nos trataba con el respeto condescendiente que se reserva a los clientes habituales, me ayuda sentirme un rato por encima de alguien, es una sensación que me beneficia.

Además, Pedro tiene una historia y es de las buenas, con un anillo de matrimonio dando vueltas en algún cajón, y la ha contado suficientes veces para dominar los golpes de efecto, sabe cómo acelerarte el pulso. Así que me llevó en la moto hasta Miramar, un edificio desolado entre borbotones de vegetación, y me contó que hizo un matrimonio desastroso con una chica violenta. Se gritaban, quería más de él, pensaba que la calmaría con un hijo, pero la paternidad y la maternidad sólo sirvieron para intensificar la lucha feroz por disponer del tiempo propio, él iba retrocediendo, se sentía responsable, no estaba seguro de si Isabel resistiría el impacto de una separación.

Intentó encenderse un cigarrillo, le temblaban las manos, nervios delicados. Me dijo que cuando fumaba en la universidad estaba convencido de que llegaría un día en que lograría serenarse. Un día colmado de una esposa, hijos, suegros y criaturas todavía más extrañas (cuñados, sobrinos), tan teñido de cotidianeidad, lazos familiares y mansedumbre cívica que sería como vivir entre almohadones. Saldría de casa para comprar el periódico y podría leerlo de arriba abajo, el *tortell* sería la aventura del domingo. Durante años supo que reconocería ese día por su iluminación especial, que le llegaría antes de los treinta años, iban a sonar las campanas de la vida adulta y sólo tendría que sacar pecho y esperar a que le colgasen la medalla.

Nos apoyamos en el balcón de Miramar, colgado sobre una ciudad que parecía animada por la sangre del fluido eléctrico y me dijo el nombre de su hija. Vi cómo movía la lengua en el interior de la boca, buscando una pieza rota, para sacarse una hebra de carne. Me contó que Isabel se fue a vivir con un tío de Seattle, y que se llevó a la niña sin que las leyes de divorcio española lo evitasen. Una niebla fría de contaminación se agitaba sobre los barrios alumbrados. Ya no la veía nunca, apenas hablaban. Le dolía que un proceso que le había dejado un surco abierto en la carne pudiese condensarse en frases que se recitaban en dos o tres minutos.

Otra de esas veladas que se prolongan artificialmente resbalé y le conté mi historia con Helen, mi vida contigo, no sé si fue en este orden, no tengo por qué ser respetuoso con la cronología, el tiempo hace lo que le da la gana conmigo, sin pedirme permiso. Se quedó chupando el cigarrillo sobre el butacón del bar; la postura que había adoptado reforzó el tono de erudito indio con el que sentenció:

—No sirves para casarte.

Claro que no sólo nos contábamos historias tristes, incluso cuando atravesamos momentos bajos los varones mantenemos activo nuestro orgullo: yo le hablaba del día que le enseñé a mi hermana cuál era su sitio, y él me puso al corriente de algo mucho más importante que la fotografía: su piso en la calle Córcega.

Me citó una tarde a las cinco, el cielo se había cerrado en una capota de nubes sucias y el tío tenía corridas las cortinas, velludas, gruesas; así que tuve que esperar a que las pupilas se ajustasen a los restos flotantes de luz para apreciar la altura de los techos, las molduras parecían bien conservadas, una fuga de motivos vegetales. Entramos despacio, con el silencio respetuoso que se exige en los recintos sagrados, aunque los ceniceros, las latas y los adminículos (campana, caja de música, azulejo) esparcidos como souvenirs le daban al salón un aire de tienda a la espera de que entrase el último cliente para cerrar.

Me miraba solícito, saboreando anticipadamente mi admiración, olía a posos de alcohol, a líquidos dulzones destilados sin cuidado; los vasos y las copas estaban distantes, como si los hubiera empinado de uno en uno, durante noches diferentes. No costaba imaginar cómo debían perseguirse aquí las horas en corros de tedio, sorprendidas en un bostezo demasiado avanzado para dar marcha atrás.

La impresión se precipitó a toda velocidad desde las zonas presilábicas del cerebro, manaba directa de la fuente de la intuición: mirases donde mirases podías palpar la ausencia de una mujer. Y no se trataba sólo de limpiar y ordenar (aunque hubiese sido un tanto a favor); lo que se echaba de menos era el espíritu de renovación, sentido de la espaciosidad, aromas.

—Imponente.

Di dos pasos para no verle la cara, me invadió un aire familiar, ya había estado en casas como ésa, las hay a patadas en Barcelona, las llaman fincas regias, veinte años antes podías encontrarte con el mismo papel pintado, con los cortinajes de color ciruela que les hacen compañía en el limbo de la decoración a las cornucopias y a los carillones (palabras que sólo vas a encontrar en el diccionario por descuido); si parecía de otra época no era porque hubiesen transcurrido cientos de años, sino porque ya nadie amueblaba casas así ni vivía en ellas, pertenecían a un gusto cancelado.

Me señaló los discos de vinilo que apilaba sin funda, el teatrillo de juguete, los carieles de nogal. Hubiese terminado por deducirlo yo mismo, pero la sonrisita satisfecha, untada de un orgullo particular, con la que acompañó la exhibición de muebles y objetos arrancados de sus coordenadas de uso, seleccionadas por la espesa aura de pasado que les envolvía, terminó de lubricar la idea de que aquel piso estaba al servicio de resonancias más profundas que acostarse y nutrirse (tampoco era un bar), pisaba un espacio más sencillo de profanar que de allanar.

—Verdaderamente espectacular.

Dejamos las chaquetas encima de una silla cuyo sobrenombre era «cualquier sitio», y se metió en la cocina a preparar un té que resultó ser agua templada con vibraciones verdosas sobre las que flotaban fragmentos vegetales carbonizados.

—Es té tostado.

Me descubrí haciendo malabares con dos ideas: por un lado aquel piso, por otro la marca insólita de que en veinte juergas Pedro-María no hiciese ni un comentario picante. Divorciarse es algo que nos pasa a todo el mundo pero aquella reticencia era el indicio de una precaución secreta. Se me antojó que si lograba encajar las dos piezas iluminaría el presente de Serrucho.

Es muy difícil beber té mientras con la lengua intentas impedir tragarte partículas chamuscadas, claro que si no lo conseguí fue sólo porque me distraje recordando cuando nos tocó entrar en el bosque de las chicas, cuando Pedro-María desenvolvió el secreto de su potencial erótico.

Era una de las particularidades de la educación separada: descubrías de golpe el efecto que provocabas en las chicas. Encontrabas pusilánimes redomados que por disponer de unos ojos claros o una buena proporción entre las piernas y la espalda se veían empujados a recalcular al alza su valor social. Yo era uno de los mejores deportistas del curso, así que estaba cantado, y aun así las semanas inaugurales de convivencia en las aulas, antes de aprender a interpretar el código de acercamientos y rechazos bajo el que se camuflan con la misma naturalidad que las víboras del desierto entre la arena, los ciento noventa centímetros de mi corpachón temblaban de punta a cabo ante la expectativa de ser recibido por el tribunal que esas enanas proporcionadas abrían con sus miraditas, sus aromas, sus risitas, los desalentadores silencios.

Para Pedro-María las noticias fueron, digamos, desastrosas. Con ese cuerpo de Serrucho su encanto quedaba al nivel de la viscosidad de las algas. También es verdad que podría hablarte de una veintena de chicos que partiendo de posiciones parecidas no se dejaron amedrentar, afrontaban la materia femenina con la misma decisión que cuando se trataba de aprobar álgebra, aprenderse los regímenes preposicionales o dominar el plinton: se arremangaban la camisa y lo peleaban a pulso. Pedro-María, sencillamente, no tenía ese temperamento, su frase más vivaz transportaba las palabras a la velocidad de un tren de provincias.

Tomé la iniciativa y lo llevé a fiestas, no fui del todo altruista porque a esos sitios es mejor no ir solo y es mucho mejor si tu colega es como una de esas sombras de ojos que os ayudan a resaltar las zonas luminosas de la geografía ocular; y ya me dirás cuánto tardan en desplomarse las mejores intenciones si no las sujetas con un interés personal. Además, a mí también me salpicaban las frases con las que Pedro se daba a conocer:

—Mi género es la balada.

Porque, como habrás adivinado, en esa época la música era la ambición artística que resplandecía en su horizonte de expectativas. Lo que quiero decir es que no convencí a ninguna de esas chicas. Un buen *coaching* le hubiera recomendado sacar provecho del amplio margen de que disponía para humillarse. Claro que hubo una tarde que acompañó de rodillas hasta el semáforo de la plaza Kennedy a Eva Prim (la chica que accedió a besarle) mendigando para que se diese el lote completo con él, por no recordar esa tarde aciaga en que le dio por aporrear la puerta del vestuario femenino al grito:

—Al menos dadle una oportunidad a mi polla, ¡es enorme!

Pero son excepciones de un comportamiento dominado por la renuncia, Pedro-María atenuó su voracidad erótica. El resultado fue un chico sencillo, de ojos cristalinos, emotivo, sin una punta de maldad, siempre listo para acudir cuando alguien tenía que echarte una mano con el antivirus o con la nueva versión de Windows. Supongo que me habitué a verle así, uno de esos colegas estables que no llegan con noticias trepidantes a los billares; fracasar reiteradamente es cómodo, te alivia de las falsas expectativas.

Ni siquiera puedo imaginar cómo sería pasarse esos años de formación sin las chicas, sin saberse observado por sus ojos dilatables, una chica que si además estaba en las primeras posiciones de la lista mutante de favoritas podía provocarte un derrame de placer sólo con hundir las puntas de los dedos en el flujo de la cabellera. Si te privabas de esas inocencias ambiciosas, tan fáciles de irritar, corrías el riesgo de no madurar, de encerrarte en la caja de tus gustos masculinos, en la ironía defensiva que uno emplea para protegerse de lo que no entiende, de lo no sabes cómo alcanzar, entre personas que no consiguen desplegar las alas. Incluso la más feílla, con el aroma que desprendía si la abrazabas fuerte, y con su equipaje anatómico específico, brincando entre fantasías e ideas blandas y acogedoras sobre el futuro, te rescataba de tener que descubrir el contacto físico en edades donde las personas atraviesan fases más sórdidas. Ponían a prueba tu capacidad resolutiva y a cambio te liberaban sin esfuerzo de la zona informe dominada por el rol, los tebeos y la ciencia-ficción, donde los adolescentes solteros se las arreglan para pasar de los veinte a los treinta, de los granos a la alopecia. Igual es cierto que estos monstruitos dominan ahora tu mundillo cultural, pero a mí no me engañan: fue Pedro-María quien me llevó a fiestas Mazinger, a *l'aplec* del *wookie*, y sé lo que vi: ojitos mezquinos, cerveza barata, caspa, tías del cromañón que habían raptado con sus máquinas del tiempo; y ese olor a sudor frío, a ropa ventilada y cosas peores: a miedo, el aroma inconfundible de los perdedores, un sitio adonde nunca acudirías voluntariamente.

Claro que esa paupérrima posición de salida no le había privado de aparearse y procrear. Tipos mucho peores lo conseguían, es la especialidad de la especie, nuestras hermanas bajitas también se ponen impacientes, las hemos visto bajar de dos en dos los escalones de sus expectativas. Ahí tienes el ajuste de cuentas de la masculinidad después de soportar tantos caprichos adolescentes: nos necesitáis, si sólo nacieran mujeres la especie no hubiese ido demasiado lejos, no tenéis empuje ni para una mudanza.

No fui capaz de establecer un vínculo entre las dificultades de Pedro-María con las chicas y el gusto de vivir en un museo, así que me dirigí a la cocina sin hacer caso a los aspavientos de mi anfitrión, resuelto a vaciar los posos de aquel colutorio nauseabundo. Me recibió una colina de platos sucios, untados con un engrudo que una vez fue comestible; en el fregadero se habían atascado dos dedos de agua, sobre la superficie flotaba un *tel* de aceite y grasa.

Antes de dejar las tazas en la encimera ya lo tenía detrás, enarbolando una excusa elaborada, intelectual, para aquella asquerosidad.

—No tengo lavavajillas.

Los ojos se me fueron hacia una caja negra, plana; había visto otra igual en el comedor, parecían colocadas estratégicamente.

—Ni televisor, ni radio, ni línea de teléfono. Date una vuelta si no me crees, tampoco encontrarás lavadora.

—¿También amontonas la ropa sucia? ¿Qué haces cuando hay demasiada, la quemas?

—No. La casa tiene fregadero, es una suerte. ¿Has oído hablar del *slow-life*? Nos imponen esos aparatos eléctricos, emiten ondas maliciosas, en diez años aflorarán los tumores que estamos incubando. Nos inducen al consumo, a vivir deprisa, el estrés hace cosas increíbles dentro de tu cuerpo, no lo ves porque trucan las resonancias. Tiene efectos políticos: nos reblandecen la capacidad crítica, cada vez ofrecemos menos resistencia, damos las gracias cuando nos arrojan a la calle con una calderilla de indemnización. ¿Sabes qué será lo siguiente? Chips, nos los injertarán en el cerebro, seremos dulces esclavos y apenas notaremos los cambios. No serán los gobiernos, no creas, esos apenas mandan, sino las grandes corporaciones, ya no tendremos que preocuparnos, dirán que es por nuestro bien. Por eso no domicilio los pagos en el banco. Ni la luz ni el agua, y saco la nómina al día siguiente, no quiero tratos con esa gente, cada vez me lo ponen más difícil, pero sé cuando las leyes están a mi favor, no pueden obligarme a que una entidad privada pague por mí.

—¿Y el ordenador?

—Es distinto. No tiene nada que ver. Es una herramienta que uso para canalizar mi creatividad. Además, con la lámpara de sal puedo contrarrestar los iones positivos. Puedes sentarte al teclado durante horas que no te dolerá la cabeza, el balance energético está bien equilibrado, hay pocas personas que sepan hacerlo.

Bueno, como explicación improvisada no estaba mal, demasiado amplia para no echar alguna raíz en suelo fértil, el tema de los chips rueda por ahí y me preocupa. Además, lo mires como lo mires a todos nosotros nos gusta sentir que lo hacemos un poquito mejor que el vecino, que trabajamos a favor del planeta, de su salud o de lo que sea que una esfera de cinco mil trillones de toneladas y trece mil kilómetros de diámetro tenga de bueno, mientras se desplaza en el espacio cargado con seis billones de humanos. Pero tampoco creas que el único cabo suelto eran las cajas negras y planas, también estaban las ropas de hace cincuenta años (tres tallas menores), fotos asalmonadas que pertenecían a una época en la que los dos éramos apenas premoniciones: cálculos de la especie, flotando como renacuajos seminales en el testículo más vigoroso de nuestros papás. El cabrón conservaba una gramola, y las mantas y lonas estaban tiradas sobre los muebles (levanté una punta) para ocultar el deterioro de la tapicería y las prospecciones de las termitas.

Sólo me duró una semana pero alimenté la inquietud de que Pedro el Casto se las había arreglado para cargarse al propietario del piso, y vete a saber si la tristeza que de noche lo ponía casi fosforescente no se debía a un experimento radiactivo para atenuar el remordimiento. Llegué a pensar (tirado en el sofá, demasiado curda para ir a Rocafort y afrontar la escalera, con el ojo medio abierto) que quería cargarme el mochuelo. Eran ideas que sólo podían empeorar el tránsito de la sangre en el interior de los conductos venosos, así que tuve que tomar la iniciativa por motivos de salud y no me detuve hasta convencerme que el hombre que aparecía en las fotografías expuestas por todo el piso era el padre de Pedro-María, el mismo señor que nos recogía después del partido con su Audi y me acercaba a casa, seco como un arenque porque se estaba separando. No era el piso de un asesino sino de una de esas personas que se dedican a vivir encerradas con una porción abundante de pasado. Además de un divorciado sin trabajo y sin talento apreciable para la fotografía, el orgullo íntimo de Pedro-María era cuidar de su casa-museo.

—¿Vas a contarme de qué va toda esta mierda?

Se trajo al comedor un cofre lleno de juguetes: dioramas, un yoyó, peonzas, tebeos del Capitán Trueno... eran todos de su padre, él no había crecido en Córcega, estábamos en la casa de sus abuelos. Di un suspiro de alivio, ya no sabía dónde encajar los recuerdos en que acompañaba a Pedro-María hasta la calle Moragas y saludábamos al portero y subíamos de dos en dos el tramo de escaleras, fue como salir de un breve periodo de desorientación. La peonza estaba ceñida por una cinta plateada que debía destellar mientras giraba por los suelos donde el padre de Pedro intentaba llenar de emoción la oceánica soledad infantil. El padre heredó el piso pero no tuvo tiempo de vaciarlo y despegar el papel y la cola y pintar las paredes de blanco porque se salió con la cabeza por delante de la cristalera del Audi. Así que Pedro-María se encontró con que podía decidir el futuro del piso. Y resultó que Isabel no quería vivir allí, no la culpo. No es que se propusiese conservarlo, pero pasaban los meses y se sentía incapaz de alquilarlo, no se le ocurría dónde guardar los muebles y le dolía anticipar el poco respeto con el que los nuevos inquilinos iban a tratar las pertenencias de sus antepasados. Si me hubiese confesado que las cenizas del padre estaban esparcidas en las putas cajas planas le habría creído, pero cuando le sonsaqué con indirectas me juró que había enterrado el cuerpo entero, que le llevaba flores cada mes, me invitó a acompañarle.

—Todos estos muebles tienen una historia, aunque ellos no lo sepan.

—Te concedo que la gramola provoca un efecto espectacular, pero no veo cómo empeoraría tu relación con los muertos si te compras un lavavajillas.

—Los recuerdos se confunden, son equívocos, no me sirven. ¿A ti te sirven? Me sorprendería mucho. Ya se pierde demasiado.

Fíjate bien, ¿qué recuerdas de tu abuelo? ¿Y de tu bisabuelo? Seguro que te cabría en una caja lo que conservas de ellos. Es injusto, es absurdo venir al mundo para que no quede nada.

—Ya es bastante sospechoso que tus abuelos no tuviesen una buena lavadora alemana, ¿y si se la llevó tu padre para usarla él? Yo sólo digo que esos antepasados ya vivieron su vida, que no debió de estar mal, ni mejor ni peor que la de miles de millones que han pasado y que están pasando. Si sigues así, acumulando toda clase de cachivaches, no vas a dejarte espacio para vivir tu propia vida.

—¿Y quién te ha dicho a ti que vivir consiste en hacer muchas cosas, en comprar muebles nuevos y en tirar los viejos? ¿Y qué saco de vivir exclusivamente mi vida? No creas que lo hago sólo por ellos, no soy tan altruista, lo hago básicamente para mi beneficio. No estuve mucho por mis padres al final, no fui de gran ayuda cuando se divorciaron, de niño se peleaban por mí. Supongo que me concibieron como un motorcito de esperanza que no salió bien, mi madre prefería una niña, creo que al nacer desfiguré algo que tenía valor. Después pasé unos años locos, en sitios pésimos, qué te voy a contar, cuando ese periodo terminó senté la cabeza, me enamoré, me salí de sus vidas, no podía comportarme con naturalidad ante unas personas cuya presencia me devolvía a la infancia, tenía que librar mis propias guerras, contra unas leyes escritas por mujeres que odian a los varones y que no me han permitido educar a mi hija. Sé como están las cosas por ahí fuera, pero en mi casa no van a inmiscuirse, estoy protegido por el derecho a la intimidad, estas paredes son mi castillo. Y esta vez, Johan, voy a cuidar de mi padre, esta vez no le fallaré, te aseguro que cuando esto termine no podrá reprocharme nada.

Hay puñados de tíos así, luchando por contradecir o por agradar a unos padres que si no están incinerados y dispersos, viven del gotero, y que ni siquiera les amaban ni les despreciaban demasiado. No sé si será verdad que la autoestima de tantas de vosotras depende de las miradas ajenas, pero te aseguro que demasiados varones adultos se alimentan del aprecio o del rechazo de un papá fantasmal, de un gigante de mentira que les llena la cabeza, disfrutando a diario del Juicio Final.

Me pidió que le acompañase al fregadero, me convencí de que era el momento escogido para que aparecieran nuestros «amigos» con gorros de papel y matasuegras chillando «inocente, inocente», pero aquel anacronismo de mármol incrustado en el tejido del presente no apestaba a humedad viscosa y ácaros, sino a lejía y jabones químicos con trazas mentoladas, olía a uso. Sacó una caja de la estantería (un pobre listón de madera sin barnizar) y me enseñó cientos de fotografías agrupadas en fajos, atados con bramante.

—Éstas son las más antiguas, también guardo en blanco y negro.

El fajo que me enseñó estaba coloreado en distintas gamas de salmón, eran encuadres sin profundidad, planos americanos de personas que sonríen, sin intención estética. Me enseñó una de su madre en los antiguos jardines botánicos de Montjuïc, costaba relacionar esos rasgos frescos con la cara gastada de la mujer de cuarenta años que conocí en una edad sin apenas referentes sobre la vida adulta; la humanidad entera me parecía entonces seccionada por un tajo limpio entre jóvenes y viejos, ¿qué se hacía al cumplir cuarenta y cinco? ¿Por qué llegaban a los cincuenta? ¿Qué interés podía haber en adentrarse en esos números fantásticos? El estilo púdico del vestido no conseguía ocultar el volumen del vientre, la carga de protovida, alterándose al ritmo de su programa genético, pasando del reptil al pez, distribuyendo la materia en redes y tejidos más complejos, hasta conformar al mamífero que sonreía delante de mí, calculando mis reacciones.

Volvemos de vacaciones con cuatrocientas fotografías, los padres documentan al detalle los baños de sus hijos, y yo mismo te hice una veintena el día que presentaste aquella exposición; las guardamos en discos duros, las subimos a la red, las pasamos de un dispositivo a otro, las imágenes nos envuelven como una calima viva, atestiguan nuestro paso por el mundo, han perdido su destello misterioso, nos parecen una aplicación que le permite al ojo acortar la distancia en un mundo reducido. Pero en el fregadero de la casa-museo las fotografías recobraron su energía fascinante: un papel baritado que envejece reteniendo emulsiones de tiempo, que conserva huellas lumínicas del pasado, siluetas de muertos capaces de suscitar complejas respuestas psicológicas cuando impactan en los nervios de los representantes transitorios de la especie.

—Ahora estás y ahora ya no estás.

No me entendió, se detuvo en una de esas ventanas (¿qué otra cosa iban a ser?) abierta a una escena de otra década: se veía a un hombre alto, encanecido prematuramente, en la entrada de una mina, del brazo agarra un tipo casi enano, que quiere ofrecer su mejor imagen para cuando en un salón de Barcelona el hombre entrecano le cuente a su esposa quién es y qué hace a su lado. Me pregunto qué diría si supiese que dos chicos que no habían nacido cuando se apuntó a dejarse fotografiar del brazo de su amigo reconocerían su sobreactuación.

—El del medio es mi padre. Con treinta años, trabajando en el embalse de Porma, después le cambiaron el nombre, pero no me he deshabituado al auténtico. A mi madre le contó muchas anécdotas de ese periodo.

Del otro brazo colgaba una mujer dentro de un incongruente vestido blanco, una mirada tímida en un rostro sonriente, te hacía pensar en un fotomontaje, el añadido bromista del estudio de revelado.

—Cuando me independicé con Isabel me llevé una fotografía de papá. Se le veía con el pelo revuelto y la presa de fondo, a medio construir. La llevé cinco años en la cartera, doblada por la mitad, un día la saqué de allí y la dejé en algún sitio, no he vuelto a verla. Supongo que debo darla por perdida.

Apenas se apreciaba un barniz coloreado entre tanto salmón, pero me hubiese jugado un dedo a que la tipa era pelirroja: la piel moteada de pecas, ese rizo estropajoso que se desenreda en ondas espléndidas cuando se lo cepillan, los labios exageradamente sexuales, inconfundibles. Siempre he sentido que era una suerte compartir la tierra con esta anomalía genética con tantas particularidades fisiológicas comunes: las morenas no sois tan morenas, ni las rubias funcionan tan bien en su papel de rubias, sois más variadas si quieres, pero interpretándose a sí mismas las pelirrojas son insuperables. Estoy muy a favor de esas cabezas de zanahoria, y eso que nunca me he acostado con ninguna, y la que besé no diré que lo hiciese mal, pero ponía la boca rarísima, avanzaba a chupeteos afectados; otra deuda con las posibilidades vitales que tengo que cobrar antes de que el corazón se escañe.

—Dicho así, es un poco triste.

—¿Y los otros dos?

—No lo sé. Ésa es la cosa. Son fotografías de mi familia y sólo conozco a papá, a mamá, y al abuelo. No sé quiénes son los demás ni cómo se llamaban. No sé qué hacían allí.

El caso es que el molinillo de café tiene su punto y descubrí que regar las plantas con música de gramófono me relajaba. El caso es que cada vez salíamos hasta más tarde y empecé a pasar más noches en Córcega. Si me opuse a considerarme oficialmente instalado en la casa-museo y compartir gastos fue por el presentimiento claustrofóbico de que aquel paso equivalía a enterrarme en una tumba social. Si su padre o su abuelo hubiesen coleccionado sellos, chapas, sobres de azúcar... incluso hubiésemos podido cobrar entrada, pero el piso sólo contenía las cosas que aquel hombre había dejado allí sin preveer que esa misma tarde iba a cruzar la frontera simbólica de la luna del coche en dirección al otro mundo. Era un catálogo de muebles que se iban volviendo viejos, un inventario de la mediocridad, acumulado y conservado sin premeditación.

Y tampoco me trasladé porque (aunque la lesión coronaria me aconsejaba más descanso antes de ponerme manos a la obra) ya había trazado mi industria futura, inspirada en los armadores valencianos, nada de quesos ni de bares ni de enseñar pisos. Mi campo de interés iban a ser los ricos. En este país han proliferado (mientras yo descendía a toda velocidad por la autopista de las posibilidades) los pelotazos, los arribistas montados en sus estafas toleradas o solicitadas por los regidores de urbanismo y otras estructuras estables de corrupción. Un mar lleno de peces abrumados por unos bolsillos llenos, que han acumulado caudales de billetes y bonos sin respiro, y ahora están a la expectativa de que les indiquen gustos refinados donde verter las ganancias: fulanos que no saben ni comer ni beber ni fumar (tampoco follar, si a eso vamos, pero me especializaré en familias, no tengo edad para cribar prostíbulos), a los que estafan en hoteles decorados con pepitas de oro y les venden pisos con los techos apuntalados por columnas dóricas de cartón piedra, que compran jirafas y las dejan morir y pudrirse en el jardín porque nadie les enseñó cómo alimentarlas. Constructores, promotores, urbanistas, médicos dedicados al doping... las personas con esa clase de profesión basta y bien remunerada necesitan a uno como yo, expulsado por un abuso de las circunstancias de los palacios de la protección económica, pero con un gusto adquirido y consolidado, y un padre capaz de distinguir el azul vincapervinca y las notas de perfume de Chipre. La cabeza de estos pobres tipos está sobrecargada de siluetas borrosas de coches, relojes y telas de fantasía, pero necesitan un sherpa del lujo, un *connaisseur*, cuando vuelvas te haré un sitio en la empresa, voy a necesitar apoyo si a alguno de esos advenedizos le da por tirarse el rollo con el arte.

Mientras tanto lo que hice se pareció bastante a quedarme en Córcega, comiendo de gorra y ayudando a Pedro-María a desarrollar su talento como fotógrafo; aunque dado lo poco que tocaba la Nikon supuse que pasaba por una fase de progreso mental. Solía levantarme antes que él del sofá que me asignó como cama (apenas me sobresalían los pies), y como soy de natural curioso empecé a husmear. No sabes la de cosas que puedes aprender sobre las personas cuando descubres lo que ni siquiera tratan de esconder. Lástima que la incursión virtual estuviese limitada. Me abrió una cuenta de invitado en el Mac, y disfruté de las estupendas autopistas que te ofrece la fibra óptica, repasé los foros de *The Wire*, me empapé de los últimos artículos del Discovery Salud, leí las imbecilidades que mi «anfitrión» escribía sobre «la amistad» en Facebook (y que no hubiese superado si llega a decírmelo a la cara), pero fui incapaz de adivinar la contraseña de Pedro pese a que probé las diversas combinaciones entre fechas de cumpleaños y aniversarios, tal y como me enseñaron en aquel curso de criptografía. Lo que quiero decir es que podía curiosear los cajones, pero me estaba vedada la caja fuerte, no podía acceder al mapa de sus intereses profundos labrados en el historial del navegador (ha quedado claro que mi «amigo del alma» no es la clase de persona que borra periódicamente sus marcas).

Lo que más me sorprendió no fue que el muy guarro le diese una segunda oportunidad a la ropa interior (guardaba los calcetines del día anterior atados con un nudo para reconocerlos), sino una carpetita de gomas donde escondía la libreta de La Caixa y la carta de despido de su empresa: el saldo disipó los impulsos de envidia que pude acumular acogido bajo su techo, y de paso me enteré de que había luchado hasta el final para evitar que lo despidiesen por absentismo.

Antes de abrir los cajones me cercioraba de que seguía durmiendo, es un engorro que los humanos podamos despertarnos de golpe, que no tengamos un contador o algo así en la cabeza, sobre todo cuando alguien se toma por nuestro bien la molestia de investigarnos; decidí que si respiraba con la boca abierta, roncando como una bestia, es que me dejaba media hora de margen antes de incorporarse. Así que me llevé un susto cuando oí el agua del grifo, apenas me dio tiempo de recoger a toda prisa las facturas y los recibos desperdigados en el secreter, y fue con el rabillo del ojo que vi reptar el papelote que parecía querer esconderse bajo la mesa, me lo metí en el bolsillo hecho una bola.

—No te vas a creer lo que he soñado.

Puse la inconfundible sonrisa de escuchar un sueñecito que nos importa una higa, en el que ni siquiera salimos, un código tan universal e inconfundible de desinterés que prueba hasta qué punto al relator puede prescindir de si le escuchas o no, sólo quiere un público sobre el que verter el último tramo de la serie onírica que nos obligan a protagonizar mientras nos convencemos de pertenecer de nuevo al ámbito del tacto y las consecuencias. Dominé la impaciencia (Pedro entraba en un bosque profundo donde todos los árboles se desenraizaban del suelo tirados por un globo con las facciones de la hermana que nunca tuvo), pero no la curiosidad de lo que me esperaba enrollado en el bolsillo; fui tirando pasitos en dirección al corredor y me beneficié del pestillo del baño. Sentado en la taza leí serenamente la factura que confirmó los peores presagios: doctora Petra, Roger de Flor, noventa euros. Experimenté esa furia masculina que nace en el estómago, se desenreda en los brazos y te retuerce las articulaciones de los dedos. Ya no es sólo que me ocultase que se veía con una emisaria de la secta de los loqueros, era lo que costaba, lo que se estaba gastando; no era racional ni práctico, un sinsentido doméstico y administrativo, si íbamos a vivir juntos un par de semanas (mis vacaciones viriles), no podía tolerarlo, no podía permitir que cargase una pala del poco dinero que le quedaba de la indemnización y lo arrojase por la ventana.

Me froté la cara con agua para tranquilizarme, debía ser cuidadoso, tampoco iba a salir del baño y gritarle a la cara. La noche anterior Serrucho había tenido el detalle de pagar la cena y las copas, como presentía que me iba a quedar a dormir añadió que había comprado café para mí. Así que me lo encontré en la cocina, con aquel batín indescriptible. Me acerqué paladeando la sensación de inteligencia que te proporciona seguir una estrategia, pero cuando vi que se preparaba un té japonés de tres años con matices tostados y a mí me había comprado un paquete de esa porquería con gusto a petróleo etiquetada como Bonka (1,30 euros) y que, además, lo estaba moliendo para obligarme a darle las gracias, le di la espalda al alto mando y empecé a improvisar.

—Ya sabes que no acostumbro a dar consejos, pero si sigues gastándote ese dinero al mes en estafadores vas a perder la titularidad del museo.

—¿De qué museo me hablas?

—Del piso que era de tu padre y antes de tu abuelo. Tendrás que alquilarlo e irte a un barrio proletario estilo Sants, mudarte a un piso estrecho, en una finca sin ascensor, rodeado de maricones y peruanos. Créeme, sé de lo que hablo.

—¿En qué dices que me he gastado ese dinero?

Era todo un síntoma que no me enviase a la mierda, que no me recordase que era un adulto y hacía lo que le daba la gana; lo que tarareaba era la música de la dependencia emocional.

—Y no creas que el nuevo inquilino va a ser respetuoso con la ropa de tu padre y con el fregadero. Claro que no. Lo destrozará para hacerse un cuarto de la plancha o una bodega, ahora está de moda presumir de añadas. Con la ropa será peor, no tardará ni un día en meterla en una bolsa y echarla a un contenedor de Humana. Y te llenará la casa de electrodomésticos, y cables, profanará tu templo con una invasión de ondas catódicas.

—Supones demasiadas cosas. No te sigo. ¿Sacarina?

—No es una suposición, a mí no me vengas con esas, vi el recibo en el comedor, noventa euros, dos veces al mes, no puedes permitírtelo.

—Es algo temporal, después hay clientes que sólo se visitan una vez al trimestre.

—¿No se curan nunca?

—Se le llama fase de mantenimiento.

—¿Eres una camioneta? Tienes que dejar esa mierda, los loqueros son adictivos. Si te alivian un rato el dolor es sólo a cambio de romper un resorte en el engranaje que te ayudaba a mantenerte a flote. Cuando destruyen eso ya no vuelves a ser independiente, vas a necesitarles siempre; si estás abrumado puede parecerte un auténtico placer volver a sentir que alguien te sostiene y te cambia cuando te lo haces encima, pero es una desgracia.

—Pareces familiarizado.

—Esos psicólogos, psiquiatras, por no hablar de los quintacolumnistas farsantes de los psicomagos destruyeron a mi madre y a Helen.

—Te equivocas, Petra no es nada de eso, es programadora neurolingüística.

—Claro, titulada por la NASA. Mira, no voy a ser yo quien salga a defender a esos presumidos de los científicos, tienen sus propios perros ladradores, sus medios, su comunidad; si me preguntas te diré que no confío en una casta que no es capaz de distinguir el ADN de una calabaza del de un ser humano, que les explotan las estrellas cuando menos lo esperaban, y que todavía no saben si los virus están vivos o muertos. Su visión es limitada, pero al menos trabajan con protocolos y método, puedes denunciarles. No tienes ninguna defensa contra los abusos de esa sacacuartos. ¿Programadora? Y a qué se dedica, ¿a implantarte chips?

—No sigas por ahí, no sabes de lo que hablas. Te falta la experiencia vivencial. Me ayudó a seguir adelante, fue idea suya que buscase a mis viejos conocidos, que seleccionase a mi «amigo del alma». Ella es la responsable de que nos hayamos reunido. Valora cuánto le debes.

—También te ayudaría a seguir adelante una mascarilla de respiración artificial.

—Me salvó la vida. Estaba pensando seriamente en…, ya sabes…

—No, no lo sé.

—En quitármela.

—¿Te ibas a suicidar?

—Ésa es una palabra prohibida.

—¿Como «caca», como «pis»? Esa mujer te está infantilizando, y de paso va a dejarte la cuenta corriente limpia. No vas a modificar la realidad con chorros de energía positiva o simpática, cuando te decidas a salir a la calle, aunque sólo sea para comprar una tostadora, vas a encontrarte la misma agresividad, el espectáculo de la hostilidad humana. El único truco es aceptarlo, aprender a bailar con esa música. Una persona metida en casa, tumbada en la cama, es una persona metida en casa, sin matices espirituales, tumbada en la cama. No le debes nada, también te hubiese refrescado el corazón hablar con el teléfono de la esperanza o con tu madre.

—No tenía el número.

En este momento no recordaba que a la madre (tan preocupada siempre por las migas que dejábamos al masticar) la había asfixiado un bolo cancerígeno después de cinco años de brega, así que supongo que fueron mis ojos los que preguntaron «¿Cuál?».

—De ninguno de los dos.

—¿Qué problemas tienes?

Me señaló la botella, una de ellas. Serrucho me había advertido (pero tras la confesión inicial costaba cada vez más distinguir el núcleo razonable extraviado entre aquellas nebulosas fantásticas) que aquel ritmo de copas no era el efecto efervescente de nuestra amistad recobrada, como me sentía inclinado a creer, antes ya bebía a diario. En cuanto la luna salía a inspeccionar el cielo con la forma que le tocase esa noche ya estaba bien cocido, la oficina era el único dique sólido contra su vicio líquido, y ahora lo había perdido, estaba indefenso, a su merced.

—Te engañé. Fue el absentismo. La fotografía tampoco me gusta tanto. Estoy harto de pelear por todo y la ginebra me envuelve de tolerancia y amabilidad.

Las pruebas más difíciles las afrontaba en fin de semana, cuando empezaba a beber cinco minutos después de terminar de ducharse.

—El sábado mi estrategia consiste en mantenerme alejado de la botella, me mentalizo, no creas, pero me perjudica conocer al dedillo mis mejores escondrijos.

Renunciaba a bajar a la calle, se paseaba por el piso en calzoncillos (y una camiseta púdica por si le tocaba atender a un vecino), alternando fases de autoindulgencia con raptos de rabia elocuente durante los que nos ponía a todos en nuestro sitio. A media tarde su cerebro conseguía estabilizar algo de claridad entre las neblinas provocadas por la ginebra que no dejaba de enviar a chorros en dirección al hígado, el pobre órgano se las apañaba como podía para dilatar sus esponjosos poros y drenar las toxinas.

—No es una mala vida.

Me contó el horror de quedarse sin tabaco el domingo, la sensación de desvalimiento. Recogía un pantalón de chándal y una camiseta, y se ponía a dar vueltas por el barrio: buscaba sitios donde no le humillase tanto pedir que le encendiesen la máquina. En julio y agosto las aceras parecían pintadas de amarillo solar, y se sentía más miserable.

—Somos amigos, los amigos juegan al tenis, salen de viaje. No se ponen enfermos. ¡No tan pronto! ¿Vamos a abrazarnos como dos viejas diabéticas?

Ahí tienes un ejemplo de mis intentonas para que reaccionase. ¡Le estaba echando un sermón! Justo lo que hubiese hecho mi padre, aunque él no se hubiese movido del sofá para no alterar la raya inmaculada de su traje crema, y yo entraba y salía escandalizado de las habitaciones como si fuese un litigante. Tampoco me sorprendió tanto imitar a papá, era mi modelo vital, el que me había tocado; si hubiésemos tenido hijos (si hubieses querido tenerlos) me pasaría el día sobreactuando. Aprendí a reconocer en la expresión que se le formaba a Pedro-María la suave felicidad del niño que bajo la regañina ve transparentarse algo de preocupación: el interés que esos tipos altos y raros, los adultos, proyectaban hacia nosotros cuando éramos niños. Y una higa con el rollo de la amistad, desde que vio mi fotografía en Facebook me seleccionó para que lo friese a reproches, para volver a sentir algo de calorcillo: el muy capullo estaba buscando un papá, Petra no le abrazaba bastante, así que no me extraña que fuese a por mí, era el único más alto que él.

Le complacía mi tono, pero no estaba dispuesto a escucharme, igual que cuando oyes una y otra vez una canción que te gusta pero ni se te ocurre adecuar tu vida a la letra. Se llenaba otro vaso, encendía el transistor (lo siento, pero es la única palabra que se aviene con aquel aparato) o se pegaba a la pantalla del Mac para ver el noticiario de la BBC, programas de pesca y el festival de anoréxicas de la MTV.

−¡George Michael sigue vivo!

Y, bueno, tampoco es que me emplease a fondo. Le regañaba por beber, por desatender sus proyectos (risas), por arrojar los mejores años de su vida por el retrete infecundo de la «vida nocturna», pero sonaba con la boca pequeña, uno tiende a cultivar las amistades que le permiten lucirse, y qué quieres, yo soy el novio de la vanidad. Dada mi deplorable condición anímica Pedro llovía sobre mí como maná.

Y no me vengas ahora con que le estaba sobreprotegiendo, con la bromita de que actuaba como si fuéramos pareja, no estoy de ánimo para la gracieta de que reprimo hasta la homofobia las inclinaciones bisexuales que según tú están latentes en cada quisque; entiendo que dadas tus aspiraciones literarias no puedas resistirte a sostener puntos de vista originales, pero no te voy a comprar ese rollo como si fuese una moral aventajada, cómo voy a tomarme en serio a una persona que ni siquiera se aclara con qué clase de genital le gusta acostarse. Ni siquiera vivíamos juntos, éramos sólo dos tíos recuperándonos de tres matrimonios que habían acabado mal, dándonos un trago fresco de compañía masculina, alegre, atolondrada, sin atender al reloj, ni al cultivo de extenuantes exigencias domésticas. Ni siquiera era un arreglo temporal, se trataba de recuperar fuerzas antes de volvernos a impulsar hacia nuevas regiones femeninas. El asunto no rueda mal para los cuarentones de aspecto saludable: ahí tienes a tus coetáneas presionadas por las oscuras leyendas de la soltería prolongada, las jovencitas con ideas fantasiosas y amables sobre la madurez, y las asombrosas cincuentonas apuntadas al DIR, por no hablar de las casadas adúlteras, las soñadoras, las insatisfechas, las aventureras y las aburridas que acumulan litros de libido. ¡Qué idea que traspasados los cuarenta el amor dejaba de calentar!

Estaba tan animado por las llanuras que la fantasía desplegaba para mí que el corazón me dio un respingo la noche que le oí decir:

—Me quito de follar, ya no me compensa.

Se las arregló para erguirse del sofá donde se había repantingado, pero el impulso no le alcanzó para recomponer la forma humana, me recordó a un pulpo con un tentáculo atrapado entre dos rocas. Cuando consiguió algo parecido a ponerse en pie, el muy tarado me señaló un cajón del que tuve que sacar un fajo de fotos, de colores espléndidos, lucían como billetes frescos.

—Mi hija.

Volvió a contarme el rollo de las leyes de divorcio: varones desguarnecidos, la codicia femenina, la presunción criminal de que ellas son delicadas y débiles y nosotros duros y egoístas. Me dijo que él nunca la hubiese arrancado de la vida de Isabel. Me habló de SOS PAPÁ. Y yo le respondí que sí, que claro, acogí sus palabras y le devolví una ración de empatía fría, urbana, chata, de estar por casa.

—Son fuertes. Son muy fuertes. Se ponen y se quitan los sentimientos como vestidos. Son como esos marsupiales que pueden interrumpir a voluntad la gestación. Deciden cuándo van a dejar de querer. Se quejan del idioma, de que no haya un equivalente femenino para «mujeriego» que no sea vejatorio…

Se mantenía en pie agarrado a la cómoda porque si se soltaba tenía todos los números para caerse de bruces. Hizo un intento de estirar el brazo, me las arreglé para disuadirle con una combinación de gestos y miradas de renunciar a la botella. Debí meterlo en la cama, pero aquel giro filológico de la conversación era algo inesperado y formidable.

—… pero dime cuál es el equivalente masculino de «gineceo». Se da por hecho que ellas tienen derecho a agruparse y quedarse a la sombra. Hay un espacio reservado en la lengua para ese proyecto. ¿Y para nosotros? ¿Por qué no íbamos a querer retirarnos y vivir bajo el mismo techo, compartiendo gastos sin meter a Dios y a su hijo por medio? Ah, no, para nosotros no hay otra salida que la intemperie, la calle, y la lucha. Considerados de uno en uno quizá los tíos no seamos gran cosa, pero cuando estamos juntos nos entendemos, reímos, lo pasamos bien, no nos descuartizamos bajo las amabilidades sociales como ellas. ¿Por qué no renunciamos? ¿Tú lo sabes? Yo tampoco. Adiós a todas ellas, que les den.

—Porque nos gustan…, bueno, a mí me gustan.

Le creció desde las entrañas una sonrisa que lo puso de puntillas. Dio dos pasos y volvió a dejarse caer sobre el sofá, empezaba a ser embarazoso tumbarme después allí para dormir. Últimamente se agolpan a las puertas de mi vida (es un decir, apenas veo a Serrucho y sólo te escribo a ti) personas dispuestas a persuadirme que después de todo el sexo no es para tanto, que los profundos estratos de atracción física que pueden girarte las venas cerebrales del revés son un invento mío.

—Lo mejor es la solución Descarrega.

Al segundo sentí el crujido de un resorte del pasado que llevaba por lo menos diez años sesteando en la zona inactiva de la memoria. Y ninguna lucidez retrospectiva ordenó la zapatiesta de mis recuerdos desconcertados, aquel regusto ácido a estupor se concentró en un nombre de pila:

—¿Eloy?

—Eloise Larumbe, nuestro Eloy Descarrega.

—¿Eloy?

Se dio cuenta de que mi desconcierto se había estabilizado en un bucle lingüístico, se las arregló para escarbar y encontrar las palabras adecuadas para desencallarme.

—¿No sabías nada de él? Se compró unas tetas, se inyectó hormonas, depilación láser completa, reconstrucción de los pómulos y una buena dosis de rellenos no invasivos en los labios, ya sabes. Ya no se trata de gastarte una fortuna ni que te sierren la cara ni que te recauchuten con silicona de acuario. Será cada vez más rápido y barato, indoloro. Y reversible. Entraremos y saldremos de los géneros como cambiamos de país. El único escollo es el sistema nervioso, no pueden proporcionarles un cerebro femenino. Lo que te llevas a casa es un cuerpo de mujer, pero el alma que anima el asunto es la de un muchacho que te comprende. El paraíso. La única convivencia posible.

Hasta donde yo recordaba las facciones de Eloy estaban especializadas en una clase de expresión que la RAE podría emplear para ilustrar la voz «alelado». Le gustaban los muñecos de *Star Wars*, tenía cientos, el mamón. En la pista era efectivo, un tirador, poco generoso, costaba hablar en serio con él, uno de esos crucigramas de los que nos cansamos enseguida y que se resolvían encajando en su sitio la palabra «marica». No lo pensé en su momento porque tiendo a relacionar la homosexualidad con el vicio, no sé cómo situar a los chicos que sólo son gays porque les gustan otros chicos, se enamoran de ellos y se van a vivir juntos. Y tampoco puede negarse que Eloy con tetas debía de ser un espectáculo.

Me quedaban otras preguntas en el tintero: ¿se habían visto?, ¿era una transformación completa?, ¿te podías comprar un coño con todos esos pliegues complicados: reaccionaban igual, se excitaban parecido? Es cierto que con los nervios cerebrales lo llevan crudo; el pésimo estado de mis cañerías basculares, el miedo a una obstrucción que asfixiase la conciencia me impulsó a estudiar las eventualidades con cierto detenimiento, aunque se las arreglasen para separar y sumergir la carne mental en un tanque de colágeno con la conciencia viva, nadie sabría cómo esquejar el cerebro en una médula espinal fresca.

Pero no alcancé a preguntarle nada porque Pedro-María perdió el hilo y se entregó al juego de balbuceos que precede a su característica modorra silenciosa. Lo agarré por los sobacos y lo acompañé (casi arrastrándolo) a su dormitorio. El impulso de quitarse las botas se quedó en eso. Adoptó una postura asombrosa, apenas descriptible, propia de una criatura con los huesos blandos: los neurólogos deberían entrar a investigar a fondo el contorsionismo etílico; suerte que aquel yogui cretino no podía verse, es un indicio de la astucia de la especie que estemos diseñados para dormir con los párpados caídos, que el rostro se quede fuera del campo de visión, que el espíritu o el alma o el carácter apenas pueda distinguirse a sí mismo, que tengamos que recurrir a intérpretes. Y es una suerte que los psicólogos y los curas sean unos charlatanes incapaces de abrirnos bien los ojos. ¿En qué iba a beneficiarle a Serrucho que un auténtico profesor de realismo barriese la fina cortina de ideas profilácticas que el pobre hombre tejía sobre sí mismo? Era mejor que no se examinase, que viviese aletargado, envuelto en sombras verdosas, porque el día que se mirase con un ojo exacto y frío, cuando tomase medidas del estropicio en el que estaba metido hasta las cejas, que se confundía con él, ese día ni Petra iba a impedirle que se arrancase la tráquea.

Salí del dormitorio con el impulso decidido de ser una persona mejor, alisé la funda del sofá, y sólo al recoger los vasos de las últimas noches evalué hasta qué punto un médico del hígado podía interpretar la fuga etílica en la que llevábamos una semana embarcados como un intento sofisticado de suicidio.

Con Helen y Pedro-María podías desarrollar una teoría comparada de beodos, habían terminado en la misma *drinking* área por corredores distintos. A Serrucho las exigencias le habían cronificado el dolor de cabeza, y el alcohol le ayudaba a progresar en la debilidad. Helen quería comerse el mundo, pero le faltaba cabeza, se cansaba enseguida, y las pocas ideas que tenía le salían torcidas, como si pensase con un órgano raro, las amígdalas, por ejemplo. Así que Helen empinaba el codo para reverdecer la impresión de ser fuerte, de que se puede vencer la resistencia del mundo con el empuje del cuerpo. Y ahí los tienes a los dos, en sus respectivos comedores, rozando el delirio etílico, destruyendo reputaciones, sembrando infamias, atravesando periodos eufóricos en los que se convencían de que sus palabras aisladas, palabras de personas que no pueden dañar a nadie, se clavaban en sus destinatarios como el abrecartas de marfil que al final le regalé a Helen para que dejase de abrir los sobres a dentelladas. El mejor remedio para Serrucho era agenciarse a una de esas chicas bonitas y resueltas, que se las arreglan para ascender en la escala laboral, y te dejan al cuidado de las plantas y de la fauna menor. En cuanto a Helen, lo que se supone que iba a salvarla del pozo del alcohol y la baja autoestima era aquel muchacho fornido que pisaba la ribera del río Corb, cubierta de juncos y cañas, con miedo de pisar mal y caer dentro del caudal que en este tramo bajaba con una bravura inverosímil. A eso habíamos ido al balneario cuyas bobaliconas luces flotaban entre la vegetación: a reencontrarnos y elevarnos por encima de las malicias cotidianas que nos habían empequeñecido, para dejarnos atravesar por la clase de experiencia (el perdón y el entusiasmo renovado) que se le supone al amor, uno de los poderes que le atribuimos.

Así que fue una alegría cuando dejó de balancearse como un tentetieso frente al agua. Di dos zancadas hacia ella como los valerosos príncipes de los cuentos, igual la agarré del brazo con más fuerza de la requerida, pero lo primordial era alejar sus pies del margen y asentarla en tierra firme.

Helen era de las que pelea durante horas como si les fuese la vida hasta que se vienen abajo, exhaustas; si la interrogas cuando está cansada se desentiende tanto de las barbaridades como de los pasajes más atendibles de sus acusaciones, no intentaba reconciliar las distintas versiones que manejaba de mí, me resigné a ser dos (o tres) en su cabeza.

Me miró de arriba abajo, se quedó medio segundo más de lo necesario en mis labios.

—Hace frío.

El viento le puso la piel del brazo de gallina, me recordó al efecto de las burbujitas cuando ascienden del fondo del cazo para estallar en la superficie. Se hundió en mi cuerpo vencida por una solicitud marital: Helen no sabía qué hacer con su huida, no era capaz de transformarla en algo útil, que se pudiese prolongar. Le acaricié el cabello, la peiné hacia atrás, eso la tranquilizaba.

—Volvamos a la habitación.

Lo dijo en el mismo tono resignado que si se estuviese entregando a un plan mío, no perdió la oportunidad de matizarlo, igual le salió sin querer.

—Volvamos al balneario.

Compartíamos un optimismo instintivo hacia nuestro futuro como pareja, pero debíamos avanzar con tiento, buena parte de la reconciliación se debía al cansancio, a la costumbre de apoyarnos el uno sobre el otro; las zonas íntimas del orgullo, de la desconfianza y la vergüenza, seguían expuestas y sensibles, bastaba un roce para irritarlas.

Atravesamos el bosquecillo cochambroso y el canal, nos dejamos guiar por las luces del balneario, la esfera iluminada del reloj *pairal* era nuestra estrella polar. Los incongruentes gruñidos de los cerdos no me ayudaron a serenarme, el suelo de mi ánimo seguía sucio de una sustancia amarga, me llegaba el aroma sexuado de la carne de Helen, mezclado con fibras de ropa y polvo atmosférico, seguía sin intuir los movimientos de su mente, supongo que esperaba que los corazones se acercasen por su propio pie al entendimiento, y que un gesto de generosidad, ajeno a las leyes del cálculo, los oxigenase a fondo.

No ayudaba que de casados no hubiésemos hecho unas vacaciones decentes, que viviéramos en casas estrechas, en habitaciones donde apenas entra el sol, alimentándonos con las angostas economías que caben en dos cuentas corrientes. Si queríamos seguir juntos no quedaba otra que aplicar el viejo remedio: ingresar más dinero, iba a tener que buscarle un trabajo, y con más razón si el crío, como me enorgullecía anticipadamente, iba a pasar temporadas con nosotros. Estaba dando vueltas a estos problemas en la facilidad de la mente cuando sentí su uña rozando la piel que une el pulgar con el índice. Ese vestigio de aleta ya es bastante sensible por sí mismo y lo siguiente que me tocó recibir fue el tacto de sus labios en el cuello, una clase de absorción a la que durante la adolescencia dábamos un nombre bien preciso que no acudió en mi ayuda.

—Jhaapsn…

—¿Qué?

—Jhapsm…

Un viento racheado alejó las ondas verbales de mis oídos, descomponiendo las palabras en fonemas confusos, mientras hacía sonar las copas de los árboles, parecía que sacudiese la chatarra de un bolsillo. Pero me bastó verla sonreír con los labios húmedos y esa punta de avidez juguetona saliéndole del rostro como una segunda nariz para convencerme de que Helen empezaba a tomarse en serio nuestra reconciliación, íbamos a pasarlo bien, el gran activo de nuestro matrimonio, volvíamos al balneario abrazados y riendo, dispuestos a saltarnos la cena; reflejados en la pared nuestras sombras parecían los fantasmas de una pareja de enamorados.

Al llegar a la altura del bar Helen giró el cuello e hincó la mirada en su interior. Se soltó de mi brazo y se acercó a la cristalera, atraída por el sonido de una flauta mágica que sólo se oía en su registro auditivo. Me quedé de pie disfrutando de la atmósfera fresca y de la inmovilidad del agua dulce y clorada de la piscina, del bar sólo alcanzaba a ver las botellas flotando en los estantes: las letras en cirílico de los vodkas de importación que se habían puesto de moda, el tono arenoso del scotch, los colorines de los licores para chicas con sabor a fruto seco, y el irresistible azul zafiro del Bombay. El fluorescente del techo se encendió en dos parpadeos largos y sorprendí al negro pegado al cristal con el tubo en la mano, un fantasma de sábana oscura; el vaso parecía lleno de luz esmeralda y él sonreía íntimamente interesado en nosotros. Y ríete lo que quieras pero me serenaba que un ser con ese porte, con una expresión tan noble que parecía un diplomático venido del futuro, no me dejase solo en el lance decisivo de mi matrimonio.

Helen volvió moviéndose, no me refiero sólo a que pusiera un pie delante del otro con la intención de acercarse, sino que aprovechaba el paso básico de la técnica humana del avance para desplazar las caderas y sacudir el cargamento superior. Rubricó aquel ejercicio de coquetería dinámica con la precisa rotación de cuello que le bastaba para levantar la masa capilar y dejarla caer en un descenso escalonado, caprichoso e hipnótico, sin apenas afectación, cuyo reflejo erótico se dejaba sentir en mi sangre. El camarero, los bebedores nocturnos, mi sombrío ángel de la guarda (dulce compañía) estaban puestos allí sólo para contemplarla, interpreté como una buena señal que recuperase su afición a exhibirse.

—¿Has visto al negro?

—¿Qué negro, Pecas?

—Al que lleva mirándonos desde que llegamos, John. Bueno, mirándome a mí, vigilándome. No te enteras nunca de nada, no me extraña que no seas celoso. Debe de tener sesenta años. Ni siquiera le frenó que estuviese con Jackson, con un niño, por el amor de Dios, esos negros son unos guarros. Igual os pueden engañar a los españoles, aquí son una novedad, pero a una chica de Montana no van a darle liebre por perro: sólo piensan en beber y en follar, están rellenos de pensamientos enfermos e incompletos. ¿De verdad no te has fijado? ¿Cómo puedes ser tan despreocupado? No me siento segura contigo.

–Estaba demasiado preocupado por ti.

–Alto. Calvo. Ojos viciosos. Pero no volverá a molestarnos.

–Ah, ¿no? ¿Y qué le hiciste, le enseñaste el mango de una pistola?

–Esto.

Y flexionó las rodillas para darle más expresividad a eso gesto de barriada que consiste en recoger los dedos en un puño y dejar escapar, envarado y erecto, al corazón. Y aunque nunca he sabido bien qué significa (algo relacionado con el ano, en cualquier caso) sé que a mi padre, si hubiese estado allí para verlo, la vergüenza le hubiese corroído la carne.

–Qué le den al negro.

Eso lo dijo mi mujer, mi amor, la madre del niño que iba a ser «nuestro», con un castellano decente, antes de volverse a colgar de mi brazo, saboreando la satisfacción del trabajo bien acabado.

Yo era un muchacho al que le gustaban los fulares y montar a caballo, que no podía beber coñac en una copa si no tenía la boca estrecha para concentrar el aroma, que reprimía a duras penas la costumbre paterna de llamar al camarero con una palmada y al que de niño una señora contratada para diversos efectos que encajaban con el desusado nombre de «servicio» acudía cada mañana para ponerle los calcetines y doblar el pijama (no es que te lo ocultase, reconoce que no es la clase de recuerdo que encaja bien en las conversaciones ordinarias). Y Helen era la criatura con la que me había desposado: ignorante, tosca, impertinente, pero audaz y cargada de energía y viveza, la chica que me había arrancado la piel de finolis, de *llepafils*, el tegumento de buena educación que me recubría; la chica con la que me había arrojado sin otra protección que mi sensible dermis a la zona turbia, caliente y tumultuosa del vivero humano. Bajo la primera capa de estrellas de aquel cielo despejado, bajo todo aquel polvo luminoso que nos rociaba de energía desde coordenadas atestadas de materia inerte comprobé con mi pulso cómo amaba su vulgaridad sana y vivaz, eran los motivos espirituales por los que me había casado con ella, y seguían siendo buenos motivos.

Volví a sentirme sobrepasado por el color de la piscina iluminada, por el olor de las clavellinas, por la incomprensible abundancia de las cosas que tienen silueta y proporción cuando pasas entre ellas de la mano de la mujer que te gusta. Helen me hablaba pero las palabras se perdían en mi oído sin rozar el nervio vestibular, la imaginación erótica había soltado el freno componiendo escenas enrevesadas como siempre ha hecho; la amplitud del deseo mundano se había concentrado en una codicia glotona por escarbar en los pliegues de su intimidad. Cada paso que dábamos estaba distorsionado por la impaciencia. No importa cuántas veces pase por la transformación sexual, no espero acostumbrarme en la vida a esta caballería embadurnada de lascivia que pisotea el ritmo habitual del pensamiento.

Le abrí la puerta del balneario y entramos a hurtadillas (qué resonancias arrastran las palabras, qué ecos), esquivando el comedor donde un puñado de momias animadas por un corazón terco que no atendía a las señales de la vesícula y los ganglios linfáticos ingerían papillas y purés y demás porquerías que puedes tragar sin necesidad de activar a pleno rendimiento el hornillo gástrico. Helen se moría de risa cuando le abría las puertas, si le retiraba la silla se estremecía en una vergüenza placentera, burbujas en la nariz, la pobre se sentía como una protagonista de época: Sissí, la princesa Románova, Ana Bolena, cualquiera de las Tudor, daba lo mismo, las mezclaba a todas en la misma impresión de lujo que saboreaba sólo porque solía besar a un hombre al que habían educado en las leyes ancestrales de la cortesía. Me costó tanto hacerle entender que era una deferencia dejarla entrar la última en el ascensor, que el protocolo se inclina por que la persona más importante pase menos tiempo en esas cajas ascendentes. Aquella noche, cuando me rogó que sudásemos del ascensor porque había soñado que las paredes se cerraban sobre su cuerpo como un cepo, ni siquiera me esforcé en que comprendiese por qué los caballeros no debemos ceder nunca el paso a las señoritas en las escaleras, y menos si en lugar de faldas abiertas llevan tejanos o pantalones blancos (la especialidad ordinaria de Helen) pegados a las nalgas. Era tarde, ya nos habíamos peleado, y por mala que estuviese la comida aquella vaharada de aromas especiados, de grasas y aceites chamuscados en la parrilla me habían activado las papilas; si Helen me daba la espalda podía ir vaciando los bolsillos de frutos secos sin oír consejos nutritivos ni renovar los reproches hacia mi panza (apenas presentida).

Además, el trasero de Helen estaba íntimamente conectado a su cerebro, era de esas personas que te recuerdan con su manera de comportarse que biológicamente venimos de un renacuajo cuya masa cerebral se prolonga en una poderosa cola medular protegida por una espina ósea, cuya sustancia se derrama en miríadas de nervios y vasos que irrigan la acumulación adiposa del pompis. Y te juro que esas nalgas no sólo se las arreglaban para expresar sus estados de ánimo con más transparencia que las facciones del rostro (la brega social le había enseñado demasiadas estrategias de camuflaje), también podías alterar o serenar sus estados de ánimo según te decidieses a acariciarlo o a pellizcarlo.

El caso es que crucé la puerta de la maldita habitación ardiendo y no me privó de un gramo de mi entusiasmo que el suelo y la cama estuviesen adornados con los residuos *atrotinats* de nuestra batalla. No te digo que estuviese convencido de que iba a arrodillarse para besarme los pies, pero tampoco presentí que iba a optar por escabullirse cuando me lancé a besarla con intención, dos y tres y cuatro veces: cerró los labios, apretó los dientes, y lo peor de todo, empezó a mover la lengua cómicamente para interrumpir el crescendo pasional.

—No.

Y se dejó caer sobre la cama, cortó el canal del contacto natural y abrió el del intercambio verbal, de manera algo delirante, completamente incongruente.

—¿Quieres hacer el favor de abrir la ventana?

A estas alturas no voy a sorprenderme de que una chica pueda interpretar pasos exquisitamente insinuantes sólo por coquetería, porque os apetece, porque os da risa contemplar nuestra reacción. Y no me vengas ahora con la complejidad erótica femenina, ese asunto sobredimensionado, prefiero mil veces la vigorosa línea recta de mi deseo que incrementa su vigor y su avidez a medida que se acerca el desenlace, un dispositivo tan eficaz, no sé cómo podría mejorarse. Pero conozco las reglas del juego, qué remedio, puedo convivir con las velas, los masajitos y la mortuoria música ambiental, es sólo que Helen me había acostumbrado a una recepción generosa de mi apetito varonil. Mientras yo abría la ventana y ella encendía un Lucky apestoso calculé que la noche de la reconciliación se había cobrado dos frenazos, ya estaba bien, merecía alguna gratificación sensitiva, así que no soné del todo sosegado.

—¿Y ahora qué?

—Hablar. Tenemos que hablar. Con seriedad.

—¿De qué?

—Te lo dije de camino hacia el balneario y sonreíste, no me escuchas, nunca me escuchas, eres un hipócrita.

Debí responderle que no me enteré bien por culpa del maldito viento, y porque me estaba dando chupetones (la palabra vino por su propio pie desde quien sabe qué depósito de la memoria para encajar en el espacio que le había reservado la sintaxis), pero estaba demasiado alterada por el desorden de la ropa, por el aroma a pelea reciente. Helen intentaba frenar la rabia, pero los pensamientos seguían avanzando sobre placas resbaladizas de adrenalina, si le respondía mal podía intentar sacarme los ojos. Iba a dejarla hablar, le daría cuerda, la noche sólo podía terminar de una manera, se lo debía a mi cuerpo, de algo tenía que servirme ser más inteligente.

—Dijiste muchas cosas.

—De lo único que me preocupa, ¿por qué crees que estamos aquí? ¡De Jackson, hemos de hablar de Jackson!

Fueron el tono de desesperación contenido, las puntas de cabello todavía húmedas y la voluta de humo que se sacó de los labios los que me convencieron de que Helen se sentía encuadrada en la escena de uno de esos telefilmes donde la mujer indomable y rubia se decide a pelear por el bien de su hijo contra el hombre que ama.

—Lo has oído pero no has dicho nada, ni siquiera has pensado en él, en lo que supone para mí.

Aquí se equivocaba: desde que supe que el niño se había abierto paso por aquel interior femenino hasta darse de bruces con el mundo de las sensaciones buscaba estrías en los muslos, en los glúteos y en el vientre de Helen, en la parte baja de la espalda, donde la silueta se ensanchaba en las caderas. No podía creer que las huellas del parto se me hubiesen pasado por alto.

—Pensé que veníamos a salvar lo que quedaba de nuestro matrimonio.

—No podemos arreglar nada si no solucionamos el futuro de Jackson.

Así que los abuelitos se habían cansado de Jackson, no podía culparles, ser viejo ya debe de ser una porquería untada sobre el poco tiempo que te queda para acarrear encima con el niño no querido de su hija tarumba, la princesa del triple salto.

—No quiero que viva con su padre.

Aquella frase avivó mi viejo problema en la cancha, cuando intuía que los movimientos de mis rivales no auguraban nada bueno, pero no adivinaba sus intenciones hasta que mi corpachón quedaba emparedado en un dos contra uno: Helen no estaba interpretando el papel de la esposa desesperada, la escena pertenecía a una película de la que me había perdido la primera media hora, en la que quedé relegado a un papel secundario: la guerra contra el ginecólogo de Kansas, el primer marido, cuyo aporte de plasma seminal decidió la fecundación de Jackson.

—¿No van a permitir que te lo lleves?

—Las mujeres de Estados Unidos vivimos protegidas por buenas leyes, no es como en España, nací en un país civilizado. Los hijos son de sus madres. *Daddy* lo arregló todo con un abogado de Boston. Sólo necesito que nos casemos, más en serio, un poco mejor.

Menudo futuro le esperaba al crío con una madre adicta a representar el papel de víctima indefensa de la masculinidad. Dijese lo que dijese su mamá, por buenas promesas que nos hiciera, las personas no cambian, y mientras ella pasa la resaca con un *long black coffee*, iba a ser yo quien le preparase a Jackson el desayuno, iban a recaer en mí las gestiones para inscribirle en la escuela, la figura a quien iba a esperar con esos ojos asustadizos a la salida del entrenamiento (¿dudabas que lo apuntaría a baloncesto?) era la mía. ¿Y si Jackson no se siente cómodo conmigo, y si me desafía? Los hijos deberían desintegrarse cuando se firma el divorcio, no digo que se mueran, bastaría con que se desplazasen al limbo adonde van a parar el resto de los asuntos atascados que acumulan las parejas en trance de romperse.

—No sé si lo estás planteando bien, Pecas. ¿Lo vas a meter a vivir en setenta metros cuadrados, encerrado con nosotros?

—Buscaremos otro piso, más grande, me pondré a trabajar, volverá a funcionar, tiene que volver a funcionar.

Y lo dijo tocándose la cabeza, dos veces, cualquiera se la creía si desde que nos quedamos a solas hemos estado peleando, Jackson no iba a frenarnos, era nuestra manera de estar juntos.

—¿En qué piensas, John? No me mires así, ¡si me miras así no sé lo que piensas! ¡Se trata de entendernos!

—Pienso en problemas. Uno detrás de otro, en formación. La clase de ejército que para ti y para mí es invencible, que nos va a partir la cabeza.

—Habla claro. ¿Puedes hablar claro? Es una conversación importante, la conversación de mi vida, ¡tengo que entenderla!

—No lo veo claro, Helen.

—¿Qué?

—Es un disparate. Vente a casa, veamos cómo va, después podemos llamar al chico.

—Lo harías si fuera tu hijo, seréis de la misma familia, pero nunca será tu hijo.

Entendí el pensamiento enmascarado bajo la disparatada construcción de la frase, era un argumento difícil de rebatir (aunque jugase a mi favor), pero lo cierto es que había empezado a sentir algo de complicidad con aquel Jackson que seis o siete años antes, envuelto por una crisálida transparente y húmeda, había salido por la misma ranura dónde me había dedicado a trabajar poderosamente durante mi matrimonio, que besaba a diario por amor: compartimos una experiencia inversa del mismo rojo rubí que se abría entre delicados pliegues bajo el mechón sedoso (¿o afeitan siempre a las parturientas?), sus diminutas fosas nasales habían disfrutado del mismo aroma sexual. Me emocionó la idea de participar en aquel círculo de intimidad familiar, pero no estaba seguro de cómo explicárselo a Helen, la vi humedeciendo en la boca un nuevo dardo, se hubiese tomado como una grosería imperdonable la mención más inocente de su química corporal; hay personas que no saben abstraerse de la discusión, pero te doy mi palabra de que estaba alcanzando el núcleo más tierno de lo que habíamos venido a reanimar, le daría buenos consejos a Jackson, el crío podía tomarme como ejemplo.

–Me has convencido, probémoslo.

–¿Qué?

–Vamos, Pecas, subamos a la cama, arreglemos esto, y pasado mañana te vienes a Barcelona con ese niño, con Jackson, con nuestro hijo.

–No es tu hijo. Para mí también será un incordio traerlo.

No digo que Helen no quiera a su hijo, sólo digo que no hubiese estado mal que cuando la ingresaron en el hospital hubieran aprovechado para colocarle un corazón en el pecho. Me dio la impresión que se apagaba el cigarrillo sobre el muslo, debía de tener un cenicero o algo.

–Tengo que alejarlo de su padre. No sabes de lo que ese hombre es capaz. No puede olvidarme. Es un animal celoso. Quiere hacerme daño a través de él.

Creo que Helen tenía madera de madre, lo confirmo cada vez que veo a unas de esas mujeres de cuarenta años tirando de un carrito con un bebé vivo dentro. No esconden su feminidad, atraen su cuota de miradas, pero todas resbalan suavemente, atenuadas por el lazo entre la chica y el niño. Es sólo que el hijo había llegado demasiado pronto, Helen era un animal joven, con un temperamento que te arrastraba como una onda de choque sobre la superficie de la vida, y Jackson era un obstáculo molesto, demasiado blando para contener el fuego, y la codicia y la curiosidad natural de una mujer de veinte años. La oportunidad, el tiempo, la ocasión, el lío de siempre.

–Se viene con nosotros, no se hable más, yo le protegeré.

Y bueno, supongo que no era tanto pedir que se levantase y me lo agradeciese con un gran beso, pero tampoco esperaba que se quedase allí sentada, con la misma expresión feroz, y el mismo objetivo: sacudirse de encima el dominio masculino; sólo había cambiado de enemigo a batir, el nuevo macho presuntuoso con el que saldar cuentas, al que poner en su sitio, era yo.

–Hay algo más.

–Dale, Pecas. Me queda una tira de piel en el corazón.

–Estoy harta de que me aplaudas insinuando que soy sólo un físico, que con mi carácter y las tetas caídas me quedaré vendiendo pañuelos en la calle. Es chantaje emocional, y me queda muchísimo para que eso pase y, además, la ciencia podrá evitarlo.

—No creas. Los modelos teutónicos os desgastáis más rápido, diez años y tus amantes se las verán con lonchas de piel estriada… Yo te digo lo que hay, decide si quieres escucharme.

—No soy teutona, soy ciudadana americana.

—¿Me dirás en qué continente está Teutonia?

—No vas a provocarme. En España los hombres sois enclenques y provincianos. Por si no lo recuerdas, no tuve que hacer ningún esfuerzo para conquistarte. En América las cosas son distintas, y las mujeres también.

—En Nueva York, Pecas, te confundirían con una portera exuberante, aquí al menos eres rubia, cuando te cuelguen los tetones puedes irte a Estambul, los turcos son inocentes e impresionables, lástima que no seas demasiado alta.

—En New York son unos imbéciles engreídos, vegetarianos anémicos, el semen ahí no tiene ninguna calidad, ovarios secos, por eso importan chinas y negros, la mayoría son homosexuales.

—Vamos, que allí también te cerraron la puerta en las narices. Eres un fruto de Montana, y allí vas a volver derechita si me canso de ti. ¿Cuánto tiempo viviste en Nueva York?

—Seis meses. Suficiente. Entrenaba todo el día. No puedes entenderlo porque nunca has hecho nada con disciplina, por eso has perdido todo el dinero de tu padre, por eso vas a seguir estancado si no te alimentas de mi energía.

—Vete a Montana, Pecas, es tu hábitat. El único sitio del mundo donde no estarás fuera de sitio.

—Estamos hablando, estamos hablando, ¿correcto?

—Sí, eso parece.

—¿Sabes por qué me vine a Barcelona? ¿Por qué me colgué de ti?

Ni me molesté en elaborar una réplica.

—En Montana habían muchos hombres de calidad, pero todas las mujeres eran tan sofisticadas y hermosas que tenías que pelear por cada palmo de terreno.

—Claro, por eso llegaste virgen a Madrid, una víctima de la lucha de las especies.

—Entre las culonas castellanas y las anoréxicas catalanas lo tuve fácil para seducirte, pero en Fuok no te bastaba con el físico, tuve que recurrir a la astucia, tuve que emplear palabras.

—No me digas, espera, esto tengo que escucharlo de pie, ¿cuál es el cebo verbal adecuado para cazar machos en Montana?

—Les decía que tenía la vagina pequeña. No te rías. No sé que sensación os provoca una vagina estrecha, y me da rabia morir sin saberlo, pero era infalible, les derretía, se arrodillaban a mis pies.

—Eres idiota. Ése es tu secreto, Helen. Encima de los hombros tienes una bola llena de serrín, articulada por los resortes más primitivos del espíritu humano. Si me dejases aplastarte el cráneo con un torno, abrirlo con un taladro, situar unos algodones para chupar la sangre y pincharte la masa cerebral para extraer un galón de tu líquido encefalorraquídeo me juego un huevo que estaría compuesto de estrechez de ánimo, ambiciones provincianas y amargura.

—Estás celoso.

—Fuiste tú la que volviste arrastrándome hasta mí.

—Te mueres de celos.

—Me gustas, maldita imbécil.

—Siempre fuiste un perro celoso, sólo disimulabas.

—¿Sabes qué, Miss Montana? Si con esa irresistible cara de estúpida les hubieses dicho que tenías una vagina enorme también se hubiesen amorrado a tu sombra, confesando que tenías dos coños conseguías el mismo efecto, te doy mi palabra. Después de darte un paseo delante de ellos, con todo eso que te crece del tronco, créeme, no te los quitabas de encima ni anunciando que eras un tío, la excitación es una emoción muy tolerante.

—No te entiendo, hablas demasiado deprisa.

—¿Sabes que antes de conocerte no podía imaginar las posibilidades lúbricas de una expresión bobalicona? A mí me gustaban las morenas profundas, con sus resonancias misteriosas, suerte que en el territorio del deseo nadie nos obliga a ser coherentes. Con mi fe en las mujeres finas, suaves, modosas y limpias, me hubiese perdido tu esplendor. Pobre boba, pobre boba preciosa, con tus ojitos cargados de ambición, con todo tu inconformismo irreflexivo, eres una criatura maravillosa. No vas a dejar de alterarme, nunca vamos a encajar. ¿Por qué nos hacemos esto? ¿Por qué quieres que volvamos a estar juntos?

—No quiero que me dejes, John. He invertido demasiado tiempo en ti. No estoy dispuesta a otro abandono, ya tuve bastante con el primero. No quiero volver a sentirme humillada, como con manchas. Nunca es como lo imaginé, y me gusta cómo me hablas, cómo me tocas, no voy a permitirme que digas adiós.

—¿Sabes qué, Pecas?, voy a contarte el secreto del mundo, voy a contarte el motivo de que seas una infeliz y de que me hayas hecho sentir un desgraciado durante un año y medio, y lo mejor es que te va a salir gratis. No creas que soy un avaro ni que me van los secretitos, si no te lo he contado antes es porque aunque la impresión haya revoloteado por ahí, a ráfagas, acabo de reunir los hilos de intuición que flotaban dispersos. No soy un tío rápido, ya me conoces, pero cuando el camino se despeja puedo avanzar como una apisonadora. ¿Me escuchas?

—Te escucho, habla más despacio, me diviertes.

—Mira, los chicos nos hacemos los hombres antes de serlo, sacamos pecho, marcamos paquete, nos desabrochamos el segundo botón de la camisa, porque esperamos que eso os impresionará; os hacemos reír, y eso está bien, pero nunca nos habéis creído, somos incapaces de sostener la interpretación. Jugamos a ser el sexo fuerte, pero ahí nos tienes, temblando de emoción ante esos organismos que transportan los elementos indispensables para organizar un paraíso en la Tierra. Ninguna de vosotras entendéis desde vuestro desarrollo gradual lo que supone la detonación a los doce, a los trece, a los catorce de esas bombas de testosterona que queman brazos enteros de neuronas hasta la raíz, que impulsan al vello a crecer por todo el cuerpo, que te cambian las facciones a tirones, estamos puestos aquí, entre las sensaciones, para plantar la semilla en el surco carnal y asegurar el relevo. ¿Entiendes?

—No.

—No importa, porque lo ves, lo intuyes, lo aprovechas. Y de lo que rara vez sacamos ventaja es de que vosotras tampoco termináis de crecer, os damos crédito por los méritos corporales que habéis desarrollado sin esfuerzo, por el impulso que lleváis grabado en los huesos, en las células, en la doble hélice del código genético. En el fondo seguís siendo niñas, niñas asustadas, con vuestro peluche y su personalidad imaginaria. Nos dais miedo, y tomamos en serio lo que os sale de la boca, pero no estáis seguras de nada, niñas solitarias, débiles, temerosas de la noche, de la soledad, del impulso masculino de comerse la vida. Quizá quede alguna oportunidad para nosotros. Súbete a la cama.

—¿Qué?

—Súbete a la cama.

—¿Por?

—Súbete a la cama, lo estás deseando.

—No es tan sencillo, estamos discutiendo…

—Y discutiendo sólo progresamos hacia el desastre. Hablas y hablas y hablas, y yo hablo y hablo, ¡vaya si hablo!, y las buenas intenciones se elevan y se pierden como globitos hinchados de helio, qué sensación más triste cuando apenas alcanzas el metro de altura y sientes cómo el cordel se escurre de la mano y ves cómo el globo se pierde en dirección a la atmósfera. ¿Sabes? Yo siempre imaginé el cielo como una tapa, me asustaba pensar que era tan profundo y que, kilómetro a kilómetro, perdía el color, que el azul se oscurecía hasta perderse en esa extensión tenebrosa donde flotan los planetas vivos, si los hay, y los planetas estériles y los planetas que se murieron.

—Te lo estás inventando mientras lo dices, en tu vida habías pensado en eso antes.

—¿Ves? Las palabras son demasiado para nosotros, se enredan, dan a sitios extrañísimos. Súbete a la cama, ¿cuándo nos ha fallado el cuerpo?

—¿Quieres ir a la cama? ¿Ahora? ¿Con todo para arreglar?

—No vamos a arreglarlo de otra manera, ¿para qué crees que nos han puesto los brazos y las manos, y los labios? Súbete de una maldita vez, solucionémoslo a nuestra manera, no te hagas de rogar.

—No me hago eso, no estoy de acuerdo, no quiero, no tiene que ser así, además, tengo la regla.

—¿Y desde cuándo ha sido un impedimento? Es sólo un jugo líquido, fluido corporal, un poco espeso, pero ¿no mana de nuestro querido cuerpo? El cuerpo está lleno de posibilidades, lo estaba la última vez que nos vimos, y la anatomía es un asunto bastante estable, no debes haber cambiado tanto. ¿Sabes, Helen?, siento la vida en las manos, no puedes imaginarte cómo me gusta estar vivo, lo increíble que es. Date cuenta de que morirse es un asco, una manera directa de perder la parte más importante de tu vida. No es para ti ni para mí, tenemos demasiado por delante, y vamos a pasarlo juntos, así que harías bien en agarrarte. Morirse es igual de triste que antes de nacer, seguro que no te acuerdas de cuando todavía no habías logrado nacer, ¿qué te vas a acordar?

—Cállate. No hables tan deprisa, me aturdes. Eres como esas películas modernas que quieren hacerte pensar, y pensar ya no me gusta tanto, ahora me asusta. No vinimos aquí a joder, estamos aquí para reconciliarnos. Se trata de amor.

—Es lo mismo, una cosa desemboca en la otra, es lo natural, lo propio del amor, te lo dirá cualquiera, sólo que ahora es a mí a quien tienes a mano.

—No es la manera.

—¿Y cuál es la manera, maldita cabezota rubia?

—Hablando.

Cómo me hubiese gustado traspasar el corazón de su ignorancia con una lanza.

—¿Hablando?

—Sí, yo hablo y tú escuchas.

Conocía demasiado bien la mirada que me dedicó, su voluntad no iba a desplazarse un milímetro, la parte visible era sólo la cúspide de una descomunal masa sumergida en un conglomerado de ideas absurdas, supersticiones, obstinación y ricas vetas de desprecio. Era más sencillo separarle la cabeza del cuello haciéndola girar sobre su propio eje como un tapón de rosca que conseguir que alterase su decisión.

Así que me levanté, di un portazo y me fui.

—Así no, así no, no es así como tiene que ser. Vuelve. Vuelve, John. Ya no es como antes. Por eso te traje aquí…

Al girar el pasillo dejé de oír su vocecita chillona, ronca como si la proyectase desde el fondo de una gruta.

Bajé las escaleras de dos en dos, no me tropecé una sola vez, nada de ganglios infartados: tejidos sanos, sangre reluciente, qué idiotas cuando nos sentimos gastados a los veintibastantes. El comedor estaba casi vacío, sólo quedaban grupos de dos o tres viejos masticando sus infusiones: cubiertos sucios, platos con restos de comida sobre manteles revueltos. Al otro lado del comedor vi abierta la puerta de la cocina, en el rectángulo de luz dos camareros jóvenes fumaban distendidos.

¿Y ahora qué? ¿En qué iba a transformar mi huida?

Fuera me esperaban la piscina y la terraza y un aire lúgubre, dos o tres centígrados más frío. Tampoco podía capitular y subir, ondas de testosterona y excitación me alimentaban de furia, me apetecía embestir contra algo. Así que recorrí un pasillo decorado con pinturas aborígenes que eran como cagadas de pájaro en una disposición extravagante, y lamparitas de esas que los completos ignorantes que las compran llaman «modernistas», y abrí la puerta y entré en el bar y me descubrí moviendo la cabeza en busca del negro, era mucho pedir que siguiese allí, ya era bastante absurdo que el local siguiese abierto.

—Te he estado observando, te sentaría bien un trago.

Sentí su mano, pesada y fuerte en mi hombro, me serené al momento, me dejé llevar hacia la barra, reprimí lo primero que me pasó por la cabeza, no expresé ninguna sorpresa porque hablase español.

—¿Qué tomas?

—Ginebra.

—Ginebra.

—Con tónica.

Cogimos los tubos con la rodajita de lima y atravesamos la densa atmósfera acuosa, nos sentamos en los sofás de cuero estriado, junto al ventanal; pasaba aire frío, pero el temblor de la mano lo arrastraba de arriba, de la habitación.

—Reconozco ese estado, muchacho, esa rubia te ha puesto al límite.

—No se imagina cuánto.

—Lo imagino. Sé cuando un blanco ha entrado en estado crítico, es un talento que tengo.

—Ya.

—¿Sabes cómo funciona?

—No.

—Se os pone la piel tan pálida que se traslucen las corrientes más oscuras de vuestros pensamientos. La verdad es que da un poco de asco.

—Me está tomando el pelo.

—Es un chiste de negros. Me llamo Jack Mabus.

Me tendió la mano.

—Joan Marc Miró-Puig. Pero nadie me llama nunca así, me llaman cualquier otra cosa, John, Johan, Marcos, Juan… todo lo que se les ocurre menos por mi nombre, no sé para qué me lo pusieron.

Dejamos pasar algunos minutos en silencio, iban cargados de vibraciones viriles, me serenaban, empezaba a sentirme mejor, me hubiese quedado de buena gana el resto de la noche allí, con él.

—Las mujeres blancas no saben lo que dicen, hablan como transpiran, yo nunca les presto atención.

—Ya.

—Sé de lo que hablo. Me casé con una. Se llevó lo que más quería.

—¿Y cómo lo lleva?

—Fui a buscarla al otro extremo del mundo y se lo quité.

La oscuridad exterior acrecentaba la sensación de intimidad. Del alumbrado sólo se apreciaba un aura dorada, oscilante, parecía venir de un futuro cercano.

—¿A qué te dedicas?

—Bueno, digamos que me estoy adaptando a las condiciones menguantes de mi economía.

—¿Y ella?

—Nada.

—Mal asunto. Las personas han de tener un trabajo.

—Un motivo para despertarse por la mañana, ¿verdad?, yo pienso lo mismo.

—No, no es para despertarse. Es para mantenernos entretenidos. La conciencia es una fuerza desbocada, nadie sabe de dónde ha salido y nunca sabes adónde va a llevarte. Si quieres seguir con ella, búscale un trabajo, no te costará, me pareció una tipa resuelta, empezará a enredarse con los compañeros, te buscará cuando se asuste. Deja que vuelva agotada a casa.

—¿Con las mujeres negras es igual?

—No lo sé. Siempre he estado casado con blancas. Me gustan las blancas. ¿Está bien la ginebra?

—Excelente.

La cristalera se había transformado en una plancha de azul oscuro, sólo se apreciaba una luna lívida, me sentí cubierto de carne tibia.

—Ha sido un día espantoso desde que llegamos aquí, ¿sabe qué me levantó el ánimo?, ver a su nieto, todo ese nervio, me dio un pellizco el corazón.

—¿Nieto? Ah, no, no, te equivocas, qué divertido, es mi hijo. ¿El tuyo cómo se llama?

—Jackson.

No faltaba ni una hora para que amaneciese, había algo suelto entre mis pensamientos que no pude atrapar, y en el interior del cielo se abría con lentitud cruel una franja borrosa de azul tenue.

—Pero lo bautizaron sus padres biológicos. De eso soy inocente, aunque puedo acusarme de cosas peores.

El pulso me latía con fuerza detrás de los ojos, en una hora el cielo estaría rojo, abierto a cuchillo.

—¿Por qué se fijó en nosotros?

—Bueno, cómo decirlo, los dos juntos en este sitio sois bastante llamativos, como yo y mi chico, supongo, estábamos condenados a vernos. ¿O es que tú no nos miraste?

—Supongo, sí.

—Me interesó lo que vi. He tenido una vida bastante complicada, no acertarías la edad que tengo, tantos países, demasiadas experiencias extremas. Nunca he tenido mucho tiempo para pensar, tenía que mover el culo, me he pasado años enteros corriendo, escondiéndome, supongo que encajo en lo que llamarías un hombre de acción, aunque durante veinte años me gané la vida vigilando e interpretando. Creía que cada vida era singular, que estaba hecha de vivencias únicas, irrepetible, era un idea que me animaba, me ayudaba a contenerme. He cargado cajas, he sido boxeador, diplomático y cosas peores, ahora estoy jubilado y me dedico a observar con los brazos apoyados en la barandilla que te separa de la acción, y ¿sabes qué?, me entristece descubrir tantas historias parecidas a la mía, sin los matices exóticos, si quieres, con pieles más corrientes en estas latitudes, pero siguen ahí, los mismos corazones envueltos en lo mismo, una generación tras otra, es increíble.

Dio un trago largo, después hizo ese ruido raro, de estar saciado.

—¿Pedimos otra?

—No puedo, de verdad. Mira cómo me tiembla la mano, estoy muerto de miedo.

—Entiendo. Pero es una tontería que te preocupes, igual cuando subas la encuentras dormida.

—No, no, Helen no es así, no deja pasar las cosas para que puedan serenarse, no es de las que confía en los poderes curativos del día siguiente. Estará despierta, esperándome, porque sabe que ni me voy a volver a Barcelona ni me tumbaré a dormir junto a la piscina. Seguro que ha preparado algo especial para mí, para que la noche sea inolvidable.

Me levanté aturdido por la ginebra y la conversación, le estreché la mano a Mabus y me deseó suerte. Mis frases podían parecer teatrales, pero la prueba de que no estaba actuando era la masa de preocupación que me ascendía por el esófago: éramos viejos conocidos, me había presentado sus respetos cuando vivíamos en Barcelona, durante uno de los viajes que cubría con el puente aéreo para asistir a una reunión con los Passgard. Estaba facturando la maleta cuando oí el pitido que me advertía de un SMS, los móviles eran la sensación del curso, Helen se había acostumbrado a tenerme a su disposición, pero yo ni siquiera sabía dónde lo llevaba, palpé los bolsillos del abrigo mientras me imprimían la tarjeta de embarque. Pregunté por la puerta y volvió a sonar, me divirtió la idea de almacenar algunos para distraerme en el avión. Al llegar al detector me quité el reloj, el cinturón, saqué las llaves del bolsillo, y vi las once llamadas perdidas de Helen, leí los mensajes en orden inverso:

«¿Dónde estás?».

«¿Por qué no lo coges?»

«¿Puedo llamarte?»

La telefoneé a casa y al móvil, no respondió en ningún lado, me alejé de las tiendas. Una franja de luz incandescente recorría las enormes ventanas de un extremo a otro trazando el contorno de las montañas, vi cómo aterrizaba un enorme boeing, la concentración de aire caliente formó ondas en el aire.

La preocupación por las llamadas de Helen todavía era epidérmica, por debajo circulaban corrientes más desagradables: en una hora reemprenderíamos nuestros problemas cotidianos, que podían resumirse en que Helen se estaba apagando. No cocinaba, no ponía lavadoras, no salía conmigo de fiesta, ya no reíamos, se quedaba en el sofá con la televisión encendida; el interés por trabajar se había diluido, un par de tardes di un brinco para tomarle el pulso y cerciorarme de que seguía respirando. Sé que existen tíos que pueden convivir satisfechos con personas que se sientan y no hacen nada, pero yo no era uno de ellos.

Dejé pasar a las embarazadas, a dos tullidos, a los niños, a un puñado de pajarracos encorbatados, dejé pasar a una banda de peruanos con los ojillos maliciosos (aunque hubieran pagado el billete no me fiaba de ellos, aquí nos envían los peores ejemplares), dejé pasar a un puñado de chicas cortadas con el mismo patrón vigoréxico, dejé pasar viejos y viejas que seguían pareciéndome embajadores de un planeta distante, y a un chino, los chinos me gustan, nunca me oirás una palabra envenenada contra un chino; y cuando me tocó el turno me di cuenta de que el billete no estaba numerado, tuve que sentarme cerca del ala, el oído empezó a dolerme antes de despegar, al menos conseguí ventanilla.

El azafato nos recordó que era «conveniente» desconectar los móviles a bordo; una época de histeria nicotinofobia avanzaba a toda velocidad hacia nosotros, pero durante aquel viaje me las arreglé para dar varias caladas en el baño. Aún no había anochecido cuando empezó la fase ridícula en que la imponente estructura de metal ensamblado para afrontar travesías celestes se desplaza por la pista sobre unas ruedas de cochecito de bebé. Se estuvo maniobrando un buen rato y a cada giro las ventanillas ofrecían una nueva perspectiva del mismo paisaje alquitranado, cuando me acordé de apagar el trasto tenía cinco mensajes nuevos:

«Cuándo vienes, cuándo».

«No me encuentro bien.»

«No me.»

«¿Dime qué está pasando? ¿Con quién estás?»

«¿Por qué no contestas?»

El aparatito no me permitió que le dejase ni un maldito mensaje, el teléfono de casa sonaba como si alguien hubiese arrancado de cuajo la caja de los cables. No pude empezar a inquietarme porque la compresión de los oídos me avisó de que ya podía apreciar por la ventanilla cómo se incrementaba, segundo a segundo, la distancia con un suelo que iba adquiriendo las dimensiones de una maqueta animada. El avión dio un giro espléndido en el aire que le envolvía el cuerpo como una sustancia esponjosa, pude apreciar en escorzo el aeropuerto, y dos carreteras abriéndose paso entre campos salpicados de pompones de vegetación que parecían crecer impulsados por piedad.

Empecé a inquietarme de verdad al recordar una de las tardes madrileñas en que nos dedicábamos a explorar las posibilidades del cuerpo excitado. Bicente debió prestarnos su piso, no encuentro otra explicación para los esponjosos cojines color burdeos sobre los que Helen apoyaba la espalda mientras la lengua le asomaba entre los labios igual que una rodaja de cítrico haciendo equilibrios en el filo del vaso. Parecía a punto de reír, pero en lugar de eso dio un suspiro con el que parecía querer expulsar de la garganta algo que se le había atravesado; empezó a inclinarse hacia delante y a dejarse caer sobre los cojines, cada vez más rápido, temí que su objetivo final fuese abrirse el cráneo, pero después de un rato se quedó tendida y despeinada como una muñeca enorme, saboreando el mareo con los ojos cerrados.

—Estoy loca.

—Loca de amor.

Deslizó los dedos por mi torso, antenitas de insecto que se enroscaron en el vello que no tardaría en encanecer, y mientras una mano de instinto me retorcía las tripas, la suya, de piel y nervios, se deslizó vientre abajo hasta que sentí una presión en los testículos.

—No, no. ¡No!

—¿Loca de placer?

—Frío.

—¿Loca de felicidad?

—No seas *fool*, te queda un intento.

Empezó a dolerme un poco. Le estaba acariciando la garganta con la mano abierta, a Helen le gustaba sentir un indicio de mi energía justo donde si fuese hombre le sobresaldría la nuez de Adán, noté el paso de la saliva y el pulso, así que no era una presa floja. Helen abrió unos ojos retadores, su expresión mudó del juego al desafío al fastidio de descubrir quién era más fuerte a la impaciencia a la voluptuosidad a la confianza a la desconfianza a la ternura; estoy convencido de que en la oscilación de mis pupilas sobre el blanco acuoso sólo vio el júbilo de estar enamorado, me liberó las bolas antes de que yo empezase a oprimir en serio.

—¿Loca como una americana en Europa?

—No seas idiota, John. Loca de estar loca. Loca de darte miedo. Loca de verdad.

Salí del recuerdo con la sensación de atravesar un túnel que dura un poco más de lo esperado. Dejamos atrás un banco de nubes amoratadas como cardenales. Prefiero viajar de noche, me gusta cuando entre las amplias sábanas de sombra se transparenta el esqueleto lumínico de una ciudad. Creo que me beneficia constatar que a determinada altura la agitación urbana, el barullo de personas que suben y bajan de los autobuses, la circulación, y el juego de sueños, planes y propósitos que crecen cabeza adentro, todo eso, se simplifica en un resplandor frío.

Dejé que los pasajeros más impacientes se apelotonasen en la puerta, encendí el móvil, y contra todo pronóstico el fijo de casa me concedió línea: dos, cinco, y seis timbrazos. Volví a intentarlo en la escalerilla del avión, la pista estaba ocupada por carros a rebosar de maletas. Los pitidos sonaron suspendidos en el vacío, cualquiera de ellos podía salvar la distancia y comunicarme con mi mujer. Al oír el inconfundible ruido de descolgar sentí por primera vez la masa viscosa de miedo trepando por el tracto gástrico.

—¿Cuándo vienes?

—Helen…

—¿Cuándo?

—¿Estás bien?

—No. No lo estoy. ¿Cuándo?

—Recojo la maleta y pillo un taxi, ponle media hora.

—No tardes, por favor, no tardes.

—No, claro, pero…

—No tardes, no me encuentro bien, no estoy bien, y sube agua, no queda agua. Tengo sed. No te retrases.

Supongo que le subí una botella de agua y que Helen prefirió tumbarse en el sofá y servirse un trago a darme una explicación. Le bastaba con tenerme cerca, ni siquiera sentía el impulso de tocarme, sólo quería que estuviese allí por si acaso, un airbag viviente. Nada nuevo, era la música de nuestros días corrientes. Si aquella noche me decidí a sonsacarla no fue sólo porque empezó a balancearse de un reposabrazos a otro, como si el trapecio ya no pudiese sostenerle la cabeza, sino porque me dio mucho apuro la angustia de sus mensajes, el tono lastimero de su voz flotando en el vacío tras el auricular. Esa noche no me dejé torcer el brazo, me exigí obtener un motivo razonable que justificase el bajón energético de Helen, su reciente lasitud anímica; la chaladura inmotivada es aterradora, no se puede argumentar contra lo informe, necesitaba algo sólido para encararlo. Esa noche no pudo ser, se desplomó en la cama mientras le buscaba la camisa de dormir. Estuve forcejeando una semana (retrasaba la cena, taconeaba en el pasillo para que no se durmiera) hasta que la sustancia de su adversario se deslizó fuera de su mente, hasta que le puse un nombre al responsable de ese desorden y desidia mental.

«Eres una buena persona, John, no sabes cómo es el mal, no lo has visto, no sabes cómo huele.»

«Por eso quería conocer a tus padres, para saber si podía contar contigo cuando él volviera; pero tu papá era bueno, tu madre se ha puesto vieja y tu hermana es una pobre mujer, una mujer gorda y triste.»

«Ahora sé que no vas a ayudarme, que Barcelona no está lo bastante lejos, que este matrimonio no me sirve para protegerme.»

«Pobre John, pobre John, mi tierno John, vamos a sufrir mucho, vas a sufrir mucho si no me abandonas.»

«Mi padre, mi *Daddy*, ha vuelto, me quiere muerta.»

Una cosa es que yo estuviese cansado de interrogarla, y otra es que me tragase aquel rollo que en el mejor de los casos prometía dramas domésticos y en el peor algo de comercio ilícito. Mi familia era un desastre, conforme, pero un desastre honrado. Papá se las arregló para alcanzar desde los márgenes del adulterio un apaño bastante civilizado con mamá. Yo vivía con Helen por una serie de sucesos azarosos que no me imponían ninguna responsabilidad sobre las grotescas complicaciones que empezaron a fermentar en la América Profunda. ¡No me casé con su pasado! Para tranquilizarme me repetía al estilo mantra que *Daddy* y la madre de Helen (de la que ni siquiera recuerdo el nombre, ya ves tú la atención que le presté) estaban a un océano y varios mares de distancia, no podían inmiscuirse en nuestras vidas.

Helen se pavoneaba de que al alejarse de su país resplandeciente (Fuok, condado de Lewis and Clark) para casarse conmigo había abandonado (¡abandonado!) a su familia, a todos los Thrush, embotellada (¡embotellada!) en el pasado y a merced de las olas. Claro que Helen, para quien la palabra estrella de su cuaderno privado (que yo leía cuando se largaba de casa con el disculpable propósito de conocerla mejor) era «especial», podía pasarse de optimista cuando pensaba en voz alta sobre sí misma; seguía unida por tendones de tejido vivo a *Daddy* Rupert, y cuando esos colgajos se las arreglaban para transmitirle una descarga eléctrica, mi Helen se abandonaba a conversaciones transoceánicas que casaban mal con la supuesta indiferencia, por no hablar de cómo le rebañaba a mi cuenta personal (los gastos de teléfono nunca fueron a la libreta conjunta que abrimos, nunca supe para qué) un dedito de patrimonio anticipado. Por no hablar de las tres cajas («escondidas» debajo de nuestra cama) donde guardaba media dentadura de leche (costumbres bárbaras de América), su tercer poema a *Daddy* («Gracias papaíto / tu sonrisa me anima / tu consejo me cría / tus cabellos me acarician / gracias papaíto»), tres postales del día de San Valentín (escritas por tres admiradores distintos), un herbario de pétalos románticos y sus primeras zapatillas deportivas remendadas con hilo azul. Al «alejar» a sus padres, Helen estaba poniendo espacio entre sus sentidos y las paredes de la escuela, los bailes campestres, el surtido de pasteles y hojaldres que después se fundirían en ríos de grasa dispuesta a depositarse en sus caderas, los apodos familiares cuya existencia sólo reconocía cuando estaba borracha, las cenas de Navidad con cubertería de Navidad y manteles de Navidad, el eterno retorno de los mismos chascarrillos sobre primas y tíos y vecinas, la cascada de nacimientos, bautizos, bodas y funerales cuyos respectivos ritos componen el principal entretenimiento público que las personas modestas se ofrecen las unas a las otras, las visitas al Parque Nacional Glaicer, los discursos de los predicadores en la radio local, los chicles, las ligas de béisbol regional, el estilo codicioso de fornicar con el que los chicos se despedían del instituto, las arraigadas rivalidades femeninas, el bochorno con el que se recibía la noticia de otro turista decapitado por un oso. La cadena de elementos constantes, imposibles de despejar, que termina apelmazándose en una pasta vital que como te descuides va a ser el único plato que te lleves a la boca en toda tu vida, al fin y al cabo sólo las chicas frígidas y los minusválidos de ambos sexos prefieren quedarse a vivir en el pueblo que les vio nacer.

Lo que Helen me contó sentada en el sofá, con las piernas cruzadas a lo indio, lo que me dijo en bata frente a la puerta entreabierta del frigorífico, mientras esperaba que su pulso se decidiera por fin a derramar algo de leche dentro de la taza, lo que pude entender mientras daba vueltas sobre las sábanas (y mi nervio óptico captaba a cada medio giro la marca del elástico en la zona baja de la nalga: una ranura entre la carne de menos de un centímetro de profundidad), lo que me contó y creí entender desembocaba cada vez en el mismo paso cortado.

—Me pasé la infancia tratando de gustarle.

Helen me dijo (mientras sorbía zumo de tomate convencida de que aquel brebaje barrería el alcohol de su sangre) que de niña se impuso crecer bonita para no defraudarle. Me dijo que se agarraba a sus brazos y le gritaba: «Te quiero, te quiero», y que le hubiese bastado con oír un «Yo también», un «Claro que sí», un «Y yo», un eco de aprobación. Me dijo que se ofrecía como obsequio, que cantaba y dibujaba para alegrarle una hora a Rupert, de adolescente se atormentaba con la línea para ser una buena saltadora, quería ganarse al menos el respeto paterno. No lo logró.

Me costó un par de horas entender que cuando hablaba de aquel Rupert que estaba loco por engendrar un varón Helen se refería a su *Daddy*, a su padre (bautizado por el abuelo con el nombre de Rudolf en la misma iglesia blanca, enclavada en una pradera, cuyo baptisterio era el orgullo artístico de la provincia, el primero de los Thrush que recibía un sacramento en suelo americano). Y ese bebé se transformaría en el padre inminente que observa sobrecogido la ecografía (cuyas fluctuaciones fluorescentes le recuerdan a la imagen granulada de los documentales sobre ovnis) donde la suspendida masa hirviente de su hija iba condensando embriones de pulmón, de extremidades, de un estómago circunvalado por las arterias gástricas. El hombre que observa a su esposa y se impresiona al superponer la cabeza familiar que le sonríe desde el exterior y la nueva criatura que muta tras la pared del vientre al ritmo del plan gravado en el polímero ácido que él le ha legado al derramar su semilla en el surco de mamá. No le pregunté cómo podía estar al corriente de este recuerdo, Helen me dejó bien claro con una mirada que si empezaba a poner reparos a los mitos que se forjaron en Montana podría arrancarme los ojos.

Tampoco ayudó que al salir al mundo Helen se llevase por delante las trompas de su madre, que le desgarrase la placenta, yo qué sé, la clase de asunto desagradable que os estropea el hornillo de la fecundación. Cubierta de moco y sin ideas Helen sólo podía ser inocente, pero Rupert la vio desde el primer momento como uno de esos meteoritos que impactan contra la superficie terrestre arrastrando una estela sombría de esterilidad.

–Para *Daddy* siempre seré la asesina de mis hermanos del futuro.

Intenté quitarle hierro al pasado y le dije que conmigo iba a tener el problema inverso, que yo prefería una niña, se replegó como una de esas babas medio vivas que se pasan su inimaginable existencia ocultas en un caparazón cuando las rocías con una gota de limón. Después empezó a golpearme con las palmas abiertas y cuando terminó los ojos le colgaban secos y acebollados. Aprendí que no debía mezclar los episodios centrales de su epopeya familiar con el entremés galante que había escogido escenificar en Barcelona; el epicentro de su existencia era el litigio interminable con Rupert, el nuestro era un romance vicario. Lo único que Helen leía en la casilla de su vida (por bien que se lo estuviese pasando en esta ciudad de clima apacible y cielos serenos) era que había perdido siempre.

Te vas a reír, claro que te vas a reír, pero durante meses pensé que la había seducido, me paraba delante de los escaparates, seguía con la mirada las etiquetas con los precios como si fuesen cifras sin valor, indicadores para idiotas ajenos a los placeres más intensos de la vida: imponerse en una discusión, poseer a una mujer. El pensamiento me bailaba. Me sentía como un toro con el hocico sucio de barro triunfal, pero los ojos de las vacas, las leonas, de cualquier hembra subhumana, oscilan entre la rendición y un resplandor instintivo que brilla como el orgullo, pero nada se puede comparar con esas pupilas chispeantes y codiciosas, con esos piececitos que se echaban atrás y dejaban espacio para que yo metiese mi corpachón en la médula de su círculo misterioso, donde podría encajarme en el papel de *partenaire* masculino en el que había cavilado desde que le bajó la primera regla, y que por azar, y no por conquista, como fantaseaba mi vanidad, me había tocado interpretar a mí.

Pero ¿quién era Rupert? ¿Quién era el hombre detrás del mito? ¿Quién era Rudolf Thrush III? La historia de *Daddy* era la del hijo de un comunista emigrado desde Hamburgo que recogió el testigo de una vida consagrada a la supervivencia como palanca para levantar un negocio próspero (en una acepción humilde del término) en el que durante años figuró como único capital de trabajo (su hermano Beryl se alistó en la Marina y cuando consideraron que ya estaba bastante loco lo devolvieron a Montana con un diploma y una pensión con la que ayudó a sufragar veinte años de afición al aeromodelismo). Rupert se pasó dos décadas repartiendo leche, quesos y yogures en una furgoneta que nunca llevó al mecánico porque cambiaba las llantas y abrillantaba el capó con las mismas manos que traían a casa pasteles de dátiles y nueces, con las que manejaba con avidez los cubiertos sobre el gulash que lustro a lustro perdía matices centroeuropeos hasta diluirse en la familia de los guisos especiados corrientes. Y fue al volante de esa furgoneta como Rupert condujo a los Thrush a la zona confortable de las familias establecidas.

Éste era el padre, con un bigote turbio y suave, a quien la edad le había añadido venas varicosas y unos grumos azules, con irisaciones de moratón, en el ojo izquierdo. Un hombre promedio, un sesentón perjudicado. Necesitas una cantidad considerable de miseria imperceptible para modularlo en una criatura sádica, daba vértigo imaginarlo. El padre y el desprecio del padre formaban el precursor compuesto, que alimentado por la distancia y la imaginación, se metía en el interior de Helen y la obligaba a temblar hasta que se le apagaba el color de la cara. La bestia que se comía nuestras mejores horas hasta que los días se desplomaban sobre sí mismos.

Barajé una posibilidad más humillante para mí y favorable para los dos: todo aquel bajón del ánimo y el cuento del padre tenebroso, eran una cortina de humo para ocultar la solución sencilla, consuetudinaria: un amante. Me sentía mejor preparado para manejar una espléndida cornamenta que las delicias del trauma familiar. Me prometí que recibiría el adulterio como un regalo de aniversario si el estado nervioso de Helen resultaba ser el pago por haberme ocultado que se acostaba desnuda con un señor que no era yo: que se enviaban mensajes idiotas, que se manoseaban, que él le metía el índice por el orificio nasal (a saber qué le ponía a aquel marrano).

Me puse en ridículo revolviendo sus papeles, registrando las llamadas, revisando los tickets de las cafeterías, ¡siguiéndola por la calle! Llegué a componer un retrato robot: una suerte de provinciano *casual*, un tío de Solsona o de Reus, sitios donde ibas a tardar dos semanas en enterarte de que un virus los había despoblado, con la lubricidad labial de los leporinos (hay algo maternal en las mujeres que experimentan con el lado *weird* de la masculinidad, ya sabes, enanos, bolos de ciento cincuenta kilos, pelirrojos); no vayas a creer que descarté la infidelidad sucesiva, en series cortas, al estilo etíope. Un abrazo, ésa hubiese sido mi respuesta. La hubiese perdonado al instante si llega a confesarme que su abatimiento se debía a que antes de aterrizar en Europa había parido un hijo ilegítimo fuera del radio de las cinco ciudades estadounidenses donde la ley le pone auténticas trabas a la poligamia, pero a Jackson se las arregló para ocultármelo seis meses más.

Estábamos viendo *Jara y sedal* y esperé a que se durmiera para toquetearla, me interesaba por la función asexual de los pechos, Helen no presentaba síntomas gestacionales, descarté el embarazo psicológico. No tenía la destreza de ahora navegando por internet, tuve que tirar del diccionario médico *Larousse*, recuerdo exploraciones molares y que una noche le separé con delicadeza los dedos de los pies para descartar que le estuvieran creciendo aletas. Te parecerá exagerado, pero era muy importante para mí asegurarme que los círculos de negrura afectiva que estrechaban el ánimo de Helen eran pasajeros, que no me costaría tanto arrancarla de ese estado, la maldita causa no podía estar tan arraigada en el pasado, necesitaba persuadirme de que a partir de entonces no íbamos a vivir como un par de trapos pestilentes sólo porque Rupert se había imaginado una vejez viendo béisbol por televisión, cazando mariposas o lo que hagan los muchachotes en Montana, con un John, con un Mike, con un Brad, da lo mismo, cualquier sujeto capaz de hacer pipí de pie.

Cuando empezó a venirse abajo de verdad, compré un par de libros serios sobre la depresión y fue como si me arremangase la camisa para afrontar un trabajo físico: desatrancar una puerta, subir un mueble por las escaleras, empujar un coche hasta que despierta el motor. Le apliqué al bajón de Helen el mismo trato con el que había superado mis problemas juveniles: suministrándole un baño de adrenalina al corazón. Claro que Rupert *Daddy* no era una ventana ni una moto, no podía agarrarle de la muñeca ni torcerle el cuello, era poco más que una impresión resbaladiza ante la que estábamos indefensos.

Con la misma pasión con la que eché mano del repertorio clásico del celoso paranoide la lancé a la ronda de psiquiatras a los que pagaba para que encontrasen una raíz física para aquel precipitado de angustia. Aunque comprendo que nadie que se cruzase por la calle con la bomba de glándulas de mi chica me crea, lo cierto es que por esas fechas el único órgano de Helen que me preocupaba era su cerebro: el hueso de nuestros problemas.

El jueves pasado pillé en casa de Pedro un documental de la BBC donde aparecían unos neurólogos que inyectando un colorante químico en el cerebro son capaces de iluminar el recorrido del pensamiento. Es espectacular cuando el ciclo de razonamiento es corto y obsesivo (ya sabes, esas personas tan aterrorizadas por los gérmenes que necesitan lavarse las manos cada tres minutos), puedes ver las huellas eléctricas de las ideas mordiéndose la cola, me recordó a un tiovivo. En nuestra época se limitaron a meter a Helen en un sarcófago y radiarle la cabeza hasta que trazaron un plano de su cerebro. El doctor Fronkonstine nos enseñó unas machitas oscuras: materia débil, zonas pocas mineralizadas, algo así. Era prodigioso asumir que nuestro malestar dependiese de esas áreas foscas que se desplazaban sobre las dunas de masa cerebral como sombras de nubes; claro que no iba a comprar las grageas de litio y mercurio, ya vi de lo que eran capaces cuando las dejamos sueltas en la sesera de mamá.

—Fuera de eso no hay ninguna lesión. Siempre puede acudir a un psicólogo, son los curanderos del alma más preparados, los tenemos más controlados que a cualquier otro terapeuta.

Átomos sanos, moléculas limpias, fibras saludables; en el taxi me di cuenta de que del rictus triste de Helen asomaba y se desvanecía una sonrisa, como si en el fondo se alegrase de no tener que diluir la negra influencia de *Daddy* en un esquema más amplio de deterioro neuronal, parecía satisfecha de mantener vivo el mano a mano.

Rupert esperaba un muchachote y le salió una hija, una niña no deseada con todo el corazón, ¿eso era todo? ¿De verdad somos tan simples, tan predecibles? Nadie que me hubiese conocido seis años antes (pegándome la gran vida china en los mares del Sur para celebrar el título de ESADE que me habilitaba para dirigir los negocios que papá puso en marcha y que, como me envanecía ante mis amigos de entonces, rodaban solos), ninguno de esos iba a creerse que una tía nacida a nueve mil kilómetros de distancia había clavado en el centro de mi existencia su empanada familiar para imponerme un estilo de vida que consistía en envejecer al lado de una majara. Claro que Helen negaba que su tormento fuese a durar tanto, se acabaría cuando *Daddy* «dejase de vivir», y los reflejos siniestros de su pronunciación me responsabilizaban veladamente de que Rupert no hubiese estirado todavía la pata. ¿Qué esperaba mi dulce amor, que me sacase un pasaje de avión y condujese por carreteras secundarias hasta Fuok para clavarle a mi suegro un abrecartas con empuñadura de marfil en la garganta? Si un continente de agua salada no bastaba para cauterizar los agravios, tampoco creo que le bastase con poner entre los dos el planeta muerte. Aquel embrollo era la porción más interesante de su pasado, iba pegado a ella, tan caliente que no podía separarse sin arrancarse la piel entera. Freud mola porque te permite interpretar tu pobre actividad íntima como si fuese un barullo extraordinario, complejo y sexy, pero debería estar prohibido por ley echarse toda esa mierda encima.

Nuestra vida empezó a consumirse a la vista de los dos, perdió el gusto por hacer el amor, intentó retenerme fidelizando una ofensiva bucal de buena mañana. No te negaré que aquel ejercicio matutino era un motivo poderoso para seguir a su lado, tengo que ser fiel a mi orden de prioridades, son más leales que las personas, no te abandonan de un día a otro, y a mí me llenaba de un orgullo tierno que la dimensión física de mi organismo, mi precioso soma, siguiese sensible al ataque inicial y al delicado (y mortificante) ralentí al que me sometía después, y que tras un periodo temprano en el que me valía de cualquier argucia para retenerla posada ahí medio minuto más, Helen había llegado a dominar con una maestría gélida. Pero incluso mi mente desdibujada por las corrientes de oxitocina hubiese agradecido una vacilación, el rapto de un beso, cualquier ataque de pudor, un abrazo. Las felaciones están sobrevaloradas, hay algo decididamente gay en la pasividad a la que te reduce si se prolonga demasiado. Helen me servía demasiadas raciones del mismo plato: una receta infantil, cubierta de salsa dulzona, ya no le quedaba ánimo para proponerme que guisásemos pensando en un paladar adulto. Supongo que era demasiado pedirle algo de emoción, que ya hacía bastante esfuerzo, que las pastillas (empezó a tomarlas a escondidas) actuaban como una pala que no distingue la calidad de la tierra que retira, y que al arrancar el dolor de la mente, arrastraba también fuera de su organismo raíces de deseo. Igual es que para acostarte en serio con un hombre hay que sentirse una mujer entera y no con fases del cerebro adormecido.

Helen, una persona a la que le costaba leer los titulares hasta el final, me pidió que la acompañara a la tienda donde se proveía de libros esotéricos, probó la superación personal, el enriquecimiento de la voluntad, las constelaciones familiares, se interesó por la terapia de un tal Jovanotti que sugería dibujar a los parientes con los propios jugos para superar los patrones coercitivos que llevamos (según él) fosilizados en el pecho (¿y cómo iba a ayudarle yo, que sólo quería que me devolvieran a papá, volver a pedirle consejo, que me tocase la mano?), probó con una dieta espiritual que me obligaba a ir a comer fuera de casa del asco que me daban los condimentos viscosos. Helen saltaba de un enfoque al siguiente con la terapia en marcha, pero tampoco parecía que profundizar en el «di sí», o en la cromoterapia fuese a mejorar su situación.

Helen apenas me hablaba de lo que esperaba encontrar en esos libros que dejaba abiertos como pajarracos aburridos y con el lomo recorrido de arriba abajo por una arruga gruesa; pero cuando le veía echarse el pelo por detrás de las orejas (¿te he dicho que era, que es, zurda?) y esperaba inmóvil para no desvanecer el hechizo a que los mechones saltasen de uno en uno hasta formar un nuevo flequillo; cuando miraba toda esa belleza viciada por las pastillas, sabía que Helen estaba buscando algo de esperanza. No sé cómo estará el asunto entre los caballos y los castores, pero cuando se trata de humanos mientras te queden palabras te quedará algo por hacer; después de recorrer la lengua y los labios las frases dejan un residuo de energía, es la recompensa vital por usarlas, ese es el truco, mantener activas las ideas, sacudir el pensamiento. Helen hubiera encontrado su dosis de esperanza leyendo en voz alta la etiqueta de la salsa de los macarrones.

¿Tienes idea de cuántas mujeres cargan con piedras mágicas, se untan con filtros contra la edad, vigilan el movimiento de los astros para urdir lo poco que les pasa en una pauta cósmica de causalidad? ¿Cuántas creen que las vigila un sobrehumano ojo amable, que el universo, la masa interminable que se expande y se pliega, surcada de cuerpos incandescentes, materia insensible y polvo estelar, conspira a su favor? No hay estadísticas fiables, pero se calcula que una de cada tres mujeres en nuestras confortables ciudades occidentales van a recurrir a las pastillas (como si hubiese un mundo limpio de padecimiento doblado en su interior). Mira, no creo que todas estén como un cencerro, me inclino a pensar que algo no va bien en el cerebro de las chicas, una pieza que se desprende del engranaje de la cordura antes de tiempo, en plan obsolescencia programada. De noche apoyáis la cabeza en la almohada y algo cruje en vuestro interior y se rompe, os levantáis asustadas y esperáis a que pase, pero el día se extiende por las calles y llega la tarde y os sube el miedo porque el engranaje sigue fastidiado. Además, esta vez hay una base física, no creas que hablo de carrerilla, las hormonas que os flotan en el interior del cuerpo como medusas transparentes no sudan suficiente cantidad de sustancia alegre, las de Helen debían de estar prácticamente secas.

Ya no le gustaba la playa, las caminatas por la montaña eran demasiado para ella. El desánimo con el que abría los ojos se llevaba por delante cualquier plan que le propusiese. Echaba de menos que el alcohol le produjese un efecto más vivificante que la modorra, echaba de menos sentir las contracciones de su cuerpo justo cuando la agarraba del cuello con la firme dulzura de mi deseo. Me aburría, estaba recluido en una vida que no era para mí. Nuestras peleas dejaron de parecerse al encuentro de dos espléndidas corrientes de ánimo que al entrar en contacto triplican su empuje. La voz átona de Helen apenas transportaba quejas seriadas:

«Quiero irme de Barcelona.»

«Este piso es una trampa.»

«Quiero irme, tenemos que irnos.»

«Barcelona, la culpa la tiene esta ciudad.»

La «situación de Helen» fue devorando la normalidad cotidiana. Todavía podía arrinconarle verbalmente, pero ¿de qué sirve la fuerza física contra un virus, contra la lluvia que vuela por el aire? Nadie se imagina la fuerza paciente que tienen las personas débiles hasta que te quedas encerrado con una, cómo pueden absorber el calor, la alegría, los momentos que te piden disfrutarlos con todo el corazón. Sólo saboreaba los primeros minutos del día, cuando Helen acumulaba calor dentro de las sábanas, un animalito sucio de sueño, y aprovechaba para darle unos abrazos que parecían saldos de nuestros mejores momentos. ¿Qué puedes hacer cuando alguien se mete tan dentro del desánimo? Aunque hundas el brazo en el hueco pringoso no tienes garantías de volver a sacarlo entero de ahí, como solía ser antes. ¿Cómo deben recordar su vieja vida desde allí? Me gusta pensar que conservan un esquema de las antiguas relaciones, aunque sea una visión tan pobre como la actividad de las galaxias vista desde la Tierra: un enjambre de puntos que flamean en el espacio.

Me levantaba y me preparaba un café. El agua de la ducha se calentaba en la caldera y podía oír cómo se desperezaba el sistema circulatorio de la casa, sus venas metálicas, tuberías y conductos. Me duchaba con miedo, me cepillaba los dientes desnudo y aterrorizado, a la espera de que la conciencia de Helen se encendiese y los jugos de flujo negro reconfigurasen la conciencia de su debilidad: lo lejos que estaba de reestablecerse, con quién vivía, la poca ayuda que podía esperar de él. En el espejo comprobaba que las discretas venas que irrigan mis mejillas se habían derramado en un *borrissol* rojo. Te juro que podía oír el chirrido de las sábanas cuando Helen se movía, me temblaban las manos, no podía dar tres pasos sin sentir esa masa amarga de inquietud trepando por el esófago.

–John.

Y podía tratarse de cualquier cosa.

Ni siquiera pensé seriamente en buscarme una amante, en la calle seguía el movimiento escandaloso de formas agradables, y lo que pasó, pasó, pero ni siquiera le concedo el espesor de un episodio. Digamos que ella tenía tres hijos, diez años más que yo, y el conducto tan húmedo que apenas pude rozar una sensación íntima, en puridad fue un arreglo entre ella y sus fluidos. Me decidí porque hacía años que no besaba a una mujer tan morena, no se quitó el sujetador, apenas pude ver cómo el placer le modulaba la cara. Son cosas que pasan, pero no me sentía con fuerzas para emprender un auténtico enredo: el fingimiento, la doblez, las llamadas, los acuerdos, toboganes de ánimo, mi marido, tu mujer, el flujo y el reflujo de la vida corriente, el flujo y el reflujo de los sentimientos hacia los pobres cornudos, unidos sin conocerse por un intangible hilo lúbrico; prometerle lealtad a una persona con la que te cueces de placer en la salsa de la traición, sentirte segundo plato y sentirte especial, urgente y una molestia, repasar el correo, borrar los SMS, sobresaltarse a cada timbrazo, dar explicaciones y escamotear información en las dos direcciones, evaluar el valor a largo plazo del nuevo interés, tasar la valía de los residuos de una vida compartida, llegar a compromisos estúpidos con uno mismo, con dos juegos de emociones, sobrevivir a ese instante en la que te librarías de las dos, dejar pasar la cúspide sensiblera en la que te convences de que existe una combinación mágica de palabras que permitiría que ambos amoríos creciesen sanos y fuesen celebrados y bienvenidos bajo los cielos azules e indiferentes, que las dos pobres chicas podrían conocerse y aprender a respetarse; no tengo madera de agente doble, mis trolas sólo crecen en suelos espontáneos, debe de haber un error en mi fecha de nacimiento, si alguien no vale para géminis ese soy yo, la doble vida no es para mí.

Tampoco pienses que tengo el corazón de silicio (más bien es un víscera débil, una masa necesitada de mimos), admiro hasta las espinas vertebrales a esos miles de ciudadanos incapaces de decir «hola» sobre un escenario sin que la voz se les estrangule en un falsete, y que se las arreglan para tejer complejos sistemas de fingimiento: engañan a las mujeres y a los varones que más les conocen y se avienen a pasear por el domicilio a medio pagar con una bomba cosida a la camisa. ¡Qué tíos! ¡Qué mujeres! No es una cuestión moral, yo persigo a mi deseo allí donde va, frustrarme no es mi estilo, es sólo que a los monógamos convencidos no nos apetece joder con sucedáneos, las chicas que escogemos son las que más nos gustan.

Y como a papá se le escapó una vez que las batallas contra las mujeres son las únicas que se ganan huyendo, cuando las cosas se ponían mal de verdad (cuando me quedaba paralizado, lamido por la luz cadavérica del frigorífico, convencido de que si hoy le daba por preparar algo de comer me serviría una sopa surcada de pelos) me escapaba de casa. La besaba de buena mañana, antes de que se desperezase me dejaba caer hasta la Barceloneta, me distraía la suavidad de los colores de la playa, las crestas de arena y los movimientos blancos del agua. Me quedaba allí sentado, me asustaba vivir como un pedazo de madera húmeda, incapaz ya de arder. La piel del mar se prolongaba hacia el horizonte, una línea de trazo grueso más allá de la cual la imaginación me pedía que visualizase a esa inmensa masa de agua doblarse como una lona flexible para caer en cascada hacia el vacío sideral. Un truco óptico que sólo existe en el escenario de la visión humana, y era casi divertido pensar que estos años desordenados serán la única experiencia que tendremos del universo, una idea buena de verdad, para morirse de risa.

Si me entretenía tanto que se hacía de noche, me dejaba caer por Casp y Ausiàs March. Me serenaban esas horas que se abren entre la salida de las oficinas y el momento que asoman los noctámbulos, es una franja de tiempo indeterminado que separa dos cultivos con necesidades nutritivas distintas, horas discretas que le conceden algo de intimidad al cielo para que ultime su transformación cromática y abra su ojo de plata. Nunca me cansaré del atractivo de observar cómo empieza a encenderse el alumbrado de una calle, absorbiendo pequeñas porciones de sombra.

Si era domingo podía recorrer varias manzanas sin encontrarme a nadie de cara, hasta que en el interior del cubo de luz de un local descubría el primer grupo, tomando copas y fumando. Sólo tenía ánimo para entrar en una granja y pedir un vaso de horchata espesa, conocía una que cerraba tarde y desde el interior se apreciaban los desplazamientos del teleférico sobre el muelle, las cabinas oscilaban en el espacio y ahora me parecían metáforas cúbicas de tantas almas frágiles y vagabundas.

Pero pocas veces me atrevía a volver después de las siete. Subía al piso cargado con papel de cocina, latas de conserva, margarina, suavizante y leche pasteurizada; rezando estilo libre para que se hubiese dormido y ahorrarme pasar otra noche en vela, amueblada con llantos, rabia y reproches. Si no la encontraba en el comedor, si no me respondía al primer golpe de voz, se me desencajaba el corazón, me empezaba a latir en el gaznate. Me atormentaba el miedo a encontrarme con el cadáver de Helen. Ahora sé que en los suburbios, en los barrios altos, en tantos pisos pequeños como cajas, habitan cientos de maridos azotados por emociones complicadas, pero aquel año me aterrorizaba revelarme como la clase de hombre al que se le matan los seres queridos, con papá había cumplido el cupo. No quería perder otra porción de inocencia (no es que yo crea demasiado en Dios, pero si uno de sus santos da la sorpresa y nos recibe más allá, ¿qué otro atenuante podría presentar para compensar el expediente de faltas, pereza, descuidos, molicie y llamadas de auxilio desatendidas que un puñado de fresca inocencia?). La mayoría de las veces Helen me esperaba con una porción del cuerpo fuera de las sábanas, una especie de tronco enraizado en un suelo de barro, los pensamientos que alimentaba con esa savia sólo podrían abrirse como corolas de floras enfermas. Me reprochaba, me insultaba, a veces en medio de una discusión le temblaba en los ojos un rastro de aprecio mutuo, por un momento recordaba que esas escenas eran el resultado de un cálculo equivocado, y me temo que lo que Helen podía leer en los míos era la sospecha de haber consumido la generosidad necesaria para reponernos, las últimas partículas de tolerancia mutua. Si se dormía me dejaba mecer por el motorcito de la nevera trabajando para conservar los nutrientes de nuestra colección de cadáveres animales. Apenas comía, me daba miedo que me envenenase con unas setas, que mezclase cristal picado en el hielo, una dosis de lejía en la sopa, la creía capaz de llevarme por delante.

Lo que escuchas son los pensamientos de un hombre joven, acorralado por el inesperado empuje de las complicaciones vitales. A menudo (desde hace cinco minutos) me pregunto (de manera vergonzosamente retórica) cómo hubiese reaccionado si de mis dos mujeres hubieses caído tú en la chaladura. La diferencia (y esta sí que no te la esperas) es que cuando intentaba ponerme en la cabeza de Helen me rodeaba la oscuridad. No se trata de una distancia de género, me parto de risa cuando felicitan a tu hermano por sus personajes femeninos, no tiene ningún mérito, ¡yo también soy un estudioso del alma femenina! Métete con una en casa, obsérvala con toda la pupila, con los sentidos bien abiertos, enseguida sientes cómo se comparten nervios, crecen órganos comunes, las fisonomías lingüísticas se funden en un dialecto común, a mi cerebro le crecieron protuberancias femeninas y Helen estaba más rellena de testosterona de lo que estaba dispuesta a admitir cuando se envolvía con la bandera feminista. No, lo que me impedía darle un orden comprensible a las preocupaciones de Helen no era que los estrógenos le formasen a ella unas tetas y a mí me colgasen unas *pellaringues*: nos separaba un océano, la cultura de otro continente, me faltaban diez años para madurar en el hombre que conociste y del que te enamoraste (porque te enamoraste), la profundidad de ambas relaciones no puede ni empezar a medirse.

Si alguna vez me siento más cerca de Helen que de ti no es tanto por el sexo (y qué tentado estoy por decirlo sólo por joderte, pero no soy tan mezquino, todavía, para negarte que a pesar de tus melindres nuestro desempeño erótico fue algo tan bueno que me aterra pensar en una vida sin el cuerpo animado por tu carácter) como por las particularidades de mi relación con ella, tan distinta de lo que me unía (me une) a ti. Ahí lo tienes, es absurdo haberse casado dos veces y malbaratar dos veces lo que más me importaba, mi propio hogar; es una calamidad cuyos efectos nocivos sobre los órganos y el sistema basal no pueden calcularse. Pero no me arrepiento (aunque algunos días no hago otra cosa que arrepentirme), los curas nos enseñaron reglas para sobrevivir, pero no estamos aquí para sobrevivir, sino para vivir, y estos desarreglos te sobrevienen cuando avanzas con todo el cuerpo, con la cabeza entera, con esa madeja de nervios que si un médico forense se entretuviese en devanar sería bastante larga para tender un hilo de fonambulista desde Barcelona hasta Marruecos. Más vida, le pido a los dioses sordos, a los cielos evacuados, a la impasible Madre Naturaleza, una vida interminable; y sólo me contesta un árbol negro como un dedo momificado que me señala un agujero en la tierra, un nicho en la pared, un horno incinerador. Tampoco vayas a creer que el periplo consciente dura tanto, no vale la pena palmotear por una hipoteca, babear por un curro, cuánta energía desaprovechada; creo no haberte contado nunca (enseguida entenderás por qué) que cuando murió papá me convencí que con esas vueltas que estaba dando alrededor de su fiambre lo que hacía era rebañar el tiempo sobrante que él ya no iba a aprovechar, que viviré ciento veinte años. Incluso si fuese cierto seguiría siendo demasiado corto, que otro se arrepienta de sus divorcios, de sus bodas, de las peleas, de los besos, de la avaricia, de la inocencia, de la ambición; a mí que no me esperen entre los quejicas, no pienso renegar de mis descalabros sentimentales, así cuando me quedo solo en casa (en alguna casa) al menos puedo compararlos a fondo.

De ti me separaba algo demasiado indefinido y resbaladizo para comprenderlo; intuía su tamaño igual que los ojos de los insectos deben recibir la impresión de un grumo de pintura azul, untuosa, incapaces de situarla en el conjunto de un lienzo que siempre se les escapa. Aún así, reconociendo que me faltaba apertura de mente para captar las regiones donde te extraviabas, no he perdido la esperanza de mutar y ganarme una córnea capaz de aprehender tus dimensiones. Lo que me separaba de Helen era pequeño (me bastaban dos segundos para recorrerla con la mirada) y bien definido: una piedra fría y lisa formada con sus peores sentimientos, endurecidos por la incomprensión y la distancia, no aprendí a reblandecerla, no fui capaz de abrirle los poros, tan distante de mí como el resto del reino mineral.

Si lo mío con Helen estalló fue porque no encontré la manera de desconectar la bomba de tiempo que *Daddy* le había cosido al cerebro. En cursi: mi amor no fue lo bastante fuerte para arrancarla de esas aguas frías que sólo dan risa cuando te mantienes a cierta distancia, porque cuando las ves reflejadas en los ojos de la persona a la que intentas procurarle una vida decente, se revelan demasiado tenebrosas para un corazón alegre. Yo no digo que el amor tenga que levantar a los muertos (aunque debería), pero cuando ni siquiera sirve para sostener a uno que se quiebra en el vaso de su propia existencia, si tu amor es demasiado débil para impedir que se escurra hasta el colapso humano, entonces es que algo va mal en el amor.

Así que me vi forzado a echarla de casa.

Lo que quiero decir es que si lo piensas bien no tuve otro remedio, y tampoco fue de un día para otro. No recuerdo el momento exacto en que dejé de comportarme como un marsupial acorralado y recuperé la bravura, pero entremedias hubo momentos de ternura, como la tarde que la acompañé a la librería sosteniendo el paraguas sobre su cabeza para que no se mojase. Si me quedé fuera esperándola fue sólo porque la combinación de incienso y sándalo me ponía de los nervios, desde allí la vi con aquel jersey holgado, de puntillas, estirando el brazo para alcanzar un estante alto, no es que hubiese engordado, pero la silueta de guepardo que se desplazaba empapando de anticipaciones eróticas mi humor vítreo se había abotargado en un gato triste. Lo había advertido en personas mayores: basta con un mes de preocupaciones para sorber el resplandor vital que lustra la piel y suaviza el pelo, dan un bajón, sufren un ataque de canas, se les adhiere a la cintura un reborde de grasa, años consumidos en días, pero no puedes hacerte cargo de cómo es hasta que la edad le pega un tirón a la persona que vive contigo.

Fue durante la época que Helen concentró el magma de sus esperanzas en el método Jovanotti. Investigué sobre el tipo: había publicado dos novelitas «metafísicas» y después de escapar vivo de milagro a una temporada de experimentos con ácido se ganó una reputación discreta escribiendo libros donde les aseguraba a esas chicas que se avejentan como casas tristes que son una pieza decisiva de un engranaje superior. A otro perro con ese hueso. Por si no bastase con la doble «t» que se las arreglaba para susurrarte: «charlatán, charlatán», lo único que Jovanotti era capaz de sacar de la boca, ya fuese en formato conferencia, taller o *masterclass* era basura humedecida de baba porteña. Pero me guardé de deslizar una sola palabra maliciosa, la astucia matrimonial me sugirió pasar por alto aquella caca verbal, me sangró la lengua de tanto morderla.

«Cuando dudes entre "hacer" y "no hacer" escoge hacer, si te equivocas al menos tendrás la experiencia.»

«La sangre menstrual es sagrada: pinta con ella tu autorretrato.»

«No te aman porque eres bella, eres bella porque te aman.»

«Transgrede las prohibiciones y atrévete a mirar de frente lo imposible, después grita cinco minutos como un animal salvaje para lograr un orgasmo psicomágico.»

«Concédete todas las posibilidades del ser, cambia de camino cuantas veces te sea conveniente.»

«Antes de morir debes enterrar a un bombero, ver un ataque epiléptico y bailar con un príncipe chino: así domarás a tu ego.»

Helen empezó los ejercicios del libro de Jovanotti, dibujaba a su padre en actitudes burlescas (por fortuna se dejó convencer de que valía lo mismo si lo intentaba con lápices) y a su madre copulando con distintas clases de seres, fabricó un muñeco al que clavaba agujas y al que también (creo, por cómo olía) sometía a vejaciones simbólicas con orina. Me contó con tanta convicción lo de pintar un mural en la pared blanca del pasillo que me sentí dispuesto a transformar nuestro piso en una gruta rupestre a cambio de volver a ver su preciosa cara, fatigada por el esfuerzo, con suaves arrugas en la prolongación de los ojos, iluminada por una luz natural, casi alegre. El caso es que parecía mejorar y cuando la descubrí por el resquicio de la puerta del baño embadurnándose de colorete tuve que reconocer que estaba saliendo del hoyo. Y aunque me disgustaba el tono intenso que le dio por aplicar sobre sus labios (como si me hubiese casado con una novia discreta, de sensualidad comedida, y no con una mujer que al andar ya desbordaba los contornos del decoro), me dejé acariciar por estos detalles frívolos con el placer de un chucho que siente el roce superficial de una mano humana sobre el pellejo despertando sus capilares nerviosos.

—¿Qué quieres qué haga, John?

Le pedí que se duchase (con atención especial al cabello) y se vistiese, que saliésemos a cenar, a bailar, a beber como beben las personas sanas, despacio, permitiendo que la embriaguez despliegue su portentosa habilidad para reblandecer los salientes asquerosos del mundo sin aislarte, facilitando el abrazo a las personas que quieres. No le pedí nada a lo que no se entreguen la mayoría de las parejas: pasar unas horas juntos, apoyarse con la palabra, reír, ¡incluso eso me parecía una heroicidad! Me serví una copa todavía dudoso de si conseguiríamos atravesar juntos la puerta principal. El dormitorio se alimentaba del aire luminoso de las seis y Helen se probó tres faldas y dos camisas antes de decidirse por unos pantalones verdes con un tacto parecido al tejano, y el jersey de lana roja y cuello alto que le impulsaba a recogerse el pelo en una cola alta, algún motivo tendría. Le pedí que no se pintase los labios: me gustaba ver aquel fruto abierto y elástico, rebosante de pulpa, con su color natural. Si había engordado eran sólo unos kilos, no me importaba, con la actitud de siempre Helen me parecía atractiva con un patuco en la cabeza. Me sentí tentado en deshacer la atmósfera sosegada de un matrimonio que se viste para salir a cenar, y probar allí mismo su nuevo trasero. Me frenó lo hastiado que estaba de esa cama de convaleciente, conocía demasiado bien las arrugas y pliegues de unas sábanas que eran la expresión textil de la angustia acumulada por el cuerpo que se pasaba allí metido días enteros, un pedazo de carne varada.

Así que renuncié a tocarla y nos fuimos en un taxi reluciente nada menos que hasta Les Corts, donde acababan de abrir un restaurante con una terraza romántica. No fue la conversación más fluida de nuestro catálogo, y tampoco ayudó que Helen me retirase la mano justo cuando había encontrado los pliegues de la ingle bajo las costuras del pantalón. Un motivo secreto para llevarla hasta allí (además de que estaba lo bastante lejos de casa para evitar que aquella perezosa se levantase en un rapto y me dejase plantado) era que me hablaron maravillas del bistec ruso, el plato que durante tres años me preparaba cada viernes una asistenta (no tengo corazón para escribir doncella) que ahora no recuerdo si se volvió a su país (algo al estilo de Honduras) o fue la que se abrió el cráneo en un accidente de moto y no volvió más.

Le conté a Helen que el bistec ruso era una creación singular de la calórica cocina proletaria de la Barcelona industrial. Un filete de pechuga de pollo, bien picado, que después se rebozaba en harina y huevo. Quizá sobreactué un poco, igual debí añadir beneficios gustativos a los valores sociales de la receta, pero me asustó cómo la mirada de Helen iba perdiendo suavidad, supongo que con mi entusiasmo hacia el bistec ruso estaba intentando bombearle algo de vigor.

—No quiero probar eso.

—¿Y vino?

—Tampoco. Un vaso de agua.

—¿Qué quieres comer?

—Navajas.

Así que nos trajeron la extraña pareja: a mí el adusto filete ruso con su coraza de migas de pan fritas y relucientes, que parecía añorar a la tortilla de patatas y al bocadillo de chorizo, sus socios habituales en el interior de las fiambreras, y a ella esas mucosidades cocidas justo para no desparramarse fuera de su concha, hediendo a agua estancada, a salinidad marina, el plato más caro de la carta, todo regado con una estupenda botella de Viladrau.

Y fui tan idiota que cuando Helen echó mano del bote de ketchup me lo tomé como un gesto amistoso, pensé que se ofrecía a servirme; y me mordí la lengua para que no se me escapase cuánto detesto que los sabores se neutralicen al nivel del tomate picante. Asistí con horror al repliegue del codo de Helen hacia su propio plato.

—¿Estás bromeando? No puedes tirar ketchup encima de unas navajas.

—Sí puedo. Ya verás. A mí me gusta.

En cierto sentido el gesto de desprecio con el que derramó suficiente cantidad de goma roja para ahogar una familia de filetes rusos sobre las exquisiteces marinas de las que se había encaprichado fue una obra maestra de la condensación: todo un periodo de desencuentros, rabietas mal digeridas, y tramos de conversación cariada se acuñaron en la imagen de una mujer sana estropeando la comida bajo el impulso de un delirio químico, y ahora no sé si me refiero a la salsa o a su cerebro. Consiguió el mismo efecto de desafío obsceno que si hubiese intentado chuparse el dedo gordo del pie, con la diferencia de que ante esa eventualidad los camareros hubiesen intervenido, y ahora íbamos a tener que resistir juntos hasta el final de una cena resuelta a convertirse en un hito ineludible de la historia de nuestro matrimonio.

—Hace calor.

Y fue desnudándose hasta quedarse con una camiseta multifunción que últimamente la había sorprendido usando como pijama, ideal para chupar las navajas como si fueran cabezas de gambas (estoy por convencerme de que lo hacía sin mala intención, que se había confundido de animal), y relamer los *regalims* de tomate envasado.

Debí responderle mojando la corbata en el café (si la introducía en el Viladrau crianza iban a confundir mi gesto subversivo con un intento bastante pedestre de quitar una mancha), por suerte nos fuimos antes de los postres.

—Paga. Tengo frío.

El bistec ruso daba vueltas en el lecho de mi estómago, la lengua se me estaba quedando seca y acartonada bajo el domo del paladar, necesitaba una copa; metí a Helen en un taxi y me quedé un juego de llaves, fue la primera vez que vi su culo desprovisto de interés sexual, una masa de glándulas y partículas sebáceas, diseñadas con astucia como almohadones, protegiendo un conducto bastante asqueroso. Tampoco la parte de delante por mucho que se la frote con jabón o agua de nardos tiene pase: extraño, loco amor mamífero que te incardinaron en la casa del excremento. De niño, cuando me contaron la técnica humana del encaje reproductor vi claro que Dios era un guarro; más adelante te acostumbras al barullo genital-excretor, pero nadie va a convencerme de que la evolución hizo un gran trabajo, dispuso de miles de años para encontrar un diseño más elegante. Hay bastante desidia allí fuera, incluso los árboles repiten una y otra vez el mismo patrón, y con esa idea flotando en la delicada penumbra de mi mente pedí la segunda copa.

Volví a casa calculando los costes de los tres taxis, de la cena, de las copas, con la corbata empapada de Cardhu (no pude resistirme a sumergirla), me sentía invadido por una sensación extraña, inútil y una pizca idiota: me ofendía el mero paso del tiempo, su desfachatez de impactar apenas un segundo contra nosotros para después alejarse como un residuo apagado, la inercia de amontonarse en un pasado más y más grueso. El Paral·lel (le pedí al taxista que diera una vuelta) estaba iluminado por docenas de carteles, y si entrecerraba los ojos la luz eléctrica se estiraba en filamentos resplandecientes sobre el aire nocturno, aquel efecto me gustaba desde niño, cuando papá me llevaba en coche (¿de dónde a dónde?), en días que se han ido volcando hasta reducirse a una sencilla noción cronológica: el mundo era tan nuevo, no podía concebir que la Tierra fuese tan vieja. Me gustaba el suave frenazo delante del semáforo, la espera expectante, la sensación de retroceso antes de soltar el embrague y acelerar. A través de la fría ventanilla vimos la aguja de la estatua de Colón, la soberbia curva que traza la carretera sobre Palau de Mar y las primeras dependencias del puerto, estructuras chatas como carcasas de insectos. Aquella noche empezó a darme rabia que entre tanta memoria despojada fuesen conglomerándose recuerdos cada vez más cohesionados y duros, estables, como monumentos que iban trazando el perfil de mi recorrido por el interior de los años. Le indiqué al taxista que me diese una vuelta por Montjuïc: por la cuesta del jardín botánico, por la noria del parque de atracciones con los vagones cubiertos por lonas, quieta y enorme como el hueso de un monstruo prehistórico, por los jardines casi pétreos, por la explanada bajo el cementerio en la que podías aparcar el coche: un autocine donde proyectaban la coraza resplandeciente de la ciudad; pero lo que me invadió fue un recuerdo azucarado: voy de la mano de papá, no sé en qué país, aunque habíamos pasado la tarde en el desierto; las dunas estuvieron bien pero acabaron aburriéndome, entramos a la tienda y me resistía a dormirme temeroso de los escorpiones blancos, pero el plan fue cenar y volver a la intemperie; la noche había transformado el cielo en una profundísima oscuridad encendida por los hornos galácticos. Cuando la vista se aclaraba podías ver estrellas detrás de las estrellas, y más estrellas detrás, formando densos grupos luminosos; un hombre con una linterna nos ayudó a identificar las constelaciones y les dio un nombre. Aquel mapa dibujado con trazos de fuego frío era fascinante, pero todavía lo era más cuando reparabas que los abismos de distancia que se abrían entre las motas de polvo resplandeciente eran el condensado de una extensión aterradora. Me daba rabia que mis recuerdos más ricos, los mejor establecidos, fuesen sólo puntos entre los que se abrían fosas de vida perdida, que por mucho que me entregase a reanimar la memoria, siempre predominarían los vacíos.

Helen había dejado la llave en la cerradura y no pude abrir; la chica que acudió al rescate con la camiseta oficial de la casa y unas bragas que sólo estimulaban la piedad recordaba a la clase de ser con el que uno sólo convive bajo el mismo techo en las pesadillas. El suelo estaba plagado de recortes de fotografías y papeles, en disposiciones premeditadas, un conjuro.

—Es mi culpa. No soy lo bastante buena. No lo soy. Ni siquiera me atreví a contarte la verdad sobre *toda* mi familia.

Apenas le di opción, gestioné un billete con destino a Montana y la eché de casa. Por supuesto que añadí algo sobre unas vacaciones, sobre lo bien que le irían los cuidados familiares, ninguno de los dos se lo creyó.

Helen tenía dos noches de hotel pagadas en el hotel Claris, el saldo de nuestra cuenta corriente se situó por debajo de la línea imaginaria de seguridad que me había trazado, se me encendieron todas las alarmas mentales, las pobres no podían sospechar la serie de humillantes descensos que iban a padecer en el futuro y que me harían recordar el bajón de esas fechas como un periodo de opulencia. Claro que contaba con que Helen se lo tomaría mal, había calculado que se deprimiera hasta quedarse calva, que me amenazase con cortarse las venas, lo que me cogió totalmente por sorpresa fue que conservase energía suficiente para amedrentarme.

Tuve que cambiar la cerradura no sólo por miedo a que me desvalijase, no sólo para proteger el Miró (Helen estaba tan furiosa que en lugar de llevárselo creo que hubiese añadido una pincelada con la escobilla del retrete), sino porque la noche anterior me amenazó (después de treinta y tantas llamadas sin respuesta) con meter droga en mi piso; y le hubiese preguntado dándome un aire de socarronería de dónde iba a sacar cocaína suficiente para joderme la vida si ella no hubiese empleado la misma voz con la que me gritaba mientras desgarraba camisas y destrozaba la vajilla y quemaba el reposabrazos, contrariedades conyugales que hasta el momento me he arreglado para dejar fuera del relato, para que luego digas. Cuando ponía esa voz era capaz de arrancarle al camello la linfa a lo vivo. Y como me había sacado un billete para el día siguiente a Estambul, pensando que me iría bien un cambio de aires, tuve que llamar a un cerrajero nocturno (un tal Muñoz de Mataró) y que sólo se quedó conforme con mis explicaciones cuando le enseñé el contrato timbrado de arrendatario, para darme luego la matraca con la cartelera de Barcelona y el auge del cine coreano empleando una verborrea tan especializada que me obligó a dejar escucharle los mensajes criminales que aquella perra loca me envió desde su perrera del mal, donde había olvidado a una velocidad asombrosa sus problemas con *Daddy*. El despecho es un centro de alto rendimiento, Helen era ahora un enemigo en plena forma.

Y aunque hubiese sido emocionante quedarme en casa, reproduciendo una atmósfera conventual, pirateando las pelis de las que me hablaba Muñoz, con el teléfono fijo desconectado, sobresaltándome a cada ruidito, a la espera de que Helen empezase a dar porrazos contra la puerta (¿se inmiscuyen los policías en los matrimonios para defender al marido?), decidí seguir con mi itinerario e irme. Estambul es barato, luce el sol, se puede beber té helado, y nunca había visto de cerca una mezquita de verdad, en su ambiente. Pero hice algo más que visitar el Bósforo y fotografiar cúpulas, me llevé conmigo el juego nuevo de llaves y la factura de lo que me había costado la intervención urgente; era la zona más turbulenta de mi alma la que mientras el cuerpo se bañaba en la playa privada de Büyükada o cenaba en una terraza abierta a un flujo de desperdicios que navegaban empapados de una suave corriente, la que sentía envidia de una sociedad que todavía protege a las mujeres de sus iniciativas. Pasaban bicicletas, furgones polacos, carritos de naranjas, vendedores tullidos, la mayoría locos por ingresar en la UE. Me daban lástima todos esos Orham y Omar (¿sabías que ni siquiera son árabes?) a los que se les desorbitan los ojos al paso de una joyita europea ajustadita a un lino que les expone todas las líneas del trasero, ignorantes de las penalidades que acompañan a la liberación visual: si Occidente es imparable, entonces, Cide Hamete, agárrate al minarete, porque no sabes la que te viene encima.

Qué quieres que te diga, seguí la línea de acción que se adecuaba a mi carácter, puedes buscar héroes en cualquier película, en las canciones de la radio, en los libros que terminan comiéndote la cabeza con el Destino y la superación personal, aquí estamos hablando de un tipo que ni siquiera era capaz de visitar a su madre una vez al mes, cómo querías que acompañase a Helen al Prat. Si omites los detalles sentimentales, los humores tristes de la despedida no iban a favorecer a ninguno de los dos, mi plan era bastante humano, ella podría rebozarse a placer en mi insensibilidad de macho egoísta (y omitir que la había mantenido durante casi tres años), y cuando yo abriese la puerta de casa (con un estupendo narguile y varias cajas de té trucado de manzana) Helen ya llevaría tres días contemplando las excitantes praderas de Montana, porque por bárbaros que sean puestas de sol sí tendrán.

No pudo meter droga en mi piso pero al regresar me encontré en la puerta con la sorpresa de una bolsa de basura tamaño canguro rojo; dentro de la bolsa me esperaba la colección completa de los vestidos que le había regalado revueltos con restos de mayonesa, atún en lata, corazones pardos de manzana, lamparones de ketchup, verduras podridas y más compresas de las que podía ensuciar sin ayuda durante un ciclo biológico: todo perfectamente nivelado al nivel de la inmundicia.

La chica que limpiaba la escalera me costaba un incremento de cincuenta euros al mes, así que me vestí con una americana de hilo blanco para seducirla con una queja formal por haberse olvidado la bolsa en el rellano. Era la primera persona rusa a la que me dirigía, un ejemplar caucásico de un tamaño desconcertante. Tampoco esperaba acostarme con el servicio, sólo estaba despertando habilidades sociales sin las que un varón soltero no es nada. Los pantalones me iban estrechos a la altura de los muslos, demasiada repostería turca, demasiados nervios apaciguados en raciones humeantes de comida basura, la clase de sobrepeso que Natasha no iba a tenerme en cuenta, hacía más de tres años que no me doblaba un pañuelo en el bolsillo de la americana.

—Lo dejó esta mañana una mujer. Tenía llave de la puerta principal.

No nos habíamos cruzado por una o dos horas, calculé lo que me iba a costar convencer al resto de los inquilinos de cambiar la cerradura de la entrada, si no fuese por el circuito cerrado la hubiese reventado yo mismo.

—Me dio esto para usted.

Y con astucia chechena me deslizó un sobre donde asomaba intacto el billete de avión hacia nuestro descanso. Entré en el piso y sin deshacer las maletas me derrumbé en el sofá. Escuché los mensajes que Helen había dejado en el contestador: uno de esos casetes que arrastraban la cinta como si el tiempo girase en su interior. ¿Cómo podía una tía incapaz de salir a la calle sola arreglárselas para encontrar una habitación (¡y pagarla!) en la ciudad más cara del Mediterráneo?

Sí, claro, yo también pensé en «los míos», pero mi madre ni con el cerebro hecho papilla le hubiese permitido subir sola con el ascensor fabuloso hasta el salón, y la señora Popo llevaba meses intentando reconstruir puentes conmigo: una cosa es atormentar a un hermano y otra bien distinta aliarse con la parentela política.

La explicación era disparatada y económica según el inconfundible estilo de la vida tal y como es; todo vodevil ha de contar con su memo útil, el tipo que abre la puerta a destiempo para impedir que la acción se enfríe, contratado para que el público siga pegado a su asiento, y si me has seguido con cierta atención ya habrás adivinado que el papanatas voluntario de este entremés sólo podía ser Bicente (¿de verdad creías que le he dado relieve sólo para retirarlo luego a las sombras de lo que se deja por contar?). Bicente necesitaba airearse de un matrimonio que se había partido, con un pajarito pijo que vino al mundo para alisarse el pelo y exigir, y que se había quedado con el piso de los dos. Bicente se regaló un periodo de calma, para «reencontrarse», en el paraíso catalán del clima suave y las chicas multicolor; llevaba media semana en la Ciudad Condal, como la llamaba con el inconfundible estilo provinciano-capitalino de los madrileños (tiernas perdices perdidas en este nido de hienas), y después de ver los edificios famosos y aburrirse de lo lindo en las exposiciones y oteando los movimientos del mar, decidió actualizar nuestra amistad, que él recordaba de una frondosidad insólita, alarmante.

Debieron de encontrarse en la puerta de mi casa o alguien le dio el número de Helen, y la despechada se tiró a sus brazos como un náufrago que encuentra una boya grasienta de viscosidades marinas bajo la amenaza de una tempestad, y espero que te contentes con la comparación porque tengo peores. Bicente se la llevó a un apartamento de alquiler por semanas al que bautizaron *flat*. Una parte de mi cerebro se relevaba contra la aberración que formaban aquellos dos idiotas dentro de la etiqueta «pareja», aunque no fuese más allá de una asociación tácita, instrumental, pasajera, muy pasajera. Una parte de mí seguía creyendo en cierta clase de justicia cósmica que desvanece a las personas cuando se vuelven demasiado estúpidas, que las enfría por piedad cuando sobrepasan ciertas temperaturas de desvergüenza y autohumillación, igual es verdad que siempre he sido un inocente. Ni siquiera creo que tuviese que tocarle el pito, ungido como estaba del placer de confundirse con un agente benéfico, aunque entre hombre y mujer estas cosas nunca pueden darse por seguras.

Lo que Bicente pretendía darme era una lección, un movil más profundo que la libido, dónde vas a parar. Le recuerdo demasiado bien, encogido en aquel sofá (¡rodeado de budas!), tratando de convencernos de que fumar marihuana está muy mal; supongo que en algún momento te hartas de que los invitados se olviden de cómo te llamas, quieres sacudirte del triste papel de alelado que tus dobles interpretan en los escenarios mentales de otras personas. Igual le dolían unos cuernos, qué sé yo, cuando tienes determinado aspecto ni las victorias económicas te protegen, y el Cartógrafo tampoco era rico para la España de los pelotazos, donde inversores y testaferros al estilo del Algarrobo salían volando por los cielos de la especulación financiera como el maldito Barón de Munchausen. Bicente vio el resquicio para darnos un recital, la interpretación de su vida, un gol en campo contrario, se presentó como un campeón del amor puro, el paladín del matrimonio.

—Si vuelves a meter la cabeza en esto, Vicente, te la arrancaré.

No estuvo mal como respuesta a los cinco mensajes diarios que Helen dejaba en el contestador con el tono comedido que le sugería Bicente, y los quince que me escupía como flechas envenenadas cuando se quedaba sola en el *flat*.

Un día de esos empecé a quedarme clavado de la espalda, los discos se estaban saliendo de sus almohadones de hueso, tenía que quedarme de pie o tumbado, no podía pensar en sentarme, la tensión me enervaba los tejidos de la espalda y desde allí se irradiaban ondas de dolor. Soy muy contrario a los analgésicos cuando se trata de los demás, pero fui indulgente con mi sufrimiento, empecé a tomarme un hermano mayor del Nolotil, no consiguió que el dolor se largase, seguía allí, rasgando mis fibras, pero al menos lo separó del cerebro, podía verlo flotando en una cápsula aparte, no me toqueteaba, la contrapartida es que andaba medio sonámbulo, y dada la situación una mente despejada me hubiese venido de perilla.

El plan de Bicente fue seguir mis pasos, recabó información de los «amigos» a los que recurría esos días para proporcionarme una ración de alimento social. Pretendía «darme una sorpresa», ésa es la expresión que usaron los que venían a visitarme después de la catástrofe, alegres de encontrarme vivo, lamentando mi convalecencia.

Les imagino en el *flat* a la luz de esas velas aromáticas que apestan a sándalo (el tiempo no ha atenuado estos recuerdos inventados), comiendo pizza (Bicente con tenedor y cuchillo), pergeñando a cuatro manos aquel rebuscado plan para interceptarme, les hubiera bastado con venir a verme a la salida de mi «trabajo», si llego a saber que ni eso eran capaces de organizar me hubiera evitado el engorro de ir sincronizando mi salida a la calle con la llegada del 45, y la penosa carrerita para cruzar Via Augusta con una mano apoyada en la ardiente faja dorsal. Déjales que se sientan tres o cuatro noches criaturas inteligentes capaces de influir en la realidad con sus «ideas», no pienso concederles ningún mérito, un plan simple para un mundo abierto; criaturas humanas jugando a ganar, qué espectáculo ofreceríamos a los cielos extraterrestres si no estuvieran despoblados. Supongo que Helen no quería encontrarse conmigo a campo abierto, que buscaba la oportunidad de cruzarnos en un piso con paredes y puertas, entre otras personas. Así que el dúo sigue cavilando: Helen está tumbada en el suelo y cubre (¡y señala!) su muslamen con una servilleta empapada de salami, mientras incita (verbalmente) al Estratega para que idee la mejor manera de caer sobre mí; y Bicente se pasea en mangas de camisa, soportando como un titán las vaharadas de aire húmedo, después se sienta y se quita y dobla las gafas y las deja sobre la mesita de noche porque una vez una chica (una prima) le dijo que tenía una mirada triste y soñadora, le dejó clavada esa flor en el pecho y él no va a permitir que se le seque nunca.

Era cuestión de tiempo que nos encontrásemos, vistas a determinada altura todas las ciudades parecen archipiélagos de provincianismo, un territorio estrecho, y aquella especie de celebración en otro piso regio fue un sitio tan bueno como cualquier otro. Sé que estaba preparado porque no pudieron evitar las miraditas, pésimos comediantes, estaban ansiosos de que me metiese en la trampa con la fiera, cómo nos distrae que la gente se separe, se reconcilie, se mezcle, se griten, se den besos; digan lo que digan los amantes de la naturaleza los árboles son un coñazo, en cuanto a potencial de diversión siempre van a quedar por debajo del humano más anodino, no tiene ni punto de comparación.

No creo que situaran a Lisandra allí en medio como parte del plan, pero cualquiera sabe. Llevaba semanas sin otra actividad erótica que media escena que cazaba en el plus, pero nunca he sido bueno para el amor solitario, así que mis venas se retorcían como alambiques en cuyo interior la libido sin desahogar iba desarrollando un complicado sistema de fetichismos inexpresablemente precisos: tobillos finísimos, caras romboides, nombres ricos en fricativas; fue sólo que a Lisandra le gustaban los chicos altos, y esa noche me había puesto la americana azul; fue sólo que me gustó la delicada torpeza de su lenguaje corporal cuando se puso a jugar a seducir, me gustaron sus ganas de pasarlo bien, que le iluminaron el rostro medio minuto, y cómo ese fuego se fue encogiendo envuelto por las cenizas de la timidez, sin apagarse del todo, cálido como un rescoldo; me gustó que fuese morena y delgada, que se pareciese tanto a la clase de chica que siempre había imaginado para mí antes de que el huracán Helen desordenase tantas expectativas juveniles; dejé flotar nuestra imagen en un futuro imaginado, un contexto plácido, diseñado para la ocasión, y me gustó lo que intuí.

Así que empezamos a intercambiar frases de las que resbalan unas sobre otras como si se acariciasen o se diesen ánimo, lubricadas por la decisión previa de resultar agradable; palabras que al desentenderse de las cargas semánticas que transportan trabajaban para la música de la situación. Aquello podría haber seguido no te digo hasta que separase los labios para dejarse besar, pero sí lo suficiente como para poblar el cerebro nocturno de ideas amables. Estaba envuelto por ese ánimo suave cuando le vi sorteando invitados en un slalom pedestre con el brazo alzado y los desplazamientos frenéticos de la mano; la raya del pelo trazada con escuadra, el cuello almidonado, aquella barbita, la clase de tipo a quien la edad le va a sentar como un corrector de la anomalía de ser joven: Bicente.

La primera reacción de mi sistema vascular fue salirle al encuentro y romperle la cara, pero suele ser complicado explicarle a una chica como Lisandra los poderes benéficos de soltar la rabia sobrante por las manos.

—Dale sólo la oportunidad de hablarte, Juan-Marcos.

Y se la di. Permití que Helen me abordase en una esquina del salón, mientras pasaban hombres-bandeja transportando fiambres y canapés de margarina y sucedáneo de caviar y tartar de emú. Entre la boca y los labios de Helen se las arreglaron para proyectar ondas sonoras articuladas en dirección a mí oído, pero no la atendí, me dejé llevar por la fatiga de ser un chico que mete sus pies de boy-scout en un matrimonio, ardiendo de fuego vital, y que termina extraviado en la amplitud de las complicaciones femeninas: un cacharro con las orejas mojadas. Durante casi tres años fui el enamorado, la pieza débil del acuerdo, me acostumbré a ir detrás de los antojos mutantes de Helen; un rabioso movimiento peristáltico le había dado la vuelta a la situación, me impulsó desde las catacumbas de la pareja hasta los áticos donde se disfruta del luminoso papel del deseado, estuve a punto de darle un abrazo para celebrar que nos habíamos librado de aquel engorro, pero Helen seguía siendo Helen, y seguía hablando de compromiso, de causas en común (pero el piso estaba alquilado a mi nombre, sus trompas de Falopio no sujetaban ningún óvulo fecundado por mi simiente, y una boda por lo civil, bueno, es una boda por lo civil), y no me esforcé por responderle ni en rebatir, la miraba a una distancia de miles de kilómetros subjetivos, protegido por una espléndida sonrisa de fresca superioridad.

—Me aburro, Helen. Hablamos en otro momento, tendremos ocasión si te vas a quedar a vivir con Bicente.

Y le di la espalda, me alejé de sus frases precocinadas, la dejé rumiando su rabia, empapada con el delicioso toque ácido de su saliva, ni siquiera recuerdo cómo iba vestida, su imagen ya no reverberaba en mi red de nervios ópticos. Agarré al vuelo un rectángulo tostado y untado con la pasta cremosa de algo parecido al salmón y me dio tiempo de masticarlo y de limpiarme las migas con el anverso de la mano antes de comprobar que las mesas y los platos y las lámparas eran del color correcto: ver a Helen no había añadido un gramo de intensidad a la materia, seguía rodeado por el mate del desenamoramiento. Los pies se me iban al ritmo de la música ambiental, hubiese podido cantar, me dio por quedarme en mangas de camisa y extender los brazos, me sentía más alto, un auténtico campeón; di de bruces con Lisandra, que iba con otra morena que todavía tiene menos papel en este cuento, aunque en sus ojos cuajó una complicidad halagadora, lo amigos que hubiésemos podido ser esta criatura y un servidor en una vida ordenada de otra manera, pero fue la cara de Lisandra la primera que vi deformarse en una mueca de alarma que se prolongó unos segundos lentos como mercurio derramado, y que precedió al corte en la piel del trapecio: una inyección de dolor frío que se extendió por algún circuito nervioso hasta la punta del pecho.

Pese a sacarlo manchado de fibras y hebras de mi carne, la Charcutera de Montana volvió a repetir la operación, y eso es ensañamiento, lo mires como lo mires. Debió de quedarse sin fuerza porque según me informaron después este segundo intento no logró penetrar tanto en mi espalda, y tuvieron que contármelo porque me desplomé sin terminar de darle una forma precisa a lo que estaba pasando, a lo que me estaba haciendo. Helen debió de creer que me había matado, quizá sintió un hormigueo de horror en las manos porque salió corriendo y se llevó el arma del delito, que por la anchura y la profundidad de las heridas pudo ser unas tijeras cualquiera pero estoy seguro de que el objeto que metió en la carne fue el abrecartas de marfil que desapareció cuando la eché de casa. Fue Bicente quien avisó a urgencias y montó en la ambulancia que desordenando el tráfico me trasladó sobre calles húmedas, tibias y azules hasta el Hospital del Mar, donde me tumbaron sobre una cama, porque temían (por la entrada de la herida, por mi desmayo viril: el médico me felicitó por haber caído tan bien, apenas me había mordido la lengua) que me hubiese perforado una vena pulmonar.

Bajo el pesado olor a cloroformo sólo quería vivir. Entre las sábanas que olían a frutas agrias me di cuenta de que morirse es un asunto bien impúdico. Si Helen hubiese acertado en la pared pulmonar, si me hubiese deshinchado la conciencia como un globo, detrás de mí quedarían varias películas a medio ver, ropa húmeda en la lavadora, un tubo por gastar de crema de manos, posos de café en las tazas, informes de Passagard por descifrar, la cuenta en BBVA con un descubierto cuya resolución iba aplazando, un modesto museo de objetos más o menos personales, por catalogar, y que ya no usaría nadie; por no hablar de la cantidad de días que no rozaremos con ninguno de nuestros sentidos, un inconcebible lujo sobrante puesto sobre la Tierra para que los disfruten otros; por no hablar de esas ideas emboscadas en emociones primarias, cálidas como establos, que deben ocuparnos mientras nos hundimos en la debilidad, no me extraña que a papá se le pasase que iba a quedar con los callos al aire.

Apenas podía moverme bajo la manta de analgésicos que me habían echado encima. Intenté protestar, el ataque de Helen ya no iba a matarme pero si seguían con aquel tratamiento iban a desforestar mi sistema inmunológico, y tampoco estaba seguro de que mi compañero de habitación, el señor Ponç, un invidente que se retorcía de risa con los chistes de la TV, estuviera limpio de virus. El hospital remata a las personas, en el aire flotan los microbios que se cultivan en órganos en descomposición, esos bichos sólo tiene que esperar a que se abra una ranura en el tejido para ponerse las botas, pero cualquiera se lo dice a los cirujanos, con sus batas blancas y su talento sádico para cortar y coser. El paciente está allí para callarse hasta que le salgan llagas en la ranura del culo, y si quieres escuchar otra verdad estaba demasiado cansado para discutir, tanto que le permití a Bicente que se acercase al pie de mi cama, y desde allí aquel batracio que mi imaginación revestía de escamas viscosas me contó en el tonito bajo de las confesiones que Helen no salía de la cama, incapaz de superar la idea de que convivía (¡que era!) con una homicida. Abatida y drogada, toda una novedad, lo raro es que hubiese recogido energía suficiente para perseguirme y apuñalarme, pero aún así estaba tan abatido, tan débil, que le prometí que no iba a presentar cargos.

Y el combustible de aquel gesto no fue un gasoil magnánimo, qué va, lo decidí para joder a mi hermana que entretanto se había investido en representante de la atomizada familia Miró-Puig. Mamá no iba a moverse del comedor por menos de seis puñaladas y el cabezota de mi padre seguía muerto, así que la que sentaba tarde sí y tarde también su rebosante culo en mi cama para alternar consejos, mimitos y admoniciones era Madam Popo. No es que le hubiese salido triple papada, en el permisivo dialecto de tu abuela Rosa todavía cabía en el vocablo «rechoncha», pero era víctima de un rebote calórico de consecuencias apreciables. El aumento de volumen corporal había desdibujado la línea vacilante de su autoestima, se adentraba en esa fase en la que se busca algo de afecto por los suelos.

Claro que me reprochó que me hubiese casado con una asesina y que fuese un manirroto, pero no se lo tuve en cuenta, su cerebro era demasiado lento para educar el lenguaje al servicio de sus nuevos intereses, el cariño lo apreciaba en el tono, en la calidez de los matices fonéticos.

—Eres completamente idiota, Juan.

Y lo mejor de todo es que se presentó con una de esas carpetas de cartón verde que han jalonado el deterioro de mi salud económica; se había reunido con los Passgard (que ahora eran Passgard & Helsengør) para confesarles que papá le había dejado un piso a su nombre, un piso londinense que nunca llegó a pertenecer a mamá: otro nido de amor para aquel pajarraco o una manera costosa de proteger a mi hermana de la indiferencia que despertaba en nuestra madre, que con pastillas o sin era capaz de dejármelo todo a mí. Me dijo que papá la citó antes de irse a Boston, pero no fueron al piso replicante sino a un bar que parecía una sauna de fritanga.

—Fue como charlar encima de una parrilla. Me vinieron ganas de llorar. No supe ver lo que tramaba. Tardé en firmar el papel, él insistía e insistía, nunca me había hecho tanto caso, esperaba que cerrase el acuerdo para hacerse *eso*, le podría haber alargado la vida.

Me dijo que el piso le hacía sentirse culpable, que aquel secreto inmobiliario le daba vergüenza, y que para sacudirse de encima la deuda fue desarrollando esa agresividad en mi contra. Y añadió que ahora iba a ser distinto, que arreglaría los papeles para que compartiéramos el piso, me cuidaría con sus propias manos (y la conjunción de esas palabras y una sonrisita restreñida me repugnó como si me extrajesen un bicho vivo del pescuezo), que podía usarlo, irme a vivir a Londres.

—La isla está preciosa en primavera. Te encantará abrir un negocio allí. Los catalanes no te valoran.

Me revolví en la cama, conseguí provocar un ruido espantoso con los cables, con la sonda, con la mesilla plegable del desayuno, y añadí que estaba harto de tener a mamá sentada en mi cabeza, de notar la presencia de papá allí donde fuese, le dije que acababa de quitarme a Helen de encima y no podía sentirme mejor, no quería a nadie marcando el tempo de mi vida, se acabó lo de ir detrás de las exigencias ajenas, iba a tomar las riendas de mi vida.

—No es que se te dé muy bien eso de tomar las riendas.

Te concedo que fue una impertinencia, pero lo dijo con una dulzura que descartó la posibilidad de arrancarnos los ojos: bajo las frases se movían corrientes de preocupación fraterna, me sentí bien.

—Debiste denunciar a esa psicópata.

Hasta aquí me lo tragué, una actuación estupenda; el único error lo cometió al levantarse: el collar dorado, los pantalones marfil ajustados a sus caderones fofos, la marca de las gafas bien visible en la patilla y el diamante princesa destellando en el índice izquierdo; las personas no pueden desprenderse de sí mismas, creen que se han dejado atrás, pero se sobreviven, y mi hermana no había renunciado a competir, al atractivo (las de su peso tienen un público muy fiel), era sólo un desencanto pasajero: la parte más repulsiva de su temperamento volverá reptando tarde o temprano a sus viejas posiciones, su resquemor era demasiado profundo para aliviarse con una pomada de grasa. Mi hermana pertenece a esa clase de personas que sólo levantan el pie para pisarte mejor, no puede evitarlo, ni siquiera se da cuenta.

El caso es que cuando Helen me telefoneó para rogarme una visita, la alenté y la dejé subir. No porque me jurase que no volvería a ver a Bicente (menuda estratagema), sino porque había logrado salir del cubo de basura donde estuvo encerrada con su *Daddy* durante casi un año; la reté porque una cosa es oír que la pasión de las mujeres es más apremiante, sin posos de cinismo ni distancia de seguridad, y otra ver cómo una chica recoge todo su ánimo desparramado por un suelo pringoso de autoestima baja y cruza la ciudad para no perderte.

—Quédate. No *váyaste*. Te quiero con todo mi corazón. No hay nada más importante que una mujer enamorada.

Los ojos hinchados, despeinada, sus tetas enormes, la uña del índice izquierdo mordisqueada (la única que se permitía profanar, la que le escondía a Rupert), las cáscaras de los cacahuetes sobre la mesa, aquel acento terrible cuando pronunciaba *soireé*, su cajita de pastillas pasando de un bolsillo a otro como si le quemase, las formas sobrenaturales que podían adoptar sus labios y la expresividad de las ranuras oculares cuando algún asunto dejaba de avanzar como ella esperaba; el eco de tanto que se había vuelto inservible entre nosotros y flotaba entre la memoria como miembros muertos que daba miedo y asco amputar; pero también las horas que habíamos sorbido hasta el fondo sin darnos cuenta, y esa inasumible cantidad de personas que no éramos Helen y yo, que no calientan restos de nuestro guiso en el fogón, que nunca piensan en llamar a casa ni preguntan cómo nos va; lo había arreglado todo con sus padres, hablando por teléfono, sin recurrir a conjuros, y ahora se encontraba mejor; y, sencillamente, ¿cuántas muchachas conoces que digan que te quieren con todo su corazón y no se les caiga el alma a los pies de la cursilada?; me convenció de que nada debería ser más importante en este mundo de mierda donde la gente se rompe y se pierde y envejece y se muere que una rubia tonta de Montana enamorada de mí, por eso la dejé quedarse.

Dejé que se quedase porque en cuanto el efecto de los analgésicos disminuía en la grieta vacía de mi carne, las venas, las arterias y los capilares cortados propagaban ondas de dolor demasiado exigentes; en realidad le pedí que se quedase porque el rancho del hospital era una porquería y Helen se las arreglaba para subirme sabrosa comida japonesa; le pedí que se quedase porque no pude resistirme a su idea imbécil, sacada de los culebrones colombianos, de las revistas para tías, de solucionar lo nuestro en un balneario escondido entre pinos; le rogué que se quedase ahí porque se movía algo vivo en sus ojos que nos permitió recuperar algo de intimidad: y aunque yo no estaba para muchos trotes y las pajas estén en el último escalón de las fantasías adolescentes, era delicioso verla manejarse con los médicos, con las enfermeras, con la familia del fulano ciego al que le habían abierto una cremallera del pubis a la garganta por donde extraerle una ristra de ganglios invasivos, para conseguir algo de intimidad; y ya me dirás qué otro órgano está más unido al cerebro y sus prodigiosas ideas sobre la vida y el amor y la muerte que la mano: cientos de manojos de prolongaciones nerviosas propiciando el contacto entre la delicada sensibilidad de lo que tú aquí serías capaz de llamar pene y el cuerpo de la esposa enamorada, tan delicada en el trato, tan suave en el manejo; y creo que fue mientras transitábamos de lo seco a lo húmedo (yo simulando un dolor abominable de los que te arrastran a los pies de la muerte, Helen sonriendo como sólo puedes hacerlo si has nacido en Estados Unidos, le llamas *Daddy* a tu padre y el pelo te crece rubio y sano, en perturbadoras ondulaciones), cuando aprovechó para soltarme lo que había venido a soltarme:

—Ahora no puedes abandonarme, abandonarme es un error, ¿no te das cuenta? Es imposible abandonarme.

Así que Helen me propuso pasar unos días en el balneario. Me pidió que antes quería visitar a sus padres (*Daddy* pagaba el billete) y traerse a Jackson (me ofreció el nombre del crío antes de aclarar la posición que ocupaba en el entramado parental), y aunque las raíces de mi ánimo seguían recubiertas de tierra oscura y húmeda, rica en minerales de miedo y alarma, me acogí al tópico de las mentes insensatas, dejé pasar los malos presentimientos, le dije que sí.

Qué curiosas son las corazonadas, ¿verdad? No hará ni dos meses, mientras juntaba ropa sucia (y exterior) de Pedro-María para probar el fregadero, me acordé de «chicle», la palabra clave para ejecutar la presión suicida con la que éramos capaces de remontar diez puntos de desventaja en dos minutos; la tarde que jugamos en la pista del IPSI me fulguró ante el ojo interior la premonición de que no iba a salirnos bien; y lo cierto es que fue un churro, habían estudiado cómo escapar de los *traps* con un sencillo pase de béisbol desde la línea de fondo; nos vimos con una buena desventaja y en pista contraria, y las gradas llenas de padres de clase media deseosos de darles una lección a los pijos de la Bonanova representados por unos adolescentes en pantalón corto. ¿A ti no te pasa todo el tiempo, no recibes anticipaciones? Tengo una teoría que los astrofísicos han pasado por alto, aunque me falta práctica con las ecuaciones para demostrarla. Si nuestro universo está rodeado de un número casi infinito de otros universos nada impide que cada uno de ellos ocupe a cada instante un punto cronológico distinto, y que si un ojo como el de Dios fuese capaz de contemplarlos a todos al mismo tiempo se descubriría que hay un universo para cada segundo pasado, presente y futuro, que el tiempo es simultáneo. Es un poco costoso contarte cómo he alcanzado esta conclusión, lo que ahora necesito es que vacíes la mente de prejuicios porque si los distintos universos se mueven en suaves ondulaciones formando pliegues igual que los bordes de un vestido veraniego, tendrás que reconocer que deben de existir instantes fugaces en los que un plano de la experiencia se acerca tanto a otra onda de tela que recibes impresiones del futuro como suaves visiones sin sangre, noticias de lo que vamos a convertirnos, así que si estoy en lo cierto vivir se parece a conversar con otros «yo mismo», desperdigados en el océano cósmico.

Pedro-María llegó a casa (justo cuando conseguí desatacar el fregadero) con un sobre y una sonrisa: había comprado dos entradas para el Sónar.

–Algún día tenía que volver a la caza, Johan, además pincha Jeff Mills.

Después de darle la lata durante meses no me sentí con fuerzas para disuadirle, el caso es que terminamos en una sesión de música electrónica, y mientras intentaba adaptarme al espacio y a los ruidos electrónicos Pedro-María empezó a sacudirse la basura anímica con unos movimientos de brazos de inspiración aborigen. Convocó a un tipo que después de una mueca impaciente abrió la mano entre cuyos pliegues acomodaba tres cápsulas que me recordaron las semillas de un cuento infantil. El último gin-tonic me había subido demasiado deprisa, no estaba para pastillas, Serrucho tampoco pero su cerebro le exigía chorros de oxitocina donde deslizar las impresiones de una sensibilidad alterada. Vi cómo se acercaban las chicas, Pedro repartió sus pepitas mágicas, interpretó mi negativa como una censura, pero mientras él se erigía en el hombre de la noche, trazando en el aire estelas de una miel obscena para atraer a todas esas chicas deseosas de enseñar el culo, empecé a venirme abajo. Mi ánimo fue descendiendo hasta impactar con el sumidero que impide que nos desmoronemos por completo, creo que es así como se sienten las personas que no segregan suficiente entusiasmo: dejé de sentirme concernido por la existencia, estaba demasiado lejos de lo vivo, fue horrible, no dolía, no me he vuelto a sentir peor, pasó enseguida.

Cuando me despejé vi a Pedro-María acercándose, por la manera como se tambaleaba parecía imposible que se mantuviese de pie; una de las chicas (la de la bandana) intentó apuntalarlo con las dos manos, fue realmente generosa al meterlas bajo los sobacos pero no podía hacerse cargo del peso, si no llega a retirarse hubiese terminado acompañándole al suelo.

Consiguió ponerse en pie sin ayuda, casi de un salto, le dio la risa del esfuerzo o del susto de verse aupado tan deprisa, intentó mantener el equilibrio extendiendo los brazos como Cristo, apenas se desplazó del sitio.

—Tenemos que ir a casa.

—¿Ahora?

Me dio un poco de bronca que se apoyase en mí con todo el cuerpo, tardé unos minutos en comprender lo borracho que iba; lo que sus yemas viscosas de sudor pusieron en la palma de mi mano era la pastilla que sólo simuló tragar.

—Lo que he hecho es terrible, vamos a casa o me moriré.

Como se va viendo acumulo cierta experiencia en escenas y cuadros histéricos, sé reconocer cuándo un cerebro se está recalentando en serio. Me despedí de las chicas por los dos, me dio pena no estar allí para ayudarlas a superar los trances más inquietantes de la madurez que estaba preparándose para salirles al paso. Pensé que encontraría buena idea ir a mi casa, quedaba más cerca

—Me da miedo tu piso, John.

No teníamos suelto, la máquina nos escupió las tarjetas de débito (desmagnetizada la suya, sin saldo para una T-Mes la mía) así que saltamos los tornos, me hice un corte, no sé cómo, desde la uña hasta el hueso ese que sobresale en la muñeca.

Se ahogaba y tuve que desabrocharle la camisa, la tela estaba empapada de la clase de sudor que se te escurre fuera del cuerpo cuando llevas los poros abiertos como un ojal; intenté darle aire abanicándole con un diario gratuito que encontramos en el banco, para ser franco tampoco creo que aquellas ráfagas de aire sofocante le beneficiasen. No conseguí que se quedase quieto, a cada zarandeo del metro, y en ese campo la L5 es imbatible, iba de un lado a otro del asiento, se me habían acabado los pañuelos y la sangre seguía escapándose por la herida de mi mano.

Estaba tan blanco que el fluorescente del vagón le daba un toque verde, empezó a agitarse como un abducido, los globos oculares se le pusieron lechosos a lo invidente, daba mucho asco, pero esta vez no podía levantarme e irme, igual era un ataque epiléptico, hongos cerebrales, qué sé yo, no tengo imaginación para alinear los síntomas en un diagnóstico, así que los dos cachetes que le solté no respondían a otro propósito que desahogarme, pero funcionaron, ahora boqueaba quieto como un pez arrancado del agua.

—Sácame de aquí.

Intenté rebatirle pero se abrió la camisa igual que si el oxígeno le estuviese quemando los pulmones, me las ingenié para volver a la calle (y es un escándalo que ese proceso tan embrollado de brazos y piernas quepa en una frase de cuatro palabras). El nuevo reto era atravesar la Meridiana, si los coches nos esquivaban dejando un rastro de pitidos en el aire era sólo porque me pareció más importante detener un taxi en la otra acera que llegar al paso de peatones quince metros más lejos. A cierta distancia (él arrastrando los pies, ni un esfuerzo hizo el maldito) parecíamos una suerte de comando suicida: con las camisas abiertas, despeinados, al estilo inconfundible de los amigos del alma.

—Me has pegado.

—Ibas a morirte.

—No voy a morirme, mírame, estoy vivo.

La siguiente prueba consistía en convencer al taxista que ofrecer una carrera gratis podía ser más beneficioso para su autopercepción emocional que diez euros de mierda que no daban ni para un menú. Me concentré en la estrategia pero los pensamientos derrapaban en una carretera encharcada de adrenalina, ya estaba decidido a abrir la puerta y dejarnos caer contra la acera cuando Serrucho sacó uno de sus billetes azules.

—Descuartícenos aquí mismo.

Era una broma de cuando nos rebelábamos con risitas de la superioridad de los adultos, no importaba que la gracia estuviese amortizada, abrió una brecha en el aire del presente y nos dejamos invadir por los códigos adolescentes. Salimos disparados hacia el portal, sin esperar el cambio ni el recibo que exigimos para dárnoslas de importantes. Mis gemelos se tensaron, el corazón no logró bombear energía suficiente a los muslos para acelerar, y Pedro-María me sacó medio cuerpo de ventaja con su zancada de flamenco, le dejé ir. Me esperó en la puerta con los dedos rozando la madera, y una sonrisa en los labios.

—Sprint, pared y vuelta.

Toqué la puerta un segundo después que él, suficiente para disfrutar de algo de ventaja. Era la frase que oíamos cada vez que entrábamos en la pista al acabar las clases, el ejercicio de calentamiento, sólo que ahora se trataba de atravesar Córcega a oscuras, beodos, esquivando taxis y motos, supongo que tuvimos suerte, aunque también es cierto que los años que nos habían separado de aquellos chicos ágiles que solíamos ser eran imperceptibles para el cielo metalizado y las estrellas que giran lentas alrededor de ejes insospechados. Volvió a sacarme ventaja, creo que le azuzaba el miedo, siempre fui el más valiente de los dos, se dejó caer al suelo para celebrar la victoria, me tiré encima de él.

—Éramos el doble de rápidos.

—¡El doble, dice! ¡Más, mucho más!

Me dolían las raíces de los dientes del esfuerzo, el ácido láctico fluía por sus conductos como si el hipotálamo se hubiese vuelto loco: cristales en las venas, microdesgarros musculares, me esperaba una semana de agujetas. Era verdad, y una verdad increíble que aquel anhelo de vigor juvenil que me impacientaba por adquirir de niño cuando los chicos mayores cargaban el rebote, tocaban el aro, peleaban por la posición en el poste bajo, se había cumplido: había entrado en mi cuerpo y se había ido.

Pedro-María se retorcía de la risa, pero no quise ventajas, le permití que se serenase, que recuperase la tensión competitiva.

—Ha sido calentamiento. Ahora viene la Gran Final, la definitiva.

—Por la corona mundial.

—Sprint, pared y vuelta.

Esta vez me aseguré de levantarme antes que él (apoyando la mano en su tobillo), y le tomé unos metros de ventaja. Como la moto no me dejó pasar, tuve que frenar en seco; Pedro-María me sobrepasó, pero perdió su ventaja cuando se le cruzó la masa del autobús que progresaba como un aluvión; el conductor tocó el claxon a fondo, y aproveché para llegar a su altura; me llevaba una pequeña ventaja que en condiciones normales hubiese sido decisiva, el asunto es que ya había perdido bastante últimamente, estaba harto de mi racha mierdosa, así que le agarré por los faldones del abrigo, y más o menos lo arrojé contra la acera. La maldita grulla consiguió ponerse en pie antes de que lo atropellasen, pero ya nada humano podía frenarme; incluso me permití dar los últimos pasos imitando a la pantera rosa (aunque no creo que pillase la referencia).

–¡Gané! ¡Gané!

–Has hecho DEMASIADAS trampas.

–Dime una.

–Agarrarme, pisarme, empujarme.

–Todo eso valía, era por la corona mundial, sin cuartel. Y he ganado y tú has perdido.

Lo que vino después fue una lujuriosa mano de adrenalina abriéndose desde las glándulas hasta el pecho; la vieja sensación de competir e imponerse ardiendo en la red de venas, una médula respirando a plena potencia, cuánto nos da el cuerpo. Esperaba a ver a Pedro disgustado, pero me recibió un chico ebrio y sonriente avanzando hacia mí con los brazos abiertos. Era como si gracias al esfuerzo nuestra piel cincuentona transparentase a los jóvenes generosos, colmados de vigor y de energía pujante que habían caído por error dentro de la edad. Al abrazarnos te juro que oí el crujido de los corazones.

Intentamos abrir la puerta por turnos, y cuando lo logramos nos recibió una vaharada de polvo recalentado, estuve a punto de insinuarle que al pasado le enfurecía seguir encerrado en aquel piso, seguramente preferiría fluir y mezclarse con el resto del tiempo corriente, sujeto a los desplazamientos de la moda y al deterioro, pero apenas pude sacarlo del abrigo antes de que se desplomase sobre el sofá.

Como la borrachera ya no iba a matarle (le tomé el pulso), y para dormir y tejer burbujas con su labio belfo podía arreglárselas solo, le prometí que volvería enseguida y me puse a husmear por la casa.

Antes de llegar a la cocina me atrapó bajo su influjo el resplandor azulado del portátil. Claro que tuve aprensiones morales, por quién me tomas, pero es que la única disciplina que he visto adoptar a Pedro-María desde que empezaron mis breves vacaciones en su casa es la de apagar el equipo antes de salir de la habitación. No podía ser un descuido, era una súplica para que visitase el almacén cibernético de su espíritu. ¿No arrojaba ya bastante dinero en el horno de los matasanos? Vivía con él, era su amigo, si dejaba pasar la oportunidad de recabar información sobre otros hábitos suyos me comportaría como un irresponsable, un auténtico traidor.

Me entretuve intentando adivinar la contraseña del correo («Isabel», «Chicle», «Rastabú»), pero me cansé de mover el pensamiento en una mente embarrada y abrí la chatarra del Explorer; había limpiado el historial, pero quedaban rastros de dos horas de actividad: avistamientos ovni, una ficha de Wikipedia sobre cucarachas (que me revolvió el estómago) con atención especial a las «rubias» o «alemanas», dos artículos de *El Mundo* sobre el futuro del juancarlismo y un listado de direcciones pornográficas.

Ya sé que los adolescentes no son los únicos que usan estas páginas para descubrir lo que el sexo tiene para ellos, están los solteros que se alivian en casa antes de salir a las competitivas calles, incluso los ciudadanos con pareja recurren a ellas para suministrarle algo de carnaza inofensiva al deseo, un alivio higiénico a los intrincados desvíos del interés erótico. Sé que ese material está en suspenso, al alcance de un router cualquiera, es sólo que aunque de joven aprendí la técnica de las pajas, no me aficioné, las chicas enseguida entraron en escena, me daba miedo volverme marica si me entregaba a un hábito que prescindía de ellas, tan bien dispuestas a dejarse besar y palpar, en pareja era mucho más cálido que el tiovivo de imágenes lúbricas que convocabas en el hoyo de tu soledad. Cuando emprendí mi exploración humanitaria ya imaginaba que encontraría desagradable ver a personas que no eran yo dedicadas a acoplarse con otros seres vivos para gruñir, nadie tiene que venir a explicarme la clase de fantasías que pueden formarse en un cerebro encendido por la excitación, pero tampoco estaba preparado para el grado de especialización que había alcanzado la concupiscencia íntima: «humillaciones públicas», «enanas disfrazadas», «negras que lloran atadas» y mi favorito: «embarazadas que se corren pisando manzanas»; comparadas con estas filigranas mis parafilias son de andar por casa.

Debe de ser algo impresionante entrar en la sexualidad con toda esta información al alcance de media docena de clics. Lo nuestro con el porno sueco ya fue un buen salto adelante, se supone que te formaba para el sexo recreativo, aunque a mí me alivió mucho enterarme de que la mayoría de las chicas tampoco estaban interesadas en las dobles penetraciones. Pero ninguna de esas revistas que comprabas a escondidas y dejabas en una bolsa a la espera de que la casa se despejase puede compararse con el pozo sin fondo que la red excava en la pantalla con todas esas posibilidades ilustradas y animadas. Pobres padres confiados en la «búsqueda segura» de Google (risas) y en el «filtro de seguridad» (redoble de risas) de Apple. Nada va a detener la curiosidad de un organismo de catorce años altamente especializado en la producción de semen y pus; a la naturaleza le gustan los padres imberbes; los nuestros (aunque papá no, precisamente) se reían al sorprenderte con esa clase de material, y se las daban de chicos malos: «No vais a encontrar aquí nada que yo no sepa ya». No vayas a creer que tu padrastro es un mojigato, Jackson, es sólo que el atlas completo de la excitación humana está plagado de repúblicas que a tu chica no le van a gustar, que ni tu precoz mamá debe saber hoy (esté dónde esté) que están solicitadas como destino.

Me quedé sin coraje para seguir investigando las huellas digitales de los antojos de Pedro-María (al que me tocaba mirar una semana larga con asco), pero como me sentaba bien descansar de su presencia real entré en su página de Facebook. Las mismas fotos, canciones y comentarios que podía ver desde mi perfil, nunca me había entretenido en su lista de «amigos», me llamó la atención un globito de carne rosada que sólo podía ser mi hermana, debían de haberse conocido en el piso de Bonanova o cuando papá la obligaba a venir a animarnos el día de partido;

me lo tomé como una intrusión mutua que me legitimaba para decirle a esa presuntuosa un par de frescas con la máscara digital de Serrucho puesta que iban desde la baba autoindulgente («No sabes lo maravillosa persona que es tu hermano») hasta la vejación cutre («Nunca me habla de ti, pero si por casualidad te nombra es para referirse a tu peso»), pasando por la obscenidad cruda («Chúpame el culo, pedorra»), pero se me enfriaron las ideas mientras me preguntaba si Popovych estaba al corriente de que su señora se ofrecía retozando como una odalisca en un anuncio de disponibilidad erótica. Sonreía con los brazos cruzados, dos cúmulos de grasa carnosa que le colgaban como herramientas echadas a perder. Quizá Popo se lo toleraba, quizá la animase, cualquiera sabe, después de todo lo único que se aprende viviendo en pareja es que los matrimonios son inexplicables.

Seguí pasando nombres, perfiles, era divertido cómo afrontaban las fotografías con las que se daban a conocer: encuadres complicados, coches que rezumaban estatus, fotogramas con los que se «sentían» muy «identificados»; me maravillan las fotos de las chicas, alternando, las muy idiotas y coquetas, fotos con niños (tantas han parido, parece mentira, con lo distintas que parecían a sus madres y tías) y estampas en bikini bajo los azules de agosto que parecen extendidos en el cielo para vivificar el fondo de nuestros posados.

Ellos se cuidan de no enseñar las barrigotas por Facebook, pero en la playa llegan a acuerdos ventajosos con su sobrepeso; lo que ellas deciden ofrecernos después de doscientos disparos de réflex es la gustosa expansión maternal ovalándoles los pechos, las mejillas y las caderas, con el encuadre cortando justo donde la carne sobrepasa su baremo mental de lo tolerable. Allí estaban Sonia y su explosión de pecas lascivas sobre las mejillas, y los dobladillos insinuantes de las axilas de Carmen Calvo, y el manillar de grasa que se precipitaba sobre la elegante rabadilla de Vanesa (¿ésta no es la que saltaba vallas?), incapaces de resistirse a exhibir y ocultar esos cuerpos que cultivan y les mortifican. Debería ir a visitarlas una por una allí donde estuviesen pasando la vida para compartir una conversación y convencerlas de que por mucha publicidad que le den a las jovencitas turgentes lo que me prende la libido de verdad no son las dietas magras sino encontrarme por la calle con uno de esos traseros de amiga de instituto, moldeados por casi cincuenta años de respiración y espléndidos almuerzos. Es un día bueno cuando nos saludamos (Mancebo, Sandra, Laura, Cardelús, arbitrios de la nominación, unas fijadas por el nombre, otras por el apellido) y nos ponemos al corriente, intercambiamos mentiras amables y recuerdos medio secos, y es incalculable el valor de esos culos melancólicos que surcan la conversación (dónde trabajas, cómo te tratan, te queda algún antojo por cumplir, qué temes, piensas alguna vez que en doce años habrá pasado tanto de lo que de verdad merecía la pena, ¿lo piensas constantemente?). ¡Qué picante el pasado compartido! Sandra, Vanesa y Vanessa, Laura, Mancebo, Díaz, Laura, Carmen-Olga Calvo, sólo ahora nos permiten verlo claro: fuimos unos presuntuosos, demasiado jóvenes para saber calcular las ventajas emotivas de ser mamíferos capaces de rumiar pasajes de tiempo gastado igual que los dromedarios escupen y se tragan su digestión. ¡Debimos acostarnos más entre nosotros! Pero no creas que ahora soy yo quien se pone melancólico, esa clase de sentimientos afeminados no van conmigo. De Helen sólo conservo uno de sus sujetadores de copa C en el compartimento secreto que siempre se te pasó por alto, lo superpongo a mis amantes posteriores para medir la distancia exacta de placer que han sacrificado mis manos, esa es toda la nostalgia que me permito.

Aproveché para preguntarle al oráculo de Safari por Eloy Larumbe, parecía la noche ideal para satisfacer una curiosidad que reprimía porque nunca había mirado a una transexual con detenimiento. Digamos que las fotografías que encontré eran reclamos laborales de su nueva especialidad, no se cotizaba nada mal, aunque diese risa la ficha donde declaraba tener veintisiete años. No tuve muy claro si eran tíos o tías los que pagaban por acostarse con ella o con él, pero Eloise era una criatura erótica, tenías que meter el ojo debajo del maquillaje para reencontrarte bajo la nariz y los pómulos retocados por el bisturí con sus facciones de bobo. Una melena abundante, implantes mamarios y algo en los glúteos, ni siquiera la mirada retadora recordaba la expresión dubitativa de Eloy (igual había drogas que alteraban el juego entre la pupila y el iris), pero si solté el teclado como si ardiese no fue por la reacción espontánea de mi cuerpo ante las posturitas de Larumbe en *catsuit*, sino porque el aire delicado de la casa propagó el berrido de mi anfitrión.

−¡Johan!

Esperaba encontrarlo mucho peor, se había sentado con el abrigo sobre los hombros.

−Soñé que me ahogaba. Siéntate. Quiero hablar. Por favor.

Desde Córcega entraba una luz fría y abundante, un edificio de oficinas, señoras de la limpieza, expedientes abiertos; pero me pidió que encendiese la lámpara pequeña, hablaríamos sumergidos en un resplandor verde, el toque íntimo.

−Tengo que contártelo. No puedo llevarlo más tiempo metido aquí dentro. Le fui infiel a Isabel.

Ni siquiera disimuló que aquel lío suyo se puso en marcha después de que la arpía le arrancase a su hija; en cierta manera disfrutaba con el vínculo que le proporcionaba el alambre de una culpa fantástica.

Vi cómo sacaba las fotografías de otro de sus sobres, esta vez la chica se llamaba Cris. Se habían conocido en la red de fotógrafos aficionados, se enviaron mensajes privados y encontraron enseguida una intersección de gustos: Leonard Cohen, *El coche fantástico*, las pelis de Al Pacino, a ninguno de los dos les convencía la etapa eléctrica de Bob Dylan. Se vieron en una quedada de foreros, no tardaron en separarse del grupo, hicieron lo posible para reír. Cris le gustó a su manera: el pelo de colorines, las caderas anchas, el acento inocentón (era de Zaragoza). Se perdieron por un tramo de abetos, la conversación fluía serena y fue abriendo defensas anímicas. Hablaron de estremecimientos conyugales, coincidían en un divorcio gélido, les atemorizaba internarse en solitario en la siguiente década, les daba pereza esquivar pretendientes si se decidían a buscar en serio, habían hijos en circulación: tres para Cris, una para Pedro (no se privó de bromear que su hija circulaba más bien poco). Llegaron a un prado presidido por un castaño que parecía sangrar por las ramas, irresistible para los aficionados, así que desenfundaron las Nikon, y Cris le dijo que cuando disparaba parecía iluminarse por dentro. Se sentaron sobre un suelo de hojas crujientes y hablaron de sus trabajos, a Pedro no se le escapó la inconcreción de ella, pero lo dejó pasar cuando le repitió que no podía desaprovechar un talento así.

—Ella también es buena.

Las fotos de Cris insistían en un contorsionismo de la perspectiva, eran mejores, más animadas que las de Pedro. La clase de chica que no se engaña, sabía que tenían demasiadas lagunas de formación, que sólo podían jugar a ser fotógrafos en la atmósfera de admiración pautada y algo artificial del foro, pero la cámara les procuraba un territorio de conversación y una ruta por la que progresar, permitieron que la mutua adulación acelerase su amistad hacia un clima más íntimo, el corazón es muy propenso a que lo deslumbren.

Los martes y los jueves usaban el correo como un servicio de mensajería instantánea, y Pedro solía contestar envalentonado por el alcohol hasta el punto de improvisar la promesa de un viaje a Zaragoza. Cris le respondió que en esa fecha no tendría a los críos, no los hubiese tenido ningún día que a Pedro se le hubiese ocurrido. El AVE le costó un ojo de la cara y se pasó el viaje maldiciéndose: el paisaje salpicado de arbustos bordes, aquel inmenso secarral de montañas arenosas organizadas en pliegues que se sucedía por la ventanilla le aplastaba el ánimo, y Cris tampoco le gustaba tanto, era una aventura que no iba a echar raíces en su vida.

El tren se frenó en la estación inmensa de Delicias, y Cris le esperaba como un muñeco diminuto en medio del andén, manos recogidas, pies juntos y un impermeable azul. Le dio un paseo con el coche por dos plazas y un jardín. Fue el tono animado de Cris lo que fue suavizando sus defensas, le impresionó el recibimiento: un piso limpio, luminoso, fresco, copado por el aroma a cebolla, pimiento y carne de los guisos caseros. Se sentó sin dejarse caer en el sofá, frente la mesa puesta; mientras Cris se encerraba en la cocina para dar el toque final, saboreó cada segundo que su cuerpo se hundía en la firme esponjosidad de la tapicería, las manos se le estremecieron de placer al ver el servilletero con las iniciales de ella grabadas.

—¿Te gusta el rosado?

Se presentó voluntario para descorchar la botella, Cris le trajo un juego de pantuflas por si quería descalzarse, pero no eran de su tamaño. Resultó que curraba en un supermercado, especificó dos veces que era encargada. Recogió con una habilidad de prestidigitador los platos y las sobras de aquel guiso emocionante y le sirvió un plato de nata fresca con fresones, una coincidencia, no podía saber que era su postre favorito. Le dijo que había estudiado dos cursos de bellas artes, sólo aprendió que no le gustaba competir, también tuvo que hacerse cargo de su madre, la fotografía era su llama, y también tomarse media docena de cervezas en un bar donde se podía escuchar música de verdad, otro día podían ir.

–Mírala, Johan. No todos podemos asaltar cunas como tú. Es bonita.

Era una de esas chicas razonables que pasan por el mundo y se desgastan intentando hacerlo bien; entre chicos demasiado altos y demasiado fantasiosos para retenerlos con ese cuerpo discreto, con el contenido saludable que le crecía dentro de la cabecita, no había logrado encender a ninguno bueno de verdad. Tuvo que conformarse con un marido promedio, el tipo serio, honrado, trabajador, capaz de fecundarla. Un varón razonable con el que le había ido razonablemente mal, quiso tener tres críos, suministrarle la atmósfera protectora del cariño mundano, y que después de una mala racha había terminado por irse. Y lo que Cris buscaba ahora era un colega con el que salir de copas, a reír y a remar, con el que planear viajes para los que les faltaría todo el dinero del mundo, con el que reanimar el placer que proporciona ser dos, volver a escuchar el nombre propio pronunciado con interés, por una persona que igual no te convence demasiado pero es la que se queda aquí y te toca con unos dedos que te protegen del frío social.

Claro que una mujer con tres hijos y un marido fugitivo podría calar enseguida que aquel tipo *esfilagarsat* y cuarentón era la mayor parte de la semana un ciudadano acomplejado y esquivo, que más le valía no abandonar su empleo honroso porque no estaba armado para la calle. La versión más ambiciosa de Cris, una chica que todavía estimaba al alza sus posibilidades, le hubiese descartado al verle porque le faltaba fuego vital, ideas propias, esa clase de ambición que te arrastra hacia momentos cada vez mejores. Te costará entenderlo porque eres la clase de persona que se lleva al chico más interesante, el que sabe dónde llevarte a cenar, qué vestido escoger, y qué visitar cuando sales de viaje a tierras lejanas con nombres prestigiosos. Pero en la fase intermedia de la vida, cuando te obligan a atravesar la tierra incógnita que se abre entre tus planes treintañeros y los abuelos setentones, Pedro daba los mínimos; podría presumir de tener un novio fotógrafo en ambientes donde ser de Barcelona ya puntuaba; lo que esa chica quería era beneficiarse del lado amable de la vida, con un tío que no era violento ni testigo de Jehová.

Y después de todo, ¿de qué te ha servido casarte con un *connoisseur* si no puede pagarse el coche ni costearte un viaje? En qué te benefició entrar en el matrimonio pensando que yo iba a llegar a ser «alguien». Es una de las cosas divertidas de la vida: vas abriéndote paso entre las expectativas que otros elaboran para ti en su cabeza distante, como si no tuviéramos suficiente con adentrarnos en la edad envueltos en una nube tejida de sueños, ideas y fantasías sobre el futuro: los treinta, los cuarenta, los cincuenta y cinco… para desembocar en lugares extraños, pisos pequeños, propósitos como cajas. La edad es nuestro profesor de realismo.

Y tenían de su lado la atracción natural poniéndoles las cosas fáciles, lo que ocurre cuando un hombre y una mujer se encuentran al extremo de sus respectivos embrollos, la manera como los cuerpos se posan el uno sobre el otro. Cris se desnudó demasiado deprisa, él vio los pliegues fofos del vientre, las estrías que se abrían en una formación parecida a un delta seco; hacía años que no tocaba a una mujer (habían caído, uno, dos, tres, sin hacer demasiado ruido), volvió a sorprenderle la temperatura, un balón de agua caliente; la ruborizó al dejar caer la mirada entre las ingles, en el brote de vello negro y estropajoso que le recordó a los hilos de un tejido vivo.

–Me deseaba y yo a ella, te lo aseguro, sentía la fuerza en los muslos y en el vientre, pero el miembro ni se alteró, no respondía a nuestras intenciones, estaba desconectado del resto del organismo.

Las caricias con las que Cris intentaba estimularle sólo le sirvieron para recordarle que la virilidad seguía hundida en el centro del cuerpo, le hicieron compañía mientras ascendían los líquidos negros de la vergüenza y la culpa.

—Incluso me puse a hablar con mi polla para animarla, para amedrentarla, para que se sacudiese la pereza, para disculparme por obligarla a entrar en una tipa sin su permiso. Y cuando terminé con aquel espectáculo, y quedó claro que de allí no iba a salir nada, vi por primera vez que es un colgajo sobrevalorado.

Y ella se lo tomó como una chica adulta: le besó, le despeinó, se vistió y le acompañó al comedor. Ni siquiera intentó terminar con los labios, con los dedos, con la nariz de Pedro, se puso a lavar platos y le dijo que no era de esas chicas sucias, que prefería pedir pizza y cervezas. Y «chica sucia» sonó en la boca de Cris como la clase de mujer que puede vaciar los jugos de la próstata de un varón con un masaje, que logran transformar a un hombre impotente en un taburete sexual. Pedro-María no se lo tomó demasiado a pecho, ella le dio una palmada en la espalda, le sonrió, le arrulló como una mamá a su hijo inofensivo.

—Pensé que nunca me había gustado demasiado. Prefería quedarme al borde de los labios que meter la polla hinchada allí dentro.

Cris sacó un mazo de cartas, supongo que serían de tarot, le pidió que robase seis, hizo unos cálculos sobre la servilleta, les beneficiaban. Eran almas gemelas, una coincidencia cósmica. Le llamaría, reducirían con la voz la distancia a la que parecía condenarles la comedia laboral. Una conexión así sólo podían pararla ellos, y ellos no querían pararla. Se besaron y experimentó cómo su verga, tras años de infrautilización, empezaba a recabar sangre de las vísceras para imponerse a la gravedad y señorear en el centro de la inminente escena de gratificación y confianza anticipada. Era sólo un retraso, llegaría a sincronizarlo. Bajo aquellos mechones de colorines Cris se reveló como una amante participativa, que compensaba una imaginación laxa con su actitud animosa y un sentido del humor bajo las sábanas que le desconcertaba.

—No puedes imaginarte cómo fue, Johan, estaba viva y loca por mí.

Se quedaron fumando como si participasen en una escena de transición. Cris alternaba vaharadas informes de humo con círculos nítidos que se desorganizaban despacio sobre las cabezas despeinadas. La piel del pecho suavemente abombada por cúmulos de grasilla y sus pezones oscuros y voluminosos como gibas le turbaron. Se lo dijo *sanglotant* como una cría de lechón desorientada por el impulso de estar viva bajo un cielo inundado de luz:

—Ese fuego es nuevo, Peter, lo he encendido yo.

Salieron a dar un paseo bien abrigados, anduvieron bajo unos árboles esmirriados de cuyas raíces brotaban flores lilas. Algunas de las palabras de la conversación seguían dando vueltas a su alrededor desligadas de las frases que las acogieron. Se sentaron en una terraza y volvieron a cenar: jamón y huevos revueltos y medio litro de vino; él desenfundó la cámara y disparó contra los globos de las farolas, igual que si sus ojos fuesen sensibles a espectros de atractivo vedado a otros ojos mortales. Subieron cervezas y se pasaron el resto de la noche besándose, comentando fotos en la pantalla de la cámara, barajando planes que no sólo le llevaban de vuelta a Zaragoza, sino que involucraban al piso de la calle Córcega. Porque si en algo no podía engañarse era que Cris era de la clase de mujer que para tomarse en serio una relación han de poner cuanto antes los pies en el sitio donde duermes y meas, mirarse en el mismo espejo que te refleja, abrir los armarios, palpar las camisas.

—Dame tiempo.

Eso fue lo que le pidió: tiempo, nada menos. No se dejó hechizar por las cervezas compartidas ni por la luz creciente que entraba por las ventanas del salón; no podía sobreponerse a la impresión anticipada de enseñarle la casa-museo: lo que Cris pensaría de esas habitaciones, lo que planearía para los muebles. No podía soportar verla en aquella viñeta de la imaginación romper con cada movimiento varias fibras del tejido de mentirijillas y exageraciones con el que había cubierto el retrato de su vida madura. El ánimo se le debilitó mientras ella se adormecía sobre su hombro, porque Cris le gustaba pero no podía proponerle que siguieran viéndose en Zaragoza cada vez que los niños se quedasen a dormir en casa de unos amigos o saliesen de excursión, no podía costearse ese ritmo de vida, empezó a convencerse de que Cris era una mujer con deseos de mujer, rapaces y espléndidos, quería toda la ternura y toda la violencia del amor, la prestigiosa energía del enamoramiento iba a contagiarla célula a célula, acumularía fuerza suficiente para forzar las puertas que protegen lo más grande que la vida puede darte.

Tras pactar unas cláusulas indefinidas Pedro regresó a Barcelona, recibió dos correos de ella con una mezcla de alegría y represión. Cris le ponía al corriente en el primer correo de que las cartas astrales les auguraban un espléndido futuro juntos (lamentó haberse inventado la hora del nacimiento): «En nuestras cuatro manos hay fuerza para enderezar dos vidas». Aquella tontería le emocionó. El segundo barajaba propósitos amables y algunos recuerdos del día tan pleno que habían pasado juntos.

La propuesta vino en el tercer correo. La madre de Cris acababa de morir, una buena excusa para enseñar la punta de los planes de futuro que cultivaba para los dos. Había heredado un piso espacioso, demasiado para ella sola, cerca de una zona ajardinada, a veinte minutos andando del centro. Se le había ocurrido alquilarla, le darían lo suficiente para cubrir la hipoteca y con lo sobrante y el sueldo del supermercado podía correr con los primeros gastos de Pedro si se decidía a trasladarse a un espacio lleno de ella; también se había tomado la confianza (pero sabía que le perdonaría) de enseñarle su «trabajo» al amigo de un primo que buscaba fotógrafos para bodas. Claro que podía trasladarse cuando quisiera, con independencia del alquiler. No mencionó a los hijos.

El plan estaba trazado con las líneas temblorosas de la ilusión, así que Cris se las arregló para deslizar que podían empezar en otro sitio, lejos de Zaragoza, que se atrevería a vender el piso si él se lo pedía. Y lo único que Cris le suplicó a cambio de aquellos propósitos generosos fue que la acompañase al entierro de su madre, temía enfrentarse sola al padre de sus hijos y a sus hijos, a los que apenas veía. Ni siquiera tenía que entrar al tanatorio, le bastaba con poder tocarle después, a la salida, a solas.

Claro que Pedro-María no fue, de hecho ni le respondió, configuró el correo para que no le llegasen los correos de ella, dejó sonar el móvil durante una semana y media, otra ventaja de no pagar una línea fija, después Cris se cansó de llamar.

—¿Por qué no fuiste a verla?

Pudo responderme que aunque al quedarnos a solas los hombres nos quejemos de las astucias y los cálculos femeninos, cuando las vemos abrirse de gratitud, en lugar de respirar su generosidad con las fosas bien abiertas, a menudo nos encogemos, desarticulamos lo que nos dan con las manos o huimos. Serrucho prefirió una respuesta todavía más espectacular:

—El compromiso. No quiero comprometerme nunca más. El compromiso ya me debilitó una vez. Prefiero estar solo, se lo debo al piso. Me arde el estómago. Es hambre. Me vendría bien comer, ¿puedes prepararme algo?

—Las cajas negras. Si quieres comer, dime de qué va ese rollo de las cajas negras.

—Cucarachas. Son trampas para cucarachas. Abría la luz y las sorprendía a docenas, creo que organizaban partidos de fútbol en el suelo. Se te quedan mirando vacilonas y luego salen corriendo con esas patitas de hilo. Un control de plagas no te garantiza nada, te llenan la casa de mierda química, y cuando el aire se suaviza los bichos vuelven a salir, más resistentes al veneno. No es fácil pelear contra ellas, primero has de reconocer la raza o la especie, estás las voladoras, las africanas y las rubias.

—Las rubias son las tuyas.

—¿Cómo lo sabes?

—Tengo poderes.

—Viven en las cocinas, son muy familiares, pueden alimentarse semanas lamiendo las fibras de una gota de leche podrida. Se reproducen como… como… bueno, no hay nada que se reproduzca tan deprisa… Las trampas son obra de un genio de la estrategia. Esos animales dejan rastros y si una no vuelve al nido ensayan otras rutas sin abandonar tu casa. El veneno de los discos tiene efectos retardados, no las revienta hasta que se vuelven al nido, y como esos bichos se comen los cadáveres de sus congéneres en unos pocos días la cepa entera se destruye.

—Impresionante.

—Y te diré una cosa más. Estos días contigo, ¿sabes?, he podido dejar pasar cosas en dirección al desagüe. Ya no odio a las tías, aunque me robasen a mi hija y mi autoestima, apenas me dan miedo, en realidad, lo estoy dejando. ¿Me entiendes?

No le entendía. Podía aceptar que un hombre hecho y derecho se arrodillase en el suelo lloriqueando para aplacar la furia de una de esas, podía entender el impulso de meterles un taladro eléctrico por el orificio auditivo hasta perforarles la pulpa encefálica, pero yo no podría pasar una semana sin hundir la nariz en su cabello, sin oler el cuello, las ingles, las muñecas y las axilas de una mujer; una vida sin chicas sería una existencia artificial.

–Perfectamente.

–Todo me ha llegado demasiado tarde. No consigo que me quieran como merezco. No creas que pedía gran cosa. Ahora pediré menos. Me quedaré aquí, sin hacer daño a nadie, sin molestar. No tengo agallas para quemarme, cortarme o arrojarme al vacío. El miedo es mi cortafuegos, tampoco lo paso tan mal. Luego me moriré y estaré bien muerto, y callado, como una mata de tomates.

Vi el amago de la arcada, me dio tiempo de percibir en sus ojos el brillo que avisa que el esófago ha perdido el control, apenas había intentado levantarme cuando el chorro empezó a esparcirse entre gruñidos violentos por el suelo. Me manchó los zapatos, manchó el sofá (mi cama), el suelo y sus propios dedos. En dos minutos lo había volcado todo, ni siquiera reparé en que podía ahogarse; igual las feministas y los antropólogos tienen razón y el planeta está colmado de machos alfa, pero yo sólo conozco tíos con carencias afectivas.

Me puse manos a la obra. Ya le cocinaba casi a diario, recetas sencillas pero sabrosas (pechugas a la brasa con un chorrito de aceite crudo y una picada de huevo duro; merluza hervida con zanahoria, puerro y cebolla: no es imprescindible pero recomiendo pasar toda la verdura por el minipimer y aromatizar el puré con la primera especia que encuentres); ya le había ayudado a desatascar el baño y respiré efluvios con olor a antibiótico que ascendían del líquido amarillo, pálido, casi incoloro. Busqué un cubo y lo llené de agua caliente. Hice por él lo que no había hecho por mamá, lo que no hice por papá, lo que no hubiese hecho (lo siento) por ti: recogí con el mocho aquel espeso líquido rojizo. ¡Horas oscuras de la masculinidad, el cielo quiera que nos sorprendáis a solas! No hice un mal trabajo, aunque ni siquiera la bayeta pudo absorber la docena de astillas sólidas que habían escapado de su vientre. Tuve que hacerme cargo de aquella materia interior con los dedos.

Fui a prepararle una infusión de las verdes y mientras el agua hervía me encontré que se había desplazado de nuevo al sofá, dormía con la cara aplastada en el reposabrazos. Tuve que darle la vuelta como un saco de patatas para rescatar la *flassada* con la que cubría el sofá para impedir que su invitado le manchase la tapicería de migas y grasa.

No se me había pasado por alto la acusación de asaltar cunas. Ya podrás figurarte que mi apaño con Pedro era cómodo, pero tenía planes más absorbentes en marcha. Estaba pisando la ruta clásica de los precincuentones sensibles: me había liado con una chica que podría ser tu sobrina. ¿En qué lugar deja mi *liaison* mis chistes sobre varones que se destrozan la espalda en la cinta de correr con la expectativa de escarbar en la franja de edad que no les corresponde en busca de bollitos crujientes? Pues quedan en un lugar magnífico porque sigo sin pensar que envejecer sea una dejación: ni me oxigeno ni me tinto ni me unto las manos con cremas. El mío es un ejemplo vívido, colmado de soluciones prácticas a dificultades específicas.

De hecho también mi chica adolescente (sólo que no era tan adolescente), que dependía económicamente de unos padres con apellidos que no auguraban nada bueno, creía merecer un amor de mujer auténtica y trataba de mudarse a Rocafort, a lo que me negué en redondo no sólo porque fuese una zona de vicio, sino porque necesitaba un piso donde descansar de aquella chica que en dos semanas me había derramado su vida encima: me llevó a conocer a sus amigos, a sus amigas, a sus medio novios (personas con las que se había besado), y a las rivales, reales e imaginarias, con las que mantenía el contacto porque le dan a los días ese puntito picante que ayuda a digerirlos, y a todos ellos me presentaba como diciendo: «Mirad, aquí está mi nuevo mundo».

No pienso hablar de dónde nos conocimos. Me animé porque me sentía solo, siempre he estado casado o en pareja, echaba de menos que quisieran abrazarme. No le di esperanzas de futuro, para protegerme y protegerla le solté un buen montón de mentiras. Tampoco creo que haya terminado de cortar con su novio, y yo no quiero privarla permanentemente del tipo que estará allí cuando el resto se venga abajo.

Me gustó porque se agitaba suspendida en un limbo de atractivo que variaba desde la convicción de ser beneficiaria de una belleza incontestable al temor irracional de resultar fea, me gustó porque le bastaba una hora para recorrer la escala completa del ánimo, porque un día dejaba de fumar, otro de beber, y al otro gastaba las suelas, se quemaba los labios, ponía a trabajar el hígado al límite. Me gustó porque estaba sentada sobre la juventud como si fuese una conquista y no un estado que nos quitan para empezar otro juego; la juventud era algo que iba a defender porque era tan suya como la mancha color café que le iba de una mejilla a otra venciendo el puente de la nariz. Me gustó porque me trataba como si yo perteneciese a una especie distinta, que ya nacía madura, que no sospechaba nada de las fuerzas y los sentimientos encontrados que la atravesaban a ella. Me gustaba cómo se las daba de estar al cabo de la calle sobre emociones cuya profundidad y dureza apenas intuía nada. Me gustó porque hay chicas de ojos sabios que saben más de lo que han vivido, y ella no era una de esas chicas. Me gustó porque es un lujo escuchar a una persona que todavía busca una justificación racional (¡ética!) a sus preferencias, convencida de que cada impulso brota de una decisión meditada, y que un día logrará armonizar el barullo cotidiano en una idea coherente de ella misma, y la besé porque todos los jóvenes son unos predicadores. La besé porque me gustan las personas y es maravilloso que sus vocecitas interiores no se apaguen nunca. La besé, aunque un beso le valía poco porque confundía la madurez sexual con un listado de «experiencias» eróticas organizadas según la dificultad: pruebas que atraviesas y superas y sueltas y dejas caer al suelo como una serpentina de papel para no volver a recogerla. Me gustó que me contase que perdió la virginidad a los quince años y tres meses, y que la premura del chico la forzó un poco y le dolió, que desarrolló sensaciones negativas hacia la penetración y que las fue superando para no quedarse fuera de la vida; y aunque ya era casi vieja (rozaba los veintidós) sabía que podía conseguir algo importante con su vida. Me gustó cómo me miraban sus ojos miopes cuando salían de la ducha, y me gustó porque entre todo ese caudal indefinido de mujeres y hombres decidió que prefería a los varones y entre todos los que pudo escoger para protagonizar la aventura de su vida se había decidido por mí.

Claro que si en lugar de este chorro de palabras proyectado hacia la estéril nada te tuviese delante, te diría que me he acostado con chicas de mi edad, compañeras de antiguo. Y me guardaré mucho de darte su nombre y su cuenta de Facebook donde podrías seguir sin esfuerzo mi primer romance ilustrado. Le hice tantas (para lo que soy yo) y me hizo tantas (sin término comparativo) que dejé de pensar en la fotografía como en un rescate del tiempo que años después servirá para animar pasajes perdidos de la memoria. Al verlas dispuestas en Instagram como baldosas sobre una calle que no dejaban a la vista ni un pulgada de tierra, la escasa distancia entre las fotografías (varias horas, algunos días, nunca una semana) me hizo pensar en un conjuro para convocar la ilusión de una continuidad sin cambios.

La distancia entre lo que ella veía en las fotografías y lo que veía yo era una de las muchas descompensaciones que complicaban su proyecto de conseguir algo estable conmigo, aquél era un amor sin raíces, sin una casa común. Si Helen me aceleraba el circuito de la sangre no era sólo por su atractivo y su juventud, era también porque rezumaba la misma especie de inocencia y sorpresa que el muchacho que yo solía ser. Lo que yo quiero para vivir es su emoción, su miedo, su temblor, mi seguridad y mi confianza abrazando la inexperiencia, las dudas, y la confianza de ellas, abrir las puertas juntos, lo que yo quiero no pueden dármelo estas chiquillas, siempre va a interponerse la edad.

Y aunque sea una idea abaratada pienso que me hubiese beneficiado atravesar las décadas con una compañera que me conociese desde el principio; la responsabilidad que me abrumó al despedirme de Mabus estaba relacionada con la conciencia de que en cuanto abriese la puerta de la habitación del balneario donde Helen y yo nos habíamos intentado arrancarnos las amígdalas a lo vivo, iba a tener la conversación de mi vida.

No subí directamente las escaleras, tuve que salir a tomar el fresco. La noche sin dormir, las tres veces que había recorrido la entrada del balneario con un desfile de ánimos distintos, la confusión entre el chico que vive y no sabe y el hombre que cuenta y conoce todo lo que se puede conocer sobre lo que ya ha experimentado tejieron una escena tensa, resbaladiza, de contornos alucinantes. Volví a oír el gañido de los cerdos, debían de estar despertándose, las bestias son madrugadoras. Me pareció que gracias a uno de esos movimientos ondulantes con los que el universo te acerca a otra secuencia de tu propio tiempo podía tocar un episodio del pasado.

No levantaba ni un metro del suelo, veníamos de una excursión, sólo recuerdo el camino, las roderas y las cunetas infestadas de cardos y de girasoles secos. La luz se apoyaba en unos árboles que parecían sobrecogidos de materia. Mamá estaba vigilando el juego de mi hermana, pero sus ojos sólo se ensanchaban de calidez cuando enfocaban hacia mí, que solía jugar con la pelota granate hasta que la oscuridad me impedía ver la canasta. No era justo, pero mamá había puesto en su hijo varón la mayor parte de su amor, así que no sentí ninguna desconfianza cuando me dijo, removiendo una infusión roja:

—Mañana es el día del cerdo, te gustará verlo, es en el cobertizo.

Ni siquiera me inquietaron los gatos asilvestrados de color tierra, ni la viva sospecha de que si mi padre hubiese estado allí y no en cualquier otro de los sitios a los que iban los adultos sin avisar, a nadie se le hubiese ocurrido considerar eso de llevarme a un cobertizo a ver un cerdo. Hubo un tiempo en que bastaba con ponerlo todo de mi parte para que las cosas fuesen bien, ese tiempo se ha ido pero existió.

No conocía a la persona que escogieron para acompañarme, íbamos los dos sentados en una camioneta, estaba anocheciendo y como el hombre me daba respeto me concentré en mirar por la ventanilla cómo la secuencia de pueblecitos arraigados al otro lado de la carretera se iban condensando en salpicaduras de luz eléctrica: brillaban como las estrellas que de noche iluminan sus casas en el espacio. El hombre rompió el silencio cuando apareció la silueta del corral. Los listones del cobertizo olían a hierba seca, a formas vegetales, agrias, rancias. En un cuadrado bañado por el sol (había un boquete en la tela del cortinaje) pude apreciar impregnaciones viscosas, con la textura del betún, sin apenas brillo. Mientras esperábamos lo que fuese que estábamos esperando entraron unos adultos con cubos, nunca había visto a dos varones manejar bayetas, restregaron una solución de agua y lejía, pero ni siquiera se proponían en serio arrancar la sustancia del suelo, les bastaba con extenderla y atenuarla.

Después escuchamos el gañido vivo del cerdo.

Lo arrastraban entre cuatro o cinco hombres. El cerdo se movía deprisa con esas patas enclenques que apenas le permiten desplazarse, tan excitado que la barriga le rozaba contra el suelo. Enseguida se dio cuenta de que las cosas no iban como debían, esos bichos no son imbéciles como las vacas o los patos, tienen un cerebro maduro, cuando huelen la sangre de los otros cerdos untada en la madera enloquecen, y hay que luchar de verdad para sujetarlos. Ahora usan esa pistola que envía una descarga de aire comprimido y les destruye en unos minutos el tejido neuronal. Lo vi una noche, años después, hace más de siete años, el cerdo chilla como una sierra y se caga de tanto forcejear, pero es más limpio que degollarlo y esperar a que termine de caer, entre el tajo y la loncha abierta de carne, la cascada de vísceras y mucosidades. Nos quedamos allí unos minutos, otro adulto, había tantos, me aseguró que el cerdo había dejado de sufrir, pero los ojos le oscilaban en una suspensión, como si le obligasen a quedarse mirando dentro de la nada. Si parecía mudo era porque la carne de la garganta se desangraba sobre la arena.

Salí fuera y lo que hice allí fue jugar, entonces siempre era jugar, incluso quedarse quieto.

Cuando me aburría de jugar miraba por las ventanas del corral.

Lo que quedaba del cerdo todavía les daba trabajo. Aquel macho podía pesar como cuatro personas adultas, media tonelada. Las proteínas del cerebro no se habían acostumbrado a quedarse muertas y enviaban latigazos químicos a los músculos, toda la masa rosada se contraía en espasmos, pero los hombres no parecían tener ningún miedo al fantasma nervioso de un cerdo. Eran fuertes, estaban sanos, hacían ruido al beber, eran distintos de mi padre, ¿qué podía atemorizarles? Ya no quedaba nada del cerdo, era carne y sebo, la muerte era algo que dejaba restos, podías partirlos, golpearlos, sin remordimientos, la muerte te daba una fuerza absoluta, dejaba completamente indefenso al animal que entraba en ella.

Sé que le pasaron un gancho de hierro por la abertura del cuello y que la lengua le caía esponjosa, plana como un lenguado. El grueso pellejo se desplomó sobre el suelo (yo había comido esa parte, pero todavía no la había visto retorcerse y encoger bañada en aceite caliente, no la asociaba con algo vivo) y en el reverso de grasa se apreciaban burbujas fluorescentes, distintas a las vetas oleaginosas del beicon industrial. No sé si fue limpiar lo que hicieron con el agua que salía de la manguera, en el suelo quedaron viscosidades más oscuras y brillantes que la suciedad corriente. Eran jugos y tejidos de esos que exige la vida para mantenerse en pie y ahora estaban allí, expuestos sobre el suelo del corral.

Sé que chamuscaron al animal para librarse de su durísimo vello. Sé que cuando estuvo caliente le arrancaron los cascos. Sé que lo limpiaron usando corcho. Sé que le sacaron las vísceras y las vesículas. Sé que lo partieron de arriba abajo por la columna vertebral, que lo dejaron colgado para que se curase la carne blanca y sanguinolenta, que le extrajeron los costillares, el espinazo, los lomos, que lo despiezaron en lonchas de carne. Y sé que entre las vísceras que flotaban en una cubeta de agua con hielo vi el corazón del cerdo. Era del mismo color a concentración de sangre que los riñones crudos que no he vuelto a meterme en la boca, pero el triple de grande que el corazoncito de los conejos que podías desgajar con los dedos de su membrana y arrojarlo al cubo de la basura.

Dos meses después, con las rodillas raspadas por la hierba, me metí en el autobús con la pelota escondida en una mochila, bajé poco antes de la última parada y la abandoné en un descampado que los vecinos utilizaban como parking y donde se pudrían desperdicios y rodaban bolas algodonosas tejidas de vegetación y polvo, parecidas a carcasas de animales sin órganos. De vuelta me sentí más ligero, cada vez que tropezaba con el granate de la pelota imaginaba latir la enorme víscera que el cerdo macho llevaba clavada en el centro de su corpachón: una bomba de músculo diseñada para distribuir la sangre a las extremidades, a sus órganos de cerdo, a las glándulas.

Me quedé junto a la cubeta admirando el aspecto de aquel nudo de fibras, si nadie hacía algo en pocas horas empezaría a secarse. ¿Y quién iba a preocuparse de hidratarlo? Me acerqué más al cristal, un poso de partículas *enterbolien* el agua. Los cuerpos vivos son raros por dentro, tienen galerías, cuevas, arcos y cúpulas de materia cárnica, están húmedos. Aunque me dejaran sacar las piezas de la cubeta no podría volver a montarlo, por mucho que atiendas en clase, las cosas de la vida, una vez rotas, no pueden volver a armarse. Sé que me llamaron la atención las vetas de grasa, finas y firmes, que entonces me parecieron un armazón para sujetar la pulpa granate; han pasado los años, y me he acostumbrado a pensar en ellas como las estrías que una vida de latidos ha abierto en la carne.

Así que subí las escaleras del balneario con brío, convencido de que estaba en trance de deshacer un nudo molesto para que la vida pudiera desarrollarse de una vez hacia mi auténtico futuro, el de la vida fácil. Abrí la puerta de una patada (pensé que me beneficiaría del efecto sorpresa), encontré a Helen de rodillas en el suelo con la cara pintada de bermellón; el mismo rojo viscoso, orgánico, le había servido para dibujar en la pared (las huellas digitales estaban impresas donde el trazo se curvaba para modificar la dirección) la silueta que empleaba para representar a su *Daddy*. Claro que vi los manchurrones en el suelo, es sólo que primero me pregunté de dónde había sacado aquella loca la pintura, en la cocina le podían haber dado un bote de ketchup, era sólo que la ventana estaba abierta y pasaba un aire fresco y agradable, era sólo que tardé unos segundos en orientar al cerebro por el camino correcto, delirante, abyecto, era su propio cuerpo el que suministraba la tinta, la había extraído de su interior.

Tuve que concentrarme en frenar el sabor aceitoso, nauseabundo que me encogió el cuerpo a medida que trazaba su arco ascendente por el esófago. Me apoyé en la pared, dejé pasar los escalofríos de asco. Helen seguía de rodillas en el suelo, invocando con su vocecilla fuerzas que no iban a salvarnos, con la cara embadurnada de sangre menstrual como un filtro mágico para retener al amante al que había cortado la espalda.

–¿Qué haces? ¿Qué crees que estás haciendo?

—Cállate, sal de aquí, no puedes entenderlo, es demasiado íntimo y espiritual para un animal como tú, estás lleno de elementos faltantes.

Y si lo piensas bien la sangre ya es un buen misterio por sí sola, ahí la tienes girando en las venas, irrigando órganos y tejidos, empapándolos de vitaminas y hierro; la encontrarás dentro de los pájaros, no se puede creer cómo sangran los peces, incluso esos insectos de mierda que no miden más de un centímetro custodian su gota; el niño nace empapadito de sangre y es sangre lo que se pudre en las arterias de los fiambres, un jugo vital que legamos generación tras generación; un hilo escarlata que traza en el interior del cuerpo las figuras de la vida. Se podría escribir un buen libro con una idea así. Habíamos visto el vídeo juntos, comiendo palomitas, abrazados en el sofá (cómo desaprobarías, papá, los nuevos hábitos de colocación doméstica) mientras en la pantalla Jovanotti se tiraba el rollo de que las mujeres eran criaturas sangrantes y que los varones las educaban para avergonzarse de sus ciclos, de sus procesos, de sus fases, de sus... puedes añadir aquí cualquier palabra imbécil, la que quieras. Y sin dejarse aturdirse por tanta desvergüenza añadió que cualquier chica podía con los nutrientes de la fecundación que se desaprovechan cada mes enderezar relaciones quebradas, desprenderse de traumas tan arraigados que no pueden arrancarse sin destrozar la personalidad. Claro que mi reacción fue reírme en la cara de ese falsario, y como la oí reírse creí que Helen me seguía el juego, pero su pie se estaba arrastrando en dirección al pensamiento mágico, fabuloso, al catálogo *apostoflante* de respuestas sencillas: hechizos y sortilegios.

—No creo que viniésemos hasta aquí por estos trucos dementes. Yo al menos lo hice porque creía en nosotros. Todavía creía. Vine por amor.

Me respondió con unos silbidos, supongo que el ritual seguía adelante. Y llegados a este punto es toda una tentación aplicarle a Helen una categoría clínica y expulsarla de las filas de la cordura. No le vendría de nuevo, sus sedosas nalgas tenían experiencia en ser pateadas. Claro que no es tan sencillo, si hicieras el censo de hombres que tocan madera, de las chicas que salen de casa con piedras mágicas, convencidos de que el futuro deja indicios grabados a fuego en las constelaciones, te saldría un número de siete cifras, y me niego a pensar que todos esos millones están locos de atar. El conjunto móvil dónde nos arrojan para que nos las arreglemos es demasiado confuso, terco y cambiante para interpelarlo con las ideas que aprueba la comunidad científica o nos legan nuestros padres, a todos nos conviene pasearnos con una hipótesis audaz. Yo creo en la telepatía simpática y en la influencia de la vitamina C en el amor; el filtro de Helen era de peor calidad, dejaba pasar más porquería irracional que el mío, eso es todo. Yo sólo digo que Helen no había extraído su ritual sangriento de un área lesionada de su cerebro, se lo había susurrado Jovanotti por las prestigiosas avenidas de las radios públicas y las televisiones privadas. Helen sólo era una tontita tratando de hacerlo bien, ¿cómo podía reprenderle?

—Si me tocas, te mataré.

No me moví con la intención de tocarla, pero al retarme me entregó un diario de ruta para canalizar la indignación que me ardía en las manos. La agarré de los brazos y la arrastré hasta el baño, la dejé allí tirada mientras regulaba el agua de la ducha, cuando le arranqué la camisa empezó a resistirse, pero sin convicción, como si no quisiese ni rendirse ni vencer, como si mi violencia fuese la fuerza que trataba de convocar. Le metí la cara bajo el chorro y le limpié los labios y los dientes y las axilas y el vientre, la enjaboné. El plato no tragaba bien, vi girar una sustancia rosada, del color de las tripas, coronada con rápidos y crestas de espumilla. No la solté del cuello, por si acaso.

Es divertido (hazte cargo que «divertido» no es la palabra más precisa, pero tampoco atravesaba un momento propicio para buscar una mejor) que podamos convocar el pasado en una imagen fija y dejarla congelada en la pantalla mental, impedir que el tiempo la acelere; recordar se parece a ir pasando de una a otra de esas imágenes, a barajarlas, alterarles el color, clasificarlas. En una la saco del baño, en otra la arrojo contra las sábanas seguro de mi ventaja muscular, después me echo encima y escucho cómo su rostro (una expresión de vaga repelencia enriquecida con vetas de escándalo y de impotencia) repite sin apenas voz:

—Si me tocas, te mataré.

Mientras se la metía a mala fe me pareció que en la pared se proyectaba una figurita gris que sólo podía ser la sombra de mi padre tratando de comunicarme desde el otro lado (me gustaba aquel eufemismo porque dejaba abierta la esperanza del regreso) el consejo viril para dominar un matrimonio que nunca se atrevió a darme. Porque mientras estuvo vivo el consejo más valioso que logró transmitirme (y que asimilé a contrapelo de la dirección de mis actos) aquel hombrecito (el padre de mi carne, que desayunaba todas las mañanas pan tostado con mantequilla y bajaba por Balmes para comprarse un pañuelo de hilo beis), fue el que se desprendía de sus hábitos cotidianos: la búsqueda convencional de la mesura. Pero terminaste dándote a la fuga, papá, viviendo a escondidas, cuidando a mamá a hurtadillas. Si lo que tienes que decirme pretende cubrir el agujero abierto en el corazón de vuestro matrimonio, no estoy seguro de querer escucharlo, y tampoco llegas a tiempo de enderezar lo mío con Helen, aunque ella me agarre de la espalda (su dedo en mi cicatriz) mientras nos entregamos a los movimientos lascivos, ninguno de los dos espera oír palabras dulces. La sentí temblar y salir del trance y nos despegamos, se separó de mí y se dio la vuelta, enseguida se puso a respirar bajo la masa de pelo alborotado. Reconocer en sus nalgas opulentas la huella rosada de mi mano me llenó el cuerpo de una especie de engrudo, de asco por los dos, de sensación última. Si se me pasó por la cabeza estirar el brazo y acariciarla el impulso no se concretó en un gesto.

Lo último que vi antes de dormirme (estaba a oscuras, pero la pupila se las arreglaba para rastrear fibras sueltas de luz) fue una *estesa* de ropa, dos sillas volcadas y la parte de sábana que había caído fuera del somier, que desde allí parecía una masa de carne decidida a huir de su organismo para desparramarse sobre el suelo. A mi lado dormía un cuerpo acalorado, medio lloroso, algo de piel desgarrada.

De alguna manera la ola de luz se las arregló mientras yo dormía para avanzar subrepticiamente desde las antípodas del globo hasta asomar su espuma luminosa por el borde del horizonte. Me perdí cómo abría los primeros narcisos, cómo encendió los prados bajos y cómo se coló igualito que una morosa insinuación entre las frondas demasiado tiernas para retenerla del balneario. Estaba durmiendo el sueño de los mamíferos satisfechos, despegué los párpados despacio y volví a cerrarlos, algunas palabras de la interminable jornada de lucha me avergonzaban, pero no exageremos, los estratos íntimos de ese cuerpo mío que a veces parece más amplio por dentro de lo que se aprecia desde el exterior rezumaban serenidad. Abrí los ojos en una habitación invadida de luz meridional, acariciado por una leve atmósfera de aromas femeninos, incluso sentí un tirón suave de excitación y un buen mordisco de hambre, nada que no pudiese aplacar con un beso y un yogur.

Pero Helen ya no estaba allí.

Esta vez se había llevado la maleta, había recogido sus prendas, igual iba en serio.

No salí de la cama de un salto, no me vestí a toda prisa ni salí descalzo al pasillo a buscarla, me daba igual. Me cepillé los dientes, oriné, me di una ducha de las buenas, dejé que el agua me reblandeciese la piel de los brazos, me enjaboné el pelo formando crestas espumosas con los dedos, me arranqué a cantar. Salí del baño con una toalla tamaño pigmeo atada a la cintura, enseñando media nalga que en el espejo del cuarto adquirió proporciones demóticas, qué grande me sentía hoy. Tras las ventanas dos nubes cremosas resbalaban a una velocidad imperceptible. Se parecía a quitarse unos lentes que amortiguasen los colores, fue como recuperar un paisaje brillante, repleto de destellos, de tonos recién humedecidos, fue como si mi corazón y mi cerebro se hubiesen desprendido de una red de nervios y venas parásitas, aquel olor a musgo y vegetaciones vivas era un efecto del prodigio de desenamorarse.

Estaba brioso y optimista como un potro al que le retiran las bridas, medio enloquecido por la visión de un campo abierto y recorrido por brisas de expectativas frescas, los tendones me estallaban de vitalidad. Me vestí con el traje de línea diplomática que me había llevado por si acaso, y en honor a papá doblé un fular en el cuello abierto de mi camisa azul vincapervinca. El conjunto me daba un aire a terrateniente rural inquieto por visitar el teatro, pero tampoco desentonaba entre las momias, y allí estaban mi mentón, los oyuelos, la mata de pelo esponjoso, los ojos de claridad noble, todo situado para proporcionarle algo agradable a la fiesta de las miradas humanas.

Bajé los escalones convencido que aquel polvo tan bregado (el último con Helen), tan agresivo, tan triste, tan satisfactorio desde la perspectiva del desahogo muscular, era una buena condensación simbólica de nuestro matrimonio: no dábamos más de sí. En recepción me aprovisioné de cacahuetes nevados y pregunté por Jack Mabus, el único camarada masculino al que podía contar el desenlace de mi historia: me daba miedo de que si la retenía se avinagrase, quería sacarla fuera de la piel a golpe de onda sonora, disolverla en la inmensidad del mundo común.

–El señor Mabus se fue esta mañana.

Imaginé que Helen había vuelto a Barcelona, que se había encerrado en la habitación de sus padres, que se habían apuntado a una excursión entre las crestas de cereal, la imaginé entusiasmándose ante unos higos fisurados de pulpa roja, qué se yo, lo único seguro es que a esa hora no sólo Jack Mabus se alejaba del balneario al ritmo del medio de transporte escogido, sino que Jackson y sus abuelos estarían facturando las maletas rumbo a los campos siderales de Montana. Así que me di un susto de esos que pueden decolorarte un mechón de pelo cuando el recepcionista me señaló *palplantat* en el hall el cuerpo en retroceso de *Daddy* Rupert. Había intentado telefonearme a la habitación, llevaba dos horas esperándome, tan blando y lívido que si no fuese un chiste demasiado sencillo te diría que el balneario le estaba matando.

Me invitó a sentarme con él en la terraza. La luz emocional de la escena era densa, media hora antes estaba seguro de haberme librado de Helen, uno se convence de cosas increíbles cuando canturrea desnudo en una habitación de hotel (deberías probarlo), pero supongo que dos de cada diez latidos seguían distribuyendo sangre hechizada por la hija de los Thrush, no es tan sencillo limpiar la materia, esterilizarla, expulsar los últimos átomos de las expectativas compartidas. Al fin y al cabo se trataba de conversar con la versión desmejorada del responsable de la cotidianeidad perruna que había saboreado durante el último año, del cabrito que amargó el ánimo de Helen con sus inflexibles preferencias genitales, el mismo tipo al que deseaba ver desollado cada vez que mi mujer reptaba sobre nuestros desperdicios emocionales, no me extraña que me temblase la pierna.

Pidió una manzanilla y a mí me pareció un exceso preguntar si me podían preparar un gin-tonic; en las ranuras de su rostro debilitado brillaban unos iris metálicos y fríos, me sonrió con una nota de beligerancia, se subió un calcetín, el otro lo llevaba comido: mi estómago vacío contuvo una arcada al contemplar aquella espinilla desnuda, pálida y gruesa como esos fideos que se tragan los japoneses.

—Helen nos lo ha contado. Mi hija dice estar decidida a denunciarle por violación, pero no hará nada sin nuestro apoyo, y no va a tenerlo en un asunto que no prosperará y que la encadenaría a usted, ni siquiera descarto que ésa sea su motivación. Lo que sí le pedimos es un esfuerzo para conseguir un divorcio rápido. La compañía ha tenido el detalle de cambiar el titular del billete, los españoles nunca ponen problemas cuando enseñas el pasaporte americano. El niño se va con su madre y su abuela. La temperatura de este pueblo me beneficia, y en tres o cuatro días podríamos tener solventado el papeleo de su separación. Dadas las circunstancias sería toda una sorpresa que un señor como usted saliera ahora con peticiones extrañas.

Se arregló para decirlo en castellano con palabras de apoyo en inglés, había planeado la conversación y no se esforzó por disimular las corrientes de desgana que se movían bajo la sensación general de alivio por liquidar de una vez el accidentado periplo latino de su hija (que al menos se saldaría sin otro nieto). Pareció emocionarse más al oír los gruñidos de los cerdos, giró el cuello de un lado a otro buscando a los animales. Rupert apoyó las manos sobre la mesa y trató de ponerse en pie, cuando lo logró, ligeramente encorvado, su volumen se ajustó a las dimensiones de papá, claro que papá nunca se hubiese permitido unas bermudas así.

—¿Por qué nunca la quiso?

Rupert no había escrito ni una sola línea para el yerno depuesto, mi réplica había agrietado la escena prevista, nos quedamos abandonados a la improvisación: dos personas nacidas en décadas distintas, a miles de kilómetros de distancia, y cuyas trayectorias no hubiesen coincidido de no ser porque los hombres engendran hijas en los cuerpos de las mujeres, y otros hombres se enamoran de ellas, y ese capricho desordena las expectativas del presente en un imprevisible futuro.

Creo que salieron gruñendo del bosquecillo: tres dirigibles de carne porcina; sortearon la piscina y atravesaron la terraza tirando sillas como una exhalación onírica; la pandilla de mozos que les perseguían forcejearon con ellos sobre la hierba hasta reducirlos. Los sacaron de allí por un camino escondido entre los pinos.

—Son hembras. Los machos son demasiado grandes para contenerlos entre dos. Animales listos. Les debo mucho.

Desconecté, no estaba para escuchar el chocheo melancólico de un viejo cuya única destreza conocida era conducir furgonetas, encargarse de Beryl (el del biplano) y torturar los nervios de su hija, pero *Daddy* no perdía el hilo.

—Uno de su especie me cedió tejidos para un trasplante.

Algo había oído del asunto, las fibras frágiles de corazón humano quedan sujetas por duras células de cerdo. Claro que en esa época los padecimientos quirúrgicos me sonaban a música lejana. No tenía ni idea de lo extendido que estaba esta clase de tratamiento. Es ahora que me ha dado por temer que el chorro de moléculas porcinas nos esté mutando en una raza de híbridos. ¿O a ti te parece normal que Rupert se pasease por allí con un ventrículo de puerco?

—Tiene gracia que habiendo estado casado con ella no se haya dado cuenta de que mi hija es un poco… excesiva. Una chica enamorada de sus problemas, que para serle franco nunca han sido gran cosa. Helen no permite que los roces se curen, acumula para no olvidar las razones por las que disfruta de sentirse ofendida día tras día, siempre quedas en deuda. Detrás de su baja autoestima se esconde un orgullo indecible, y poco más. Le di afecto, unos estudios y nunca la abandonamos, ni siquiera cuando dejó en casa a un niño no querido para irse a corretear a otro continente con un hombre que ni siquiera la entiende.

Lo dijo en inglés sin mirarme apenas, yo era para él como el elemento aislado de una fórmula resuelta, que ya no representaba ningún estímulo intelectual. Fue al ver cómo se alejaba renqueando cuando se precipitaron desde no sé que profundidades de mi cerebro argumentos, acusaciones y reproches que se fueron amontonando detrás de la frente; pude perseguirle, pude obligarle (la fuerza seguía estando de mi parte) a que volviera y me escuchase, pero no hice nada de eso, me quedé allí sentado y quieto, con mi paño inglés y mi fular; levanté la mano pero no apareció ningún camarero, la luz descendía en columnas crudas entre las grietas de la masa gaseosa; refrescaba y me noté harto de discutir, qué velocidad la vida adulta: no volver a ver a Helen, que ya no me dieran un aro y un balón para medir la suerte, que ya nunca se tratase de ganar o perder.

Me quedaban tres días por delante, claro que podía irme, ¿qué me retenía? Pero me dolía el dinero gastado. No quería escapar como una rata, quería pasar las horas en las que me tocara despreciarme a mí mismo en la piscina de olas. La reprimenda de Rupert me había sentado como una ducha tonificante, echaba de menos que me pusieran en mi sitio, si no fuese por la perspectiva tétrica de trasladarme a Montana me hubiese dejado adoptar por *Daddy*.

Me acosté pronto, me dormí surcando los rápidos neblinosos del alcohol, preguntándome si los hijos siguen siendo hijos cuando se quedan huérfanos, claro que me sobresalté cuando el teléfono de mi habitación empezó a sonar a las cuatro de la madrugada. Tampoco ayudó a que confundiese el timbre con la sirena de incendios, Cataluña es mucho de quemarse cuando llega el verano, y estábamos encajonados en una depresión de terreno, así que es comprensible (y disculpable) que me aliviase cuando entendí que la voz cavernosa se refería a Rupert. «Su suegro», era el sujeto constante de un revuelo de predicados: «salud grave», «ataque coronario», «parálisis muscular». Me vestí estilo libre, sin combinar colores ni telas (salí con los calcetines desparejados), zapatos sin embetunar, todo a juego con un ánimo pegajoso de sueño, y al entrar en la habitación 601 recordé que en virtud de las leyes civiles de la Villa de Madrid era el único pariente de Rupert en la península.

El médico (un precioso ejemplar rural, de mejillas sonrosadas, con marcas en la frente de tanto enroscarse la barretina) me puso al corriente de la serie de ataques nocturnos que le habían dejado desorientado y con la fuerza justa para avisar a la enfermería. Necesitaba oxígeno y suero, no estaba descartado que los macrófagos, rebosantes de lípidos, grasas y colesterol, volviesen a ocluir una vena. Lo conveniente era trasladarle al hospital de la zona y empezar a serrarlo (no usó este verbo) para desatascar las venas cardíacas, porque el doctor Capri no tenía medios en el balneario, el botiquín y el quirófano del centro eran un poco de mentirijillas. No soy uno de esos tíos raros que ven las letras de colores, pero la frase siguiente del doctor emitió destellos dorados al proyectarse en mi imaginación.

–Necesito que me autorice a ingresarlo.

–Quiero estar a solas con él.

–¿No me ha *escoltado*?

–Sólo será un momento, con un momento me basta.

El Joan-Marc con la salud amenazada por los frutos secos y las deliciosas obleas de patata ungidas con grasas corrosivas se hubiese solidarizado con aquel Rupert incapaz de sostener el peso del cuerpo: a mí también me parece ahora que es una chapuza que un órgano tan importante como el corazón sea cardíaco, que no pueda acumular unas dosis de oxígeno para cuando lo necesite, que su demanda sea continua. Pero lo que experimenté ese día al quedarme a solas con el tipo al que le habían metido por los ollares unas sondas tan gruesas que parecían tentáculos naturales fue un poder vigorizante, una dosis extra de hombría. La entereza con que me había tratado, por no hablar de su puntito agresivo se habían esfumado, el pájaro que me observaba desde la cama húmeda era sólo un viejo asustado con un cable de goma entre los labios, que le palpaba con total desvergüenza la lengua y la campanilla.

Tampoco creas que iba a ahorcarlo, no tengo ese temple, me limité a retirarle la sábana, olía a polvo, cera y algo más; la piel de los pies estaba dura como una corteza, la sangre se había concentrado en unas manchas oscuras de tinta lívida; los mismos sabañones, duros, esponjosos, que papá. El siguiente paso era hurgar en su maleta, los farfullados con los que trató de impedir que le desvalijase eran de impotencia, y yo contaba con el respaldo de la institución médica, y una larga jurisprudencia de abusos contra la voluntad de enfermos indefensos; le quité la cartera, un móvil, el pastillero y un sobre con tres cartas, se parecía bastante a tener las vísceras de tu rival entre los dedos. Después firmé todos los papeles que me dieron, por mí cómo si le desvalijaban los órganos.

En la ambulancia me entretuve consultando el móvil de Rupert, desde luego no era uno de esos ordenadores de bolsillo con los que acarreamos ahora, pero tenía una camarita; busqué en el menú y encontré al nieto y a Helen, tomas de la casa y de matrículas (cada hombre tiene sus perversiones ópticas); su mujer no debía de saber cómo manipular aquel aparato porque Rupert guardaba fotos donde aparecía con una rubia algo mayor que yo, rellenita y desacomplejada, que usaba tejanos a los que la palabra «prietos» le quedaba algo holgada. Rupert posaba sonriente sobre fondos urbanos (que se parecían a Boston, a Seattle, a la bahía de San Francisco) o paisajes que podían ser cualquier sitio (cactus, arena y clapas de hierbajos), y la secuencia de posturitas culminaba con un ortopédico beso ante una réplica de la estatua de la libertad, con la textura medio borrosa de la óptica precaria que rebajaba esos instantes selectos a la categoría de recuerdos a medio revelar, que ni han terminado de disgregarse ni se han integrado a la serie de momentos resplandecientes que trazan el perfil público de nuestra vida.

Lo desataron, lo sentaron en una silla de ruedas, lo metieron en una sala, lo desnudaron, lo lavaron, lo rasuraron, volvieron a atarle para que no le diera por caerse y le avisaron que en media hora le sedarían, aunque Rupert apenas balbuceaba fragmentos en alemán, provenientes de vete a saber qué periodo remoto.

La mirada de Rupert era bastante sosegada si consideramos por lo que estaba pasando. Su entereza me recordaba al temple de mi padre vivo (porque al colgarse se le habían torcido los ojos): pertenecían a una generación que no contemplaba liberarse de las complicaciones a gritos, hombres constreñidos por el pudor, sin colas gallináceas. Yo debería odiar a ese individuo, pero el odio es un sentimiento que no llega a desbordarse cuando tu enemigo se hincha como un ahogado. Llevaba un rato sintiendo al vejestorio cerca de mí, llámalo solidaridad de especie, solidaridad de varón si lo prefieres: igual también los padres de Helen estaban viajando para limar lo suyo, darse otra oportunidad antes de meterse en la tumba, ha de ser triste avinagrarse cuando falta tan poco para que te esparzan sobre un campo de violetas. *Daddy* se había decidido por la legítima y conservaba las fotografías por orgullo, por nostalgia, la clase de complacientes contradicciones que circulan por el cerebro de los vivos.

Me estaba poniendo demasiado solemne cuando Rupert empezó a emitir aquel sonido de cafetera, una fuerza invisible lo estrujaba como a un muñeco de cartón, casi podías escucharle crujir, así que *Daddy* estaba luchando con la muerte de verdad. Entraba un aroma a resina recalentada y trajes de franela. Marqué el número de Helen, pero seguía sin responder, convencida de que tras un prefijo español sólo podía estar su violador latino. Papá también estaba solo cuando se subió al taburete con el cable (esto no te lo había contado: se enrolló el cuello con medio metro de cable de antena: cobre revestido de goma). Avisé a los médicos y se lo llevaron de urgencias, a la planta de enfermos coronarios, y de alguna manera terminamos en el pasillo de los desahuciados con demasiado líquido en los pulmones. En la sala habían otros crustáceos cuyo gajo espiritual, el último destello de actividad consciente, les asomaba por los ojos. Durante años había agradecido en silencio (luchando por esquivar los remordimientos, por secarlos al sol de los nuevos sucesos antes de que me calasen) que mi padre me hubiese ahorrado la penalidad de verle escurriéndose en una cama sintética, horadado como un muñequito de vudú. Me parecía que pese a las horas que había convivido con él, y la familiaridad que tenía con sus ritmos intestinales, el trance de acompañarle a esas zonas desconocidas era demasiado íntimo.

Le tomé el pulso, el olor que se desprendió de su brazo era a perfume de Chipre, el favorito de papá. Claro que no me engañaba, el corazón tiene sus escrúpulos pero hay lecciones que debemos aprender: los padres están vivos cuando vienes al mundo para enseñarnos a vivir, y mueren antes de que aprendamos el esforzado parto inverso por el que abandonamos la Tierra. No iban a ahorrármelo, volvía a estar en el campo magnético de la muerte. Bajo esta luz de impotencia sentimental el antagonismo entre el caballo viejo y el potro, entre el suegro y el yerno, se desdibujó; acompañarle durante las últimas horas terrestres como una compensación simbólica por ahorrarme los padecimientos de papá dejó de ser una idea descabellada, era sólo cruda, a la manera que nos acostumbran los imprevistos, las coincidencias, el azar.

Así que fue papá quien me enseñó, valiéndose de la forma transitoria del viejo *Daddy* Rupert (con sus bermudas floreadas en la maleta, la red de venas sucias, y la brusquedad con la que una enfermera de caderas absurdas le retiraba la mascarilla de oxígeno para cepillarle los dientes), cómo la dinámica de la vida nos rebaja, cómo las células se desvanecen de una en una, cómo nadie sale vivo del mundo.

Me incliné sobre el cuerpo de Rupert para hablar con papá, aquella boca abierta ya sólo podía ser un tubo cuyo extremo daba al Más Allá. Y le dije que al dejar aquel marrón fiscal emparedado en una carpeta (y lo negaré cada vez que alguien insinúe que pude pensar algo así) se había comportado como un cerdo. Amar es querer que alguien siga siendo y ese suicidio chapucero había dejado bien claro por dónde te restregabas nuestro amor.

—¡Te retrataste, papá!

Rupert empezó a boquear. Sólo que no era Rupert sino la sombra de papá la que intentaba replicarme, transmitirme un mensaje, matizar mis palabras, pero el idioma de los muertos es frío y difícil de entender, se articula en una sintaxis quebrada y no me enteré de lo que papá quería decirme con aquel murmullo de asfixiado. La temperatura de los difuntos, todo lo que han perdido, da mucha pena, así que enterré mis reproches bajo las entrañas.

Me pregunté qué ganaba Rupert despidiéndose de la vida en compañía de un yerno que lo detestaba y que no entendía ni una palabra de los restos de alemán que farfullaba, pero tuve que dejar de lado esos pensamientos caritativos cuando empezó el tercer ataque; como no sabía de qué muere la gente, cómo iba a saberlo, con tantas células de cerdo, igual le salía un hocico, me arranqué a llamar a gritos a las enfermeras; y mientras a Rupert se le encharcaba la garganta de sangre, me miró con unos ojitos en los que surcaba algo espeso e indefinible: la punta de lucidez que se retuerce contra el final, me dio tanta pena que le abracé mientras gritaba:

—¡Rudolf, soy Beryl, tu hermano, no mueres solo!

Tomé la carretera del balneario por última vez decidido a recoger las maletas. El suelo estaba lleno de serpentinas y confeti, los viejos debían de estar estirándose la piel o moviendo los brazos en la piscina. Me discutí por unos cargos del mueble-bar a sabiendas que no tenía razón, y eché una última mirada al agua de la piscina, un pelaje azul arrugado por el mismo viento que había disgregado las nubes para extender sobre mi cabeza un cielo abierto, bobo, maliciosamente amarillo. Cuatro trámites de separación más y me habría librado de los Thurst. Me di una vuelta en dirección a la granja, el jardín que rodeaba la piara no estaba en buena forma: la hierba se curvaba reseca, el suelo no le suministraba suficiente humedad, al tronco de los árboles le salía una pelusilla blanca. En dirección a la carretera hervía un duro y despectivo verdor, pero me emocionó ver cómo crecía un árbol majestuoso cubierto de flores blancas que desafiaban la estación: los capullos estaban tan abiertos que el viento formaba leves remolinos al arrancarlos. Era joven y los tímidos minutos que se movían delante de mí se ensancharían en años espaciosos, amplios, relucientes de tiempo fresco y bueno para mí.

Dejé atrás el río retorcido y me puse a conducir sin dirección, tomaba las curvas animado por una energía salvaje, no sé cómo no me maté. Mis neuronas interpretaron el último baile con Helen, ella con el vestido verde y yo con un paño de ante con reflejos azulados, muertos de risa, reflejados en la vajilla de cristal esparcida por el piso de Bicente; en los cristales se transparentaba una claridad rojiza que iba descendiendo sobre las copas arbóreas del Retiro; la piel de Helen está a la temperatura tibia de las grandes ocasiones y nos besamos alegres de habernos conocido, de no volver a vernos.

Estacioné el coche en una curva que se abría sobre un barranco que se precipitaba hacia el valle, si entrecerrabas los ojos aquellas casas posadas en la existencia rural se confundían con unos dados esparcidos de cualquier manera bajo una luz limón. Me arremangué la camisa (me iban largas las mangas) y me apoyé en el chasis, no había apagado el motor, me gustaba la sensación que me transmitían las vibraciones. Se necesitaba mucha energía para excavar aquella hendidura de terreno entre los collados, y una mente paciente, capaz de urdir jugadas largas, de esperar miles de años a que las aguas del deshielo erosionen la tierra hasta moldear la depresión donde aquel atardecer vi cómo un puñado de hombres prendían las luces bajo mi entusiasmo de joven macho, para iluminar el pequeño terreno que coincidía con su noción de hogar.

Saqué las cartas de Rupert, claro que pensé en destruirlas sin leerlas, pero aunque ya no me consideraba su adversario, aunque ya no sentía que tuviese entre mis manos las vísceras del hombre que tanto contribuyó a pudrir mi primer proyecto de felicidad, estaba demasiado lleno de vida y curiosidad para secar esa fuente, quería más, me sentía capaz de comerme el mundo; estamos de paso, respiramos un tiempo, queremos propiciar, no sabemos cómo evitarlo, nadie quiere.

La última vez que pensé en esas cartas (una insignificante secuencia de exigencias de la chica con la que Rupert podía demostrar que la aventura había acabado y mal) fue al salir de casa de Pedro-María, la noche del Sónar. Los reproches de aquella chica a la que nunca veía se mezclaron con la historia de Cris, de Isabel, con el año negro conviviendo con Helen, con mi disimétrico lío sin futuro, contigo (contigo, claro) y vi cómo se abría paso un rastro de penalidades viriles, de masculinidad desbordada. La mañana despuntó sin ángel, no quería ni comprensión ni apoyo, tampoco me apetecía ir a casa andando ni bajar al metro, y los últimos Nit Bus huelen a axilas y a la sustancia tóxica con que rociaban el interior para que se note menos, y van cargados de personas tan cansadas que se te cae el alma a los pies. Vi venir el cachirulo verde del taxi y desplegué el elegante gesto al que todos los conductores del mundo responden frenando. Abrí la puerta, le saludé componiendo una cara aristocrática. Seguía furioso contra ti, pensar en Helen no me está ayudando, pero en el pecho me bailoteaba un ánimo juguetón.

—Llevo cuarenta euros, dé una vuelta por ese precio y termine la carrera en Rocafort. Discoteca Adán.

—Claro. ¿No será usted actor?

—¿Le proponen planes así a menudo?

–De noche aquí se ve de todo. ¿Es usted músico? ¿Haciendo tiempo para serenarse? Puedo proponerle sitios mejores que ese, parece usted un señor fino, ¿no será un cocinero estrella de esos?

–Caliente. ¿Es nativo?

–¿De Barcelona? No, qué va, trasplantado. Mis padres son de Zaragoza.

–La inmortal. Yo tenía un amigo en Murcia, trabajaba para *El Adelantado* o *La Atalaya*, algo así, no quiso venirse a Barcelona porque le asustaron con el catalán, qué tontería, ¿alguno se ha bajado de su taxi porque no les pregunte dónde quiere ir en catalán?

–Pues la verdad es que no.

–El idioma, la sardana, los nacionalistas siempre están jodiendo con lo mismo. Pero nadie advierte a los forasteros de los auténticos peligros de esta ciudad. Yo le dije: «Pedro», porque mi amigo se llama Pedro, «si te gustan las chicas, bienvenido al paraíso».

–Pero eso es bueno.

–¿Te molesta si te tuteo? El taxi es propicio a las confesiones íntimas. A lo que conduce este bosque de arbolitos femeninos es a la concupiscencia, al *amour fou*, y el desorden emocional es un peligro, hay grandes libros, científicos y literarios, dedicados al tema. Las especies hermafroditas son unas adelantadas. Demos otra vuelta.

–¿Entro por la Ronda?

–Como veas. ¿Estás casado?

–Divorciado.

–Así que no te ha ido bien. Aquí metido como un pollo deben de verse tan altaneras, exhibiendo su juventud y su atractivo como si fuesen órganos suyos y no algo que han de ir devolviendo hasta que se agote. Cuando se dan cuenta de que tu mirada está resbalando por su cuerpecito, por el pelo al que someten a torturas químicas y mecánicas, por esas redondeces expuestas con sumo cuidado (y no me negarás que los varones tenemos una relación más elegante y discreta con nuestros atributos), parecen distantes, alzadas a un plano superior, con la sartén por el mango. Pero ¿sabes qué encontrarías si las mirases bien de cerca, si penetrases en su entrañita moral?

–Hombre, dicho así.

–¿Qué has hecho esta mañana al salir de casa?

–He ido al supermercado a comprar un pack de…

–Entonces seguro que la has visto. Me refiero a la dependienta que a media comanda se volvió hacia el espejo con cara de arrancarse las amígdalas a lo vivo para comprobar que la costra de maquillaje era lo bastante espesa para disimular los cráteres de la piel. Seguro que viste a un par de esas ancianas que son como anuncios pestíferos surcados de arrugas y grietas. Las jóvenes también las ven pero ¿crees que alguna se identifica? Qué va. Ahí las tienes: pintadas, vestidas, arregladas, peinadas, peleándose por retener un segundo más una mirada más, con la cabeza hirviendo de competiciones locales e internacionales por la casa y el coche, por el mejor trasero y la segunda residencia y la cuenta corriente contra primas, cuñadas, vecinas y compañeras de trabajos. Y de todas esas carreras siempre tira del carro el mismo burro: el novio, el amante, el marido, el ídolo local. Esta tarde, mientras cerraba la consulta, me cruce con una que iba cogida del brazo de su protector, me miró con esos ojitos soñadores que conozco demasiado bien, son todos de la misma especie, puedes consultar a un perito genetista, sólo se fijan en la anchura de mis hombros, en la mata de pelo, y cuando estas impresiones se transmiten por sus nervios ópticos se les levanta el resorte de la especie que me identifica como un inseminador sano, apto para la brega cotidiana, y rellenan mi espléndida carcasa con sus fantasías. En esta ciudad, si pasas del metro ochenta y mantienes la cintura en una cuarenta y cuatro vas a protagonizar a diario escenas fugaces en la mente de mujeres que no te conocen, y que no han aprendido a detectar en ti las mismas habilidades (la desorganización, los aplazamientos) por las que en casa arrugan a sus chicos como trapos. Las más jóvenes, las feíllas, las que envejecen (bueno, todas envejecen), enlazadas por la misma fuerza común: el sueño de gustar, de que las cortejen y atraigan con regalos. Se convencen de que el amor que sienten por sí mismas puede derramar sobre otra gente para dominarlas y favorecerlas, que con el truco del amor les bastará para dominar la vida. ¿Tú has pensado alguna vez en dominar la vida? ¿Qué vamos a pensar nosotros en dominar la vida?

—Espere, ya lo tengo, ¿psicólogo?

—Estás hecho un fisonomista, menuda perspicacia.

—Ya le digo, en el taxi ves de todo.

—Aunque tampoco creas que has dado de lleno en la diana. Te daré una pista, en mi trabajo sólo vemos lo mismo, una y otra vez, claro que es la cosa más importante de la creación.

—¿Físico?

—Ginecólogo. Doctor Bicente. Espacios caritativos como el Adán son el único sitio donde puedo descansar de mi especialidad.

—Le entiendo. Yo me llamo Carlos. También me gustan las chicas.

—El contacto íntimo y profesional con el Misterio ha cambiado mi relación con la vida, Carlos, las personas, incluso los casados, se olvidan de que hay uno para cada mujer de la Tierra, que cargan con ese hornillo por donde se introduce la semilla, y donde nueve meses después expulsan personas pequeñas. Personas pequeñas y vivas. Ves aquella que está a punto de caerse de los tacones, tiene uno, y esa que mete la mano en el bolso para sacar alguno de sus peones cosméticos, tiene otro; y esas dos que cruzan en rojo el semáforo confiadas en que no vas a acelerar y atropellarlas, tienen uno para cada una. Desde que nacen hasta que mueren todas llevan un ejemplar para mear, para joder, sólo por llevarlo y hacer lo que hagan con él: sus cuidados íntimos, sus higienes, sangrados, humedades, sequedades… hasta en esto son contradictorias. Si estás obligado a pensar profesionalmente en él, cuando el coño se convierte, como quien dice, en tu oficina, te cambia la perspectiva, la manera de afrontar la vida, si no llevas cuidado puedes volverte loco.

—Entiendo. Pero se me hace raro. En la parada, mientras esperas un cliente, hablas de muchas cosas, a veces pensamos en otros oficios, el suyo siempre nos parece divertido.

—¿Divertido? Seguro que cuando estás con esa pandilla de cochinos usáis otras palabras, pero valoro que no quieras herirme.

—No me negará que debe de tener usted momentos…

—No, Carlos, olvídate de las mujeres que los transportan, no viene al caso. ¿Qué crees que son? Mujeres. Sólo mujeres. Hay tres billones de ellas, por el amor de Dios. No lo decidieron, no piensan en ello. Lo asombroso es esa herida en la carne, su diseño. ¿Le has cortado la aleta de la oreja a un perro? Pues queda un agujero en la piel, un cráter, el concepto es el mismo, la evolución es una haragana, pero acabado con cierto sentido de belleza. Lo que importa, lo que sí viene al caso no es el organismo que lo envuelve y al que le pusieron un nombre, a la naturaleza todo eso ni fu ni fa, el tema es lo que bulle en ese interior, en cuanto descorres la ventosa labial, todas esas bacterias, defensas, flujos y desgarros.

—No sé si estamos en sintonía, jefe.

—¿Sabes qué ocurre cuando miras uno atentamente, concentrando todas las facultades? El doctor Bicente te dirá la verdad, unos bordes extraños como colgajos envolviendo el vacío, un conducto oscuro del que primero asoma el cráneo y luego saca el tronco y las patitas y los pies con ese dedo meñique tan triste, un conjunto completo envuelto en moco nutritivo. Un niño es un órgano, Carlos, un órgano que se ha salido de madre y ha ido resbalando entre las húmedas entrañas hasta reclamar su independencia. ¿Has visto una granja de gallinas? Pues no te lo pierdas. Lleva este fin de semana o cuando estés libre a los críos. Las gallinas están en su cubículo, unas jaulas estrechas, y los pobres bichos deben de creer que las pusieron allí para ver y vivir, pero nada de eso, su cometido es parir huevos, blancos o rubios, todos igual de sucios. Si pones juntas a las gallinas y las pinzas Bozemann, la idea de las gallinas y la idea de las pinzas, no es necesario que te lleves unas pinzas a la granja, nunca volverás a pensar igual en una ciudad. Mira por la ventanilla, ¿qué ves? Una ciudad está plagada de luces, de teatros, de restaurantes tan étnicos que cualquier día autorizarán las recetas caníbales como una variedad de cocina exótica. Adornos, espumas, así es como nos distraen, piensa en las embarazadas que suben aquí atrás: carne envuelta en carne; las ciudades son grandes parideros, granjas de seres humanos, zonas de cultivo donde se incuban y se expulsan genes para que la especie siga adelante, para que la naturaleza conserve el espejito de la conciencia, su juguete favorito, mucho más elaborado que las tortugas y los chimpancés. Esto sólo se lo escucharás a un ginecólogo. Sólo uno como yo podía estar al corriente. Por eso no nos invitan a la televisión, somos profesores de realismo, aunque te duela un ginecólogo siempre te dirá la verdad.

—Ya le digo.

—Y la verdad es que, cuando no están pariendo, toda esa marea de tías incontroladas actúa como una infección. No te diré que están todas locas, eso no se lo oirás al doctor Bicente, porque soy un amante de la precisión y el dato contrastado, y las chinas, las árabes, y las esquimales que se pasan el día limpiando el pescado con los dientes, son áreas esquivas para la estadística. Pero en nuestras ciudades no importa que los periódicos impriman en primera página prodigios deportivos o el progreso de la supuesta crisis, ¡qué nos importan esos políticos payasos!, vete a un cine, vete a un centro comercial, baja al metro, haz cola y compra dos entradas para el *estadi*, fíjate en los trabajadores, en las parejas que salen a divertirse, en los grupos que beben al fondo de los locales, prescinde de las palabras, las frases son telarañas de esperanza, fíjate en cómo mueven los labios, cómo agitan las manos cuando creen que nadie les mira, registra esos movimientos, la humedad en los ojos, los parpadeos lentos: tropezarás con mujeres ansiosas y hombres reducidos. Da igual que estén aparejados, solitarios, vueltos a juntar, conviviendo con los hijos que descienden como afluentes hasta dar con el río de la nueva pareja. Añádele cielos tersos y despejados para que la estampa no parezca tan siniestra, el resultado es el mismo montón de cansancio. Entran en nuestros varoniles cuerpos jóvenes y nos drenan el entusiasmo, la energía, la inocencia, el vigor, nos pudren la pulpa, millones de muchachotes sanos reducidos a rodajas de fruta deshidratada. ¿No te has preguntado nunca por qué ellas viven más? ¡Cuándo vamos a ladrar en serio por nuestros derechos! ¿Es que nadie vendrá a rescatar al varón occidental?

Carlos detuvo el taxi en el portal de Rocafort y se esfumó calle arriba sin responder a mis preguntas. Busqué las llaves entre las migas que habían colonizado los bolsillos del abrigo. Trepé por la escalera con los ventrículos estrangulados, pero me alcanzó para abrir la puerta. Me serví una copa de matarratas sin hielo. Abrí la ventana y en la acera de enfrente me esperaban las inmarcesibles efervescencias luminosas del Adán, celebraban una fiesta On-Fire, como si el resto de los días pasasen el rosario. Esa gente tiene un ánimo competitivo, igual tocaba meterse bombillas por el ano, modalidad por equipos. Levanté el vaso y brindé por las fuentes de soda donde manaba el popper: felices los invertidos porque heredaréis un sistema nervioso liberado de la tentación femenina. Y como si subiera el vaho aromático de un guiso me alcanzaron los gritos de mi nueva vecina que hablaba por el móvil como si pidiese auxilio y estuviese histérica, una histérica pidiendo auxilio. Madre de dos críos y con el tercero en camino (qué expresión tan idiota, como si el feto se desplazase), parloteando con una amigota sobre un tipo con los proverbiales ojos azules que os sustraen la razón, ni que fueseis a nadar en ellos, y según ella la había mirado, lo que tampoco era asombroso si ponderabas el tamaño del globo octomesino que mantenía encajado entre los huesos de la cadera. Intrigando, fantaseando, embrollando, y sólo colgó porque confundió el timbre del horno (estaba asando palomitas y se le quemaron) con la llegada del marido.

Ése fue mi recibimiento cuando terminé de trepar hasta el piso, así que no me molesta lo que me respondiste cuando el doctor Bicente te escribió un informe detallado de su conversación con el bueno de Carlos. Esta vez no podrás negar que me respondiste, que cuando lo hacías pensaste en mí:

> Eres un caso perdido, Joan-Marc, has extraviado el juicio, ni siquiera voy a recordarte que hay más de tres mil quinientos millones de mujeres en el mundo, porque estás como una cabra, y con las cabras (puedes preguntárselo a cualquier veterinario) no se puede razonar.

Podría responderte, ¿crees que no podría responderte? Pero prefiero aprovechar las tonalidades de implicación personal que aprecio en el breve cuerpo de tu texto (seguro que recuerdas cuando no te ponías a darle a las teclas por menos de dos folios de Word, esas cartas caudalosas que arrastraban toda clase de materiales y residuos anímicos, y te advierto que si un día las publicas te acusarán de que nadie escribe correos tan extensos) para iluminar la estructura ósea que mantengo oculta bajo la carne y la sangre de mi embrollo con Helen: que conseguí casarme contigo, pero no he logrado retenerte.

¿Qué clase de marido soy si al irme a la cama ni siquiera reconocí que era la noche en que ibas a dejarme? Creo que me saqué los calcetines pensado que era una buena noche para que estuvieses de viaje, así podría continuar con la partida del Age o quedarme bebiendo hasta tarde, en lugar de cumplir con la cariñosa deferencia de tumbarme a tu lado porque se suponía que sin ese contacto ya no eras capaz de dejarte vencer por el sueño.

Algo sí me fastidió encender la luz y no encontrarte, me apetecía darle un giro perezoso a tu cuerpo, con media región mental todavía enredada en los mundos que edificamos (y dejamos que se desplomen) mientras se sueña. Vigilaría los movimientos de tus labios, los finos surcos que las costuras de la almohada te han abierto en la piel de las mejillas, esperaría con paciencia que tus ojos se despierten para reincorporarse a esta abundancia cotidiana, al espectáculo del día corriente.

No me engaño, aquel día no hubiese valido gran cosa. Me hubiese desnudado y duchado a toda prisa, te hubiese preparado las tostadas y recalentado el café, mientras del baño llegaban toda clase de ruidos de aseo, los escucharía con cierto sentimiento de pérdida, de tristeza irracional, porque eras tú la que te ibas a trabajar fuera de casa, y yo quien se quedaría en el piso. Te hubiese colado alguna cuña para escandalizarte, algo sobre la ventaja de usar bebés con lesiones graves en el cerebro en los experimentos médicos en lugar de cerdos adultos; pero el tronco de la conversación ibas a dominarlo tú: lo que los otros pensaban de ti, lo que pensaban de nosotros, de mí a través de ti. Nunca te dije que tenías un pensamiento demasiado rápido para unas manos tan lentas.

Trataría de averiguar qué clase de reunión, con qué clase de mujeres y hombres te ibas a ver por la ropa que elegías. Dabas un poco de risa con los tacones, con esas medias, con las botas; y no es que te sentasen mal, sólo que no iban con la señorita que no se maquilla, que sale de casa con los ojos desnudos, a la que se le está cerrando el agujerito del pendiente que te abrieron con una aguja cuando eras una niña. ¿Te disfrazabas para alguien? No puedo creer que te vistieses así sólo porque corretease por el mismo edificio ese Diego, pero cualquiera sabe. Las mujeres muy inteligentes sois como alienígenas atrapadas entre vuestras hermanas menos favorecidas y vuestros equivalentes masculinos mucho más fuertes, ha de ser complicado vivir así. El alivio que sentiría al escuchar la puerta y quedarme a solas me hubiese durado poco, me daba apuro salir a la calle como un parado corriente y comprar el pan, dar un paseo, acercarme a la plaza. Me molestaba que me preguntases (con los ojos, con tus bufidos) qué había cambiado si no había trabajado en la vida. ¿Por qué te costaba tanto entender que nadie esperó nunca que me sentase durante horas delante de un ordenador? Estaba previsto que alguien quemase su tiempo ganando dinero para mí.

Pasaba como podía las horas centrales de la mañana, y después me preparaba algo rápido para comer: espinacas envueltas en pasta filo, revuelto de atún con lima y cebolla; pero ni guisando tu plato favorito conseguía convocarte a mediodía. Así que hubiese retomado la partida en el ordenador, hubiese visto un capítulo de las series que te bajabas y que veía en desorden desde que no encontrábamos el momento de verlas juntos. Empezaría a echarte de menos a media tarde, y jugaría a imaginarte al salir del museo, con la carterita bajo la axila y una suela plana (un día sin reuniones), con los tejanos y el suéter rojo y ancho, una chica alta y morena, con un atractivo sosegado que tú misma te esfuerzas por atemperar, a la que le gusta que la abracen mientras se duerme, y leer con una disciplina y tenacidad cuyo *atrezzo* eran los subrayadores, el lápiz y los marcapáginas adhesivos (que me pasé cinco años tratando de integrar en una disposición ordenada), y que besa con prisas porque casi siempre hay algo tirando de su curiosidad.

Pero te fugaste y lo que hice todo el día fue indagar cuándo ibas a volver. Claro que había leído tu nota, pero era demasiado literaria, un exceso incluso para ti. Así que me senté en la mesita de la cocina, arrojé mi cerebro hacia el futuro y me puse a explorar cómo iba a terminar nuestra pareja, quien enfermaría y se iría primero, cosas así, como si lo que nos estaba pasando no fuese ya un final.

Aunque nadie lo suscribiría si calculase la frecuencia de mis correos (la tecnología lo vuelve todo demasiado fácil), intenté mantenerme frío, me guiaba un principio económico, ¿para qué iba a servir poner en marcha toda esa energía emocional? ¿Quién la iba a querer ahora? Conocerás a alguien y será algo tan corriente que ni siquiera podré quejarme, después me olvidarás. Claro que no me olvidarás, es sólo una manera de hablar, porque si fuéramos capaces de olvidar de verdad a alguien lo limpiaríamos de las vivencias compartidas, lo dejaríamos listo para volver a intentarlo. Lo que harás conmigo será reducirme a una estatura entrañable, cómica, insignificante, lo que imprimirás en mí será como una marca de agua, y no podré borrarla.

Pero tampoco creas que me paso el día lamiendo los bordes sensibles de las heridas, aunque las calles se prolongan un tanto desvaídas, cada vez falta menos para que recobren la vieja intensidad. Mi salud parece a ratos un garaje desordenado, pero no permitas que mi estrecha relación con el énfasis te confunda, el órgano del optimismo sigue lozano, rezumando sustancia entusiasta. Te concedo que el lío con mi jovencita no da para un viaje sentimental pero ya sabes cómo funciona: parece que estás extraviado, pero la vida (a falta de un nombre más preciso) siempre sabe dónde estás; te interesas por el extremo de algo que asoma con timidez y al día siguiente, aunque no sabes cómo llegaste hasta allí, el paisaje se ha alterado por completo; basta con no estarse quieto, y estarse quieto no está a nuestro alcance, siempre te mueves a la velocidad del tiempo, aunque sea hacia la experiencia tenebrosa.

El caso es que me he dedicado a buscar a Eloy, estaba intrigado y no se me ocurría una salsa más exótica con la que condimentar el presente. Además, estaba hechizado por los poderes sugestivos de la fonética, dejaba rodar el canto afilado de su *mot de plume* (Larumbe, Larumbe, Larumbe), qué mundo maravilloso, qué idea, que un varón pueda dejarse seducir por una combinación de fricativas.

Me decidí pero tuve que hacer un esfuerzo para encontrarle, habían borrado la página donde ofrecía sus datos de contacto. Marqué el número de la agencia, no sé cómo hablan los hombres cuando establecen esta clase de transacciones (ni siquiera entendía las prácticas que ofrecían en la página, recordaba un parte metereológico), así que ensayé una voz de pervertido con trazas afeminadas en un conjunto viril.

El chulo que descolgó me informó que la señorita Larumbe ya no trabajaba para ellos, tampoco podía ayudarme a localizar a Eloise, se «había acomodado»; insistí, me colgó.

No es que esperase gran cosa de mi reencuentro con Eloy, pero después de este chasco convertí el caso en un asunto personal. Busqué en el caché de las páginas, entre las huellas eléctricas encontré las tarifas (ochocientos euros dos horas) y el teléfono móvil, el caso es que conservaba el número.

—¿Diga?

—Hola.

—¿Diga?

—Soy una voz de tu pasado.

—¿Rolando?

¿Rolando? ¿En qué pensáis, padres, cuando nos dais nombre? Reconocí enseguida el timbre suave de Eloy, es verdad que de su envoltorio recauchutado le salía una voz bonita, se me despertó un ánimo de compañerismo, juguetón.

—«Chicle.»

—No sabes cuánto hace que no oía esa palabra. Ya sólo puedes ser diez personas.

—Nueve. Antolín se fue a vivir con los uros al lago Titicaca, duerme en una isla artificial, hecha con paja, toma el sol desnudo, come pescado seco, vive sin cobertura.

—Quieres que descarte a los que no tenían sentido del humor.

—Caballero. Perales. Zurrias. Eso te deja a solas con un cinco inicial.

—Tampoco eres Pedro, ¿sabes que se puso en contacto conmigo, que nos hemos visto?

—El pasado viaja en parejas. Es como un *pick and roll*.

—¿No es una casualidad? ¿Sabe la voz del pasado algunas cositas de cómo soy ahora?

—Se te ve tremenda en las fotos. No descartes que te pida la tarjeta del fotógrafo.

—Eso ha sido una broma arriesgada, Joan-Marc.

—Seguro que me reconociste desde el primer momento, me pasa con todos, no te creas demasiado perspicaz, es mi voz cargada de determinación.

—Pedro me habló de ti y del estado de tus arterias.

—Ratoncito indiscreto, es un bulo que le he soltado para no intimidarle con mi salud. ¿Cuándo nos vemos?

—Otro que escarba en el pasado.

—No te equivoques, detesto todos esos rollos melancólicos. Me intereso por el presente, tienes que reconocer que algunos presentes son impresionantes.

—¿Estás muerto de curiosidad? Me divierte horrores oírte. Te llamaré.

—No, ni hablar. Ha de ser esta semana. Después me voy a Montana; Fuok es el secreto mejor guardado de Estados Unidos: repoblamos cañadas de buitres, son unos animales espléndidos, me han invitado a una carroñada.

—¿Eres ornitólogo?

—Frío. Sigo sin pegar sello. Voy como *paganini*. He tenido una buena racha en la Bolsa. No se lo digas a Pedro, le romperás el corazón, para él soy casi un indigente, un *rodamón*. Le conviene sentirse un poco superior, invitarme a comer, a café, la caridad es un buen analgésico.

—No te creo una sola palabra, espíritu del pasado. ¿Tienes el miércoles libre?

—Me lo has quitado de la boca. ¿Te parece si nos vemos en la Bonanova? No te lo vas a creer pero el Mandri sigue abierto.

—Ahora vivo en Sants.

—Bueno, puedes pillar el 75. No es que me mueva mucho en bus, pero tengo, bueno… tuve, y espero volver a tener, una novia con familia en ese barrio.

—Prefiero que vengas a casa. Es puro presente. Además, te gustará.

Tomé nota, algo como Violant d'Hongria. Pactamos una hora, ni demasiado tarde ni demasiado pronto.

—Una pregunta tonta: ¿cómo debo llamarte?

—¿A mí? Eloise, es así como me llamo, no tengo otro nombre.

Salí de casa con una gabardina impermeable y guantes porque el cielo estaba negro. Llegué a la calle bajo un concentrado de grumos de alquitrán, pero no rompió a llover. Fui muy consciente de mis últimos doce, diez pasos, hubiese podido dar la vuelta en cualquier momento, desaparecer sin dar explicaciones, pero toqué el timbre de una casa constreñida entre dos bloques de pisos y esperé.

—Ya puedes subir, estoy en el segundo piso.

Entré directo en un salón. La luz que dejaba pasar la capota de nubes escondía tanto como mostraba, sentí un pellizco en el pecho al confundir un volumen extraño con el perchero australiano de papá, al fondo se insinuaba el nacimiento de unas escaleras, empecé a subir quitándome despacio los guantes, dedo a dedo; por una ventana situada entre los dos pisos vi que empezaba a llover, sin apenas fuerza.

No recuerdo las frases rutinarias que intercambiamos. Eloy me recibió con unos pantalones blancos que no le iban demasiado ceñidos, abombados al estilo femenino y una blusa abierta. Creo que no llegamos a darnos la mano, se movió con agilidad para ponerse a mi espalda y ayudarme con la gabardina.

En un día claro aquel enorme comedor debía de ser luminoso, los ojos de buey estaban regulados para que manaran con generosidad, se sentó en un sofá de tres piezas y cruzó las piernas, me señaló una butaca de piel, excelente, como el resto de los muebles: mi ojo sigue igual de certero, ideal para moverse en otra clase de vida. En un hueco de la pared se apreciaban más escalones, tres pisos, arriba debía de tener el dormitorio o un estudio.

Me sonrió al señalar la mesita que quedaba entre nuestros asientos: jamón, crackers de espelta y una botella de Evan Williams.

—Impresionante.

—¿Te gusta? Todavía no lo siento mío. El piso de arriba es una leonera y a la planta de abajo quiero darle un toque más moderno. El barrio es modesto, pero hay gente que paga una fortuna para ocupar una caja de cerillas en el centro.

Se había alisado el pelo que le caía en abundantes mechones rojizos. No era sólo lo que se había implantado, el cuerpo entero parecía pulido desde el interior: pómulos, labios, la espalda, los tendones del cuello, todo modulado en clave femenina. Es cierto que los restos de nariz que le dejó la rinoplastia parecían una pincelada cómica, pero Eloise lo compensaba con una energía vital que no se apreciaba en las fotografías. Un espléndido ejemplar de mujer grande, meditada hasta el último detalle.

—¿Vives aquí sola?

—Todo para mí. Tampoco subo a nadie.

Y lo dijo con coquetería mientras servía la primera copa, el licor sobre el hielo crujiente con una rodaja de lima, tan cítrica; los ojos se le humedecieron con la misma glotonería con la que de adolescente iba sacando los muñecos de *Star Wars* de su estuche, una colección que sólo podíamos envidiarle, igual ahora costaba una fortuna.

—Lo sé, ya sé que no trabajas en lo que trabajabas, en eso.

—¿Te lo ha dicho Pedro?

—Hice mis investigaciones, no sabe que estoy aquí.

—¿Secretos entre chicos? Me gusta, qué sería de la vida social sin el cuidado que ponemos en escuchar qué decimos y a quién. Las personas somos unas estrategas.

—Unos comediantes. Hace tiempo que pienso que la gente vale lo que valen sus secretos, que si te los enseñasen podrías medir su calidad, claro que a mi nadie suele hacerme caso.

—¿Te gusta la copa?

—La clase de alegría que ya no suelo permitirme.

—¿No son un buen negocio las carroñadas?

—Muy lista. Seguro que estás al corriente de mi separación, y de mi ruina transitoria. Soy el tema favorito de la versión digital de «mi amigo del alma», llevo una vida paralela en el muro de su Facebook. ¿Te ganaste la lotería? ¿Cobraste una herencia? Este piso, estos muebles, no son baratos.

—Llámalo así. Fue un regalo de un hombre con el que pasé unos años.

—Podrías presentármelo. Nunca se sabe.

—Murió.

—Vaya, lo siento.

—Ya. Y yo. Es demasiado seco para mi gusto, voy a buscar vino.

Se levantó despacio, marcaba el simpático respingo humano. Desplacé rápido la mirada: cenicero, silla Nelson, un Barceló que valdrá mucho más que mi diminuto Miró, papá, mucho más. Y cuando regresó no sabré qué diantre decirle, ni con el suplemento de ánimo cortesía del Evan Williams: qué me importaba la vida de Eloy con tetas, ¿y si se ponía a coquetear conmigo, me atreveré a saltar por la ventana? En los escombros del hielo se reflejaban perfiles estrambóticos de mi jeto: un hombre envejeciendo en un mundo alegre, un hombre desastroso con planes desastrosos.

—¿En qué piensas cuando me miras?

—¿Perdona?

—No es fácil para nadie. Hay cosas que uno da por seguras, que no darán problemas, ya sabes, que el roble es un árbol, la rosa una flor, el ciervo un animal, Cataluña nuestra patria y la muerte inevitable. Los chicos son chicos y las chicas son chicas. Algunos chicos se gustan entre ellos y eso ya es un lío para alguna gente, pero no por eso dejan de ser varones. La mayoría de vosotros os quedáis petrificados, con un borrón moral en la vista: un género debería ser algo estanco, una frontera segura. La mejor manera de avanzar que he descubierto es preguntarles qué piensan cuando me ven.

—¿Qué pensó Pedro?

—Intentó besarme.

—Menuda *sargantana*.

—¿Estás evitando mi pregunta?

—Soy un hueso duro, deberías saberlo, nos hemos defendido mil veces. En ese patio. Con esas luces. Cada lunes, cada miércoles, cada viernes. ¿Piensas alguna vez en ello? No pongas esa cara. Campo del IPSI, fiestas de su colegio, el colegio lleno y un frío de desollarte las rodillas. 79-78. Su defensa cerrada como un huevo. Yo fallo el tiro porque me empujan y de algún sitio sales tú para atrapar el rebote y dejarlos fritos con un aro pasado.

—Batallitas no, te lo ruego.

—Fueron pasos. Y lo sabes. Pero nos llevamos el partido. Y la mejor fue en semifinales, diez abajo, quedan cinco miserables minutos. Antolín eliminado por faltas y los gallitos del Joventud pavoneándose por la pista con logo de la ACB. Tú y yo en el banquillo, vete a saber por qué, pero no hay que rendirse nunca, es nuestra pista y llevamos la camiseta de La Salle.

—Descarrega y Miró a la pista.

—Una tormenta de triples, un auténtico bombardeo, Little Boy & Fat Man, Napalm. Las tres clases del curso animando dentro de la pista, el árbitro tragándose la última falta de Jacobo para parar el crono. Un gran paso para nuestro equipo y una patada en el culo de la Penya, y todas esas gallinas larguiruchas volviéndose al extrarradio con el rabo entre las piernas. ¡Ja! El calentamiento, la tensión en los ojos, las impresiones flotando entre charcos de adrenalina. Con esas tetas te iba a costar correr el contraataque por el carril central, pero podrías cargar el rebote por primera vez en tu gélida carrera. ¿No lo echas de menos?

—A veces. Era de las cosas que estaban bastante bien. Aquel día mi padre casi tumba al tuyo del salto que dio para celebrarlo.

—¿Y tus padres? ¿Qué ven cuando te miran?

—Nada. Absolutamente nada. Están atrapados en el pasado, con Eloy. ¿Y tu padre? El señor Miró-Puig, puedo imaginarlo en mi comedor, siempre tan delgado y bien puesto, ¿puede ser que usase chaqueta cruzada?

—Y como le dieses un metro de distancia se presentaba con una pajarita. ¿Lo recuerdas?

—Más de lo que podrías imaginar. Os recuerdo a todos.

—Murió. Le incineré. Fue repentino. Tuve que hacerme cargo. Así que también está atrapado, allí, en el pasado, desde hace más de quince años.

—No te imaginas cómo lo siento.

—La funeraria estaba al extremo de una carretera estrecha, cubierta de tierra blanca. Está bien organizado, metieron la caja de pino americano en un horno que alcanza los ochocientos grados en pocos minutos, funciona con gasoil. Me dejaron apoyar el ojo en la mirilla. En la madera empezaron a abrirse estrías incandescentes, se resquebrajaron antes de que aquello se pusiese al rojo vivo, hasta que sólo quedó un humo negro en cuyo interior se enfriaban las cenizas.

—¿Cuánto duró?

—No sé por qué suponemos que es un momento de nada. Mi padre era flaco, así que no tardó ni dos horas en arder. El funcionario me dijo que hacer desaparecer a un tío gordo de verdad puede llevarles tres horas. Una vez trajeron a uno que no cabía en ninguna caja, lo metieron a pelo y en menos de media hora bajo la piel chamuscada y crujiente rebosaba tal cantidad de grasa fundida que temieron por el horno.

—¿De qué murió tu padre?

—Me dio la urna con cara de «Somos esto», pero es mentira, qué vamos a ser esto, detesto esa clase de conformismo, esas cenizas frías es todo lo que no somos. También me dijo que rezara por él, me pareció un buen consejo. No importa de qué murió, no es importante.

—No vas a escaquearte. Todavía tienes que responderme. ¿Qué ves cuando me miras?

—Antes preguntaste qué pensaba. Es muy distinto, no tiene ninguna relación, porque lo que veo está bien, felicidades. Y, en cambio, lo que pienso no es demasiado amable. Lo que pienso es si no te da miedo cuando ese aspecto que tienes ahora envejezca. Las travestis viejas con las que me he cruzado no son precisamente atractivas.

—Eso es porque me miras con ojos sexuales. ¿Cuántas mujeres de sesenta o de setenta años conoces que no sean una piltrafa desde el punto de vista del atractivo? Envejecer es envejecer.

—Es una manera de verlo.

—¿Por qué has venido? ¿Por qué me buscaste? ¿Qué haces aquí?

—No es mala pregunta, Eloise. Va ligado con lo anterior, vine porque envejezco y no es una muela picada que puedas separar de la encía, es algo que le ocurre a todo el organismo, al único que tengo. También porque estoy solo, porque mi vida es un disparate y los problemas ya no se pueden solucionar como antes, con las piernas, corriendo, con las manos.

—¿Otra copa? No he pensado mucho en eso, he estado ocupada en otras cosas.

—Dicen que se sufre una aceleración, que uno ve pasar a toda velocidad la década de los cuarenta mientras se transforma en algo blando y canoso, se supone que más adelante se atenúa. He oído que después la memoria se abre con todo su esplendor, puedes recorrerla de arriba abajo; se supone que es placentero, pero los tíos que hablan así no están en mi cabeza, yo no quiero vivir entre pellejos de días. ¿Cuántos años me quedarán cuando alcance ese periodo sereno? A ciertas edades la próstata puede hincharse y reventar en cualquier momento.

—¿Te cuesta dormir?

—Concilio el sueño como un niño inocente. Pero me desvelo a las tres o las cuatro de la mañana, en mi despertador biológico suena la hora de pensar en la muerte, y de los poros empieza a brotar ese líquido frío, que no puede ser sólo sudor. Ya sabes de lo que hablo, le debe de pasar a todo el mundo.

—A mí nunca me pasa.

—He estudiado el asunto. No creo que tarden ni veinte años en ser capaces de transplantar un cerebro maduro a un cuerpo más joven, criado expresamente en un vivero cortesía de tu ADN. Habrá toda clase de protestas, pero si tienes dinero nadie podrá pararte, desbordaremos la última limitación, nacerán personas que nunca van a conocer la experiencia final.

—Pero el cerebro enferma, será horrible.

—Eso también está casi solucionado. En las calles pasean un montón de personas normales a las que les han grapado al corazón ventrículos y aortas de cerdo. Harán algo parecido con el cerebro, hasta que aprendan a cultivar células neuronales resistentes a las atrofias de la edad.

—¿Y tiene que ser de cerdo?

—No te alarmes. Es sólo un prejuicio cultural, deberías estar familiarizada con ellos. Mírate. Miles de personas ven una transgresión andante donde sólo respira una chica bonita viviendo su vida.

—Gracias, Joan-Marc. Pero es una noticia buena, ¿verdad? Con tu cerebro cerdo-humano transplantado a un cuerpo de vivero se acabó envejecer y…

—¿Me has llamado por mi nombre? Nadie lo hace.

—No me gustan los diminutivos ni los sobrenombres. Ya es bastante lioso.

—Me da miedo meterme en un quirófano. Las batas, las luces, la anestesia succionando la conciencia. El cuerpo abierto, indefenso, un surco de carne. Y aunque todo vaya bien se quedarán flotando por ahí fogonazos de recuerdos provinentes de la piara. ¿Puedo hacerte una pregunta?

—Adelante.

—¿Cómo pudiste soportarlo? ¿Todo eso que te hiciste?

—Tú crees que me he transformado pero desde mi punto de vista éste es mi verdadero cuerpo, que se ha abierto paso entre esa carne falsa, cómica y masculina, sucia de vello, con la que me revistieron para joderme la vida. ¿No me ves mejor ahora?

—Muchísimo mejor. El bisturí ha sido tu hada madrina.

—Fue un proceso largo. ¿Soy la única que se siente mareada? No me sirvas más.

—Cuéntamelo. ¿Se lo has contado a alguien antes?

—No. Un dedo, ponme un dedo.

—Cuéntamelo si quieres.

—Es una historia sin principio, que empieza conmigo, si quieres. Desde que se manifestaron las primeras señales sexuales he sabido que me habían asignado un cuerpo de género equivocado, que estaba recubierta de una carne que no era buena para mí. Me lo negué, me apunté a baloncesto, intenté vivir como un chico gay. Me vestía de mujer, con ropa de mi madre, con prendas que compraba y después arrojaba a un contenedor, sólo servía para verme como una criatura con ideas que se volvían grotescas al ponerlas en práctica, no disfrutaba aplicando sobre la piel los vestidos, los perfumes, imitando los gestos del otro sexo. No quería disfrazarme de chica, yo era una chica y me repugnaba mi cuerpo; tu trasplante de cerebro hubiese sido una buena solución para mí.

»No empecé a hormonarme hasta pasados los veinte, había pulsado teclas de lo que podía suponerme y los sonidos que escuché eran disonantes. Me decanté por un tratamiento endocrinológico suave, no quería darle prisa a mi organismo ni agotarlo. La teoría es que bloquean las hormonas andrógenas y las sustituyen por estrógenos, en la práctica se te suaviza la voz, te salen pechos como conos diminutos, de la punta del pezón puede supurar una cuajada blancuzca, pero no es leche, sino el aviso de que algún parámetro hormonal se ha disparado. Me sentía mareada, dejé de estudiar, no podía soportar la presión de las preguntas, el sonido de mis propias respuestas. Tuve que buscar piso, los tratamientos son caros, incluso al principio, enseguida entras en esa espiral: cuanto más dinero exige el tratamiento más se reducen las posibilidades laborales a las que te permite acceder tu aspecto. Sin internet, sin los foros donde algunas chicas contaban sus experiencias, por las que ya habías pasado, por las que te estaban esperando, me hubiese cortado las venas; no siento ningún escrúpulo moral, no fui yo quien se esquinó en este rincón de carne. La red me puso en contacto con chicas de Madrid, de Valencia, pero también de pueblos de León, de ciudades dormitorio. A una gallega le abrieron el cráneo con un canto rodado, cuando lo leímos en la prensa hacía una semana que la echábamos de menos en los foros. Suerte que Barcelona es una ciudad abierta, puedes reírte de esta idea cuando eres heterosexual y tienes niños y un apartamento en el Quadrat d'Or y un curro de catorce pagas, pero no sabes lo bueno que es hasta que te trastabillas y te conviene apoyarte en algo de generosidad civil. Algunas se hacían álbumes de fotos, grababan vídeos del proceso, me prometí no dejar ningún rastro, alejarlo lo antes posible.

»Mis facciones suavizaban bien, los rasgos femeninos iban encajando al asentarse, es una lotería, te abre puertas, personales y laborales. No eran personas ni trabajos agradables, pero cuando deseas algo tan costoso, algo que tensa tu vida, reduces el radio de las apetencias, aprendes a frenar su expansión caprichosa. Yo venía de una buena familia, de un colegio donde te enseñaban a caer de pie, aprendí destrezas distintas en los bares, en la calle, de noche, pero la habilidad de interpretar las intenciones de las personas cuando se acercan, de ordenar las palabras para pedir o intimidar, son un capital que no puede improvisarse.

»Gané dinero para una depilación láser, me desarrollaron las envolturas adiposas del trasero, de los muslos; cuando la testosterona se retira se altera la circulación de la capa grasa y se forman bloques amorfos de celulitis, recibí con alegría estas complicaciones femeninas. Descubrí que le podía gustar a un hombre con ese aspecto, eran personas que no hubiesen salido a pasear contigo de la mano, que no hubiesen sabido reconciliarte con el resto de su vida. Pero la sexualidad masculina no se exige encajar en un conjunto coherente, los hombres pagan para que te ajustes a una fase pasajera de su deseo. Tuve suerte con la agencia, el dinero es un filtro, descubrí que se me daba bien, que tenía mucha libido, que me bastaba con toquetear su deseo pequeño, transitorio, ávido y breve para encenderme.

»Alcancé cierto equilibrio, pero no era suficiente, estaba suspendida a medio camino. Algunas noches me arrancaba mechones de pelo, me atormentaba por ser una timorata, pero estoy orgullosa de no haberme precipitado ni una sola vez, tuve paciencia, me informaba en los foros de cada pequeño paso, me quemaba las pestañas en los hilos abiertos, reunía más dinero del que necesitaba para no encontrarme con sorpresas, apenas me dejé vencer por la idea de que en paralelo a mis progresos en la feminidad, las fibras y las células estaban consumiendo los mejores años de su vida. Empecé con una reducción de nuez, ni siquiera me anestesiaron entera. Un fino corte siguiendo la arruga del cuello les basta para limar el cartílago, pero tuve que pagarme unas manos buenas, con un mal cirujano te arriesgas a que dañen la estructura de la laringe, pueden lesionarte la voz.

»Visité a especialistas caros y no me dejaba convencer con lo primero que me soltaban, exigía conocer todas las facetas de la intervención, cómo iban a cortarme y por dónde, exigía un informe detallado día a día del postoperatorio, un listado de posibles secuelas. Me pareció que los médicos desprecian a los pacientes que llegan con prisas, que se sacuden la responsabilidad, mi actitud les molestaba al principio, pero terminaban respetándome. Me daba miedo que estuviesen disimulando para después cobrarse mi impertinencia en el quirófano, alegarían un imprevisto, un accidente, era tan sencillo desfigurarme. Tampoco les hacía caso en todo, sabía que corría un riesgo mínimo con la anestesia, pero las vigilias de las operaciones las atravesaba tomando sorbos de JB hasta que el cuarto empezaba a moverse. Debieron de hacerme la disección del cartílago para corregirme el domo nasal mientras dormía porque al despertarme despacio sobre un lecho algodonoso de restos de anestesia tenía la nariz cubierta por un esparadrapo y los orificios tapados con yeso. Además de las molestias y de las dificultades para comer tuve que dejar de fumar en serio, la nicotina te contrae los vasos, impide que cicatrices. Pasé una semana flotando en fiebres suaves, supurando secreciones serosanguinolentas, era como criar un bicho vivo, a medio formar, en el centro de la cara.

»Quería llegar, pero nunca me saqué de la cabeza el riesgo, nunca dejé de sentirme sujeta por una mano de prudencia. ¿No iba de eso la educación que nos dieron en La Salle? Ni siquiera los desprecio, los curas sabían cómo era el mundo, te enseñaban lo áspero que puede resultar al tacto. A veces me parecía que estaba corriendo en una pista con cientos de carriles paralelos a los dos lados. Algunas se adelantaban y después las rebasabas, aturdidas por el impacto de descubrirse desfiguradas porque no les cicatrizaba la nariz, porque se les desprendía la mandíbula, gangrenas de mama, reventones de silicona; otras se agotaban, te las encontrabas tiradas en un cuarto que era como una cuneta. Una chica se metió en la habitación de su piso compartido con otras tres y se despellejó la cara antes de clavarse unas tijeras en la nuez, sólo porque no había manera de corregirle el trazado maxilar. Vidas enteras dedicadas a extraer de la carne real un cuerpo imaginario, y tener que irse así, sin haberlo encontrado.

»Las operaciones sólo se complicaron en las intervenciones menores. Para los labios probé con inyecciones de ácido hialurónico, pero mi cuerpo lo rechazó, la cara se me llenó de quistes. Fue horrible, pero breve, a una amiga le salió una erupción de eccemas amarillos en los brazos, tardaron dos años en irse. Encontré una solución costosa, me sometí a una liposucción y en lugar de arrojar la grasa a la basura me la injertaron en los labios. Las comisuras me quedaron bonitas, durarán años, me pone contenta, en la boca se cometen destrozos irreparables. He leído que a las actrices americanas las presionan sus agentes, algunas se pasan décadas drogadas para no tener que verse.

»Pasé miedo de verdad cuando me reconstruyeron los pómulos. Te parecerá que no entraba en el juego de operaciones imprescindibles, pero seguro que recuerdas que la carne de mis mejillas tendía hacia abajo, igual que un chucho triste. La técnica es sencilla: te introducen una cánula hasta el fondo del pómulo y sueltan células de grasa que los músculos de la cara asimilan como propias. Cuando estás lista te hacen una incisión en el paladar y te cortan los huesos con una sierra. Sé que he estado así, con la cabeza sujeta y la cara abierta y perforada, mientras unos sofisticados filos quiebran y pulen los malares, pero no puedo imaginar cómo es. Al despertarme no podía reír, perdí la voz, me creció un enorme edema vinoso. Tuvieron que ponerme una cama en la clínica, el ánimo se me desplomó. Me horrorizó lo que me estaba haciendo, a lo que me sometía, llevaba casi un año sin trabajar. Me pregunté que pensaríais tú y Jacobo, si me aprobarías, qué tontería. Las chicas del foro que vivían en Barcelona respondieron a mi solicitud de auxilio y se presentaron para darme ánimos. Simpáticas, tímidas, alocadas, groseras, una paleta completa de temperamentos.

»Una tarde me quedé a solas con la chica que más le convenía a mi carácter: fina, bonita, de Molins de Rei, atormentada por unos pies del 44, decidida a operarse el sexo, sólo que se había quedado sin trabajo y se negaba a prostituirse, el padre la animaba a ir al psiquiatra para que se "curase", uñas comidas, dedos despellejados.

»En televisión daban una tertulia de las de gritar, entre los vociferantes había una transexual hasta el cuello de su papel.

»"Qué asco."

»No me pareció que dejase más en ridículo a su colectivo que la heterosexual que aseguraba que su coño sabía a coño, que el presentador que cada media hora se las arreglaba para arrojarse en la cabeza un cubo de mierda húmeda. Pero como yo no podía vocalizar no le respondí, tardé algo en entender que mi amiga del foro no estaba haciendo esa clase de juicio.

»"Con el dinero que gana se dedica a ponerse y a quitarse labio y peras, silicona dentro y silicona fuera. Y no se da cuenta que la mata esa frente abombada, de subnormal. Con el dinero que se gasta en joderse la cara podría hacer feliz a cuatro chicas como yo."

»Compartíamos un ánimo que nos hacía sentir intrusas en nuestro cuerpo, pero los tonos del carácter eran tan distintos y variados como de costumbre. Terminé cambiando de móvil, me borré del foro, les estoy muy agradecida.

»No me animé a implantarme pecho hasta que no tuve a una persona al lado para que me diera la mano. Escogí el gel de silicona y que me cortasen por la cúpula axilar, quería el implante entre el músculo pectoral y el plano costal. Por primera vez el dinero no descendió de mi cuenta corriente. Recuerdo los focos del pasillo y un enorme reloj de pared que pareció despedirse de mi conciencia mientras desembocaba en la nada de los sedantes. Salió bien, todo salió bien. Perdí durante una semana la sensibilidad en los pezones, y al principio los pechos estaban demasiado altos y separados por la tirantez de una piel desacostumbrada a cargar con tanto volumen. El cuerpo reacciona a la implantación envolviendo la prótesis con una fina lámina de tegumento, si la cápsula de tejido humano se endurece demasiado empiezan las complicaciones, pero todo salió bien. Pasé el postoperatorio escuchando canciones de los ochenta, música alegre y ligera, picante y punk, una corriente deliciosa de ingenuidad, me resistí a mirarme en el espejo hasta que los implantes estuviesen acomodados, hasta que la grasa drenase los derrames capilares, y la espalda se acostumbrase al nuevo peso. Me habían perforado la cara, el cuello, las axilas y las ingles, pero los pechos eran algo nuevo, revelador, como si a un creyente le creciesen alas de ángel. Me subí la camiseta al puro estilo de las adolescentes que piden una fotografía para documentar su turgencia, y allí estaban, vacíos de leche y glándulas mamarias, y me emocioné tanto al desnudar el nuevo tronco que me puse a reír y a llorar al mismo tiempo. Quise llamar a mi hombre pero la voz no me salía, en realidad no quería verle, era un momento para mí.

»Los embriones hacen un gran esfuerzo para abrirse paso desde el útero hasta la luz del mundo. Claro que ellos están inconscientes. Yo tardé algo más de nueve meses en desarrollar un cuerpo nuevo, y lo hice con los ojos abiertos, estuve todo el tiempo viendo cómo me formaba.

—¿Tienes orgasmos de tía?

—No pueden transplantarte un coño, eso no pueden hacerlo. Te cortan el pene y los testículos y usan ese tejido y piel de las ingles para fabricarte una neovagina, así la llaman, ¿puedes creerlo? El sistema nervioso sigue siendo de varón, así que nada de orgasmos femeninos, pero si todo sale bien mantienes viva la sensibilidad. Conservan los nervios del glande y los trasladan al interior de la cavidad genital, son más largos que los de una mujer, por eso funciona.

—¿Y vas a operarte de abajo?

—No me he atrevido. Los puntos, el betadine, sábanas absorbentes, drenaje, destruir las bacterias del colon con pinchazos de jeringa, las dilataciones para que no se cierre la herida pélvica mientras se secan las otras cicatrices, las sondas. No puedo soportar la idea. Puedes perder la libido, tu mente puede sentir una repentina nostalgia irracional por el colgajo te has pasado años despreciando como si fuese un tumor intruso, puede convertir- se en una ausencia tan sensible como los brazos de los amputa- dos. Voy a quedarme así, ya he tenido suficiente, quiero que la sociedad me considere una mujer sin pasar por otra operación, y según como lo mires funciona como un clítoris.

La conversación transporta toda clase de párrafos rutinarios, de palabras descargadas de intensidad, es algo bien extraño que se acelere en dirección a zonas íntimas; se me da bien reconocer cuándo las frases empiezan a trazar perfiles sinuosos, cuándo se enroscan en curvas cerradas y ciegas a cuya salida puede espe- rarte cualquier cosa.

—¿Puedo tocar?

—¿Abajo?

—Me refiero a los pechos.

—¿Mis pechos? Dentro de la gama de los operados son bas- tante corrientes. ¿No me digas que nunca has tocado ninguno?

Se hundió los dedos en la masa capilar y la dejó caer, podías pensar que no había aprendido el gesto vigilando a las chicas, que le salía de los nervios.

—Nitrogenados nunca. Va a quedar entre compañeros. Por los viejos tiempos.

Estuve a punto de ponerme un guante (una jugada del fantas- ma de papá), alargué la mano antes de que se bajase demasiado el escote del vestido. El contacto con el relleno era menos sugestivo que la concupiscente masa natural, pero la piel era piel: suave, caliente, con sus poros y circuitos sensibles. También puntuaba su actitud: querer tenerlas, ponértelas. No prolongué el contacto.

—Gracias.

—No puedo creer que nunca hayas tocado una, Joan-Marc, pero eras tan ingenuo. Todavía puedo verte brincando por la cancha, esa versión más fina de ti, y no es que hayas engordado, no has engordado apenas, es sólo que nadie te explicó el efecto que causabas: en clase, en el patio, siempre tan lejos de tu poten- cial. Un muchacho desaprovechado.

Y si dejé que soltase todas esas mariconadas no fue porque todavía pesase sobre nosotros la sombra del tacto mamario, sino porque el efecto superpuesto de la conversación, el alcohol, el atractivo coqueteo con el pasado y los tirones de compañerismo avanzaban fundiéndose en una sensación homogénea, premental, capaz de encender un bienestar afectuoso: la simpatía aterradoramente humana. No quería irme, una copa más y la invitaría a bailar.

—Es tarde. Será mejor que lo dejemos.

No dijo «irte», no dijo «vete», se levantó del sofá, las facciones amistosas se habían retraído bajo la máscara de fría serenidad que dominaba al dedillo.

—Tienes razón. Pero volvamos a vernos, Eloise.

Me ayudó con la chaqueta. Me acercó los guantes.

—Puedo oír tu esfuerzo cada vez que piensas «Eloy» para terminar en «Eloise». No puedo mantener contacto con vosotros. ¿Sabes que nunca me habían gustando las mujeres tanto como desde que soy así? La metamorfosis exige mucha disciplina si no quieres quebrarte a medio camino. Descarrega sigue vivo debajo de Larumbe, pero no voy a permitirle que regrese, no hay vuelta atrás, es mi normalidad.

—Entiendo.

—No, qué vas a entender, pero está bien que lo intentes. Siempre aposté a que después de todo eras una buena persona. Te acompaño a la calle.

Bajamos las escaleras, desde la ventana del primer piso las copas de los árboles volvieron a recordarme el pelaje de un mamífero excitado. Debe de existir un órgano que los anatomistas todavía no han localizado porque mi nuca sintió que Eloise se había detenido a media escalera.

—¿Quieres fumar? Me gusta hacerlo aquí, si no te importa, me relaja. Se me han ocurrido un montón de cosas que me gustaría decirte, qué tontería, es como si la cabeza se acelerase cuando le toca despedirse.

—Tírame uno.

—Dices, dices y dices, y ni siquiera has empezado. ¿Sabes que cuando estuve dos semanas hinchada, igual que si me hubiese atropellado un camión, en lugar de soñar que me daban la mano, buscaba la esquina del triple para romper la defensa? Cuando pude masticar me fui al puerto a comerme un arroz con bogavante y medio litro de vino de la casa. El día no era luminoso, una lástima, aún así me di un baño a las cinco. El agua estaba turbia, recorrida de algas y grasilla, y habían chicos nadando, de los restaurantes llegaban olores a gamba asada, a mejillones. El aire me puso la piel de gallina, redondas burbujas de piel, y la claridad encendía y apagaba escamas de luz sobre el mar, era como si aquella superficie interminable estuviese formada por el parpadeo de un enjambre de mariposas azules, me dio asco la idea, salí del agua, una porción de sustancia marina fue resbalando por mi cuerpo nuevo, cada gota endurecía una porción de arena al caer. Los chicos tomaban el sol, jugaban al fútbol, reían a carcajadas, me hubiese gustado presentarme a uno cualquiera, todos comen y duermen y van a trabajar, que me pasase a buscar nervioso a las seis, y pasear como dos amigos hasta que se hiciera de noche.

—Me hago una idea.

—Tendrías que verlo dentro de mí, eso sí sería emocionante. Pero ya ves, no importa cuántas veces te rajen, lo que te añadan, lo que te arranquen, el pensamiento sigue escondido en el cerebro, dentro del cráneo, detrás del hueso de la frente. Una protección triple.

—No es mala idea. Los pensamientos no son demasiado agradables.

—De uno en uno son parciales e injustos, de acuerdo, pero me gusta creer que si los desplegásemos al final de la vida y alguien se tomase la molestia de leerlos con una pupila compasiva el espectáculo sería tranquilizador. Las fobias, la agresividad… Todo se atenuaría al integrarse en un conjunto más amplio.

Le sonreí, esa fue toda mi réplica, de lo único que fui capaz, me he dado cuenta que sólo sé hablar cuando estoy lanzado, a la carrera, en cuanto el pulso se sosiega me quedo en blanco. Eloise se esperó un segundo más apoyada en la pared, debía de pesarle avanzar con ese cargamento pectoral. Helen durmió una temporada con una especie de arnés, incluso tú te dolías a veces de la espalda.

—Envidio a los árboles. Ellos sí saben crecer hacia lo alto, tienen ese sistema de envejecimiento, expandiéndose en círculos que alejan del tallo la suciedad anterior. Entre nosotros es distinto, claro, ya sabes, años abandonados, que ya no encajan. Pero aunque los dejes pudrir no se van, siempre tropiezas con gente que te los recuerda.

Aplastó el cigarrillo con suavidad contra la pared, no llegué a encender el mío, lo guardé en el bolsillo, una especie de recuerdo; me arrojó las llaves, nos habíamos pasado el balón miles de veces, en el entrenamiento, contra defensas al hombre y zonales, las atrapé al vuelo, un cerrojo sencillo. Detrás de la cortina de lluvia las masas de los edificios temblaban suavemente.

—¿Puedo hacerte una última pregunta?

—No diré ni una palabra sobre mi próstata, Joan-Marc.

—Asumo que la clase de anatomía se acabó. Es sobre *Star Wars*. ¿Te queda alguno de aquellos muñecos?

—¿Muñecos?

—Boba Fett, Chewbacca, Lando Calrissian, C3PO. Tenías cientos. En una caja con la forma del *Halcón Milenario*. Te envidiaba mucho.

—¿Tú me envidiabas? Joan-Marc Miró-Puig me envidiaba, a mí, eso sí que es gracioso. No. Ninguno. Ni siquiera recuerdo cómo perdí esos muñecos, lo lamento.

Nos besamos en las mejillas, el perfume disimulaba cualquier traza de aroma masculino, no era más repugnante que cualquier otra cosa que os ponéis encima, recordaba a madera quemada, con el punto a canela que crecí asociando con papá. Se me estaba empapando la gabardina, intenté abrir el paraguas y sentí sus uñas en mi mano. Una pared de agua desdibujaba el otro lado de la calle.

—Deja ya de de joder con la edad, eres muy joven.

Me soltó despacio la manga y recorrí la callejuela hasta que desemboqué en la Carretera de Sants, los escaparates proyectaban pinceladas relucientes sobre la calzada. Nunca he entendido este barrio, aunque crecieses aquí, ni tampoco a los chicos buenos que recorren la calzada con sus motos y una fiambrera sucia de migas, espaldas cargadas con la clase de trabajo que pesa, la tentación y el temor de no irse nunca de estas calles. Tampoco entiendo esta secuencia de zapatos, juguetes, ferreterías, camisetas, llaves, libretas y bares donde sirven lacón y arroces y sándwiches, con sus espléndidos calefactores y climatizadores, el olor a fritanga y ambientador de limón químico. Comprendo al perro que se arrastra como un mocho empapado, entiendo al Seat y al Renault que humean impacientes frente al semáforo; pero no me pidas que comprenda a esas chicas delgadas que besan de puntillas a sus novios mientras les suena el móvil en los bolsos de imitación, pantallas azules, calcetines deportivos. Me había entrado hambre pero no quería subirme a un autobús, el tráfico humano me apremió para que moviese los pies y aceleré los pasos en dirección a la Plaça de Sants y sus árboles avejentados. Habían tantas cosas que no entendía de niño y que sigo sin entender, mi ojo se ha ensanchado pero no ha aprendido a dejar pasar más luz; si retiras las exigencias civiles podría volver a ser el mismo crío al que le fascina el mundo, que aprendió el nombre de cientos de objetos coloreados y crujientes que le rodeaban. La materia me parece algo bueno y las ciudades son impresionantes y cómo podría decir una palabra agria sobre la caridad de los peores momentos mientras nos dejen seguir por aquí.

Un inocente, claro, un iluso, ¿qué otra cosa están tratando de enseñarme todas esas palomas que se abaten sobre la arena pobre de la plaza con su barullo de alas? Las masas oscuras que se metían como un dedo en la boca del metro tampoco me ayudaban a pensar. Me alejé de la plaza, atravesé una isleta con dos bancos despellejados, esquive una mierda ya pisada y abierta como una fruta fresca, pasé por delante de una cabina telefónica que parecía estar ahí como el monumento conmemorativo de una tecnología ya extinguida. Me entretuve comparando el precio de las gafas, mirando zapatos ortopédicos, tacones finos, ropa deportiva, sillas de madera sintética, bocadillos vendidos al culto del cheddar, y en el escaparate de una pastelería reconocí la caña con la misma crema espesa que nos compraban a Pedro y a mí a la salida del entrenamiento.

Y yo seré inocente, pero no tan imbécil como para que se me pase por alto lo que se cocía entre Eloy y papá. ¿Otra percha australiana? ¿El súbito interés por su incineración? ¿Las risitas? ¿El olor a canela? ¿Fuiste tú, Eloy, quien buscó a Pedro para que te contase el final de la historia, de tu historia con mi padre? ¿Le pusiste tú el pisito, papá? ¿Te extorsionó? ¿Te colgó ella misma;

esa sería una explicación, y de las buenas, para tus callosidades al aire? Me basta con forzar un poco la cronología. Claro que ahora era una mujer, pero había jugado al baloncesto y siempre fuiste un *nyicris*, papá, una birria. Estuve tentado de desandar el camino e interrogar a Eloy, pero si él fue importante para ti, ¿cómo íbamos a reconciliarnos en el Más Allá si se me iba la mano?

¿No podías ser como los demás hombres e insistirme hasta la náusea para que fuéramos todos juntos a comer: yo, mi hermana y tu nueva novia a interpretar el paripé de la convivencia entre familias sucesivas? ¿No podía ser ella una de esas chicas afectuosas y corrientes que no logran convencerse de la respetabilidad de su situación si no hunden las manos en la masa del pasado? No puedo jurar por mi hermana (bueno, estoy convencido de que se las hubiese arreglado para ser exquisitamente impertinente), pero te aseguro, papá (cómo echo de menos tu voz, papá), que me hubiese entregado a limar los bordes de nuestro desorden sentimental, hubiese estado a la altura de mi fama: generoso, amable, leal. Todo un campeón en el sentido más amplio de la palabra. Me sé un montón de chistes para situaciones así, he acumulado una buena experiencia en separaciones, se me da bien, sé cómo romper el hielo, me las arreglaría para que nos sintiéramos cómodos. Hablemos claro, papá, ¿a qué tanto secretito? ¿Seguía uniéndote a mí y a mamá un hilo de amor, dolía? ¿Sabes qué creo? Que se la pegabas a ella con nosotros. Pleuresía, diabetes, oclusiones de las arterias, hipertrofias de la próstata, cánceres omnívoros, insuficiencias renales… mucho antes que algo de esto nos arruine lo hará nuestra ridícula vida privada. A veces tengo la impresión de que hagas lo que hagas la vida es imposible. Que ésa era la única lección que quieren enseñarnos, la única que no queremos aprender.

Pasé lo que quedaba de tarde dándole mordiscos a la barca de crema en una mesa ideada por pigmeos, envuelto de la olorosa masa de crepe. Cuando las nubes se abrieron en el cielo ya no quedaba luz, los paseantes se movían en una penumbra malva, con cazadoras de imitación, abrigos Caramelo y las imposibles bombers; muchos se saludaban al cruzarse, parecían a punto de ponerse a bailar. A Pedro le hubiese gustado saber que nuestra pasta seguía horneándose, pero le he esquivado desde la noche del Sónar, lo decidí mientras le preparaba una tisana digestiva, aunque al final me decidí por unos capullos como puños que al entrar en contacto con el agua hirviendo se desplegaban en pétalos de tonalidades sorpresa. Alguna propiedad beneficiosa tendrían. También me preparé dos tostadas. Puse el refrigerio en una bandeja y me asomé al comedor.

Pedro seguía dormido, pegado al borde del sofá con las rodillas recogidas y la boca abierta, la nariz le silbaba como una cafetera. No creo que cuando su mamá le puso ese nombre pensase en que se haría tan grande, un mamífero imponente. Había dormido con las ventanas cerradas, todo el comedor olía a él.

Retiré las cortinas y subí las persianas. La habitación se fue empapando de aire iluminado. Recogí los abrigos, puse en orden las sillas, vacíe los vasos y guardé las botellas. En la calle (quioscos abiertos, dos bicicletas, las macetas atadas en las terrazas) se movían corrientes de ciudadanos: la tupida fronda mental de arrepentimiento, expectativas, audacia y timidez, agitándose viva en miles de cabezas, qué instrumentos fabulosos. Me comí una de las tostadas. Saqué un par de trapos y le quité el polvo a los muebles, *escombré*, que diría la diglósica rodante de mi hermana, sentí la separación amable de los pliegues del ánimo, me aseguré de que las cajas asesinas seguían en su sitio y me senté en el butacón, a entretenerme con los vinilos. Supongo que estaba esperando que despertase para reanudar la conversación, pero siguió haciendo muecas y ruidos. Busqué la cartera y le saqué cuarenta euros, y lo cubrí con una manta. Comprobé grifos y el butano y fui apagando las luces de la casa-museo, y como no quería que al despertar Serrucho pensase que le habían arrancado los ojos (no todo el mundo sabe que la ceguera es espesa y lechosa), encendí la lámpara y dejé que el plexo verde añadiese su destello.

¿Qué podía recomendarle a aquel pobre tonto? No conozco ningún paliativo contra el paso de los años ni para tantas cosas hermosas que han muerto arrastradas por el flujo de la vida corriente: horas y horas de indescriptible vulgaridad. Tampoco podía convencerle de que en términos generales este asunto tan delicado de vivir fuese a mejorar: la edad se las arregla para descubrirnos peores perspectivas sobre nosotros. En cuanto a las mujeres… Ahí estaban mis matrimonios, y una docena de novietas, cayendo la una sobre la otra, asfixiando la luminaria sexual. ¿Qué desastre vital puede compararse a la separación de una pareja humana: arrancar nervios todavía vivos que se habían acostumbrado a circular inseridos en la carne del propio corazón? ¿No hemos tenido suficiente? ¿No es un buen momento para apagar la luz y decir: bueno, estuvo bien, hasta aquí, eso fue todo, adiós, adiós? Yo sólo digo que es razonablemente difícil acceder al sexo, que debería ser más sencillo librarse del deseo. Desde que tengo uso de razón me han gustado las niñas, las chicas, las mujeres, las distintas encarnaciones evolutivas de lo femenino, acompasadas a mi progreso biológico. Aprecio su delicioso diseño, cómo se miden y se evalúan, ese residuo de garza que les dilata los ojos cuando ven algo brillante, lo que son capaces de provocarme sólo con el pelo. Llegué a pensar, pobre de mí, pobres de nosotros, que tenía mano para tratarlas, me dije que sabía cuándo recordarles lo bonitas que son, cómo comportarme cuando les dan esas crisis de confianza, enraizadas a tanta profundidad en sus hormonas, siempre me han encontrado bien dispuesto a cubrirlas con mi abrazo, a poner a su disposición los poderes de la masculinidad. Si no salió como debía también es porque los ejemplares que encontré no eran como me habían contado: nada de criaturas risueñas, serenas, cómplices, silenciosas y celestiales, nada de canturrear y hornear pasteles, las chicas que vinieron a impactar con mi presente sensible eran seres complejos y ambiciosos, sometidos a toboganes del ánimo. ¿Si ya jugamos nuestras cartas, por qué no dejarnos caer en este butacón como monjes laicos, entre calcetines revueltos, y cubiertos prácticamente limpios, en la orgullosa dejadez de la soltería compartida? ¿Esa es la pregunta que me hacía Pedro desde el sofá con su postura de interrogante?

Te lo diré, te contaré cuál es el secreto, parece una elección pero estamos agarrados por la ternura como por uno de esos dedos excitantes que la testosterona proyecta desde las gónadas. Si Serrucho pensaba retirarse era por comodidad, no por desfallecimiento, no porque se le hubiese apagado ninguna llama, qué tontería, porque si algo no decae entre esta ruina de la carne es la vieja masa de músculos clavada en el núcleo del organismo.

Podemos encanecer, podemos fatigarnos, pueden secarse las paredes del pulmón, pueden desprenderse las retinas y ocluirse las venas, y no hay manera de impedir que las articulaciones se endurezcan, pueden aflorar turbulencias cancerosas y puede que al rebañarte la próstata y los tejidos anales te reduzcan la virilidad a las dimensiones de la primera infancia, pueden cortarte las dermis y secciones de carne y grumos de grasa y abrirse paso con una sierra quirúrgica a través del esternón, entre nubes de ceniza ósea, para remendar, adormecer o reanimar con estímulos eléctricos el corazón; pero mientras siga latiendo no vas a detenerlo. Ese órgano obstinado y turulato seguirá hasta el día que se reseque distribuyendo sangre oxigenada, reluciente de funciones simbólicas, para llenar las circunvalaciones cerebrales de electricidad enamorada; la carne se oxida y se gasta, pero el amor está pegado a la conciencia, es nuestra vocación de especie, va a sacudirnos hasta el final.

Vaya si va a sacudirnos.

Llevaba casi tres meses sin cruzar una palabra con mi madre, asociaba mágicamente su mejoría intermitente con tu irrupción en mi vida y no tuve arrestos para contarle que habías huido. En mayo esquivé un tumulto de llamadas y después me olvidé, hasta que el jueves pasado, mientras miraba por televisión esas ráfagas de tontería inofensiva que se parece tanto a darse un baño caliente, sentí cómo la autocompasión me salía por los poros abiertos. Daban un documental sobre viejos que se marchitan en sus dormitorios, solos y aturdidos, abandonados por hijos que ya no creen en recompensas ultraterrenas, y bastante tienen con mantenerse en pie sobre sus vidas salvajes. La emisión se interrumpió y la pantalla oscurecida me devolvió mi propia imagen con pantaloncitos tipo magnum, una camiseta usada (de Batman) y cinco dedos viciosos rebuscando dosis de colesterol en la bolsa de anacardos. Mi excusa es que el calor había invadido Barcelona con ráfagas africanas (un viento que parecía quemarse al entrar en contacto con la piel) y no estaba como para invertir en un aire acondicionado. Me sentí como un huérfano prematuro, me levanté de un salto, tensado por un músculo de preocupación auténtica, telefoneé a mi madre, dos veces, no me respondió, pero como eran las dos de la madrugada tampoco me preocupé, estaría acostada, me bastó pensar que desayunaría con la ilusión de ver mi número grabado en la memoria de su móvil para conciliar el sueño.

Tres días (y una cincuentena de llamadas) después empecé a ponerme nervioso, a imaginarla cadáver en la mecedora del comedor. Me decidí a ir a verla, hubiese ido antes pero la última visita la encontré tan mejorada que me hizo sospechar que era su canto del cisne; me dejé mi juego de llaves en el piso a propósito para que no pudiese recurrir a mí en caso de urgencia. Me puse una americana de lino y me desplacé desde Rocafort hasta Via Augusta en autobús, la calle Muntaner la subí andando, por la acera de sombra, pero ni así evité que la picazón sudorosa se abriese paso, casi me colapsé al llegar a Pàdua, y le pedí a un taxista que remontase la empinada estrechez de Balmes, me seguía emocionando cómo la calle se abría en carriles más espaciosos antes de girar la rotonda y encarar el Passeig de la Bonanova, que me recibió con una luz que parecía polvo de oro. Hice parar al taxista dos portales antes de llegar a casa de los Miró-Puig. Y tampoco esta vez fue cosa de la nostalgia, quise conservar una porción más nutritiva del último billete de veinte euros que me convenía gastar este mes tan magro en ingresos. Era desesperante tener que recurrir de nuevo para pagar el alquiler a la masa menguante que por inercia y comodidad sigo llamando «mis ahorros». Que mamá estuviese muerta tampoco arreglaría la situación, mi hermana iba a negarse a vender la casa, ni siquiera buscaría una excusa elaborada, le bastaría con los motivos sentimentales untados sobre alguna inmundicia: que los precios estaban bajando, que el mercado no era favorable, que no estaba dispuesta a desprenderse de los bienes de la familia por culpa de mi improvisación. Para disfrutar del dinero tendré que esperar a que las mismas blenorreas que le han impedido parir empiecen a proliferar y la monden entera, comida hasta el hueso.

Cuatro años antes hubiese podido recurrir a algún vecino, pero la finca se había repoblado con ejecutivos alemanes y japoneses, no conocía a nadie. Me vi reflejado en la luna del portal, el mismo flequillo de cuando medía medio metro menos, un rasgo de nuestra clase social es que envejecemos con la misma raya leal, deberían subvencionarme como especie protegida. Desde que me marché de casa habían retocado media docena de veces el portal: parquet, estucado, plantas de plástico.

Formé una cueva con las manos y vi la garita vacía del portero, una excentricidad barcelonesa que todavía seguía vigente en las calles que se dejan irradiar por la elegancia de la Diagonal. Pero nadie se había preocupado por replantar en ese espacio vacío un nuevo señor Man; aquel hombrecito que sabía cambiar la goma deshinchada de una bicicleta, tasar a los visitantes, repartir el correo, asustar a mi hermana sin mover un músculo, y dictar complicados encargos por teléfono; dormía en una vivienda reducida con una mujer y dos niños rarísimos, como chinos de mentira; y sólo mi madre debe de acordarse en todo el edificio de su frío afecto servicial, de su tonalidad subalterna, en armonía con los muebles diminutos entre los que vivían. Que el mundo se lleve por delante a un mujeriego como mi padre tiene un pase, pero que se detenga para expulsar a Man de Togo, la clase de individuo que ve pasar el mundo por una esclusa tan esquinada que apenas consigue un vislumbre cabal de cómo funciona la realidad, se parece bastante a un abuso. Las personas como el bueno de Man deberían vivir doscientos años en compensación. Llamé al interfono pero el cadáver de mi madre no respondió, observé con detenimiento las ranuras por donde sale la voz, las ráfagas africanas arrastraban hojas secas, intenté interpretar el mensaje que transportaban para mí, es curioso cómo el cerebro segrega superstición en cuanto se siente impotente. Estaba ya buscando a Muñoz en la agenda del móvil cuando oí el crujido del interfono.

Me temblaban las piernas y sentí un serpenteo de ardor en el antebrazo, no podía permitirme un infarto, por muchos frutos secos que hubiese tragado la última semana tenían que respetarme un par de horas. Descansé con las manos en las rodillas, con la vista fija en los buzones, no recordaba cuándo mi madre había retirado el nombre de papá. Al recuperarme me dejé invadir por una versión suave, matizada, del mismo nerviosismo de cuando su casa era mi casa, y había siempre algo que contar, cuando era un niño que se internaba despacio en la vida y la mirada de mis papás se confundía con el perímetro del mundo. En la antigua garita de Man los nuevos inquilinos guardaban sus bicicletas plegables, pero ni las reformas ni las partidas ni las mudanzas habían disipado el olor familiar que desprendían las paredes.

No me atreví a subir por el ascensor, al llegar arriba tienen que abrirte por dentro y mamá podía estar agonizando junto al sofá, parece increíble, pero esas cosas les pasan a los viejos todo el tiempo. Me decidí por las escaleras, seis pisos, escuchando cómo los órganos trabajaban en mi interior. Al llegar arriba tardé cinco minutos en recuperar el resuello, después golpeé con los nudillos, di timbrazos cortos, timbrazos largos, espaciados, continuos, pegué el dedo para provocar un hilo líquido de escándalo sónico. Nada funcionó. Descarté a Muñoz, no iba a profanar la casa de mis padres, era el turno de mi hermana que no respondía al teléfono, igual estaba conchabada con los servicios sociales para entregarme al horror. Cuando íbamos juntos en autobús jugábamos a calcular la edad que yo tendría cuando ella cumpliese los diez, los quince, los inverosímiles dieciocho: el mismo patrón de distancia desplazándose en la serie mutante de números; me asustaba que mamá rebasase los cuarenta, que me viese cumplirlos a mí, nuestra relación se basaba en cierta frescura, lo que pudiese pasar entre la anciana y el hombre maduro quedaría desnaturalizado. Me arrojé al suelo, como si en el intersticio de la puerta me esperase una nota, como si los dedos pudiesen remontar el anverso de la puerta, tentáculos flexibles, hasta la cerradura.

Oí cómo se abría una puerta en el rellano inferior, me había puesto perdida la americana.

—Su madre está en Berlín.

Me asomé al hueco de la escalera. ¿Qué hacía el cadáver de mi madre en Berlín? Me resistí a la invitación de entrar en el piso de la vecina con las excusas corrientes, me resultaba desagradable la voz que elaboraban sus roídas cuerdas vocales, así que me gritó el plan de mamá desde el rellano y parecía bien documentada: le había dejado la dirección de un hotelito y mi juego de llaves. El móvil se lo había dejado en casa, un descuido.

—La han estado llamando mucho, obsesivamente, algún loco. Pero si quieres hablar con ella puedo darte el número de Lucas y Bruno, sus compañeros de viaje. Suerte tiene de ellos, se la llevaron para que se distrajese, ya supongo que tú no tendrás tiempo, pero nunca viene nadie a verla.

Una semana después volví a la Bononava invitado por mi madre con la promesa de que iba a prepararme mi plato favorito. Al abrir la puerta me recibió un aire impregnado de albaricoques. Las paredes estaban pintadas de tonos asalmonados, una mecedora nueva, cojines, aire acondicionado: había invertido en confort. Me recibió dentro de una bata con un aspecto que parecía una versión mejorada del uniforme con el que la conociste después de que saliese inesperadamente de aquel embrollo de pastillas. En lugar de la estupenda paella de conejo con irisaciones de azafrán me sirvió un codillo dulce (el plato favorito de papá), pero ni siquiera en ese momento me di cuenta de que me había convocado para leer mi sentencia.

—He pensado en vender el piso al banco. Se quedan con la titularidad pero me darán una compensación jugosa cada mes, hasta que me muera, mira.

Ya sé que las personas dan guerra hasta el final, que se mueven sólo para asegurarse (y demostrarte) que siguen activas, pero aquella efervescencia era un inconveniente inesperado. Me había convencido de que los planes de ahorro no eran para mí, porque tenía cierta confianza en que mi porción del piso me proporcionaría una vejez sosegada.

—Vosotros ya sois mayores y a mí me vendrá bien el dinero extra.

¿Para qué, mamá, si vas a morirte? ¿Qué clase de padres irresponsables se arruinan y se malvenden el patrimonio para comprar artilugios miserables?

—Parece como si no te alegrases, Juan. No lo entiendo, siempre andabas *rondinant* que no salía de casa.

Me dijo que día sí y día no se iba a bailar con el grupo de Lucas & Bruno. No le pregunté adónde iba, no me interesé por su círculo de danza senil, dejé pasar por delante de la imaginación escenas de robos, de torceduras, secuestros y abusos verbales, me concentré en a qué hora volvía a casa, resultó que nunca se acostaba después de las once, añadió una sonrisa infantil y tuve que reconocer que ni siquiera pudo rescatar la mueca del pasado, mi verdadera madre (la mamá del pasado) era demasiado formal, aquel desplazamiento pícaro del labio era algo recién aprendido.

—Además, las chicas entramos gratis.

Y las noches que se quedaba en casa (por el reuma, por una catarata que la dejaba medio ciega, por cualquier achaque propio de sus casi setenta años) organizaba cenas, y escuchaban música en un altavoz para iPod que era lo último que esperaba encontrar en nuestro piso.

—A veces me arranco a cantar, pero apenas veo televisión, sólo partidos sueltos del Barça, me encantan los ricitos de Ricard.

Se levantó a retirar los platos, y era cierto que mamá tenía una voz bonita; corría la historia de que la abuela no le permitió educarla porque en su casa la consideraban una profesión de frescas; claro que igual era una aventura que mamá contaba de una prima o de una amiga, igual en diez años ya no podré preguntárselo. Hay una serie de relatos que se desplazan sobre la tierra durante un periodo concreto, son como lazos que vinculan comunidades, después se destensan, se pierden, los releva otra corriente de historia, qué curioso. Nunca te conté, y se hubiese perdido, que muchas noches me dormía escuchando canciones castellanas que me ponían triste y me hacían sentir seguro; aunque sabía que el sonido salía de mi madre y que podía tocarla alargando el brazo, me parecía que aquellas melodías venían de una profundidad estrecha y oscura, incalculable.

—No me ha dado tiempo a prepararte un postre, hoy me pasan a buscar a las seis. ¿Quieres café? ¿No me preguntas por Berlín?

No me preguntó por mi hermana ni por ti ni por papá (qué quieres, soy de los que creen que un hombre como él debería seguir animado las conversaciones), no es que nos diese la espalda (me había invitado a comer, era yo quien no la había telefoneado en seis meses) pero sus dos hijos de sangre parecíamos una isleta de terreno desprendido, alejándose; no me pareció que hiciese el más mínimo esfuerzo para acomodarnos con una pizca de coherencia en su agitado presente, sólo tenía una fotografía expuesta de mí: esa toma odiosa del día de mi comunión, con un jersey Lacoste y las mejillas sonrosadas, de cuando podía trazarme una raya profunda como un surco vivo abierto en la masa del pelo aplastado con colonia, de cuando podía disfrazarme, de cuando le pertenecía.

Se acercó moviéndose dentro de su delantal asexuado, se había hecho algo en el pelo que la favorecía. Supongo que siempre supe que era una mamá alta, cargadita de delante, atractiva a su manera, aunque demasiado recatada para triunfar en un patio donde los chicos estábamos fascinados por las costumbres textiles de las nuevas divorciadas. ¿Llevó alguna vez el pelo rubio? En todos mis recuerdos aparece igual, fumando despacio, medio distraída, de perfil. Estaba viva, podía preguntárselo, estaba viva, aunque en una forma alterada; lo iba a dejar pasar, no era una conversación que fuésemos a tener. Ninguno de aquellos chicos, desorientados por la exuberancia, sospechaba del atractivo de la discreción, del valor de esas mujeres que reservaban la belleza para la cama de sus maridos. Papá debió de pasárselo en grande con una mujer de esa estatura, tienen mucha más piel, y creo que alcanzan una temperatura corporal más alta, además mamá se ponía roja enseguida, imagino que se la comía viva.

Papá se puso tan serio (¡me citó en el despacho!) para contarme con cuatro años de retraso los secretos de la unión íntima entre varones y hembras que dejó sin crédito la esperanza de que se hubieran arreglado sin todo aquel barullo genital para concebirme. También me convenció con su pose de que habrían más citas y nuevas explicaciones: a los quince, a los veinte, pasados los treinta, pero nunca volvieron a reunirse conmigo, no me transmitieron la regla del juego, ni me sentaron para explicarme sin prisas qué esperaban de mí: ni en el primer matrimonio, ni durante el segundo; y de qué me serviría ahora que son episodios cerrados (porque no vas a volver), qué deprisa pasa el sueño.

—¿Qué tal Berlín, mamá?

Se sentó con una mano en el bolsillo y una sonrisa limpia que era el saldo de su propia serie de pensamientos. ¿Qué venía ahora, un novio? Por el amor de Dios, mamá, si ya era complicadísimo imaginar que después de parir a mi hermana tu cuerpo estuviese sensible y despierto para la brega conyugal. Claro que uno descubre cosas insólitas sobre los cuarentones cuando se convierte en uno de ellos, y he oído hablar de esos octogenarios que se casan en la residencia y se van de crucero a Mallorca, aunque me quedo más tranquilo pensando que pasan la noche contando estrellas. El interior actual de mi madre no debía de estar para grandes alegrías, las trompas, la placenta, todo se arruga como el pellejo de la cara, pero igual la vagina seguía en buena forma, igual depende de lo que te apetece reinsertarte en el delirio frenético. Dicen que las madres saben interpretar las ondas que desprenden los movimientos mentales de sus hijos, igual te parece una idiotez pero cuando levanté la barbilla mamá estaba tan roja que tuve que desviar la mirada hacia unas ramas largas como alas cargadas de plumas.

—Míralo tú mismo.

Y arrojó encima de la mesa uno de esos teléfonos de pantalla táctil, y lo hizo con el desplante de quien descubre una mano de ases; así que probablemente sí estábamos jugando a algo, con ganadores y perdedores; tuve que concentrarme porque los iconos de estos cacharros son demasiado pequeños para mis yemas, y antes de que me aclarase me lo arrancó de las manos, un gesto rápido, entre risas de una textura algo alocada para mi oído.

—Qué tonta. Me equivoqué. Están en éste, Juan.

Era un móvil más sencillo de usar, pero esperé a que volviese con la cafetera para ver las fotos. El brebaje le había quedado fortísimo y parte del poso había traspasado el filtro. Me fue salmodiando los nombres de todos los monumentos. La mayoría de las imágenes que vi en la pantallita estaban borrosas, cubiertas por una pelusilla de nieve, como si cerca de los setenta ya no quedase margen para aparentar que nos grabamos y conservamos para después: ya no buscas recuperar el pasado ni ocultar el paso de la edad, no son imágenes que te protejan, sólo persigues algo de compañía antes de quedarte a solas con el fin del tiempo.

Me serví otra copa de jerez.

—Tómatela con calma, acábate la botella si quieres, me voy a descansar, igual ya te he dicho que a las seis pasan a recogerme.

Dejé el café y me terminé la copa. Mamá se había olvidado el smartphone sobre la silla y te prometo que sólo lo cogí para adiestrar mis dedos con esos iconitos; la carpeta de fotografías estaba vacía, lo usaba para grabar vídeos. Pasé de largo «Berlín» y «Berlín1» y «Berlín2» y «Berlín3», y entre los tres archivos de «Fiesta» escogí «Fiesta2». El fondo sonoro era un fundido de gritos y sonidos que me dejó la misma impresión física que cuando llegas a una fiesta donde todos llevan unas horas bebidos. La mesa era la misma en la que se enfriaba ahora el «café», y el sofá era el mismo sofá en el que hace veinticinco años me tumbaba a descansar después de los entrenamientos. No conocía ni a la mujer que bailaba simulando contoneos gatunos ni al barrigón, estaban perdidos entre los cincuenta y cinco y los sesenta y cinco, esa indefinición espesa. El vídeo era reciente, allí estaba el aire acondicionado. El hombre fue adelantando la panza y la mujer empezó a doblar las rodillas y bajar su trasero sin forma hasta que los ojos se le quedaron a la altura de la entrepierna. El barullo de fondo se incrementó al punto del jaleo, y en el salón de nuestra casa le desabrochó el cinturón liberando una masa de grasa y carne, y ella metió los dedos entre la ropa interior, y no quise ver más. Solté el teléfono y dejé que el vídeo terminase con la vista fija en las frondas verdeamarillas de los plátanos, el sonido tardó unos buenos diez minutos en dejar de oírse.

Lo que hice después fue dejar los vasos en la cocina, lavarme las manos y asegurarme de que los fogones estuviesen apagados. Atravesé el pasillo y entré en la habitación para despedirme, se había dormido con la televisión encendida, algo sobre una presentadora de la que sospechaban que era extraterrestre, un tema sobre el que quiero investigar. Metida en aquel delantal-bata que era su uniforme, la expresión somnolienta de su rostro se había relajado y las facciones volvían a representar su edad indefensa; se le abrieron las arruguitas que le nacían del labio superior y que empezaban también a dibujarse en la cara de mi hermana: veinte mil genes soltando descargas de información en las células eucariotas, trabajando la carne desde su interior. Despeinada y en calcetines volvió a recordarme lo que había dejado de ser, lo que ya no era de ninguna manera: una muñeca grande y vieja que habían dejado allí, medio echada a perder.

Me despedí de los posos fantasmales del café y bajé a la calle por aquel fabuloso ascensor ideado para acceder a las entrañas del piso con el que había fascinado durante años a mis nuevos amigos catalanes. Lo que me esperaba fuera era una luz espléndida y estúpida, sin matices, que dominaba la avenida.

Estaba aturdido, las llanuras desiertas del cielo, apenas cruzadas por algún pájaro urbano (estorninos, cernícalos, gaviotas), parecían capaces de desplomarse sobre mi cabeza. Me desvié de la espaciosa solemnidad de la Bonanova y me metí por una callejuela estrecha: casas bajas, patios húmedos, olor a trasero, una perspectiva casi rural. ¿Por qué iba a sentir lástima de aquella mierda de casa? Ninguna de nuestras preocupaciones se va a pegar a los muebles, ni uno sólo de los asuntos que nos interesan, no podemos legar nuestros estados de ánimo. Ni siquiera las calles Bonanova, Mandri o Iradier, que hemos pisado mil veces, saben nada de mí ni de papá. Durante años se nos acoge en esos pisos, allí nos aman, son el hueso del mundo, después se quedan pequeños, los abandonamos, entran y salen muebles, se pintan las paredes, los inquilinos se mueren y los nuevos inquilinos vuelven a morirse, nadie sabe una palabra de quienes vivieron aquí. El futuro es una extensión de casas donde no pintamos nada. El futuro es una ciudad llena de casas donde ya no vivimos.

Anduve una media hora y me di un respiro en una de esas plazas sucias y arenosas que salpican la ciudad con sus bancos de madera muerta, de los que nada puede brotar, y de sus palomas roñosas; me senté en una terraza con mobiliario de aluminio y pedí un gin-tonic, lo encontré una pizca caliente.

Eché el cuello hacia atrás: las hojas caían con frialdad, aferrándose a su color; cerré los ojos y fue como en uno de esos documentales en los que la cámara se acerca tanto a la superficie del agua que la atraviesa para nadar entre un banco de peces; me vi al otro lado del tiempo, sumergido en el pasado, no debía tener más de diez años, papá pasaba hojas del anuario de Ascott, y mamá miraba con un ojo la televisión y con el otro vigilaba los juegos de mi hermana. Era un día de invierno, la casa estaba caldeada y me sobresalté tanto de cómo ondeaba suavemente la vida que salí corriendo por el pasillo y me arrojé contra la cama, me agité con fuerza, me costaba respirar, me sentía plenamente en armonía con el momento, como si las personas a las que importaba y me importaban hubiesen alcanzado cada una a su ritmo un punto óptimo de maduración, como si la pulpa estuviese tensando la piel, a punto de agrietarla, de desbordarse, me daba tanto miedo ese momento. Era el entusiasmo de estar en esa casa, de ser varón, de llamarme Joan-Marc, de disfrutar de ese padre y de esa madre alta; era completamente absurdo que la escena tuviese que desplazarse y seguir adelante, que nadie la imprimiese en la carne del tiempo.

Abrí los ojos de golpe y vi un sol blanquecino que a duras penas proyectaba luz. Dejé el dinero en el platillo y me quité las gafas oscuras, agité los escombros de hielo en el vaso, el agua iba desprendiéndose de su forma sólida.

Me metí en una calle que se abría como un camino negro entre edificios líticos. La porción de cielo que se veía parecía suave. De niño no podía soportar los cambios, cuando papá se afeitó el bigote estuve berreando y dando la lata hasta que volvió a dejárselo crecer, primero puntos oscuros, después hilos que fueron entreverándose hasta cubrir el labio. Después de esa tarde en la que me dieron un cuenco de vida satisfecha, un mundo donde mamá está sana y papá vive y cualquier malestar puede enjuagarse con la conversación adecuada, la ambición y el sexo y el resto de los impulsos rabiosos no habían hecho otra cosa que separarnos. Por mucho que me esfuerce no podré mantener el agua dentro del cuenco, a cada paso se derrama líquido, apenas quedan las palabras para dar testimonio de esas impresiones doradas que se han fundido, pero las palabras no tienen cuerpo ni peso, están hechas de ondas a las que no podemos asirnos.

Tres o cuatro cruces después empecé a oír el ruido del tráfico, me recordó al rumor de una bestia antigua y ávida que no se ha cansado todavía de moverse. Desemboqué en Via Augusta, los vehículos avanzaban por carriles, los intermitentes iluminaban el humo del tubo de escape. Una racha de viento árido agitó los toldos de los bares. La idea de volver a Rocafort me daba náuseas, me decidí a bajar por Muntaner, entre escaparates que reflejaban el paso sereno de un sueño. Me sentía atraído por las calles descendentes, las calzadas brillaban igual que ríos temblorosos. Era consciente del peligro de seguir bajando en picado por el cuerpo urbano, podía terminar en uno de esos barrios donde igual no me pedían el pasaporte, pero donde seguro que me vendría bien un intérprete. Me apetecía quedarme un rato más en la felicidad reticulada del Eixample, entre sus esquinas achaflanadas, las licorerías, las filatelias, casas de armas, tiendas de numismática, sus bares luminosos.

Me asomé al Dry Martini porque hacía años que no me sentaba en uno de esos butacones, y sólo por entrar y recibir en el esófago el líquido frío y seco como una cuchillada. Le pregunté al dulce hueso de mi alma cómo podía ser tan contradictorio con mamá: había lamentado que el amor filial no fuese lo bastante enérgico para levantarla y devolverla a las calles trepidantes, y ahora que ella misma, por amor propio, se había sacudido la pereza y movía el esqueleto entre prótesis amigas, estaba turbado, tembloroso como la gelatina de colorines cuando la independizan de su molde. Me dije que ésa no era la clase de recuperación que quería para ella.

No sé bien por qué cambié de sitio, me senté al fondo del local y desde allí me dediqué a observar a las parejas jóvenes, con dos décadas por delante para desaprovechar antes de alcanzar mi edad, suspendida entre los extremos del tiempo humano. Más o menos en ese momento sustituí el razonamiento por otro recuerdo ejemplar: de niño me sentía atraído por los descampados, los cimientos, los cascotes de los derribos urbanos. Mamá creía que me gustaban los cables, las barras de hierro torcido, el plástico que el viento levantaba como un fantasma travieso, pero lo que me paralizaba era una profunda indignación: intentaba recolocar los desperdicios en su sitio con la fuerza de la mente, trataba de introducir calor humano en la frialdad de los objetos, le exigía a mi madre que alguien se hiciese cargo de dejar el suelo limpio, clavaba los pies en el suelo, no pensaba moverme hasta que me lo prometieran.

Tuve que salir del Dry azuzado por la paranoia de que si seguía allí dentro me iba a tropezar tarde o temprano con Pedro-María. Un borrón de luna dispensaba luz suave y triste, cercada de nubes que se oscurecían cargadas de electricidad. El aire que movían las palomas estaba colmado de partículas húmedas. Avancé despacio como si una repentina elefantiasis hubiese transformado mis pies y tobillos en pezuñas, avancé pisando fruta madura. Vi cómo los edificios se decoloraban, vi acercarse a la noche amoratada y la torre Agbar resplandeciendo como un monolito incandescente, así que seguía descendiendo, hacia la playa cremosa. Terminé en el Raval: calles malolientes, neones multicolores, canastos de fruta y verdura, caras lívidas, decenas de matices oscuros de piel, maletas arrastradas, putas viejas que se maquillan para convocar un viejo movimiento suave de ojos. No tenía pensado beber una gota más y no hay dinero para obligarme a meterme en uno de esos antros, pero se arrancó a llover con virulencia y yo soy un hombre mesetario, un organismo tejido con moléculas de secano. El local era estrecho, angosto, tenía por lo menos seis esquinas. Puse cara de delincuente para no desentonar, calculé el dinero suelto, de aquí no saldría sin pagar. ¿Has estado en un antro así, pisaste este barrio, papá? Te lo digo porque me parece el sitio apropiado para desatascar los retretes del corazón. Se supone que la ventaja de tener una familia derruida es que no vas a pasarte la vida tratando de arreglar los pequeños desperfectos, que ya te has sacudido de encima las exigencias inhumanas que te impone la esperanza, pero no es así, qué va a ser así, papá, sigo cargando con todos.

Cuando era niño ni siquiera comprendía que me hubieran entregado una vida sólo para mí, así que imagina cómo iba a creerme que los demás disfrutaban de una existencia completa, pensaba que al alejarse se desvanecían a la espera de que volviese a convocarlos. No había visto un muerto, no tenía ninguna experiencia con el sufrimiento o la enfermedad, eran rarezas que podían evitarse si las personas se quedaban a mi lado, en mi radio de visión. Mi madre nunca hubiese creído que le pedía que se estuviese conmigo un rato más para protegerla, la oscuridad no me asustaba, me asustaba el daño que la distancia podía hacerle. Es una suerte que me dejase convencer paulatinamente de que toda esa gente respiraba con independencia de mí, que progresaban en el interior de unas rutas propias.

Claro que todas las rutas son caminos de muerte, sólo la vida se sobrevive a sí misma, el paso del tiempo lava el mundo, renueva la tierra, y aunque reconozco que es una buena idea, ¿de qué nos sirve, cómo haces para no sentirlo demasiado? Lo suyo sería que la radiación solar operase como las crecidas de esos ríos legendarios que al humedecer las riberas y la tierra en las que se adentran la vivifican, que al respirar nos renovásemos. En realidad se trata de hacer sitio dentro de uno, más sitio cada vez, levantar el escenario de una fantasía sin vida, poblada de visiones sin sangre. Ya no caían gotas sobre la acera, un *xàfec* pasajero, la ginebra me raspó la garganta y los chicos eran mulatos, las chicas iban tatuadas, dejé un billete rojo sobre la mesa. Y la melancolía es una divisa bien pobre para cobrarse todo lo que dejamos atrás. De niño también me asustaba la idea de encarar el pasillo, girar despacio un pomo y asomarme a una escena del futuro. No era tanto el miedo a vislumbrar las desgracias corrientes que se ocultan en la masa del porvenir, sino la duda de cómo hubiesen encajado en el ánimo infantil mis peleas con Helen, el balanceo de papá, las pastillas de mi madre, la soledad en el ático de Rocafort. Ahora ya no me llevaría ningún sobresalto, ahora sé que todos estarán muertos en la casa del pasado.

El cielo volvía a estar blando, apenas se apreciaban una o dos nubes encendidas por el crepúsculo. Salí del laberinto del Raval, atravesé un parque: masas de vegetación sin aroma, y una fuente donde nadaban pétalos rosados a punto de pudrirse. De lejos las Torres volvieron a recordarme a dos piezas de marfil tallado levantándose sobre un mar de mierda. Atravesé el Borne, que estaba repoblándose tras el susto de la lluvia, los globos de luz colgados del hierro parecían esperar una vaharada de niebla, un coche de caballos. Entre los corredores de las calles se asomaba la estación de trenes, pétreos edificios oficiales, la Escuela de Marina. El firmamento se desgranaba despacio en una fuga de rojos: intensos, morados, edematosos. El *xàfec* había agitado el mar, se movía inquieto como un bicho extraño, proyectó porciones de su cuerpo que se levantaban y estiraban antes de desplomarse, olas arenosas, escalones blandos. Se me cruzaron dos bicicletas y a lo lejos brillaba la humedad sucia de la estatua de Colón, un faro apagado puesto allí para disuadir a los viajeros; nunca quise venir a esta ciudad, pero han terminado por gustarme incluso sus palomas indescriptiblemente sucias, incluso los plátanos vulgares que difunden sus esporas alérgicas. No me molesta el murmullo del catalán, ni las derivas secesionistas, sólo digo que llevamos ya un buen tramo de recorrido juntos, que no van a conseguir que no sienta también míos los barrios que se distribuyen como tejido nervioso de la espina ósea de la Diagonal. Me bastó con ver a dos chicas embarazadas (paseando del brazo, dulces guiris, sorbiendo de una lata de cola), con el peso de su chico en el vientre, gestando ovillos de tiempo y sangre nueva que se desenredarán en el futuro, para que me subiesen a la mente pensamientos delicados. Los últimos brillos rojizos revelaron la estructura fantasmal del puerto. Quizá cuando se ennegreciese sería una noche de esas en las que te basta con un equipo de aficionado para captar el disco de Júpiter o unos destellos venusianos, pero incluso el ferroso Marte está agotado, incluso la luna queda a una altura inmensa.

Aún así me concentré por si en uno de esos vaivenes con los que el cosmos aproxima sus pliegues temporales se me transparentaba la imagen de una Helen embarazada, con una memoria vacía de mí. No hubo suerte, y me cuesta imaginar a Helen a punto de complicársele el coqueteo con hombres atractivos. Los años pasan más deprisa para el cuerpo que para la conciencia, la mente se queda en casa (adónde iba a ir), pero no se encuentra demasiado cómoda ahí. ¿Tú crees que alguna de esas jovencitas que se las arreglan para recorrer los caminos de siempre como si acabasen de roturarse se detiene a considerar que la sonrisa de una vieja es el eco de una risa de la muchacha que subía las escaleras de su primer hotel europeo con su único vestido decidida a cambiar con ayuda de un desconocido el rumbo de su vida?

¿Cómo te va, Helen? Te imagino como una vieja porque me da miedo salir a buscarte al mundo real donde no has cumplido cincuenta años, y estarás por ahí, haciendo tus cosas, sean las que sean, y a veces escucharás y otras apagarás la vocecita que de uvas a peras te viene a hablar de mí. Estos años me ha parecido verte reflejada en la ventanilla del metro, en un charco, en las copas de los árboles las noches de verano, también oigo palabras envueltas en tu voz (*soirée*, globo, *váyaste*, *Daddy*), y un roce de algo contra la manga de la americana puede contraer casi dos décadas en un segundo, y si tengo suerte una de mis manos vuelve a tocarte en la Torreta con los tejados desparramados en todas direcciones, mientras *Daddy* escarba la fría tierra de nuestra separación.

Yo estoy bien, abandonado, con demasiado azúcar en la sangre y unas cotizaciones ridículas en la seguridad social. Puedo parecer un poco lastimero, pero te advierto que no han acabado conmigo, es sólo que el mundo no estaba pensado para que prosperasen los planes que debían desplegarse limpiamente desde la temblorosa idea hasta su resolución. Es sólo que el menú contemplaba desorden a paletadas y transfusiones semanales de caos. Es sólo que he estado jugando al tipo duro, Pecas, me despedí de los amigos, me casé con una chica que no te hubiese gustado, de la que nos habríamos burlado bajo las sábanas. Me he comportado con mi pasado como si mi alma fuese un camino cubierto de polvo seco, pero esta noche, igual es por el alcohol que llevo dentro o por la proximidad del mar, intuyo que la sustancia terrosa empieza a abrirse en canales húmedos y en riachuelos, que no tardaré en chorrear líquido nostálgico. Así que déjame celebrar tu vitalidad, tu ingenio, tu astucia, tus opiniones estúpidas, la complicidad con la que te levantabas una teta para que la succionase con toda la fuerza de la que era capaz con el propósito (esquivo) de transformar tu cuerpo en un géiser, la malicia con la que calculabas mi peso futuro, tu perspicaz mirada sobre el reino de lo pequeño que no te dejaron ejercer porque te cargaron la cabeza con exigencias que eran demasiado para ti, porque pese a que me han ido contado historias, y pese a que cada una es peor que la anterior, a tu lado creí que por ser joven y estar enamorado, podía salir airoso. Y si me permites ser exagerado al estilo de los viejos tiempos te anunciaré que hoy es el primer día del resto de mi vida, me ha costado acostumbrarme a que nos adentremos en la existencia cambiándolo todo de sitio, pero el crepúsculo está refrescando mis impresiones recientes, quiero ser tan viejo como pueda, viejo hasta que se me desprendan los párpados y las orejas, si sobrevivo a esta noche, Pecas, haré de la vejez mi nueva vocación.

Fui dando tumbos (en un sentido bastante literal) hasta el puerto nuevo, de los balcones de la Barceloneta colgaba ropa tendida como bolsas de suero. Los quioscos y las tiendas estaban cerradas, podrías confundir la primera línea de mar con un muelle abandonado. Hasta que no alcancé la zona recreativa la noche parecía formada con átomos oscuros, sin chispa, iba demasiado borracho para reconocer las constelaciones, las estrellas aparecían esparcidas por una mano caprichosa. Terminé el nuevo gin-tonic de un trago viril y me cambié de bar, pasé a una terraza que quedaba a dos o tres metros de la masa húmeda del mar, la música no sonaba precisamente a Frank Sinatra. Yo sólo digo que deberíamos poder sumergir el corazón en un líquido fresco, para que las paredes y las arterias se hidratasen, y cuando hubiese absorbido suficiente sustancia pudiésemos volver a encajarlo en su sitio y desde allí regenerar con sangre nueva los tejidos del viejo organismo. Las luces de las discotecas trazaban pinceladas estridentes sobre el suelo oscuro donde debía agitarse el mar. Pasó un alemán enorme con un perro que se detuvo a dos metros de mi mesa a rascarse la oreja. Los nombres de los animales son oscuros, debajo apenas hay nada, no pueden ser distintos de como son.

Oí el bramido de una sirena, a esas horas, con el alcohol dando tumbos por el estómago, sobresaturando las estructuras esponjosas del hígado, del estómago y el páncreas, las luces estroboscópicas de las ambulancias y los furgones de policía daban miedo, parecían los primeros indicios de una invasión alienígena. La noche es un centinela, algo así pensé, pero su ojo es inconmovible, y nadie se preocupa por atar lo que se desata, por impedir que se suelte. Después agité el vaso sólo para ver cómo oscilaba el líquido, y volví a ver a mi madre en el piso que había vendido a mis espaldas, y esta vez se me ocurrió que cada uno de nosotros emite sin pausa en su radio-cerebro programas fantasmas, a diario, millones de funciones para un oyente exclusivo, único, interminables sampleados nocturnos, con los que debatimos, sacudimos, deformamos, impugnamos y desviamos nuestra pequeña área de mundo común. Así que dime, ¿cómo íbamos a ponernos de acuerdo sobre cuál es la recuperación idónea para todos? ¿Cuál es la frecuencia en la que los confusos relatos que avanzan por su propio carril cristalizan en una visión amable para las personas que importan, para no dejar una sola fuera de los círculos misteriosos de la amabilidad? No lo sabes, claro, nadie lo sabe, pero creo que así es como vivimos, empujados por una inercia oscura a separarnos de nosotros mismos, y nadie puede restituir nada, lo que pasó está roto, lo que se rompió no puede volver a juntarse.

La música («de pequeñita yo soñé / con el amor como algo bien / y todo era mentira») pulsaba cuerdas sensibilísimas de mi ánimo («contigo todo es muy casual / aventurero sin igual»), levanté la mano con el propósito de pedir el gin-tonic que volcase de una vez mi conciencia al suelo cuando el firmamento estalló en un juego de artificios pirotécnicos que desplegaron en el espacio palmeras amarillas, verdes, azules. Oí una punzada en el corazón, la honda voz del mar, tuve que levantarme entre otros motivos inconfesables porque en algún sitio estás viva y respiras, aunque ahora duermas, y eso está bien.

El mar se revolcaba dentro del claro de luna y sobre su cuerpo se proyectaban latigazos de color que no tardaban en deshacerse, parecían espasmos eléctricos agitándose en un cerebro, rastros de pensamientos. El mundo se desplazaba en espirales lentas a mi alrededor, y nadie podía asegurarme que al otro lado de aquella piel húmeda en lugar de un abismo infestado de algas químicas y salitre venenoso no se extendiese una dimensión amable, un pasado en armonía con mis irreconciliables deseos cambiantes. Y mientras me inclinaba hacia las aguas casi bautismales que podrían limpiarme de raíces, tierra y venas gastadas pensé que la onda expansiva del impacto te abrirá los ojos allí donde estés y te hará partícipe de una renovación tan urgente que apela a nuestra responsabilidad civil para que la propaguemos, pues ya me dirás, mi amor (déjate llamar así por última vez antes de sumergirme), si a todas os da por volveros locas, quién cuidará de nosotros.

Marzo de 2013

GONZALO TORNÉ

Gonzalo Torné nació en Barcelona en 1976. Ha publicado dos novelas, *Hilos de sangre* (2010; Premio Jaén de Novela) y *Lo inhóspito* (2007), el relato *Las parejas de los demás* (2012) y el ensayo literario *Tres maestros* (2012). Ha traducido y editado a John Ashbery, Samuel Johnson y William Wordsworth. Desde abril de 2012 es director adjunto del Invisible College.